王个簃 著
赵鹏 魏武 编

霜茶阁诗

——王个簃诗稿全集

中原出版传媒集团
大地传媒

大象出版社
·郑州·

图书在版编目(CIP)数据

霜荼阁诗：王个簃诗稿全集／王个簃著；赵鹏，魏武编.— 郑州：大象出版社，2015. 12
ISBN 978-7-5347-8626-6

Ⅰ.①霜… Ⅱ.①王… ②赵… ③魏… Ⅲ.①诗集—中国—当代 Ⅳ.①I227

中国版本图书馆 CIP 数据核字(2015)第 276503 号

霜荼阁诗

——王个簃诗稿全集

王个簃 著

赵 鹏 魏 武 编

出 版 人 王刘纯
责任编辑 芦 荻
责任校对 钟 骄
封面设计 王莉娟

出版发行 大象出版社(郑州市开元路 16 号 邮政编码 450044)
发行科 0371-63863551 总编室 0371-65597936
网 址 www.daxiang.cn
印 刷 北京汇林印务有限公司
经 销 各地新华书店经销
开 本 890mm×1240mm 1/16
印 张 51.25
版 次 2016 年 1 月第 1 版 2016 年 1 月第 1 次印刷
定 价 350.00 元
若发现印、装质量问题，影响阅读，请与承印厂联系调换。
印厂地址 北京市大兴区黄村镇南六环磁各庄立交桥南 200 米(中轴路东侧)
邮政编码 102600 电话 010-61264834

作者简介

王个簃（一八九七—一九八八），江苏海门人。十六岁到南通求学，笃好诗文、金石、书画。廿七岁经诸宗元介绍，去上海师从吴昌硕学书画篆刻，为其入室弟子。曾任上海新华艺术大学、东吴大学、昌明专科艺术学校教授，上海美专教授、国画系主任。新中国成立后，任上海中国画院副院长、名誉院长，中国美术家协会理事，中国美协上海分会副主席，中国书协上海分会副主席，西泠印社副社长，上海文史馆馆员等职。为全国政协第三、四、五届委员。曾三访日本，一九八五年访问新加坡，讲学并举行画展，促进对外文化交流。在绘画、书法、篆刻、诗词等方面都有很高成就，具有个人风格。其绘画，融吴派艺术精髓，复以造化为师，深入生活，风格别具。晚年纵横挥写，突破吴门格局，使海派艺术更上层楼。其书法石鼓籀笔，遒劲雄健，富金石气；各书在经意不经意之间，出神入化。篆刻直追秦汉，方寸之间，神雄气韵，无不称意。诗似乐府民歌，有香山风。擅长古琴，因而书画作品富有韵味。其作品印制成册的有《个簃画集》《王个簃画集》《个簃印存》《王个簃随想录》《王个簃霜茶阁诗集》等。离世时，遗命将书画藏件与个人精品及生前遗物留存家乡。南通市在三元桥畔建『个簃艺术馆』藏之。

序言

余之于诗，早有所好，虽不能工，而志乐于斯。忆昔自南通市江苏省立七中毕业，执教于城北高小时期，即开始写诗。有时徐老夫子（徐益修师）到朋旧家吟诗雅集，我亦随同前往，在旁抄写，得益良多。后从李苦李师接待名流雅士，得识诸宗元师，并由他将我印稿面请缶庐师亲笔批注。不久，随苦李师来沪拜寿，得以时时进见，在缶师旁亲受教诲。缶师知我苦心求学，遂以心得相诱导，并以来客作品示我，试以答问。有时缶师出题试诗，每吟至夜半，并先请曹拙巢师指点，以备缶师晨课。缶师家楼下书房藏书甚富，余朝夕翻阅不倦，诸诗历历苦读，愈觉有情味。先从事风雅，后渐入明快一路，自觉于杜诗、苏诗略有心会。缶师辞世前数日，仍与我谈笑吟诗，论王摩诘、孟东野。余之诗亦渐进，并积以数卷。缶师逝后，有曹拙巢、杨沧白二师为我之诗稿逐句批阅，拙巢师推敲深入细微之处，而沧白师更重整篇之体韵气势，对我教益尤多。六十年来，我于画余亦放情于诗，随写随弃，委之书箧纸什。近年诸老友及门人辈嘱予整理付梓，遂略为收集，得七八百首，积为一集。并忆及昔日诸老友之细心爱护，谆谆教诲，故行墨直书数语于篇首。

乙丑之秋七月望后，王个簃序于沪上，时年八十有九

目录

第一卷

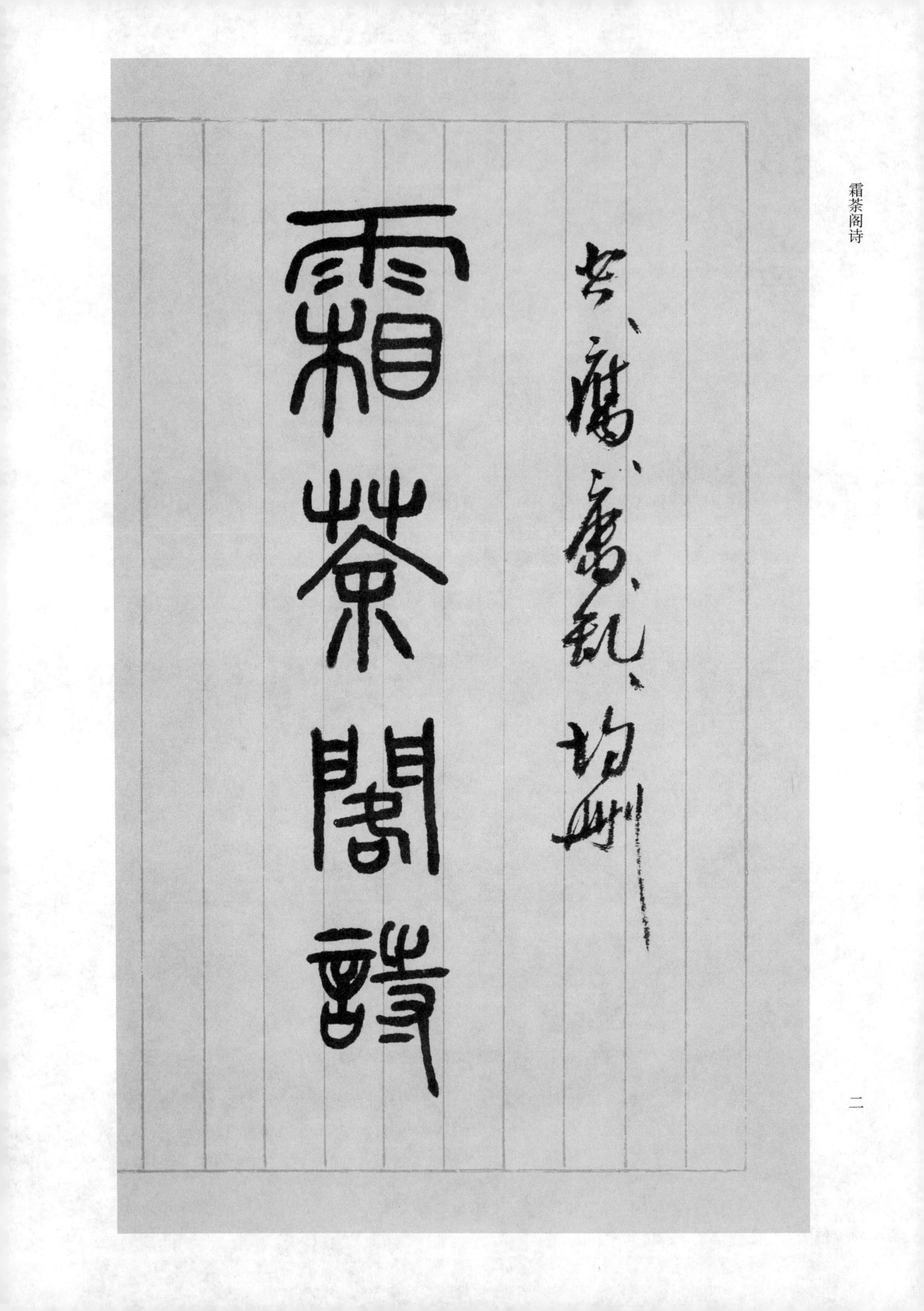

霜茶閣詩

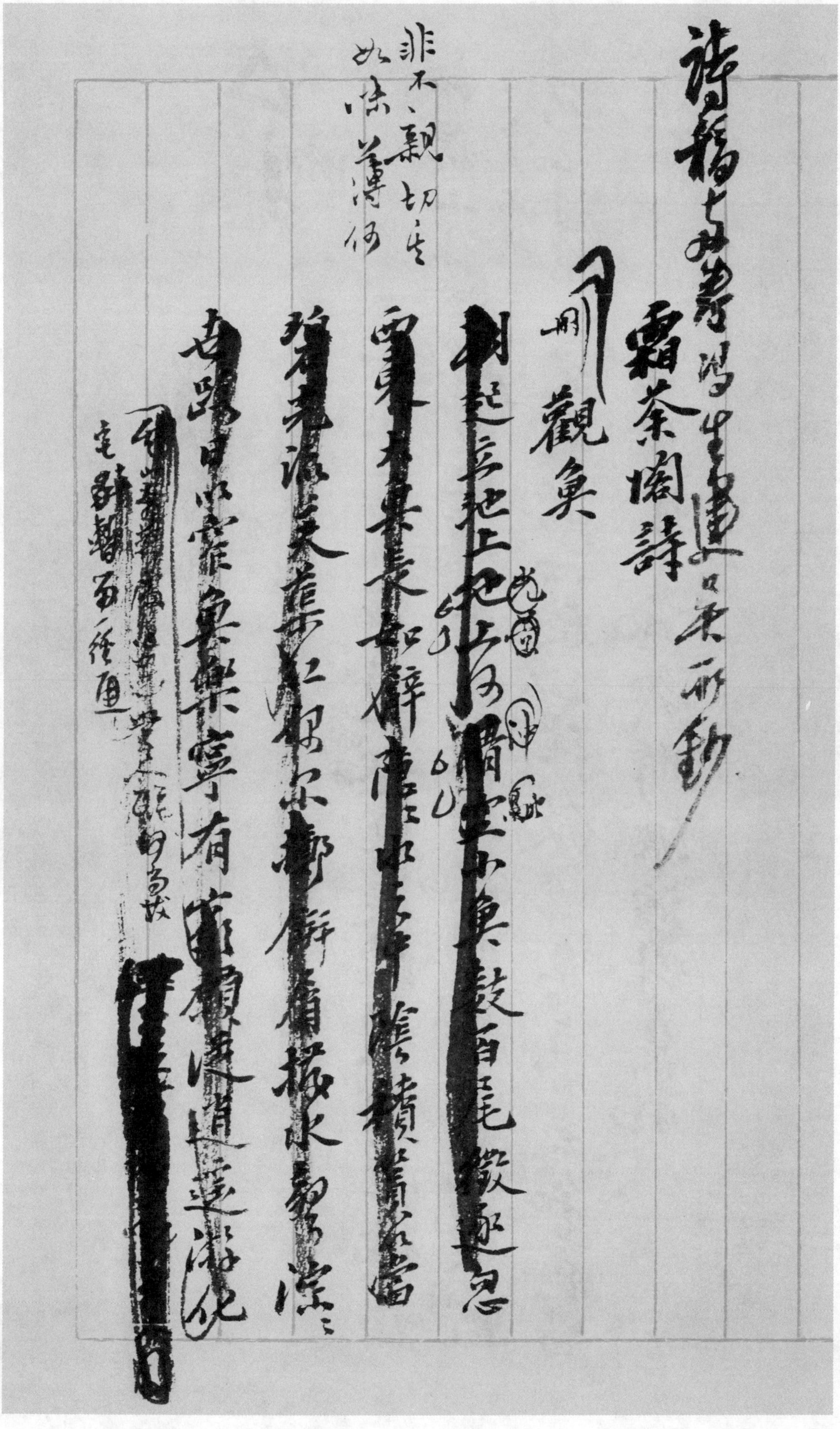
霜茶阁诗
观臬

97△ 刪

初稿心係此二字不如且仍之為舊

[redacted]

〇書感

了宦已此寧趨熱，況復疎頑野性情。

袖□乾坤驚偏仄，路岐(旁)射虎二看縱橫。

(將)文驅鱷心徒壯，彈鋏恩奧氣未和二羸。

烏巾風折不厭，幾時漉酒對泉明。

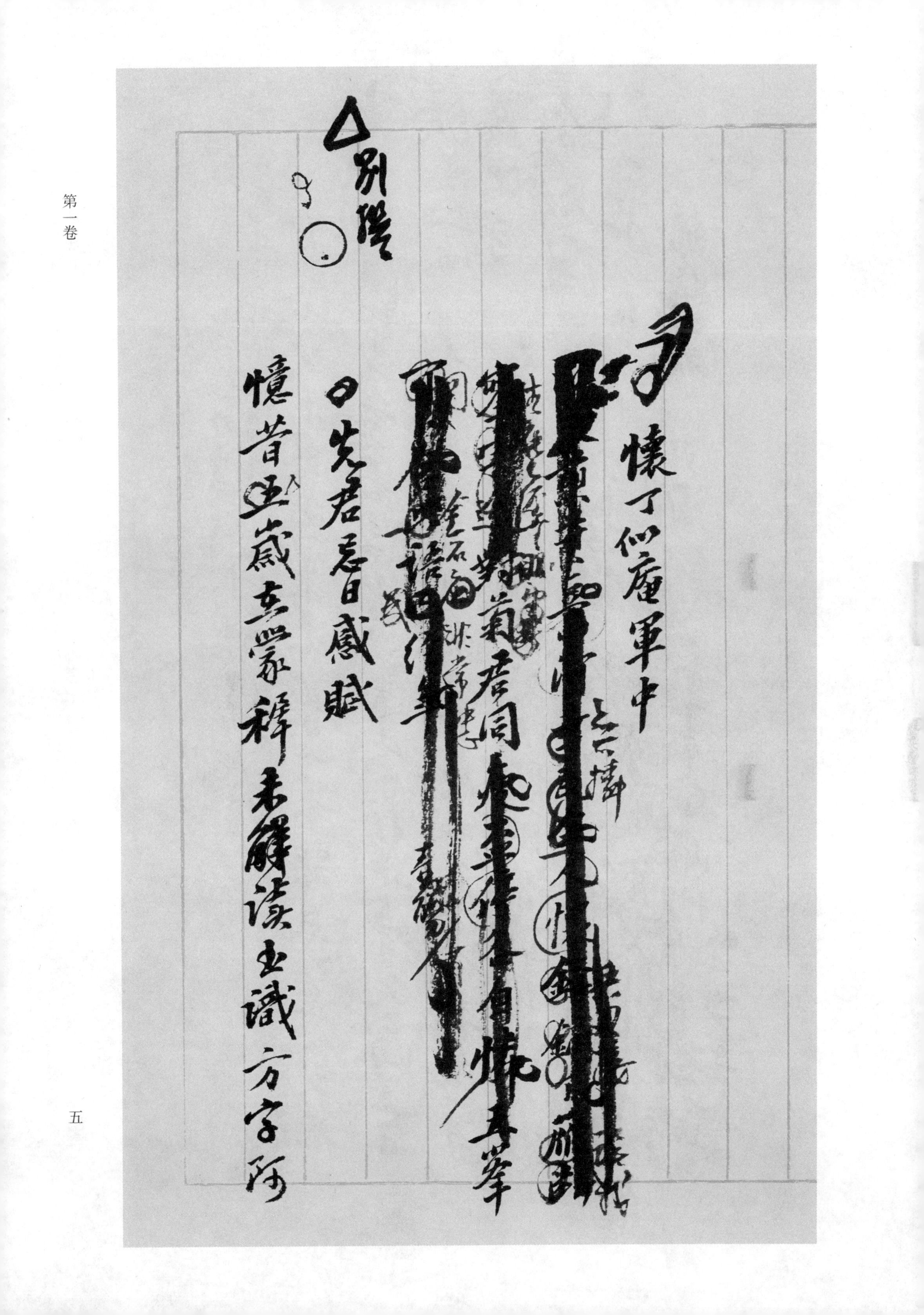

懷丁仰庵軍中

[illegible]

日先君忌日感賦

憶昔五歲奉嚴親未解讀書識方字時

△別體

[illegible]

父手捧鮮果來一字一果雖且唾愛父不
失愛果甘果未盡還索核中味父病三百
九十日垂死呼兒立其次摩頂撫手日數回
不哭不言但偷淚，父既瞑目謂父聽
淚去痛腸不同
假飾回
目何存

[illegible]

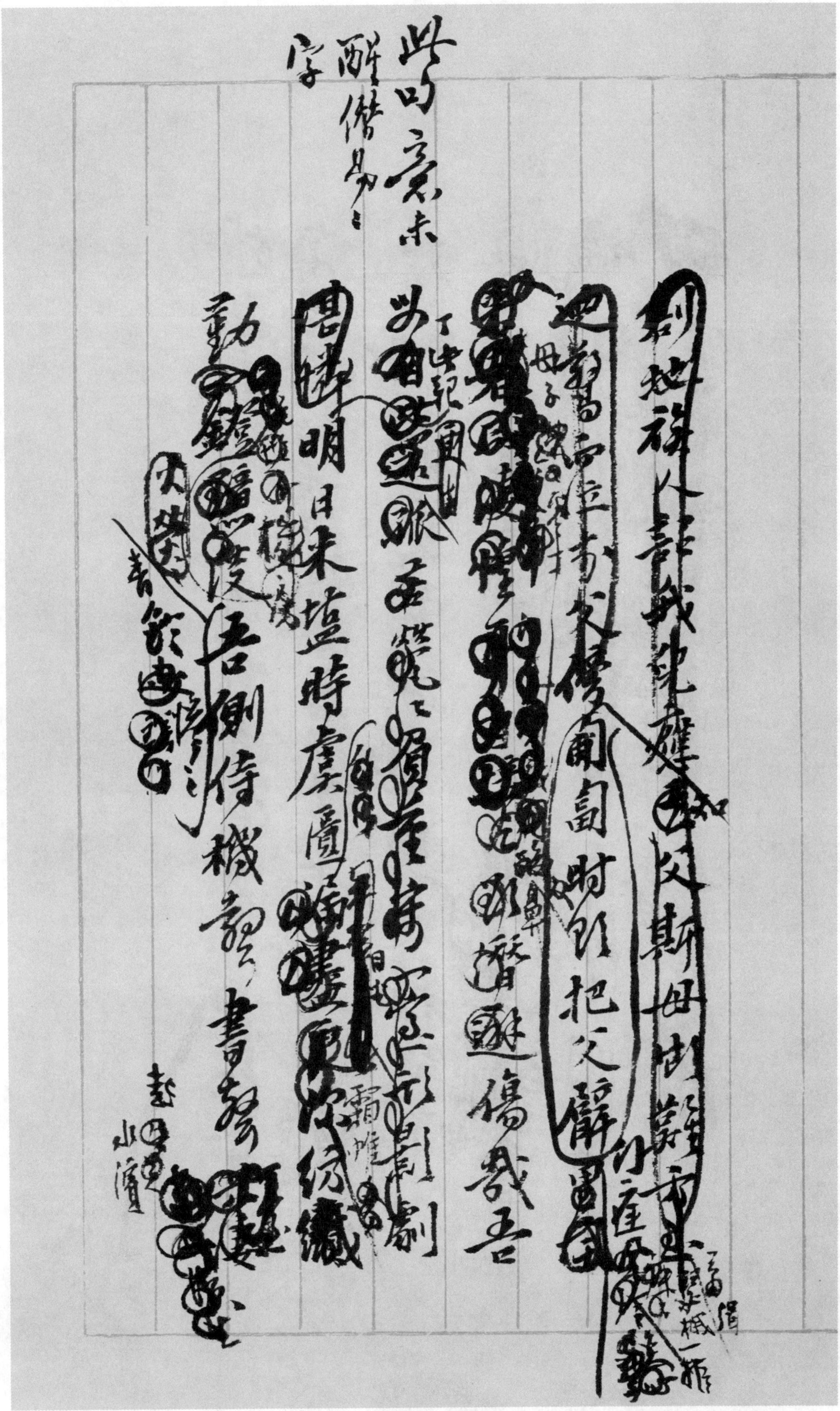

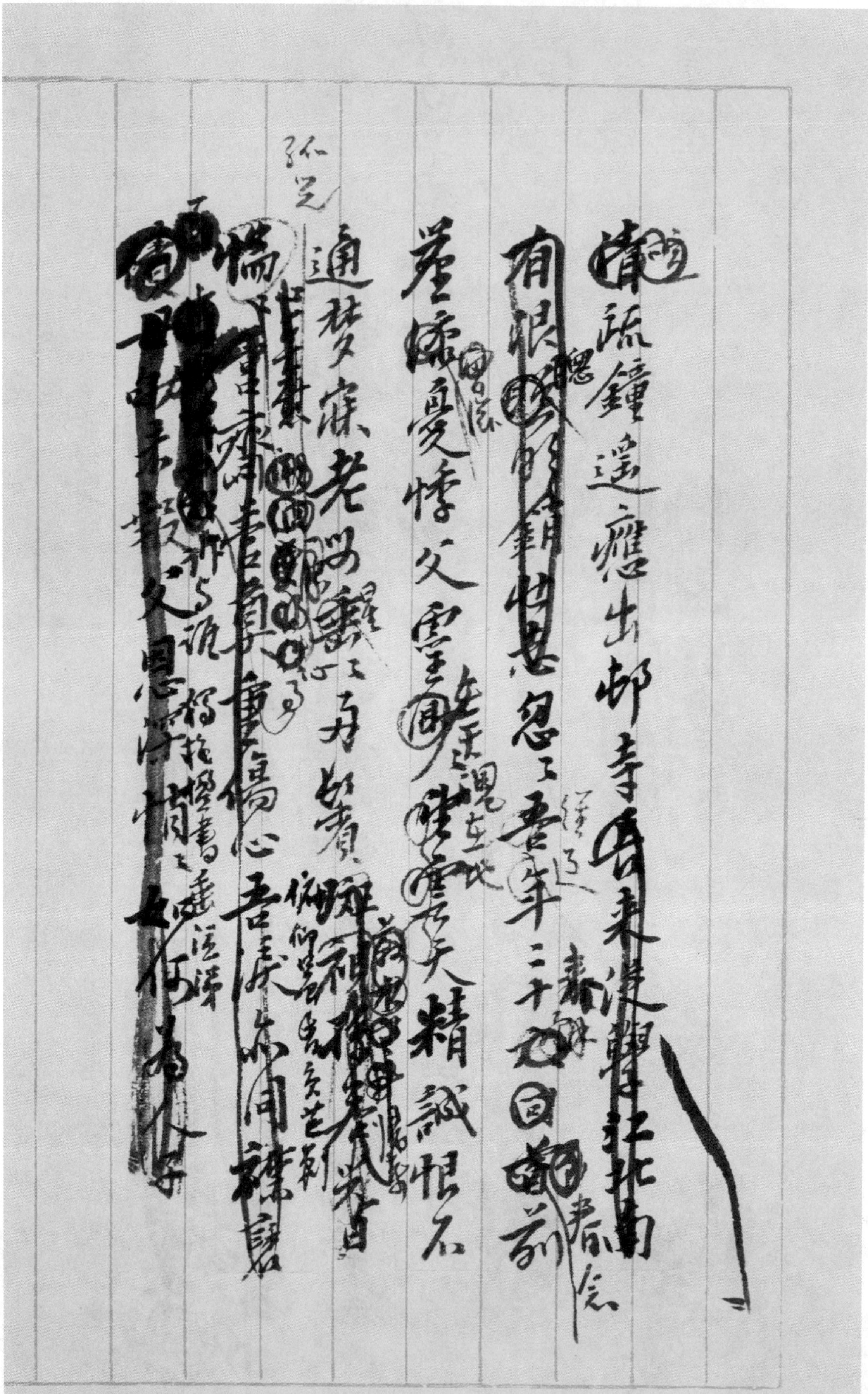

此行真
侵通押
似不合均

岳師出眎近著命和

[redacted]

[redacted]

徐希曾

因思先有閒愁根底日日情懷幾可折梅[illegible]

再三猶將涵雪逗梅魂

拙草

[redacted]

餘齋 贈汪正園

[redacted]

寄懷不學[redacted]酒腸石太

樂秋風掛笏棚

詩 胸次岑山稷錄 家 旧結道

諸公卿

[redacted]

岳師寫冊頁自壽旋即失之爲賦長句

丙寅六月天炎曦百草枯死良苗萎者龍見涸租

一復再丙汎從秋風雨摧頹手獨慶岳元答解

衣郎纏輿不疲狂攜筆硯屏左右石染丹

黄佐玄韭去芳高柳雜條葉夾竹桃侍蜀

錦葵山廚浩想友蔬筍葡萄盧橘紛交披

信筆揮灑有雄直氣

信字樹位
信字

淮南招隱在叢桂，狀菊自在陶家籬。老杉
不与凡卉任柯條，盤曲所寫蛟潑紙，表八寸廣
贏信幅拜十三數，則子
解……畫……韻，勝寓淨在
垢……風格跌宕，青……筆勢迴旋
泉奚若論營句，允足傲尺幅，仍作尋丈

此亦比喻相真非西謨〻比

為傍佛史漢与左孟元氣浩〻茂支詞賦

排比朝廷又似学者敬書昌黎 天池雪个遊

蒼勁句倚鄭 板橋騎遊騷林 為驅馳天下

搭餘瀋渴比壤今伊誰 師領 吾後

嚐異貴生園貝微 今我 所期 彈却病山崴求歡已

色隸向神悟首月之朔鄗生朝賓朋雜還来

冠其茶咄哉明日畫處邊逋破壁豈不鱗之而往
謂賺畫不歸盜巧偷鳥家庫事豈非盜者孟安
能變畫我為此畫一尤可戲我更為歸攜胸
臏覩若媢置中擁[illegible]
穩生多易淮熟師[illegible]諸舊東紀
事集吾詩

此行似未完

桐兒殤賦此排悶

浮雲排疊日月昏不盡橫流撼乾坤人生墮地斯傀儡哀怨重重与誰論求生不得死亦艱柳莊嗜毅意彌摯桐兒生年甫六稔識字千餘遶弟昆亦知愛琴谷巖名一曲聽之以手捫每聞父歸喜而躍追逐車聲解庠門摟得一卷誦以

嬉家人瞀見戲温磨

六

○□自日不得母諭

□相添游子淚○□潮咽故鄉音○□□獨生

結語欠沈著

錢前[illegible]

○楊无逸出示稼承遺墨感賦

讀墨漬未乾隻相凄絕○錢○抽毫○[illegible]

君以椿樹

風骨記取共城往還無虛日青花始胎矣

悵別年侄

风來催折人生大渺危修短由誰說

崇川

通州回轉舊車轍客路千載老鶴

永從飛翼視歷現棗榴揮翰寫平生千金一劝騐肯

州 傷成哥

獨立春申浦鷗鷺同所依昏昏以老宇宙

媿身微千年學迴腸昨日帆西風飛終極

勤添溪上征衣

結韵嫩不易原本不佳改亦未能甚善但求達之意而已

十

旦原〇 餘貞長師

野雲因樹石溜氣舌洛人難 盂夏雨前歌〇 南貞天朝

更七弟枕松桂早詩路猶難〇 卧聽鶯師說

三聯例精校调
敎勝
青天山为求規
仿古老而失之
已奇

山

如經十八灘〇 唐人和詩本不和韻早朝大明宮詩可證也

丁侍兵師九日登華安廬 [illegible]

此我字定係兵
老所改兵到時
戴言耳不可誤
小另去

跌宕臨高則邁人快哉酒德雲淵照仙 子

呼兒 阮籍

聊

蓬萊雲磯名和関潮掛鷗擁來南山應

如迷擔亂薊荊和闕

哭宜重劉五盦

昔日春自有碩

昔日君恩與年老歸

我亦又孤露三家數年一身親老

淚二痕

男女凡九

言我地詩言是歸
氏王摩詰詩言
入畫花川皆是
不可亂用

蹲字不穩

文記知家運蹇相繼數遭憂痛錢肝膽

嗟塵悼昔年事所遭戰亂七今秋

君辭勝自倉加餐胡纏遭

歸人生感泡影吉相推猶姻霧漫長天

君依何處魂

亂離日逐追江湖絲無石白日觸橫行飽稻

揮雙戟曲園夢中詩休怨隱先測曾於隱心處咒曲園夢中詩詞簡而旨極出於渭天下轉樓去後十日有二百餘年

大難當來不生滅

無策君僮飄然逝，逝者果可惜，獨哀君之家

之累如山積。憶昔語吾時，鐙火淒款戚扁榻

悵惘多日逕思急行役，一棹霜月高兩岸山

如照石西到家轉益神愴魍魎乘虛[illegible]

剖字固寄住
寄而不稳及不
如平近为是
其小字不稳
稍改一二

元旦

堕入口剑无衣食肝肠断矣

嗟哉小儿女嬉戏何所忆顾自胸君胡忍

寂孤来还重阳西山楼四首第二

牢○
春風失懷情……人
地轉……
閶桃……
雲片紙……庭北梅花放，野水靜無聲。
照影自憐情，偶岸盡……望○擡頭疊青
嫜懷雀懼天飛○飛鳴下五○懷花……

古人將字對插
少數為直提

歸去棠家醉 劍詩不盡愁 肝膽卿依舊

聞北兵亂隨吾師避居西摩路李氏寓

左廬

兵氣橫林宅 寒風逼鼓笳 城打魚咽 洞

日落迷花逃劫 新生 譚厭燼 縱長昔 冠今 田耶 華顛

休對勤無恩 舊鋤 窺月二痕

昔耶昔衣山

耶字鋤字
供不穩

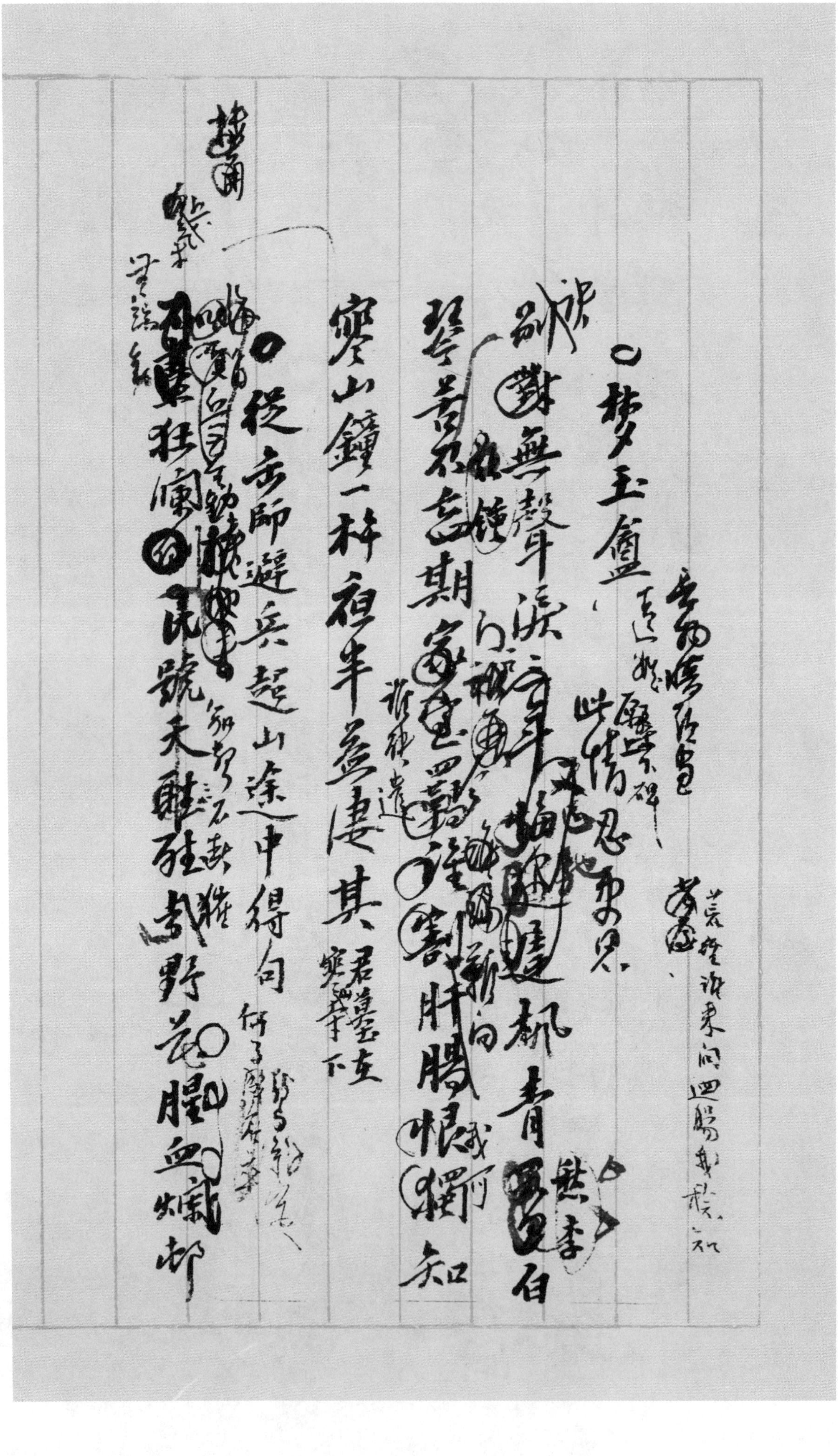

犬虎猜猜感栗瓜千畳直精精賦一醉南山春

未暮春春託鳥寄梅

8 六

又和岳師

鼓櫂入鄞溪田頭南鼓聲東風悉動少柳新

塌藥嘲晚人敢逃倩壑時難事楚之齋音香風

好討

橫知野不思都天倒

漢四

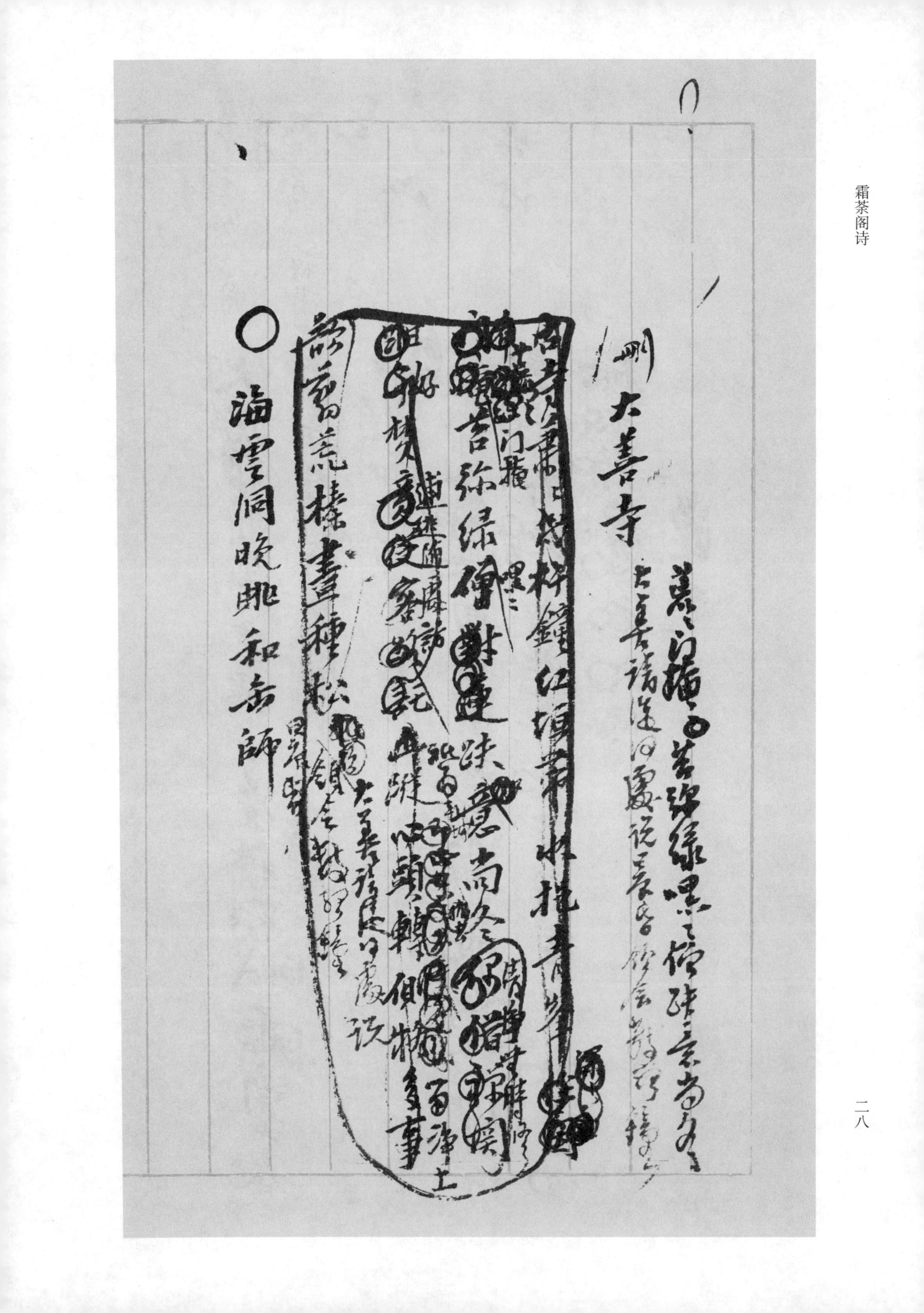

刪 大善寺

慈門擁□菩提綠，[illegible]

[illegible]

論雲同晚眺和岳師

造門餘字
直逼岳老

泉響龍虎串　松風雲響笛子雲書擲　拍重爛
塞遠鄉鐘鳥亂鳴催春光媚饅頭便氣鮮
伊誰秘鄗唱鳥青峯　花開廿五分鄰

舟經武林渡　花放　雲低

橋東千萬水村留一渡蹤漁樵意足溪鷄

大似新豐年靜山遍春深日正長

墉字妙，此與少陵「落花游絲白日靜」略同，若果說日長，便成笨伯矣

有懷

秋自亂飛過竹籬

風過竹林

[illegible]勝[illegible]道路客亭陵[illegible]

入山行

逸氣旁生[illegible]蕭蔽雲飛前山御行[illegible]

植撐以奇[illegible]天明[illegible]鐘聲下[illegible]

[illegible]河嶽亂秋[illegible]

鄭蒓客次得里中兵擾信兼程抵申

貞舟北渡而連日風汊杜塞趑趄不進

遂歸江天百感叢集

御河[illegible]帆[illegible]蕩地福[illegible]

同民餐苦者[illegible]道君挈楫[illegible]帆[illegible]

古蹟[illegible]李何百年後酒[illegible]盡韓蘇[illegible]原

遂私根[illegible]長嘆[illegible]書[illegible]

析宫鸿南飞作嗅渡伊谁謡惜雲 海西 低

阛阓日摇落安得莘埋横思跨鹤有毋

衰病馀今又日同鼓阃可割妻与子以考思

我岂生能称教 侬师之门学豊澳更我有邪 出家修行为寻神与是度

滇之稽吉陶朱侍遠到五湖舟更有神仙客

溜之群十洲我生深 言已 皇不執 [redacted]

[redacted]天給倚可求晚风行攒户牖恃波澳

銅禿筆趁三更鷄喉聲唱曉

回到家明日酥羅底書

故鄉兵亂心搖搖同舟者述繞歸趁潮夕抵棠

明蘭村巷落城故有先人祧宗祧久疏述時

芻謠詠歎余奠徹雲霄急遽（換）小艇擁[illegible]

舟子肩摩鼓擊又撓行纜數里息不進得

朱舷[illegible][illegible]涂霄蛸蛸無畫芸[illegible][illegible]精悦復浪
奔飛怒躡纏支艇底任轉側命莫奥
腹耳逆料忽看晶光百萬丈起看海表
一輪高一輪高子闌消張布帆出船精进
流復行行時遠回頭征雁飛傳情晨登眺
先問[illegible]奈也[illegible][illegible]值宋桂者以對爾思

家家人男女同魂銷余思家鄉 數里百盲至
唯餘虎狼跳眼前殘處乾淨土天久青騰
從人妖我吾權斤不成用言次擾臂搶罷
兆及家老男眉頸捲日算不知地方遭遇婦女
同畫非得計見有轉忉忉明日人來離
且兵馬遠移出西郊 老幼從此逃災色

△

火值大赦遠鋸刀　恍惚餘悸一日把酒

幾回澆酒　安得波瀾永靖

比硯圳

刪和伯氏韻之

銷鐵不須兵債吏楚漢爭風雲

笳鼓　更烟煮　羽無至　天

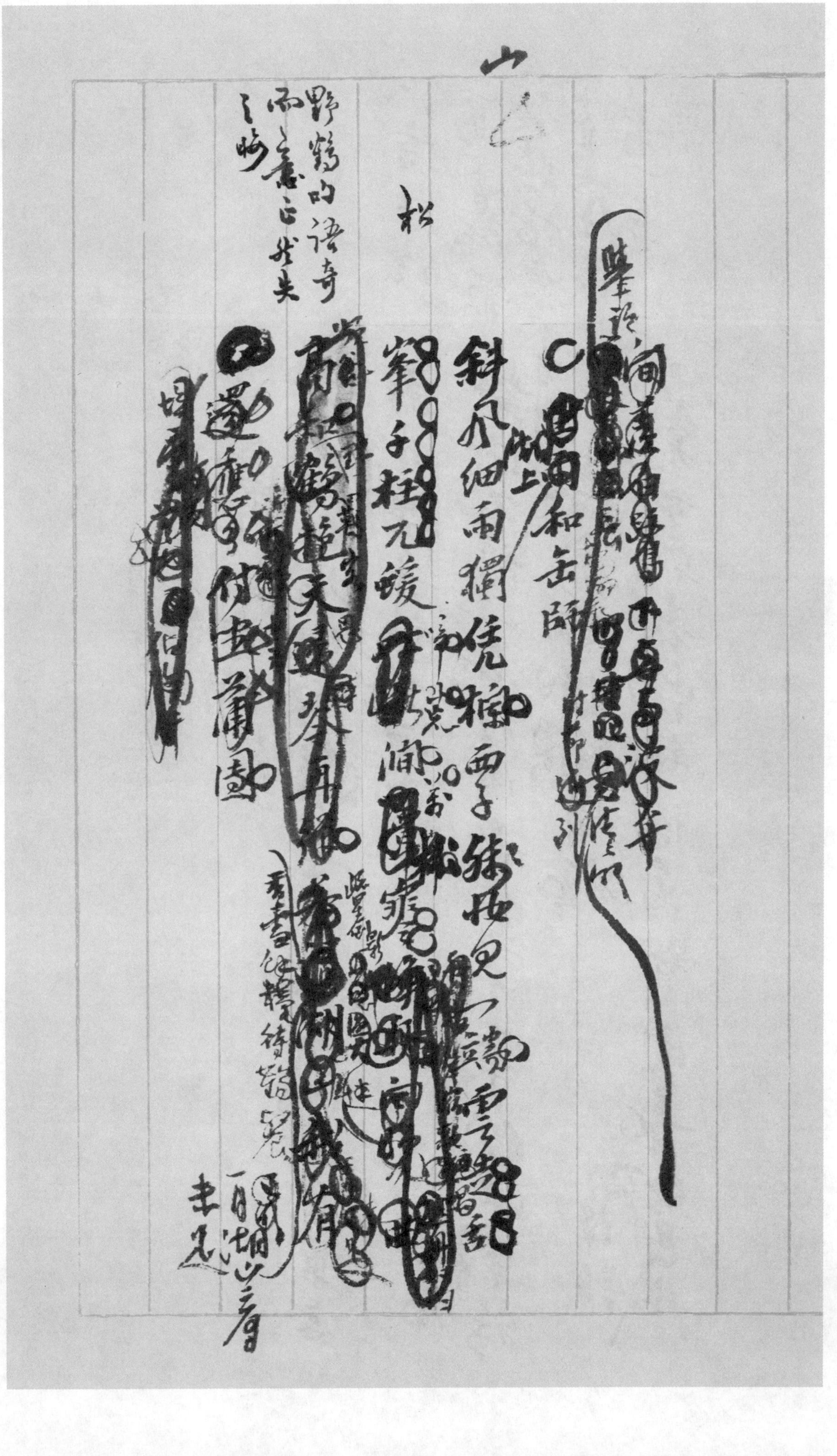

○湖上和周夢坡

菡萏白紅搖細雨，鷺鷥白點長空。山容渾忘歲月，漁舟鎮日西東。對酒不辭一石，狂游歡盡千峰。經西轉騎兩餘，山寺高閣日曛清鐘。古臺六朝表鶴，斷橋萬柳圍青，思潭靜收

六言詩以高青邱最擅勝場，殆有摩詰芳蹤，大黄亦

六

撈明月巖巖高雲容星

口雲心

蒼茫峯栘開貫東四山靖寂處

象怪雲哉松寫泉根冷峻呼洞口衰雲開鐘

百八一指一低回

口韜光

高佛 四山 庵

六八

與乃季子將[illegible]此居是真實境地

石磴斷還續，山安鎖萬花。飛雲[redacted]天

地[illegible]千龍墊原頭冰爐熔袖裏舟同當

呼沅[illegible]酒入高寒

卷橋本閣雲[illegible]言別

[illegible]才[illegible]可[illegible]筆風[illegible]雲烟[illegible]處[illegible]遠

酒借緣與墳[illegible]魯壁[illegible]蜂大[illegible]長[illegible]天[illegible]

離別秋風萬里船

呈岳師

讀之 鬢絲頻鬢既甚嘆海漢樓屋高隱林

上浪痕人去跡畫中詩句獨閑庚辛鄉山市

劉雞鳬酒後櫳夜樓長公晝幸宮瑤樓玉宇勝宮

此詩作者老矣老古老輩無當之無愧他人妄評與語

題岳師竹裏行看子

山

清泊……三徑　清除俗竹……

……老……半生豪氣半銷……聾耳聞……亂風

……早休官短筆搬今古……懷……歲寒……

真……慧根……

刪九日遣岳師暨貢生杜父坡兩先生[illegible]全集

五十人

廣迴潮闌咽林低路覓行延賓陪酒[illegible]晉

△

菊當茱萸野哭生憶內獻茄競海濁射根

天一從聞道又生軀

〇和諸橋仙西溪道中之作

鄣邑閒多勝其奈道路賒殊陽通絕壑亂

石映妮花雲礙叶峯尋詩𪾢經鉤時

攜蠙瓬標楯助移家

先生乃不以其押斜字乎柳沿好奇之過也

○岳師歿前十日寫梅贈曼殊曼殊賦詩

余亦慨愴無和之 山頹、哭亦辛、

回首遺蹤勝跡鐙 前降四 側傷多已 當年蘭精 枕寢寫梅痕

寂寞寄安石酒濃愁天醉同團攤月郭屠涼樓

結語太沈痛○稱岳師遺日月慶 如孤隅死生 風月舊時情殘

贈鐘良

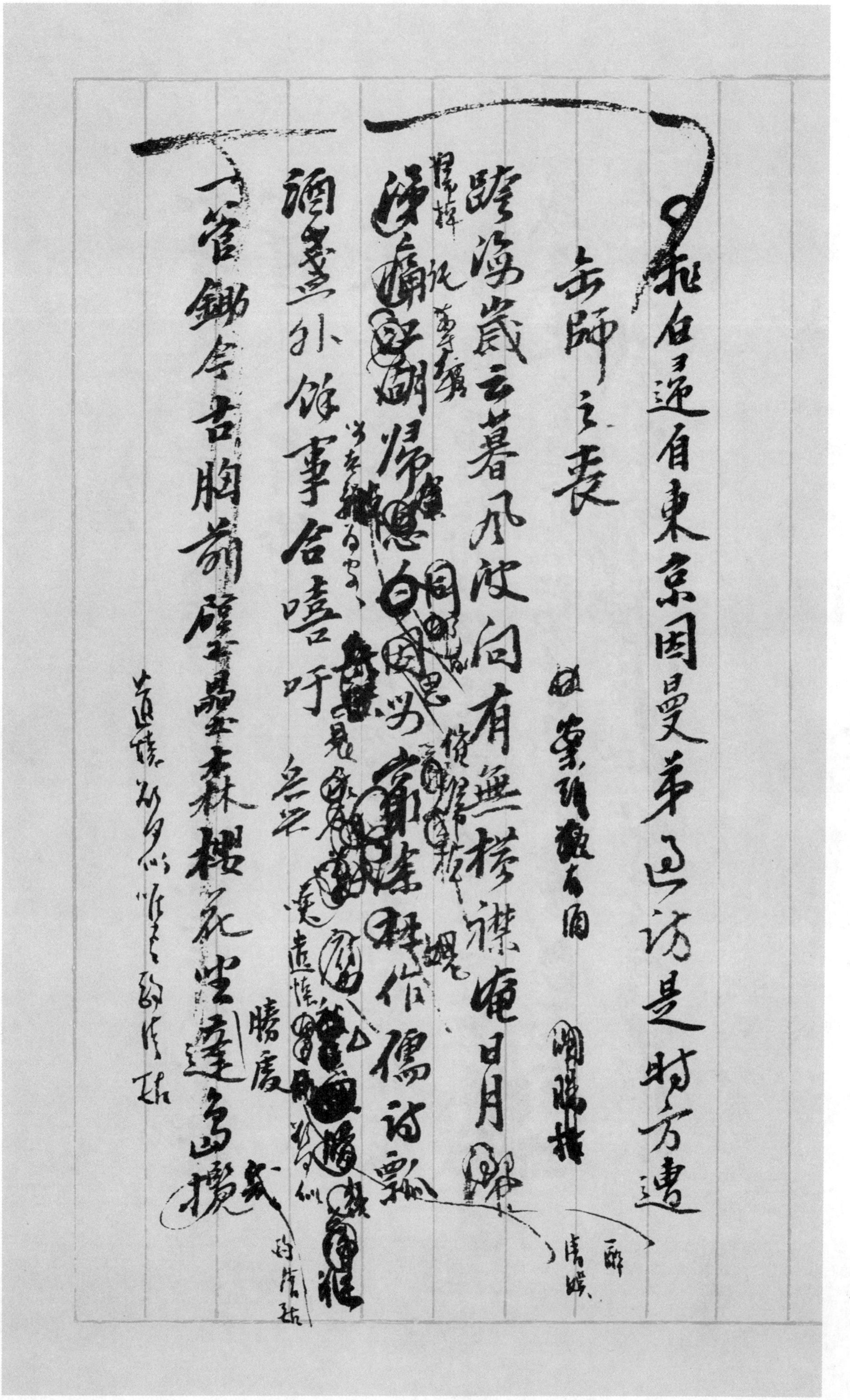

知音交誼年年積，絃歌夕夕沉。奈何（儗把）才對
此田鐙外又霜砧。

○既送金師雲伯山吴興南郭亭沼會
館閱三百復棋酒，違莫是夕不獲，戲賦時津渡
歲暮東昏旦窮年，穆嘆且亂，蒙提面會面
漆椎野岸，揮湖河何，聊勝芸衔衔紙

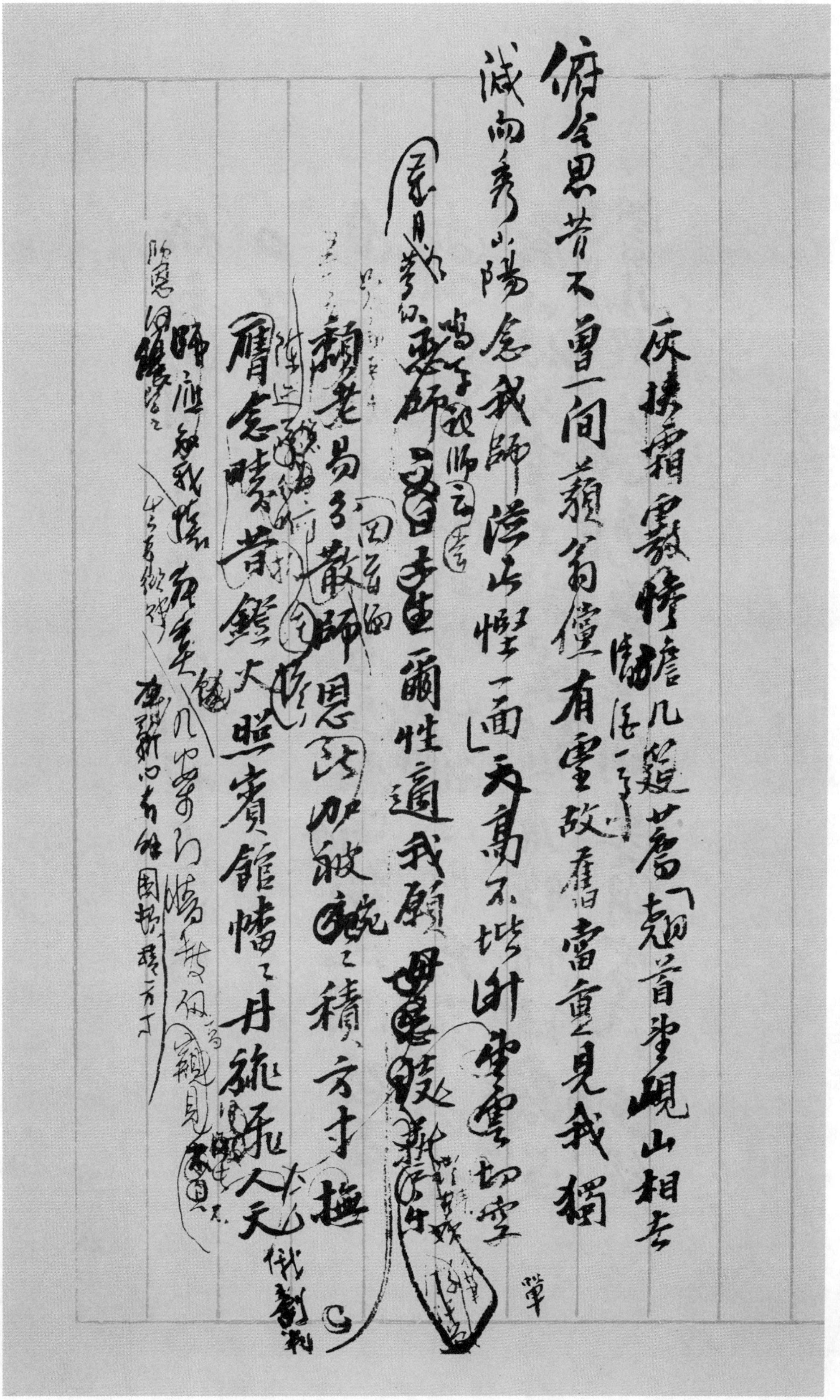

饿剖刲明日此归条恻悽忍回眸

口哭吴臧龛

自从去秋玉盒折 相对 与君相目 影沉阑双刷

相期不久 君文细说 与君相摧心肝 君耳长我 乃古君老

臧以倍兄事不许远 随 循性情谦慰笑 能真注

有时我能放 习外小楷 抱 怜偏可身 盛涯 由 剖身有家八 王 挥 铁

梓鐫鑿奪印私官詩書畫法不苦施 但此訪、

異戰定邀雨無端君峯道寬得新大

摘陵依井山壁相腓彌偕怯論乃時教心

南時狂顛雨後一劉讀白日閱盡國病國心

難安悲風急報難也雨忍思耗權意作筆 白師著部

圖強笑胃劍泯詭新佛說卿從權

吾師老矣漫不覺，亡君魂魄猶辛酸句。

予自逢黃泉相見應悔無歸處。

寧氣類君起我，歌詰同嗟無天地下聚首。

差足樂人間，有世皆雲煙。

還涂口占

○哭岳師

公愛我長為何教循循善誘胡弥造胡公一

病遲長瞑師息無量將何報病前一夕

商論詩摩詰東野中心如三更待坐與

石孫變生倉卒噩耗料得自辰二鼓送為

原緣日三醫因苦無效息雖僅屬猶我呼

此付縣平錢

而命々之真

摯周自可

存

收有所示舌難掉坦叢寂寂自鮮有聲合
眼庵庵扉無覓看始（西日經過古詩新）息遊遊不不百向痕者
老柔者平人風謂公節力彊公公亦自忘年五
耄春入超山尋宋梅化健登山穿石窟數三
月鄧尉六月祝西溪樵畔總游姚重九登
高會賓從得句人人競挑真昨見今巨稱

我聞昊天彗々詳訴告寒思怛公々不復以眼恍惚留刑額魂魄一去日遠遠我欲生進招所宵寐臣石不能臣質死靜言思之躬自悼

刪与友人論書

還曠邈碣佐卿卿書勢龍飲浴翠雲

莫把傍人來比例冰斯而後獨成家

○詠弓

弓兮弓兮來何從步履難窮雙西風百

納一襲衣比廣廈萬弩孔明手功列地封牆根

森側好曝背三五從虫蝶悍忪有財雄

護仰天咲開不有别窮通面目於保里手

荊卿々已首
饑餞々油叢
同此懷懶此
罵馬而来所無

探賊深淵驚貫髮遠鬆芳四星瞬處
見真執孝不求悅己閑[誰為]其窘夕臥寺門徑
村兒經巫之中者子之宮[蟒]世大閣庸又[昨子]旺當
乾淨[有]土誰[無人]毒邪蹤大道正邪聖人死[四郎]烽
天魔天道[離龍]之石階下弓者貴騰過[一目]枕上朝
暮百八鐘意氣嵩山成之抱埋之前鎮指得

寒山自清寂自有味無味棒喝天地瞭色
空寂磬愧岸儒中鄙哉詩書填心
胸何似千家飯一鉢向路白雲西復東

隨上水

雪霽路濘淳行潦澄可釣驢車出家

驢車心協協行行十里上

白描樓風歸雲

詩亦有致
但未精耳

還小穩臥寒窗碧徑過鵝是料車故鄉噴

蹻水激大聲呼鄰柳湖與喑友朋

我去息過樂波浪羨登臨歲家數百載

履奔可史我非奔猴戲聚觀者罵我

何死慧孫車子蹦跚過換面推李何債

嗚呼我知非好為不勝其造次人莫識之

我（今）苦爾生徵誠願不告以以老堪老（報）安遐嗟

哉行路難崖崖盡惕兢（慍）淵為謹無射虎傷

山澤嵒嵒者董董氏宿寐矜魂魄逃空事

大難渙津早阻（沮）塞克葬不能矣奚謹登

程席

卌

東人鹿叟植欽即席賦贈

買得數弓田饒來百丈天疎泉清淺耳築

舍靜參禪鳥語春來脆花容朝愈鮮留

賓殺井[illegible]玄鶴舞翩翩

答敘甫

[illegible]烽煙外[illegible]條風雨晨書中[illegible]念我

眼底不猶人游與同[illegible]詩聲[illegible]朝[illegible]

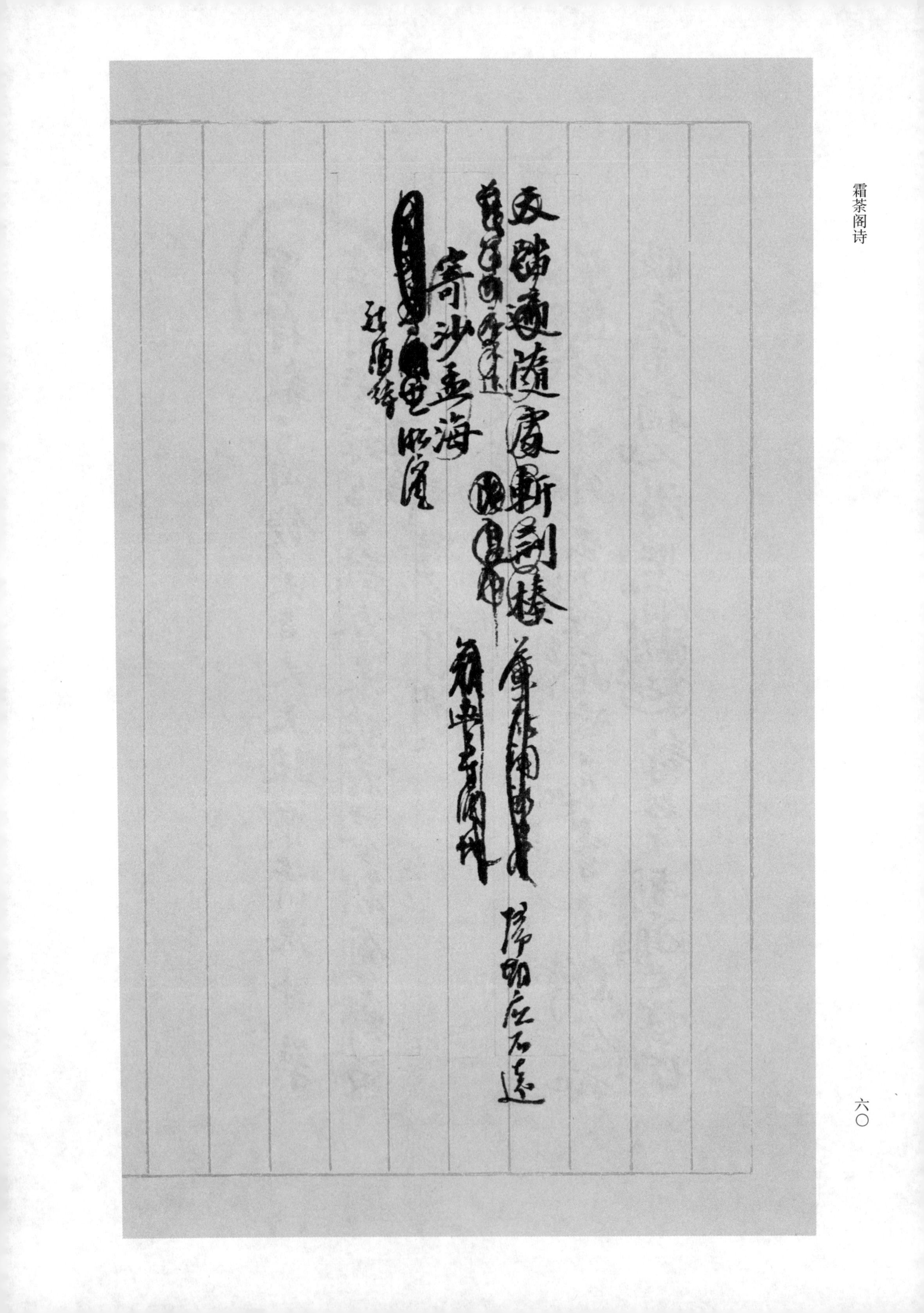

又踏遗踪随处新刻楼

[illegible]

寄沙孟海

[illegible]

[illegible]石遠

刪 ○ 贈朱菁龕

一筆兼顏米體體名壯哉古心書外味元

氣無之胎印鑿金周秦矣〇馳驅風雨雷語聰
琴彈歸去來〇

畫龍爲開 時遠

木鐸老人廿年前嘗出沒鄉曲循手滬

市衢見戲賦

老人有心說
木鐸裼寬博胡無出無卑從

者又辰寞嘯嘯引證酸鼓化久日趺鏤宇宙

大有奇氣

曉聞吳諶哉振木鐸

○敘甫將有粵中之行書此言別 [illegible] 手翰

不識字人 [illegible] 人讀 [illegible] 讀書人地獄 [illegible]

人間日促 [illegible] 人間 [illegible] 不足 [illegible] 我相逢西 [illegible] 曲深

壹悟言隨所歡昨自雁雁歸來會 [illegible] 哭謂

我頭腦滑灰 [illegible] 毒生臥天地勤反覆 [illegible]

[illegible]

言勞心□罹剝歛遭南海[illegible]文下巧脫
桎梏吁嗟乎爾誅殺之行且速[illegible]
羈躓但願三載五載搖車轂相對加飡頌
多福來生寧不辭[illegible]當年秦帝焚書土
羨意深欽服

○林石舟先生約澂石濤画即席賦呈

雲泉流四壁　鐘磬静三更　老人惓惓

我何酒半相攜

文章灑落　硯安排　情淨忘置

贈友

不肯傍人騁才高　性真　晴山海縮　筆

鬼神瞋三載違仍隔今朝主迭賓兩風還往
裏吾樂任吟呻
删醉君先生將為　岳師續刊詩集過訪并示
貞元公詩即和其韻　先生六檀五言詩與
岳師談最契兩窗共對榻今思昔不能寐
能痛也

往事回思一惘然論西歲月細周旋重陽高閣
人鄰鶴五字長城石拜顛盃酒咲安龍往
趣師明酬答古今緣哦詩肝胆長依傍豈為
浮名不可蠲
殘月生涯洪流家吕味來
萬綠吐晴晛輕煙傳過溪村嬉朝讀書

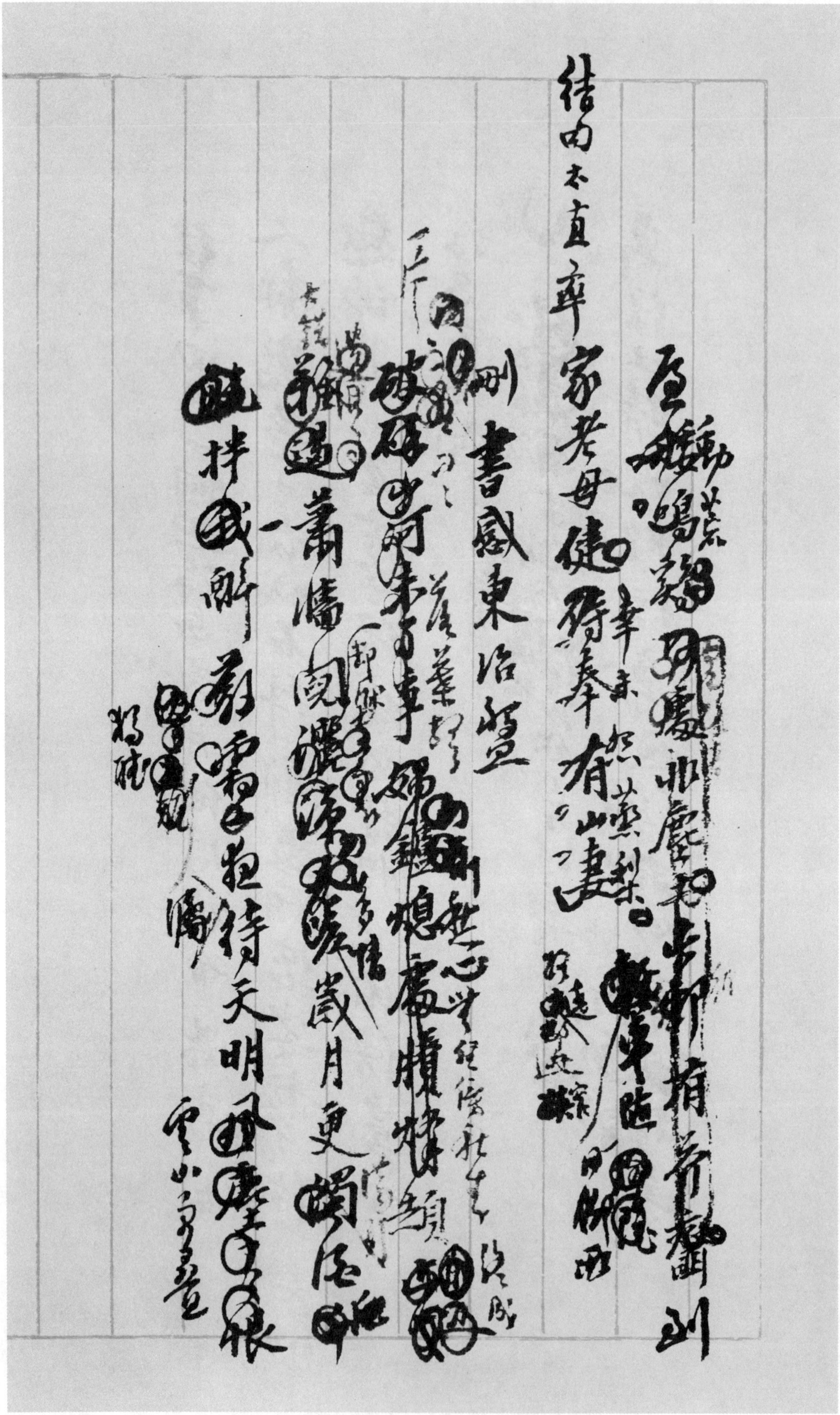

懷吾已郭外田無待耦耕

刪 贈林二

華岳鬱蘢蔥多君意氣同華采迷俗艷

枝埜趁秋風點畫雲層而動谿山窮復通去

音云与我滄角一雕蟲

刪 贈趙半跛

奇豨狼虎山聲名聞滬上數輩論神交璀
璨合瞻睇無稱儋詩忌義〻堅碩壘〻既同
容庵潰衛巷逆旅即賞秋菊斕斑邂逅胡
不喜浮藉造主賓相與論端妄生猶少父去
運塞老母氏目者可示人〻則不詭君亦稱
詹之且謂之長技君謂不我然我不敢君

唯老人弄柔翰豪縱出虎兕寒暖為我煮
直一小齋肴重許盡勉循日夕勤四體壽
酋沭買山置酒為君紀
刪曼青郎校課將從錢名山常州學古文
辭
曾印之不朽(為)詩名語寂寞江頭湖上流不著氣漾

書我亦願飯鳥何以逆問鷗

慰曉師病

○寄鄭午昌兼示曼青玉岑（大千）度曲若好

諸子

俗客敲門與隨俗敗座上寒暄（勝）衛急送

奇峯天外來

之出牘喧嘩呼童下迴示儀刻呈響

雜聲款鄭子自道客籍識今日相值快哉

快雄談直比濤滂湃胸懷頃刻一洗[illegible]亳

對客無罣礙[illegible]派道吾與人

不與怪異青山擅筆墨外[illegible]土

岑樂馳騁縱橫逞天籟負雞買山寫畫

有王猛打
飛騰概

貳不是話因是印自對如席如天春盂盤之
自蓄三氣莫不御燠煦相奈磋奇趣横生
出肝肺吐辭逢[illegible]利祀事悴[illegible]鍛長
俗客[illegible]來物
●
贈謝玉岑
玉岑化篆胡石鼓折[illegible]曼[illegible]父盂

玉壶可人不意鼎散蒿勤摩挲金石文字撑一肚皮公

竟以穷饿死可韶我某也贤交订金卢皓黄浦腹万卷书

叹也饿万言叔金吐吞（云烟笋）陈涵所仰天地忽浩嗟

问讯

足迹未逾（皇）涉岣嵝论文格律为（抚周秦）委殊六朝

厥笔何足数访（问）排遗图（皆）绘[illegible]（寿七）言诗

（天八五）七言左右将一日[illegible]携薛樵[illegible]书画（袖中峰峰）

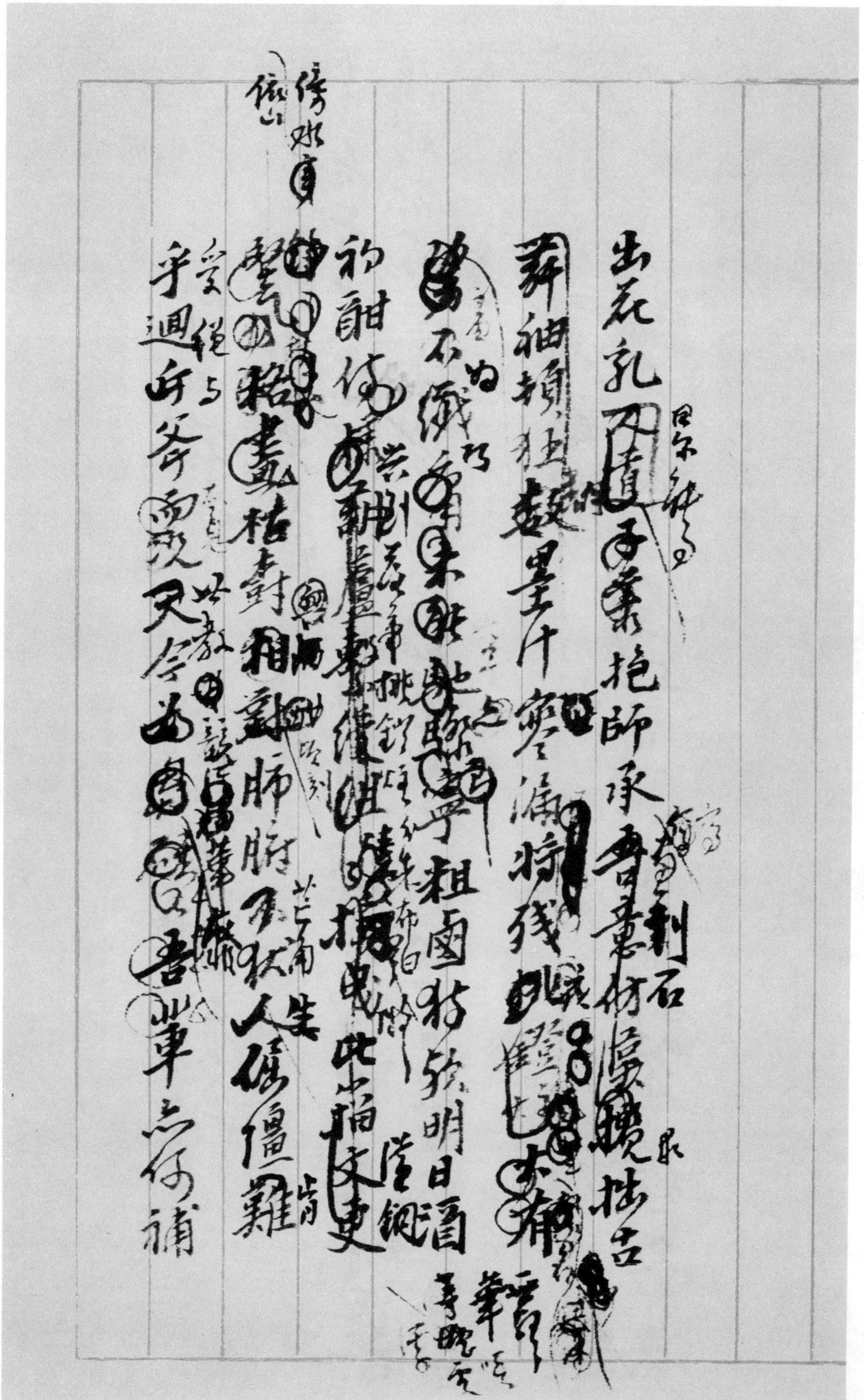

唯酣樂吾樂哉未央兩袖清風度萬戶（坐擁百城）

○

醉霞贈[illegible]

先生居蕭索把酒一澆之复可[illegible]醉[illegible]眼底月遁

路須斷入世紛何國今山月[illegible]我今歸田里雜[illegible]

醉巖

先生居蕭索甚把酒一澆之市[illegible]

綈語前默姓情賺直後貧餬不良醫

月潮逆蕩乱

寄内

出門又向江南路，月未曾圓日戰斜。兒此不能禁兩老態，有……

十畝原田盡渴，二間老屋慎門樞願

君暗典笥中物莫賸親心累又苦
大兒愛食參新書衣韻詩難釋識便忘曾
把兒名題作羽不去何日鵾鵬翱翔
○度鐵犁其夫人韓步伊東遊詩以送之
試擊中流楫滿春游萬方仙山風飄渺○天
海路微危裙衣隨雙攖風塵羅一鵠櫻花
以下十

闹嚷空想像乱纷肠

一刻匆匆苏杭故人踪迹忙君行又屡屡我意

益茫茫烽火一盆冰江山九叠肠商量谪乐

粉画个白眉良

倾倒那今日拍诗怀韵铿锵古大吕实无

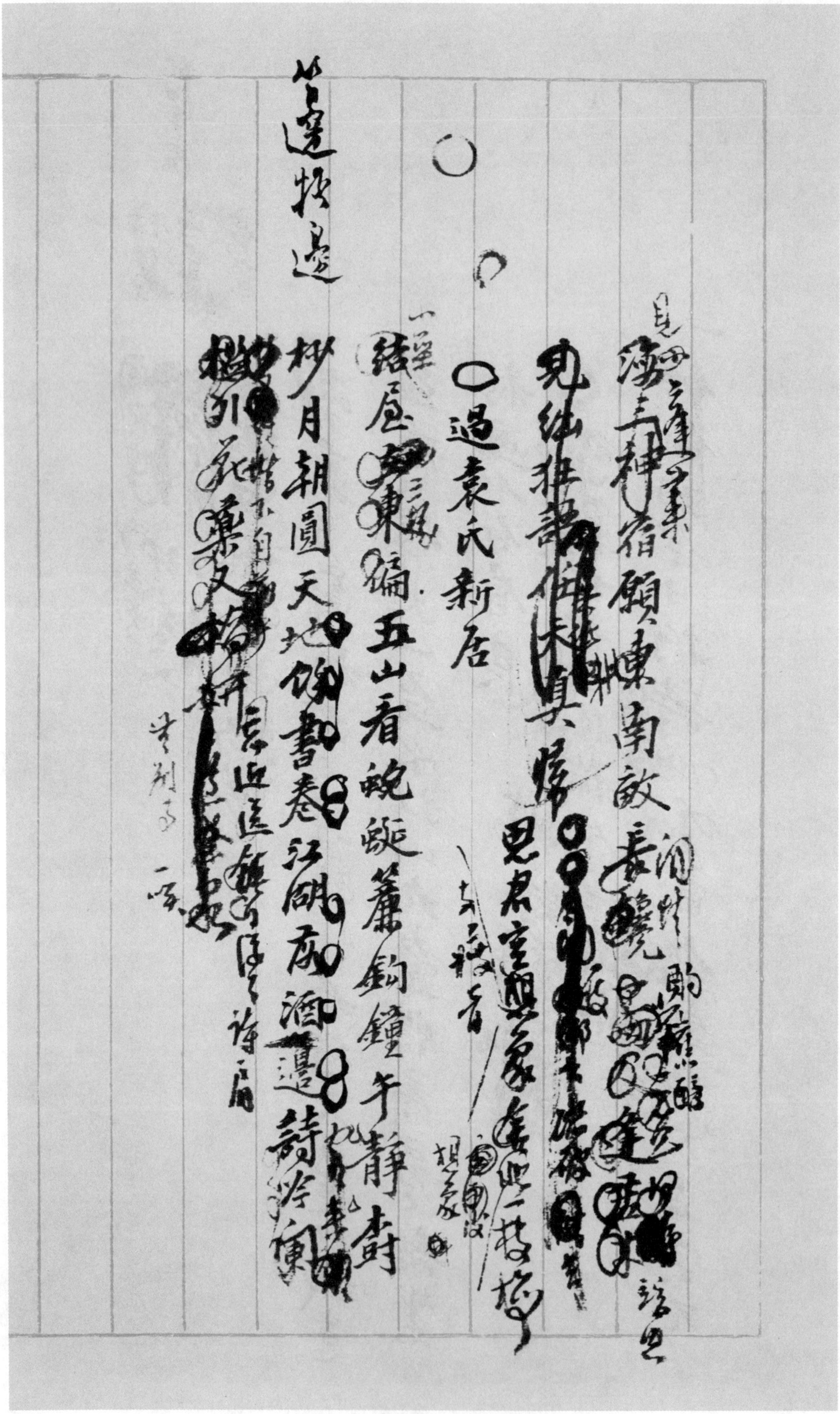
過袁氏新居

○哭曉師

萬行出灑偈時旧二頃田都無背郭田墓印

直追秦漢代搖毫兀對雪霜天貧憂塩

未綠明日志託林泉負壯年可念撇牛扶

短策了身無待夕陽遲

石盡恩私餘一哭西園梵裏尚鄉徊咲談

擬
游無錫碑刻得若

娟水常逢期許譚々愧異才棄如鶴氣

並骨風波酒鄭回首佑心寂一坏未安起山側

濮陽

恐更蕭嬴負土來

刪

蜀友贈酒詩以訓之

悲欺淘撒我陽有負舟擔水不厚擔

枯腸嬾匯虎元主閘軍遂久々一容冊々醫有

迴

提寧起

醉送酒重陽後霜曉籬根菊寒苞

民聲又肥其九容意奇興餓酣新苟葉

勤皇揚口吅山嶺海揚之萬里倫交亡岂傷

爾有辛未風塵大國南伸觔精肅

我則飢驅身肩甲用賴風塵牛馬走安

得技醉唱嬉笑傷無獲莊叟目觀樂

外木奇村住

粗拙毛木幾剝

貴

穰皇天民一手不識安眠臨是處天也從不人

割狗

賦

觀馬戲之中雜一虎感賦兩章

驥[illegible]騮蹋蹋騰驤不稱力千蹇表丰方寸穠

飛格伯樂与王良一睨空山羣米土先馬白

骨子拿鄉今乃用為戲所驫亦所適奔騰

供咲輦本性日排逆人每寵其馴此意良史

可惜，

猛虎咆哮雷噬人歲千百何入獵人手終日困

起足教之習百戲并聽馳鞭策胡爲一老雄

負至菜色橫暴不可枉果毅臨其側呼人

將毋吁人亦患此夫放逐

側字不穩。

跳踉多人數之渾忘無得耳如之一大網張

誰詩惡圖

南北蹉跎更[illegible]五飛無[illegible]傳空姑息

畬柯蒼宦

何恨鞘長劍，愧無生酒能[illegible]

[illegible]年[illegible]蘿蔫手月自[illegible]

[illegible]

九日和夢坡前輩

[illegible]

胡石

面目二字太宫

氣不如之竟作

淫罵

二詩ヲ奇異ヲ删

ト〳〵

一峰作

軼眼文重陽雜詠寄同情删俗累高[illegible]

半付雲翔[illegible]風雅[illegible]接老蒼下肩

閒阜木落盡菊花黄

登高飛一東來會逐雙輪滔敢訓僮[illegible]詩

徒[illegible]古人郊原秋欲老江海白無垠歲序[illegible]

恒稽彌天[illegible]

酬答汪歗廬　超山人

新詩到眼正秋深舊感翻然出對正襟梅當

秦桃思避地丁卯春隨侍家師避兵超山看梅勝處也翁自成遼鶴豈忘

心心看雲屢負渾如昨握奠山漢倚如今與尔

年年相長期執手遣懷一日眉頻斟

○真師得大賦詩寄慰

昔劉柳以賀得火之事是之賀之者貧先生

貧既不可自卯續老邑數椽但充今身中破書百卷

不積毀遠勝大家雄金有餘同宋國圖容書之誅南白甲

一炬不辨東西鄰妻孥倉卒極所需文字

迂疏之遺蹟焚書度出饑饉其余心血付

灰塵小詩遠寄請畫聽天叔[?]是親

暢所欲言謝

錄能吐之道

人結語於

勸慰之意尤

為精透

向晚存[illegible]處處事一[illegible]如明日以偷夢書鳴呼
月過道三[illegible]曇[illegible]鮑儒坑秦
容全不見人[illegible]
克渡瞬息過三吳江海奔馳[illegible]一寒[illegible]
[illegible]傾豆愁不散陽西風黃葉[illegible]敷[illegible]亂
母病還里舟中感賦

三討識
竊可存
遂年

客子多憂患，飄流不計年。無人慰寥廓，有
母獨祈慈。病危方迴，殘燈照寒潮，咽暮天道
閨鏡勉施後，遠夢一鐘懸。
母老哭微賤，無由清遠奠。勉勞生我始，良病
最哭微吟
彌留嘆雜家，吟詠惶為子情。誰憐蕭臨江
山成上。木似故鄉
孤山岸，馬嵬雁下，嘶聲平。

病况兼由悲家书，辄说之。吟（因）愁尚客远（来）身

赖（想）结（遗）兄知，江路边归棹，逢镗刀楚时，触（热）身（青）

霜月净，（风揭急怒舟回）土水未逢。

（刪）母病危亟，怀然赋此

涉江急雨还归蓬，寸断肠兮为病痛萦居

今朝物胜非道途，通露急嗟穷，挑镫尽书尽

冰霜在鬢眼猶明寂寞中年卅載劬勞思
亂後寫將詩句乞虐寫

○車中

四顧鬱青蔥車移世外通山光鷄野水倉
滄遙亂天秋風佳知仰無僮長途似愛鄉江南
四月林州木已荒荒

格律蒼古詩氣老之一聯所改二字氣老澀也之然以易之

郊野自犢犢　此間百事宜　麥黃撐大穗　竹笋

長抱高枝鷄犬疏籬逐　篆簷垂細柳　雲栽

此作之力不如

則之

將從野老負耜送三時

舟夜撥宸橋卞歲

羃羃山連三面霤　亭亭橋束兩端流　便舟

支往當州

獨正斜瞳暑　不妨明珠妨已鉤

獨存吳首
可山

補梅直
渾不如刪

舊事分明劇可悲，避兵書擔輒隨師。今
朝水上行為昨，枕背同人嘆論詩。
一峯道是黃鶴山，細皴綿蔓盡一般。可
惜千年樵徑斷，未能持斧一追攀。

過松庵

久羡松庵人，昔掉秧水東轉轉近昏黃頻年 正

飢催盤十里 安得仙人辟穀方

飢饉盈千里苦覓仙人辟穀方

○午日

岸旁張畫本

年日舟中過飛微雨細天懸悲思憲前彩青柳[illegible]妙枕

蜀蘆相罷恨風雷孝女[illegible]亭生

底響琴絃限音誰与同輕生吉道情[illegible]山川工掩

已晚愁不吊一潸然

没個首錢千年

下半首少

以助節

○法相寺晚步

由徑山回渾成

忽忽山椒係天產緣了此間浮嵐嶔氣木財
老花來唐年曲徑迷還碧落住間雲碧霞石泉飛
前頭雙鶴雀鍾鼓磬下識連

氣候

○過岳武穆于忠肅墓
由來若羅織去
實兀碑碣遠空精英魂靈此壯詠功名本草齊骨
便沒共高遠
氣不塵墟往事山林記孤忠世無窮出門

吴又如經過百丈懸崖

登城隍山得小飛來峯

光怪離奇石亘巔天荒崩斷徑碧苔封

錢塘水遶千闌出野鶴翩飛一望空（丁野鶴遯）

（石處石碑砥立）生氣牛羊依稀翠壁殘碑文字認坡

仙蹤看絕頂向深掩定有高人白晝眠

結韻尚有遠致，均得平衡，不苟存

可刪

張善之五十述書依韻和之

不貪羈戎馬情無避俗濱湯師名早重有以

境非貧畫意若大風應杯傾北海醇論交來

萬里一笑忘延〻親

題葉渭莘山水障子

觀山橫水迴洞曲九格蕭〻遠者逕依然無

漢人柏梁詩 宗臣睭普賢多 少朋儔 獨騰譁 萬木華

全詩每句有韻

滋瞑茅廬南門一老古冠服淇婁盛都貞 前月五日老書

魏文帝燕歌行即用此體

乃世在人天紙蕃駕是筆克拂，眼齊又靡 隋之季代

此詩押韻參差

展卷不厭百回讀 戲時攜取歷會巒圖

錯非今所古例也

暑碑跌共三宿

○

○唐棲紀游

五詩風味
殊勝

車行荒野絶塵囂艸樹微茫野色遥孤
塔嵯峨鐘磬靜引人高眼出層霄
田功已畢促漁師坐向溪頭理釣絲
天氣都不憾蓑笠肩到上釣時
千畝麥田一瞥過那娃爭唱采菱歌生
香絶勝雞頭紀湖上秋來雨水多

秋林遠帶斜陽醉　歲暮低迴倦鳥翻
一幅倪迂新畫稿　百年遺老在山村
寂寞山陂紅粉滿　野花猶作宋家秋　我來
怕說興亡事　千載唯餘路一郎
○為吾師墓地超山宋梅下
重到鄣谿悵隔年　敬憑勝處架新汗

上攀石磴凌諸岫遠盡林梢見匹泉楚斷

肆鐘證圖覺神來香雪周旋老人遊

地曾經遊早歸雪山半偈緣

乾西津老人

場各譚嗔記溢容謂如此韻風流不再逢

吳中海畫南北畫南宗婆娑林

改作如此方可次聯乃一氣呵成

語字過亭

壑招玄鶴。宋寘江天疊晚鐘。不壞山河餘

老輩。李白東馬太公憧。

東晉僧

初夏汝病作肓腸不可棄剖腹驗我肉

憫江徒惋愕三日急來視推命亂嘗託我

宗久衰替猶幸德未削汝已遣諸你天秉

又纯怆拭眼後踏淮九自平翔一鶴李爲鄉人
自南来説汝又轉脚踵長江南畏患難
人度汝乃日孜孜未敢暫逸樂謂不及時
千載成冥此恨將奠庸知可自謀鐫山大錯文章
充塞先以身爲囊橐秋湯山河窺
古人斯錯徑路又賊貽母自斷削書中

如不割愛便
成多遂之宅

有真詮退爲進此譚咫尺不相逢惘惘寄

忠諤

夢見　岳師方據案作畫武賦乃力律　昨日

爲　岳師誕日

陳迹分明在眼前殘鐙一夢總淒然明朝壽
日追三載疇昔同儕半九泉
指陳師曾劉玉盦吳
啟堪韓子穀諸人

不斷肝腸多墨磨，笑聽轟星最留連。寥寥

泉秋菊臨風九處，獨立空堦靜聽蹤

感囊子日紆魂夢，睡息從過程六時風雨打

門警鳥乍醒衣襟濕，淨不曾如古藤牧綠

龍亂動遺韻若生歲月，積天寸草增七眉

麻你々湖許同宗為

删

靜欲祥三

字緻

○哭曾楚石算文

須髮不知老生涯任俠天宦情農裏道士業

意岸與仙隋三生債猶要半倡緣飛○

悲廟和惆悵遼編

○題曉師遠象次真長師韻

回頭數滴垂斷綫瀉從前東坡來飄泊

西園悵後先，家貧何所贖，兄慧愈堪憐。（師早年從張謇書由江西西園旅泊南通，西園之晚當記醫上海，殁于西園寺）

自別雙銀杏，須眉總悄然。（西園內有雄雌各二銀杏）

○辛未清明節感賦一首

日望西皇家，風塵困是嗟，親衰年月覺，

路梗水雲賒，節物春如海，懸念

生涯在書卷，若何似藕秫。

四方財紙去

意味深遠

○蜀友索題鍾子寧山水障子

子寧聲名衡史冊，耿耿孤忠堅鐵石。畫其餘事亦足奇，文出玄韜離凡格。遠處浮翠雲氣亂，直野木撐空梢寒。直少平橫任縱橫，水走雲傍不離飾。謟畫能與元四家值此嶙峋，俯邀帝居，今古孰得而求之布

全體渾成

结太鬆

刪

世〻珍秘寫名山藏之且無纍數

突未師魔戰不撐之將首錯落東還病者華

僕一生的話不

屢寧翁僅免寄與少村讀書覽屹

同本弟兄刀工孫棋不飄零國箸壽第我在

東還公不言瞻目送指揮亦責但閑病草

無侯等皆契

獨念念日淵不歸伴晨依夕共侯聽淚

爽之直

是倫字居

是璐字居

雙蓮我更何心對舄簣兵師先輩樂聽

論文

公此日最暇王喜或當然悠客寂北下重逢重論文緊學我

誰見之

心

要

音悲兩盡無極同憶一表述金師高曠無以倫

森格力隊是特春物病少閒不勝精識一齒

冰雪聰神山出骨

侍公

自來

力與橋業猶當當題詩日不可沒宗先德感頓

況恩所不豫謹解此心弗可釋舊友臨眾

元教默赴

绝笔伤哉罗缢肝踊哉年五岁为孤儿手
诗短便心惨悒　兵师日宫坚云抱千秋名
食金石力公之助之交则通其畦町驾马独
粥粥黄昏情灯我左右离皆鬼往哭
可起之素君如何衔御长天吾影集
丁　偕东迈中拓游南湖登烟雨楼东迈有

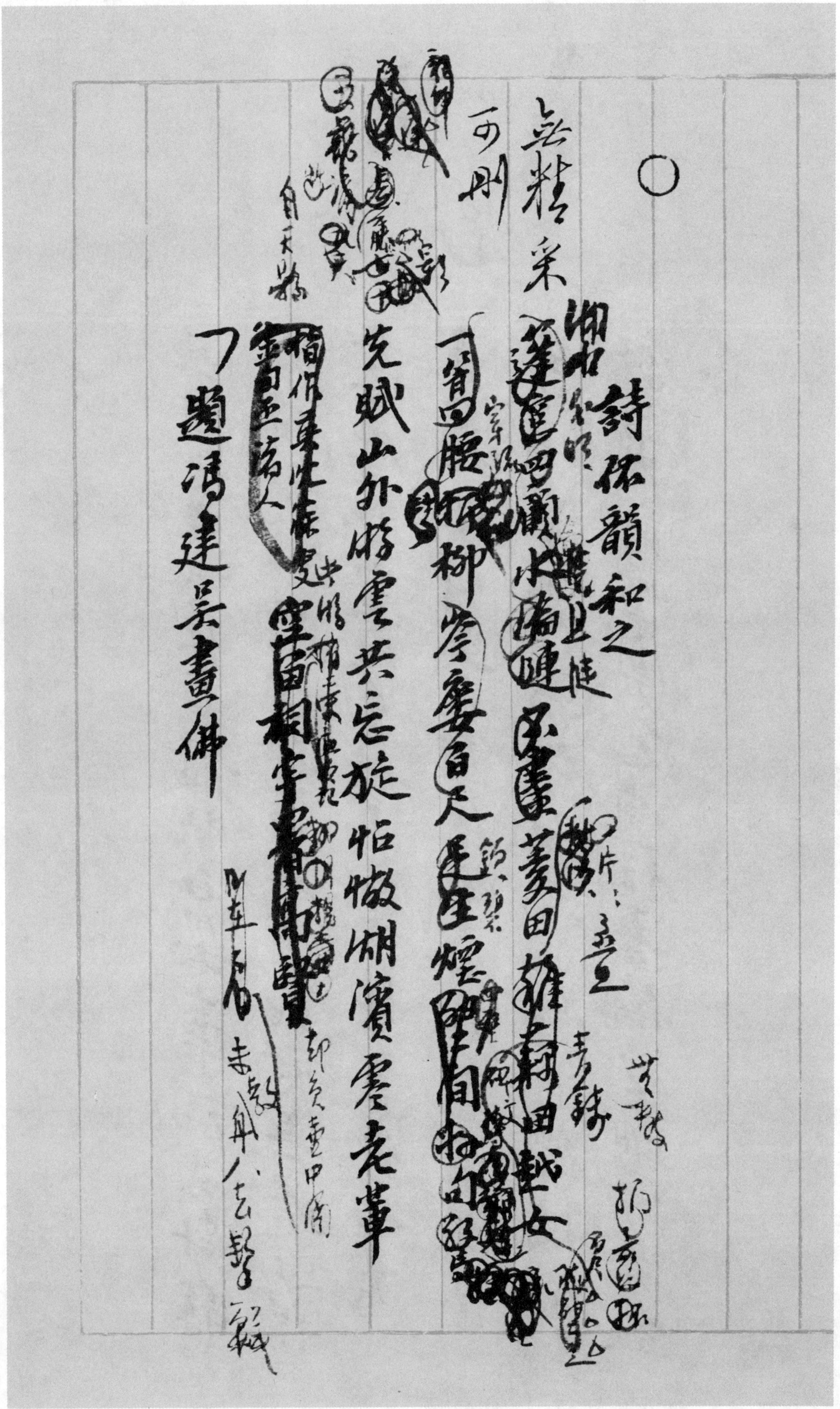
詩依韻和之
無精采
可删
先賦山外游雲共忘旋
馮建吳畫佛

畫佛古古貫休與龍眠白描古筆端為針縣
各有神妙採雲煙以無盡相證無邊得
冬心磨兜堅渴生舶象收万幣為寫像鼎
彝鐘銘磚五色斑集峨眉天花葉續絲
生四圍下龕供數佗塵劫與慈通衢兩射
軒鼙鼓喧闐息調弦吾儕無補百憂感

畫大氣包
舉之意
不足存也

最大法力乞佛前拔筆叢殺且和南

○過岳師蘇州桂和坊舊居

仰見姑蘇數仞牆吾師廿載雁（舊）偏徘森

知對謀作畫穩居深贊知當

○感龕帰來觀音山之原口占兩絶句

罘山屏列鑄（如）魚（化）靜一水襟横薦屬香（不）

黯然魂銷

信人甘奥寓[?]鸟画

此诗[illegible]郎[illegible]见[illegible]年书画有文章（千秋）

一泽[?]身[illegible]浮沉

美情有近归无定，膺此桐棺尔土埃[illegible]

不随天辰[?]真子秋，吊古[illegible]人来

[illegible]柱道柳桥访玉庐画[?]，天暮未果

钟阳[?]山[illegible]威赋一绝

雨[?]晴[?]一棹过枫桥，水之潋[?]可怜（不可）处，枫[illegible]出[illegible]

〇

刪

臘戌假滿耳邊岩廬秋[illegible]

游天平山

人傳天平好山色買得石田畫乃識一[illegible]

伸雙眼矚似此嵯峨〻〻[illegible]〻重將姑蘇延佳〻

舟〻子遙指亂峯側廿里棹過[illegible]村[illegible]

昇〻前執役斜磴側足〻之後矣東具告甚方

含繡刹仿佛迤嶺正山面峯岡森嶽挹風
格地浮丹楓天白雲中無盡感精紺碧石壁
思趣者[illegible]騎懷舊詹崖枯緞[illegible]丈人当前
徑欹迷無一綫遠通天壤翩明底青
轉迴頭上寮疊往牧騰脚有勝在山泉說
鉢有墓依山碑亦剝泉毀清冽變黴原

碑拓崔巍留遺澤　暮雲微雨墳刻生好

風君之送將客歸途　一步一回頭　萬山雲

撲魂魄　重來日月何期　仰此嵯峨

生平歷覽

懷諸希齋

師門飲　知　誰是　前數師曾後引君

為山中風日好　不來濡筆寫江濱

口赴蘇三旬未訪和公賦寄

風雨摧衣去光已閒甘郁吐辭執古道百語守硜硜今出門羅敢我猶戀乞情秋來祇向丘園業游丹青廢書不惜別愈遲心合辭擱居姑蘇道東輪不曾停敢謂閒雲如渚邊風天四~~野~~行天涯書無去已已是悵平生

只愁兵壘起荆棘路經横辭有囊舊念
未妨傳飄零
清虛寂坐倚杖東小憩詩集
論畫從~~去~~知是畫士推詩恨不見詩人酒瓢掛
處交寒月聽徹江聲一夜綸

十月初四日夢見木師

删

梦中人依舊夢醒淚難收　余師袁去後

心香從今游絕渡每抱分留我堂上慶序莊

樓已如々月色如舊存大起推窗之々廣寒原天一

鈞々々應有意鈞我平生慈我固慈相待

慈集復向尤莫言慈可割回首我生淨

○冬日還家省母氏起居

陕武兴临傅儿息

起草年平钝

倒装便佳

铁叫家门阑儿息进路断绝息不惮归

老母喜病余语塞肢麻腓手昔避我儿时

急遽 坐堂上问起居 风 以 以生我何

不可能此生遂长为客最痛未孝双亲一年

所期赖频年海上 以早紫未替 载遇

以子相依曾来日戚剩悲欢月前以母忧罹

实发病遽患无策赖吾安健总为心既痛愈间之极

事定 天倾地坼在时 海上 波务伟言

情怀强体难喜事需是更为愉悦颜

心 作

此接连曲

晨昏由拙而又

加卓难

色自道遠兒子已解事逆旅經營少艱危慣

弄文翰不過營何必請視我書齋何必（好向見身驗）

詢我世亂何渴時由河南安宅宅今来（李）（道）（飛）（亮所有）

無不長江處阻隔時萬里風飄愁（拍天）（浪）

江南生江北冰雪蔽地不藏過不壞南山（極）（頻渴恒春年復年）

箴松柏

安宅吟嫩

冰雪由來樵

別船口占

布帆千丈掛天飛，飛唐聲[illegible]幾雁鴻去境叙

人腸九疊回山行，行後[illegible]恩

[illegible]聲[illegible]夫艇大艦舟戰艦蓬鐙迎萬層人世

倉皇[illegible]相間又有[illegible]是沙[illegible]

祇有身時同何往不是一處去個經

唐吾老雪

[illegible]
大雪無声攢四野又號[illegible]推空[illegible]林杪
連水灘[illegible]鷺雀[illegible]語[illegible]間君日我
何求宅此[illegible]神仙府[illegible]注氏子流序亦年年長
吟復短歎[illegible]周旋[illegible]念嘗嘗讀十九歷
但耕求生[illegible]八口[illegible]求死種四體
來致族[illegible]闌[illegible][illegible]達成[illegible]闌[illegible]無

父母者[illegible]家鋒刃写[illegible]日以識其莫

豆煎子元[illegible]斬其顱[illegible]人碎其冠[illegible]目耀[illegible]

意可想[illegible]看顱[illegible]山[illegible]太傍雪[illegible]嚴

大孟可與類、親填乾淨土[illegible]

我也非公治[illegible]言、不可[illegible]聊以著

我篇[illegible]同於焚[illegible]与客道其故

○寶積集覺林賦贈宗老丁亨

山人道不枉胸次開爲爲眩析禱鋒研氣吐

塞天壤料想禪論餘清光同萬丈宗居

攬經摩妙諦參玄契解了尚書詩得

來如反掌我懸解慳緣向學苦勉彊面

覺林真詮開內聊結想何時鶴背騎

一舉浮雲上

重過虎南四松堂

小窗曾題四松堂昔年借尋慰枯腸重

來三松凋傷盡空賸榛莽伴雜遺

途遇鄭曼青並談甚久歸賦長句

嚶嗟求聲宿經四年識黃土同心友寡傳略可

請之？

數旬子論交七穗前相逢一傾吐席
聞我善雜莊諸所出資朋輩為佳不知妹
酒甚使奧棹頭心但吾我生天骨不殊
人有二三齡聽學讀書不好努力出門何見鴻鵠飛雲天
萬里看毛羽好文翰墨識字學校新
知亂終沮擅屈水被師恩轉增長年

直補我友如盦与保之水積根盤有年所
玉岑畫藻不羈才海南我[illegible]周出處祇此
清奇不可攜又不失我氣骨粗[illegible]森[illegible]挂
讓我[illegible][illegible][illegible][illegible][illegible]雄為主兼論吉
文不[illegible][illegible]詩但隨人風韓杜[illegible]君墨[illegible]
秦虞印鉢周石鼓無用孫執分[illegible]
[illegible][illegible][illegible]

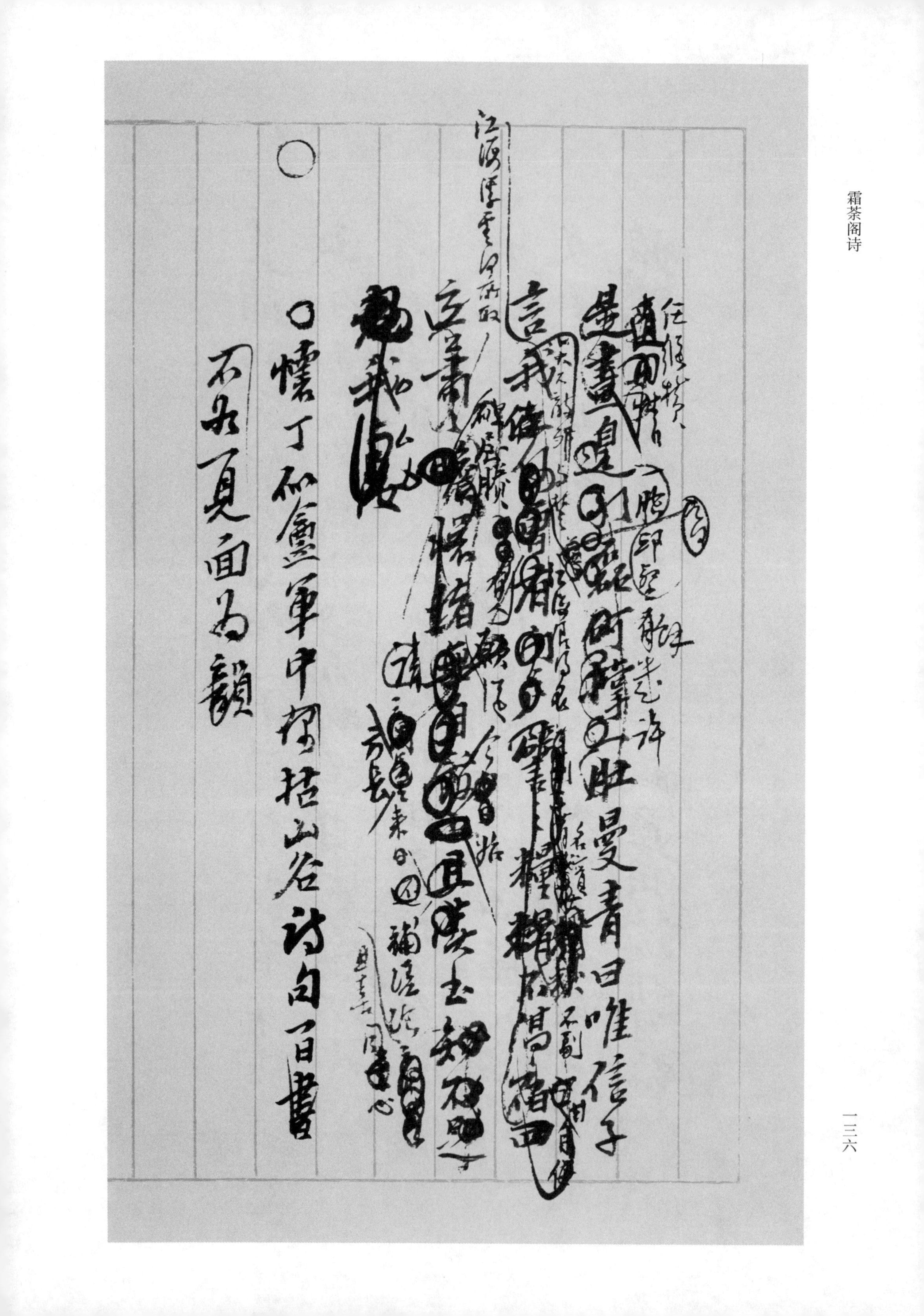

[illegible]

○懷丁衍盦軍中摺括山谷詩句百書

不及見面為韻

行色太匆匆季世感于役遂（眉上）此来月迂（流）古有（若古外）
江山凴臂力君坚疆屯田勇丁两百盗贼懼
雋君。摩頂有飛錫
轉徙千里魚何日有寧辰心往榛塞雁橐
華遊我東瓢泊重感雋不得遂厥初諱
識飛塵際。將軍好讀書

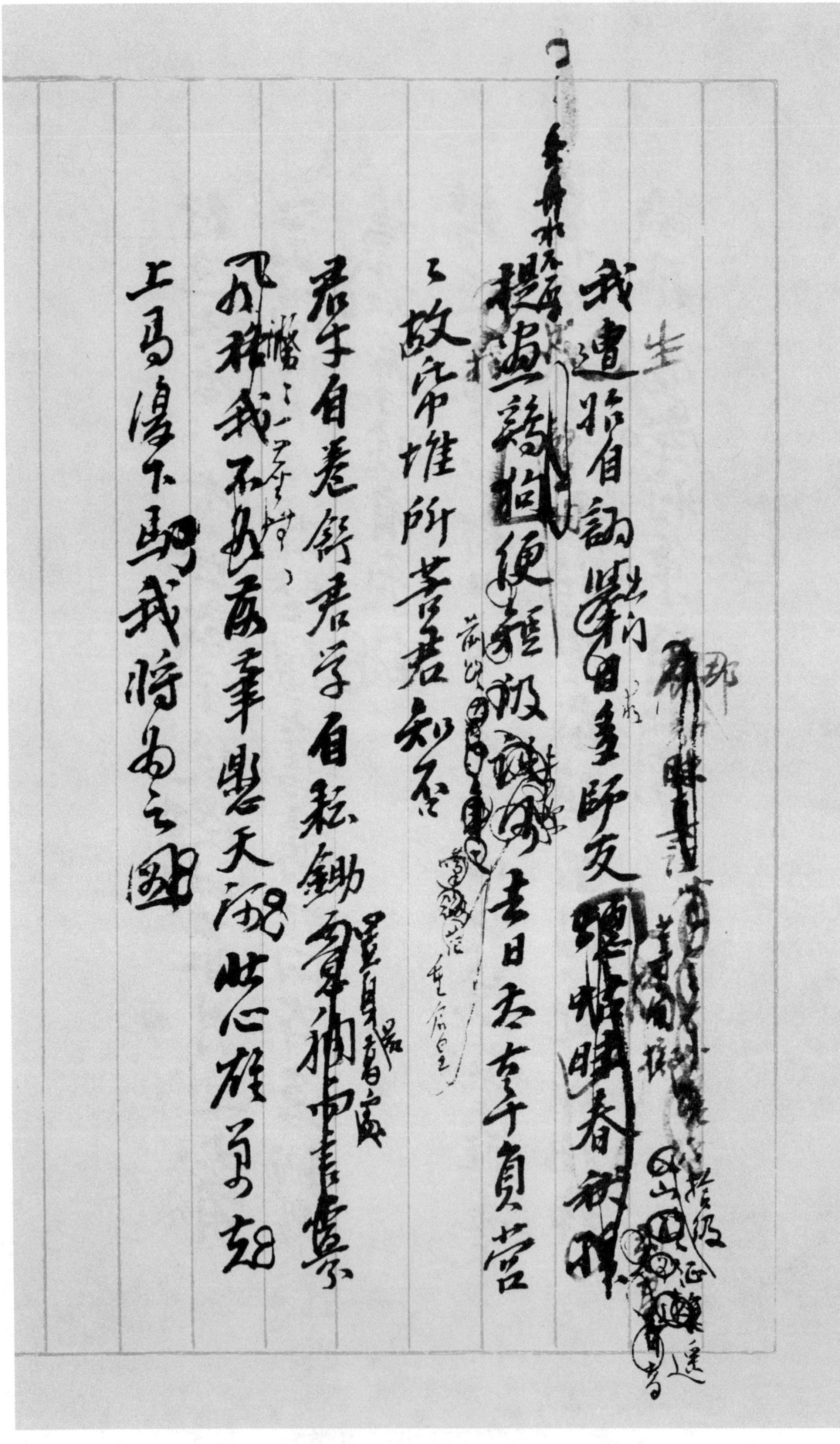

删 ○

平生論交我君稱第一天涯鴻泥影不
隨心聲[知]肅古態仔細看對面心已說盡[古]
讀琅嬛珍無數琴瑟
○先君二十周忌
廿年前事一彈指倚遍江樓夜衣袂乎父病
纏綿書卷但家門蕭瑟兼時寒縈心

夢斷終天恨轉眼親衰久客難霜鬢
三春愁未得不堪仔細鏡中看

貴州華越豪家貽我迴沙茅酒寬句
日建吳自蜀中來又聲以贈戲賦一律
識得黔人語未諳迴沙酒迷來回甜香品
萬里憑將餞三更醉笑談未足戀
太平衣
不妨劇飲

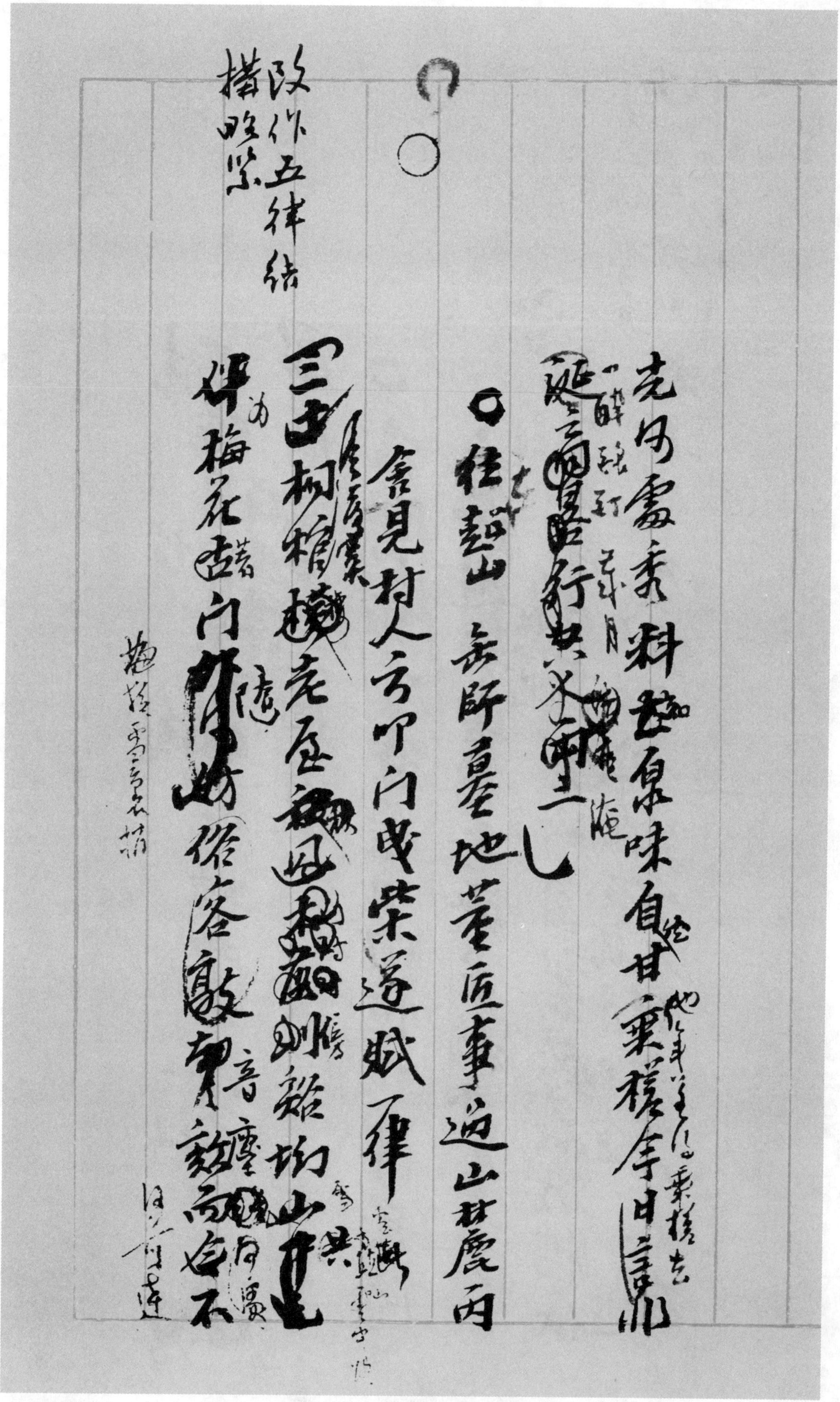

先日處秀料[illegible]泉味自甘栗樣今日[illegible]

往韶山 無師矗地並匠事過山村慶丙

含見村人六叩門民崇道賊律

三日桐精樓老屋[illegible]切山[illegible]

伴梅花[illegible]门[illegible]俗客[illegible]音[illegible]不

改作五律結
構略定

達
可得息[illegible]戈[illegible]抛中東謂兩心香
聊勝豪[illegible]與酒肴

○宿鄞山報慈寺夜月回憶丁卯歲遊
余師避兵詹樓行歌宋枝下

寫
梅孤期本末（古柱今見）有封[illegible]鶴國烈不聚孤投腊紙
枝數歸壘黑賦花釋載雲人惜幾年春[illegible]

此老五律最爲蒼
勁此作何不類師
法昆乃觀似之

此作純粹

明應憶我於情異昔時

○愛屋懸其鴿送影

瓏兮真可愛愛聲喉中襟貌秀雅又敢過刖

群兒輩憎自啼喉日月果猶態有時來

我棄樣斜胆真大似刚復似蛇曲屈然天

殺有肘那木馬馳騁書意外去年北之

眉月詹自

燕都□□保智□南歸雜讀書見我去下

拜訓無心夜纏明珠塵壁現比曇花

天意信難會奈朝廷是圖耿耿摧肝脾

回首我桐兄壯舞有同慨識字已盈子

夭折六五年繼說齊彭殤安能無慧苛

○題漢婕妤玉印拓本

一經腥紅印底事參牧信吉意任盤迴刀
法之溫潤艷蹟耐摩挲似胸堆雲髮嗟
之寶藥麼珍寺逕之弥運
往年頌蜃廣先值一塹謀其容峙
舜寸高山鄞目畫誰讀書之頭角又興陳
花甄湛謀圖寄渦世倍論對被蝴國業

雨有好感賦是詩

斷腸容面稍逢君喜戚同懷感所云容

國步艱難經年別心悵眉帳敘多閑療貧

奔走投筆年壯補救蹉跎暮裏鞭分

○感懷

髫齡孤露剩堪憐解道辭家情在眉邊

未完

足跡經隨緣去住，肺肝未許倩雕鎸。每

思兒老身為客，返痛師恩亡淚似泉前路

從蒼茫知己少，獨對作與影周旋

畫取形影里

渡江

之味州州

渡水借輪舟日沉月斷浮江聲剛入海長氣

自從慶年壯歲向好親奧敢解百憂遠家與

征客情惘立中流

舟過吳淞有感

吳淞不可扼。徒過勝箴桅。月破天開畫。雲下大霧

峯起隨波闊。樹勢驚鳥來。水雲鄉夢香。雷耳目

匯蘇總江頭一吞來

此作略得歸

佳

丁 夢來吉徵丈先百圖丁亭東邁爲朱

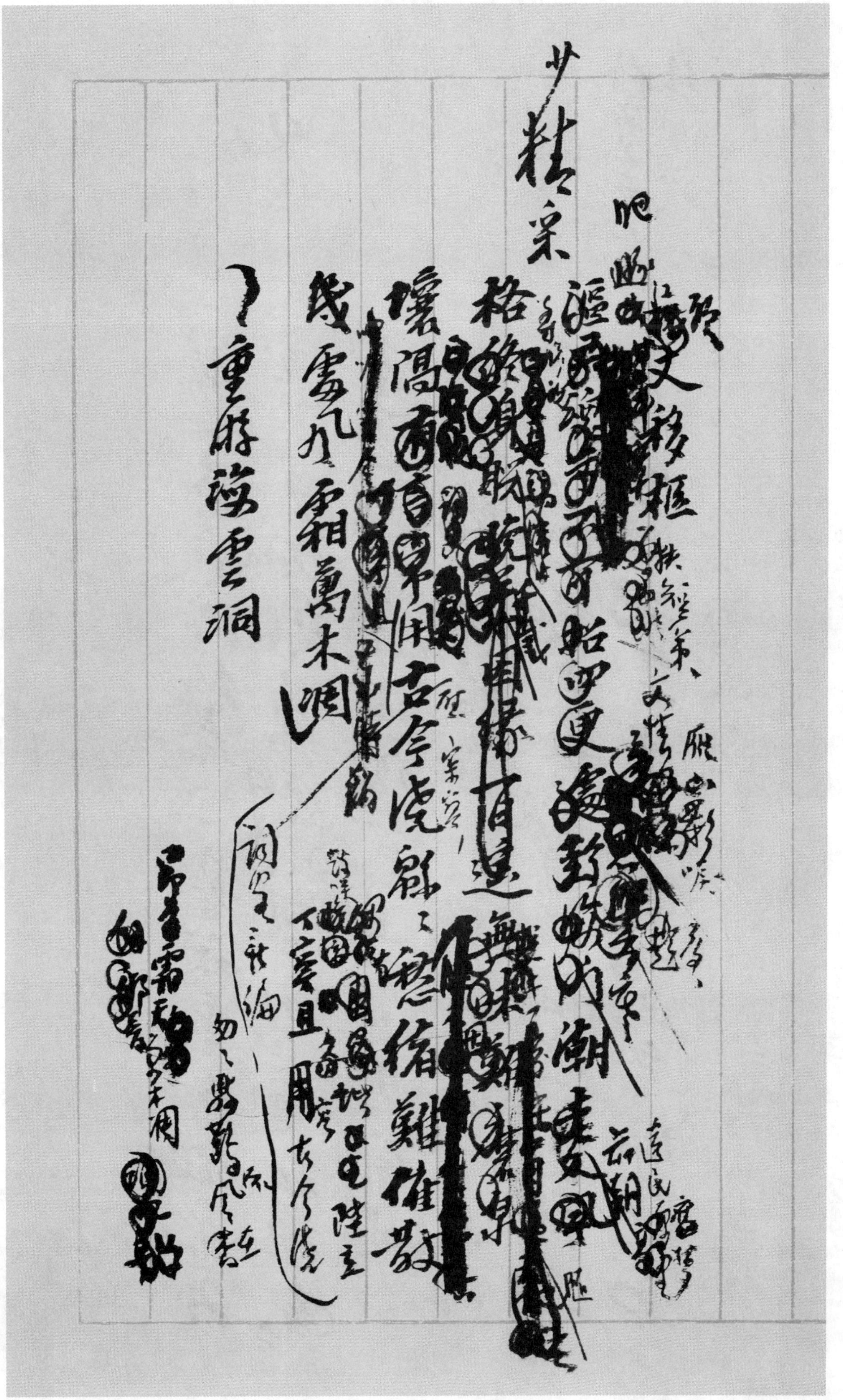

四拙

勝地喜重遊，初春換暮秋（秋）。雲泉[illegible]翟坦台

奠多不知（知）蟲古作嬉戲（旧年）細土（象）劉石這新碑字片

霜茶（同古新勸 余師詩）回頭六載三同去其可侯

○論曉曉師語

西園客散後，數語見（見）譚，指示（示）通前路

江湖惜走鄉，莫愁書卷（卷）少，只要肺肝真

雅不見奇，承格律渾成

忽遇吳公都平生有幾人○（旁注：知）

○蘇城韵飛名不值見齊頭寬牡丹多憤

口占一絕題其壁

先生本自料寒酸○偏買臙支畫牡丹○穠艷（旁注：別有）

風情描識筆酡顔只合自家看（旁注：不識由來）

一韻河（旁注：胡）汀路鷺

渴望音書慎如夢來情緒

夢如入座來紛醒書卷肥新有緣見使門

好意氣今日最崢嶸

吾師風魄超山嶽

自我辭師座此生抱永歎已教馬六載後來

到一杯乾宋壽澄風格超山護歲寒今朝

門庭見平生 對

屢拜地圖想舊盤桓，
感遊數頻年，回頭一懷，篤師應知我苦，
天不若人悵，空懷三更悽，四恩未償未了緣，
未時無一語，論角合心滯下占山邊，歲

〇題汀鷺寫冊

「汀鷺筆墨釅而肆，畫如其人，斯可貴，此出所

胡建專以生
動深濃取
勝此詩因此
西使

制我瞿然舊不敢折衝且退避紙不滿尺氣盈
氣象妙　枯索力不費試叩其玄究若何了喚諸
人還游戲江南畫士多盈千輒以嫵媚傷風
此我更躡跡百不能未作人言伎考氣拉雜
賤詩與君朔十日吾曾一拜醉

○同見龍華齋自筆稼懸卷復許寫據以詩 檢底句日

夜村晚行 留之

去年隔岸秋山爽，奇致磊磊轶吾堂，轴高豪气

拟作兴草庐半哦诗，消尽清响出家济国

吾音三载能居种，怅惘道之家住鹤底，勸之声

远引匝篠篱为林岚，未许雁鸣窥又无村人共来

避难惊忆前因罢，吾未见颜色先拱手罢

不必拖带

佛偈語皆去之

雨初晴壞衣開各華嘆言讀曉曇手執手

相逢皆有

論文好

叔頁劫跳眼耳鼻舌堪賞君圓清攤我

有禮與於壽與

斂

今我

神勝久生字怨非心房斂樓江海任周旋閑學

見閒日益二黃

切磋共勉邁香羅眼眉畫拥瓏差了解儀

此

八宮出身

清長我借相許不插人風格卿自東游何車

心我中

自道大當空我

見

出既來且安之異日山中去揩椽

皆已於一至七形

江湖

○輓黄篤菁

猶承垂化哭之慟毋過北城有餘痛君自喪

子攖不開忍更聞情涉吟諷昔嘗日月佳朋

儕共出居恩抱雞鳴得來好自付兒鈔月下

燈前氣象豪從遣吳絲陳言自出多甚送客叮嚀

老僕從此中年斯光景不得磨名一段因緣三[illegible]墳[illegible]思[illegible]

线阳[illegible]邂逅君相见唯馀四更梦涉忘稼

承蓝[illegible]茫茫[illegible]知当年我所重今日始悔昨论

交客襄相逢日又衆

案喑卿生仲推轶[illegible]

子病危漫安母[illegible][illegible]母[illegible]从所甘子[illegible][illegible]

缺[illegible]立生无性况用[illegible]累[illegible]宇[illegible]唯[illegible]体以心

畫鳳李素(?)紫(?)書(?)致傳題親正其事
寶刊祖鄉曾那大家 老衲所
〇花下撫琴影片背立一小童初未詳也哉

題二十八字

琴韻蘭香一室靜客中何尔獲斯境偷之
雁唳磨年少藏得 覓(?)來公稽聽
嬌無下何人

大暑燭生

閒看叢篁角徵徵動，心靜無風亦自清。猶憶往昔年浮海去，亂崖深處聽蟬鳴。

題先伯母遺像

伯母劬勞撫育，記共如昔與我母無異。家持儉約，仍困屢紡績，耘耔皆親試，時晉兩姊勤針黹。嚴識大兄研文字，兄將就傅，母不康束脩某

轉出

計脫簪拜進悴劉情瘟信辭心勝碎

劉值庸酋事朦朧睹左抑棄如長逝哉

指佗宛七真六李太息

著明時軌漏伏長號語難對澗

今逝廿歲還容思往事舍泉甚西端

子孫只慶平安太怨沈珍緒

○和希齊次貞原韻

借问客何好嵯峨賸性情間身新有託未
莫無名久曠心俱愜作息楚夕禽驚師門館
幾輩珍重此浮生
默契誰能識相逢只便豪才雖竟輕絕老大
肯看輕風竹清成韻蒼松寒不撓秋深詩更
健將句誦酕醄

○删

○先師九十冥誕感賦七律

又值淞濱八月秋○鐘聲雙眸○括瞻

壹年負三十年學○陳跡消磨百尺樓○未厭天高

雲氣都散○鐘音漏盡屐痕柔○客途逢橋自覺傲霜

贅肴我亦乾坤未生不贅疣○

和同韻樂三叠前韻

鐘聲下無不滿地畔字

淚痕下無不浮柔字

所感無計遣餘秋[illegible]綿闌干露寸肝昨念讀詩

驚聲野鶴坐遠[illegible]月[illegible]此情[illegible]珍

猶[illegible]筆[illegible]不[illegible]年休將豪氣[illegible]

斷字句剔癡處

〇午夢初醒賦此遣悶

詩酒作回成短夢肺肝依傍想高賢[illegible]門[illegible]

託江山助羣目鎮驚歲月遷邊地新獻斟

灘爐師門納穡義熙年故家遺者都寥

落搔首蒼茫欲問天

以氏就醫指導擬處內子述醫言 何以能書

如賦

以老來嗟病廢身起居一定動需人看年

此

祇承權笑別離終賤貧急聽有歸

緣乞佛緣期風慧可回春家書把得

此由何釋綠也

江頭百五家新

一幣以君聽

○

○癸酉六月与一翁避暑青島舟次五律

錄音得七

四章

輕

舊舟一日數千里避暑

與會飛騰

屢遊不見雲峰峙，拔地削初成。隨時覽物勝，
心無滯，與客談論氣來平。散情樂懷，
歌舞羅列，子瀾波上月三更。
茫茫大海無邊際，一線分明劃四天。霞氣
騰先燦爛，壽觴卷，最清漣。
我生樂事，回首江

次内沿洪韵

[illegible]

忽驚[illegible]列羣[illegible]夕照[illegible]

高低名不識[illegible]

庚戌

今朝信步路奇情[illegible]

[illegible]

嘉木葱蘢夾市廛淺紅濃綠鬬眉[illegible]

？

唐律頃聯不必屬對三聯不應如此率略

[illegible]清境為前刷有天留[illegible]連朝

携謝[illegible]山横斜日[illegible]情潺湲政投

雅[illegible]出人共一船

晨起

一回閑步逕清涼[illegible]槐陰夾道[illegible]

則

[illegible]漁樵沿曲岸[illegible]聲雜鴨飼餘糧

白雲斷續山三匝，青嵓[illegible]流水三方。如[illegible]

最行盡裏地[illegible]直[illegible]欲[illegible]鄉

觀砲臺巖上和一老

[illegible]

砲臺巖背去遨遊，究似雲帆水上浮。

目河山多悵觸，今朝拋卻笑時哎。

刪

海濱公園晚步

醒多美女少
不如删去

林公園依海岸野樹疏陰茵細澳晴暄砂長竿
晚釣歸風吹衣漸歲月上空來頻詩共隨
時漲無須酒再巡

觀海水浴偶賦長句
飯罷遵海濱徐行而遥瞻白日閃沙明細
柳漾波綠遊浴百丈遥櫛比連板屋
七

捆

去更衣跳躍海水浴男女雖少長反側与與似
清濁不須濯纓遠濯足袒裼裸裎[illegible]平
沙上尚文詩之道衆及憐惜便覺見我狗
東長堤結隊歸肌膚淨體腹修間
胸巾[illegible]四方來浣濯

寄慰東邁

星光墮地誰何卜福斯基蒐斯伲多不少

超曠明達迴非庸俗所能言

少遊無清淨之至旁真樂陪部親恩足能忘餘事蹔焉一瞬息目無內之軀易消磨即論百年亦迅速悟澈此機心自怡不受幻象來敲扑我軀半生盡諳喜愛惜光景天祿遠續半生便多禪抛撤無學歷世傳君長稚子叩進云劇工未對

石與玉[illegible]来餘緒且[illegible]

身經日[illegible]田説閒情煮酒[illegible]

我来青島任遨遊襟袖長迎對岸山[illegible]

江頭返棹無限時勝概[illegible]君復

思歸

床下沙聰初遠月月虞前海水暗生潮南歸

廿一回味

縱說是多日極目雲天四望無際遙

○一公述妙善師生平為賦五言以

金山高僧妙善師生平今日始得之羅

圓果成寧容易區區別無眾修持證

吾們原初莫識一日忽從層樓墮下地從容

頭禪誦智慧寶雖守終歲龍衣

無礙古自懺悔亦不飢，或叩其年頭點首山中

自日本難稽有人瞥見波手妻十載常如斯

凡夫每見身相

總知慈見度故勿罵神道諸醫不煩藥餌投

人

習無依無所依偈為布施我更無母之燈病身

手本遂懷難維朝暮禮誦一切佛佑眼前歲月

聊支持茫茫南海數萬里曼陀羅佛何時歸

釋法力儻可乞春暉長熙

○穿山道中四首

攬勝入山隱晨風拂面來雲峯宋往道

行迴驢背馱紅讓車中映珀石宮葉鎖時潯

何不暇去推敲

亦有烏衣巷迴王謝家村依斜天荷開古建亂石峯

從朱華

千峻崒岸谿常繞雲運山半遮[illegible]民風渾野

世變文任安欽沙

道傍石碑誇寶石傳說雲靈遍兩縣延慈鄉千

筆不斷青君年見園野坊樵夫拾松間[illegible]

與形暇車轄轉不停

市塵右我遠[illegible]君年山[illegible]隨處眼[illegible]

研鍊

聽海濤圓張帆影殘鄉樂作水竹聲[illegible]

夢想何曾有翩然一往還

宿牢山華嚴寺

森森竹木山巖千章[illegible]紅垣[illegible]陽[illegible]

聲清歸[illegible]僧語[illegible]

山缺好樹[illegible]佛傍晨星峰頭出東海

月[illegible]
光北[illegible]
[illegible]
金匠長

朝霞擁金光

游華嚴寺塔院寺 開山祖師慈雲法師李氏河北遵化人出國之歷訪入山

漫漶碑文尚可辨蒼穹寞久望嵯峨

孤塔依山立圍繞雙松如風濤偏想

石崖留淨土難背天長金屋一剎憐

國殤心淚三百年來何處徵

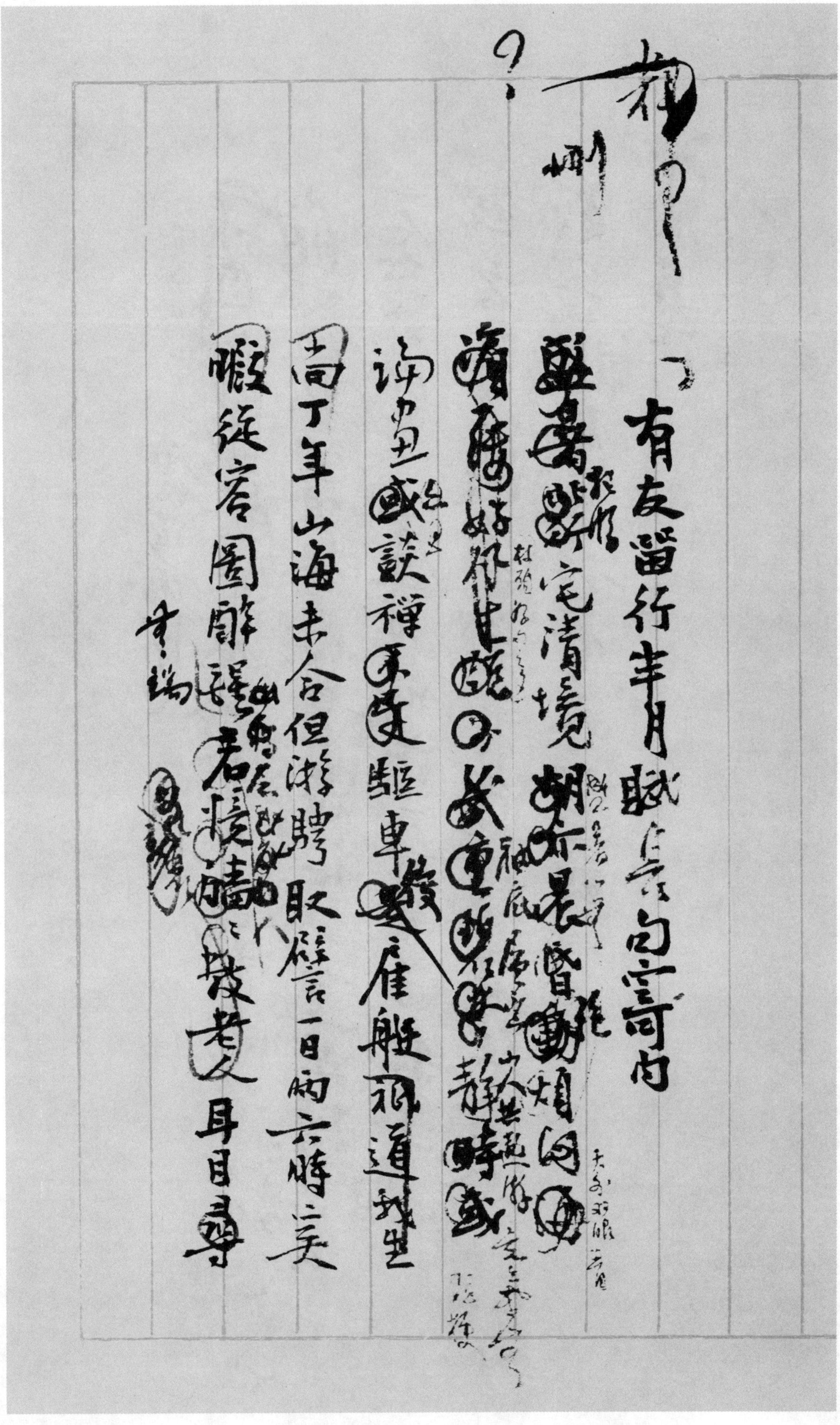
有友留行半月
山海

春分日新集 [illegible]

帝圃鄉井遺逢勝愈悤親 [illegible] 方

[illegible] 逆旅 [illegible] 杳 [illegible] 世 [illegible] 其 [illegible]

一念慈即之真性所發不可厚親年

衰老隔消能嗟歲 [illegible] 歸省任人嗤

我客 [illegible] 才對雲天工返頭

月下

淺
删

仰首天驚月再圓，客中底事又留連。我家
亦有清涼境，綠柳陰濃屋數椽。
獨向堤根樓邊踏月〻根勝勝名區一樣植
愁根年〻六月家中過飯罷追涼提[illegible]
促織
促織數聲斷續至棚低清風一片灣與星

九二三六五作

先緒把卷床頭情々不成寐舊感翻飛譯讀

静村識

得家書賦此寄內

晨興聞鵲噪真亭午得家書慊喜悉稱盛

吉蹤精詞久居親心能洋料閨外正枝

疏端題秋風傻行期七月初

後

○題蕉石攤書圖

石攤移誦餘寫幅幅圖[illegible]賣得錢去然

佛心頭了一世挂嘴嘴[illegible]翁伊所[illegible]方外

○逢崔

崔翁所業在禪舂[illegible]

便宜臨頭[illegible]

[illegible]

縮頭白眼賴書□於朝朝經三山園當日晨起占

往視□隨槐根我不諂其之狗如之饅頭

身雇手雇年雨知否我謂年猶留手人終

日但求數粒米□□聽縱橫今世顛皆顛

缺耳聽經□□寧遲□此非卑生死俱兩

思安能

於此鐵砭

不能起一

代、高旨

錮、朕奈何

李何

望碑崔也胸中無點塵，聲籠之從之復之差

之文須再向[illegible]能[illegible]明白低細得長句

鄉音[illegible]東

惠[illegible]海[illegible]

生

释文

观鱼 [1]

朝起立池上，池上何清空 [2]。小鱼数百尾，征逐忽西东。大鱼长如臂，隐隐水之中。阴积筼筜碧，光流芙蕖红。偶尔掷饼屑，拨水声淙淙。世路日以窄，鱼乐宁有穷。云山奔赴处，路遥无人踪。何当拔宅去，暂留一径通。愿从逍遥游，化鹏能培风。

[1] 诗题上有“删”字，全诗被墨笔删涂。曹拙巢眉批云：“非不亲切，其如味薄何。”

[2] 本句曹拙巢曾为改作“光景何冲融”。

书感 [1]

一寒至此宁趋热，况复疏顽野性情。袖舞乾坤惊逼仄，路歧豺虎看纵横 [2]。将文驱鳄心徒壮，弹铗思鱼气未平。赢得乌巾风不落，几时漉酒对泉明。

[1] 诗题上有“删”字。

[2] 本联“舞”与“歧”字曹拙巢曾改作“里”与“旁”，并于眉批云：“初稿必系此二字，不如且仍其旧。”然二字后又被改回。

怀丁似庵军中

欲火煎其豆，山河幸瓦全 [1]。怀人兵刃接，误我俗尘缠 [2]。对菊非常态 [3]，停杯各自怜。五峰同卜舍 [4]，金石语经年 [5]。

[1] 本句曾改作“河山亦可怜”，然“怜”字与颈联重韵，故仍保留原句。

[2] 本联原作“人怀锋镝下，雁断塞云边”。

[3] 非常态，原作“君同瘦”。

[4] 同，原作“可”。

[5] 金石语，原作“此语已”，或改作“一语几”。

先君忌日感赋 [1]

忆昔五岁在蒙稚，未解读书识方字。阿父手持鲜果来，一字一果欢且咥。爱父不如爱果甘，果尽还索核中味。父病三百九十日，垂死呼儿立其次。摩顶抚手日数回，不笑不言但流泪。父既目瞑谓父睡，匍匐时欲把父臂 [2]。散发编麻心不愉，顿足怏怏掷饼饵 [3]。母时肠断背人啼，呼母不应头创地 [4]。族人谓我儿应知，父斯母斯难方至 [5]。萧槭门庭一棺冷，母子零丁酸双鼻 [6]。伤哉吾母丁此艰 [7]，孤苦茕茕负重寄。一室形影剧堪怜，明日米盐时虞匮。日坐霜帷纺织勤 [8]，青灯惨惨吾侧侍 [9]。机声书声起水滨 [10]，疏钟遥应出村寺 [11]。忽忽经过二十春 [12]，眷念前尘滋忧悸 [13]。父灵在天魄在地 [14]，精诚恨不通梦寐。老母星星两鬓斑，俯仰晨昏负芒刺 [15]。孤儿心事诉与谁，独抱楹书垂泣涕 [16]。

[1] 诗题上有“别撰”两字。曹拙巢眉批云：“泪出痛肠，不同假饰，固自可存。”

[2] 本句原作“未了家人哀恸意”。

[3] 顿足，原作“意气”。

[4] 本联原作“不见吾母以自经，一再长号头创地”。

[5] 本句后原有“乃惊而泣于父傍，匍匐时欲把父臂”，

因“匍匐”句前移，故上句亦并删除。

[6] 本联原作“里闬来者咸凄惶，耳目接之欲潜避”。

[7] 丁此艰，原作“自此还”。此处眉端有曹拙巢批云：“此句意未醒，僭易二字。”

[8] 日坐霜帷，原作“漏尽更深”。

[9] 青灯惨惨，原作“一灯黯淡”，或改作“灯火荧荧”。

[10] 起水滨，原作“共凄清”，或改作“一室喧”。

[11] 本句后原有“长来从学江北南，有限聪明销壮志”二句，后被删除。

[12] 本句原作“忽忽吾年二十六”。

[13] 眷念，原作“回首”；滋，原作“添”，或改作“增”。

[14] 本句原作“父灵渺渺望云天”。

[15] 星星，原作“垂垂”。下句原作“视孙若儿日惴惴”。

[16] 二句原作“营斋营奠重伤心，吾泪亦同襟袖渍。母劬未报父恩深，悄悄如何为人子”。

缶师出视近著命和 [1]

别存风格栖江海，固已墙尘感世身。松柏古姿撑劲节，牙期古调失知音。聋闻世事呼孙戏，虔诵金经怕客侵。须发婆娑每自慨，一年好事几吟呻。

[1] 本诗题上有一“删”字。曹拙巢眉批云：“此诗‘真’‘侵’通押，似不合韵。”

题同舍徐希曾梅花册 [1]

西窗苦雨润愁根，旧日情怀尽可扪。检点画图香冉冉，犹疑冰雪返梅魂。

[1] 本诗题上有一“删”字。全诗墨笔删涂太甚，难以辨读，因只录其改定者。

赠汪止园 [1]

崚嶒余骨相，真率道平生 [2]。有母何须遗，无财不受憎 [3]。酒觞夸斗石 [4]，诗胆谑公卿 [5]。归去田家乐 [6]，秋风挂豆棚。

[1] 本诗另有单独抄录者一纸，字句小异，此处称“别本”。

[2] 本联原作“客从玉山下，凿砚事躬耕”。骨相，别本作“傲骨”。

[3] 憎，或作“凌”。本句原作“白发欣有母，黄□似请缨”。何须，别本作“心余”“终余”“真堪”“嗟无”；无财，或作“空囊”“囊悭”；上句或作“有母无穷乐”。

[4] 夸斗石，原作“一斗大”，或改作“容斗大”。

[5] 本句原作“胸次万山横”，后三字或改作“乱阴晴”“制蛟鲸”“薄公卿”“小杈衡”。

[6] 田家乐，别本作“田园好”。

缶师写册页自寿旋即失之为赋长句 [1]

丙寅六月天炎曦，百草枯死粱稻随 [2]。耆宿凋徂一复再 [3]，而况经秋风雨摧。额手独庆缶无咎，解衣酌醴兴不疲。狂携笔砚屏左右，不染丹黄使玄珪。大荷高柳杂条叶，夹竹桃倚蜀锦葵。山厨涉想及蔬笋，葡萄卢橘纷交披。淮南招隐在丛桂，状菊自在陶家篱 [4]。老梅不与凡卉伍，柯干盘曲寒蛟姿 [5]。纸袤八寸广赢倍 [6]，幅并十三数则奇。画成师亟持示我，子解能事其言之。画不求形以韵胜 [7]，寓净在垢多丰姿 [8]。跌宕风格坐霄汉，回旋笔力镂鼎彝 [9]。若论营局尤足傲，尺幅仍作寻丈为。仿佛史汉与左孟，元气浩浩蔑支词 [10]。务为错综六朝陋 [11]，又似学者惊昌黎。天池雪个逊苍劲，何待余子为驱驰 [12]。天下纷纷拾余渖，得此瑰伟今伊谁。师频颔首复与语，今我老矣何所期 [13]。强村病山咸求观，观已色竦而神怡。八月之朔师生朝，宾朋杂遝来冠綦。咄哉明日画遽逋，破壁岂有鳞之而。谁谓赚画不号盗，巧偷豪夺世已非 [14]。参彻生灭苦不易，在此在彼区其微。聊掬一言足相慰，照眼秋花邀酒卮 [15]。

[1] 曹拙巢眉批：“信笔挥洒，有雄直气。”

[2] 粱稻随，或作“良苗萎”。

[3] 宿，原作“老”。

[4] 状，原作“秋”。

[5] 曲，原作“纡”。

[6] 倍，原作“信”，曹拙巢眉批：“信字想系倍字。”

[7] 本句原作“曰师画擅墨韵胜”。

[8] 多丰姿，原作“宁外腓”，或作“□深虑”。

[9] 汉，原作“上”；力，或作“势”；镂，原作“认”，又改作“右”“在”“参”等。

[10] 蔑，原作“无”。

[11] 务为错综，原作“力辟排比”。

[12] 余子，原作“郑（板桥）赵（扮叔）”。此处有曹拙巢眉批：“此各比喻极真，非面腴之比。”

[13] 本联原作“师领我言复相誉，毕竟王生阐其微”。

[14] 本句后原有“盗者未必能爱画，我为此画尤吁嚱”。

[15] 结语四句原作“我更为师掬胸臆，貌若坦置中摧悲。悲其事以及其余，画去愁生各无涯。慰师强欲作何语，奋笔纪事成吾诗”，“强欲”曾改为“不知”。

桐儿殇赋此排闷 [1]

浮云排叠日月昏，不尽横流掀乾坤。人生堕地斯傀儡，哀怨重重与谁论。求生不得死亦艰，柳庄嗜杀意弥惇。桐儿生年甫六稔，识字千余逸弟昆。亦知爱琴符厥名，一曲听已以手扪。每闻父归喜而跃，追逐车声解候门。腰缚一卷诵以嬉，家人瞥见咸温馨。儿乎儿乎梦寐耳，来日欢颜去如奔。好景彷徨不复见，一声长叹忘饔飧 [2]。

[1] 曹拙巢眉批：“此诗似未完。”

[2] 原稿书至“温馨”而止，此后四句据刊本《王个簃霜茶阁诗》补足。然刊本“飧”原作“餐”，于韵不协，此据韵部更正。

思亲 [1]

鬓发霜添游子泪 [2]，阑干潮咽故乡音 [3]。掩书独向灯前卜 [4]，喜惧交争两地心 [5]。

[1] 原题作“累旬日不得母谕”。曹拙巢眉批“结语欠沉着”，并为改定末句。

[2] 鬓发，原作“两鬓”。

[3] 阑干，原作“一江”，或改作“昏黄”“半江”等。

[4] 本句原作“夜阑独坐灯前卜”，“夜阑”或改作“闭门”。

[5] 本句原作“此意端期慰寸心”。

杨无逸出示黄稼承遗墨感赋 [1]

剩墨渍未干，焦桐声欲绝（稼承善鼓琴）[2]。昔共居北城 [3]，往还无虚日。奇花见初胎 [4]，疾风来催折。人生太渺茫，修短凭谁说 [5]。岁岁过崇川 [6]，回转旧车辙。挥翰写平生，千金市骏骨 [7]。

[1] 曹拙巢眉批：“结韵颇不易。原本不佳，改亦未能尽善，但求达意而已。”本诗所改者大多系曹氏手笔。

[2] 声，原作“凄”，句下并无小注。句后原有“安能一抽毫，以求汝风骨”。

[3] 本句原作“记取共北城”。

[4] 见初，原作“云始”。

[5] 凭，原作“与”。

[6] 本句原作“每岁入通州”。

[7] 结联原作“客路任蹉跎，曾不增毫末”，或改作“赋诗竟何如，为永汝风骨”。

偶成 [1]

独走春申浦，鹪鹩何所依。晨昏思母老，宇宙愧身微。极目他山助 [2]，回肠昨日非 [3]。西风终夜劲，涕泪上征衣。

[1] 本诗题上有一“删”字。

[2] 本句原作“愿负三年学”。

[3] 回肠，原作“愁萦”。

和贞长师 [1]

野云因树碧，海气浴人寒。孟夏雨初歇，平明天自宽 [2]。帆张千里速 [3]，力竭一篙难 [4]。卧听舟师说 [5]，如经十八滩。[6]

[1] 本诗首联与颈联有墨线表互换，并有曹拙巢眉批：“二联倒转，格调较胜。”然王个簃于其侧又注“照原”二字，故仍其旧。

[2] 本句原作“青天饥一看”，曹拙巢眉批云：“‘青天’句力求规仿缶老，而失之过奇。”

[3] 本句原作“枕疑仙借早”。

[4] 本句原作“诗和路行难”，“和”或改作“咏”。

[5] 舟，原作“篙”。

[6] 本诗末有曹拙巢批语：“唐人和诗本不和韵，《早朝大明宫》诗可证也。宋以后始有和韵者，然正不必次韵，但取同韵而已。则此诗正不须次韵也。”

侍缶师九日登华安层楼

跌宕临高台，风高人快哉。酒徒呼阮籍 [1]，仙子狎蓬莱 [2]。云碍鸟飞疾，潮疑鸥挟来。南山应在迩，撩乱菊花开。

[1] 呼阮籍，原作“坐洲岛”，“呼”或又作“寻”。

[2] 仙子狎，原作“仙我比”。曹拙巢眉批云：“此‘我’字定系缶老所改，兴到时戏言耳，不可误以为真。”

哭宜丰刘玉龛

乙丑三月春，客走共沪滨。温温意气洽，娓娓话言真 [1]。君思母年老，侍奉亏昏晨 [2]。客中萦愁思 [3]，酒罢余泪痕 [4]。昆季行凡九，先后埋黄尘[5]。悼亡昔年事，遭遇何艰屯[6]。今秋君体胖，自谓食加餐。如何一病缠[7]，憔悴七尺身[8]。人生等泡影，与谁诉烦冤[9]。烟雾漫长天，君依何处魂。

[1] 首四句原作"自来食沪滨，砚席共晨昏"。

[2] 本句原作"晞发茹苦辛"，句后原有"我亦蚤孤露，三家系一身"。

[3] 本句原作"亲老肠益枯"。

[4] 罢，原作"醒"；余，原作"多"，或改作"滋"。

[5] 本二句原作"君固有同胞，男女凡九人。讵知家运蹇，相继各归真。忧瘁镂肝肠，笑语枯风尘"。"各"字原作"言"，为曹拙巢改，并于眉批云："言，我也。《诗》'言告师氏'、王摩诘诗'言入黄花川'皆是，不可乱用。"

[6] 亡，原作"已"。下句原作"所遭咸艰屯"，"咸"或改作"多"。

[7] 本句原作"胡为一病缠"。

[8] 本句原作"遽邀二竖蹲"，曹拙巢眉批"'蹲'字不牢"，并为改作"二竖来寝门"，而王个簃亦曾改作"仓卒罢烦冤"。

[9] 等，原作"感"。下句原作"万古相推循"，或改作"何处问前因"。

乱离日逐迫，江湖纷矢石。白日蟹横行，饱稻挥双戟。曲园梦中诗，休咎隐先测（曾于强公处见曲园梦中诗，词简而旨极幽妙，谓天下骚扰，此后尚有二百余年）。大难悲后来[1]，不生灭无策。君倏飘然逝，逝者果何惜。独念君有家[2]，家累如山积。忆昔语吾时，灯火凄欲灭。病榻多惆怅，归思急行役。一棹霜月高，两岸山水碧。到家益神怆[3]，魍魉乘其隙。短景转回肠，秋风披四壁[4]。嗟哉小儿女，嬉戏何所忆。我意久彷徨，君胡忍寥寂[5]。

[1] 来，原作"人"。

[2] 念，原作"憾"。

[3] 到，原作"及"；益，原作"转"，并为曹拙巢改。神，曹拙巢为改作"凄"，然又被王个簃改回。

[4] 本二句原作"一足蹑泉台，八口剥衣食。肝肠寸断矣，萧条顾四壁"，"萧条顾"或作"秋风披"。曹拙巢改"剥"字为"无"，并于眉批云："'剥'字固奇，但奇而不稳，反不如平近为是。"

[5] 本二句原作"触目亟椎胸，君胡忍愁寂"，"愁"或改作"孤"，曹拙巢眉批云："'愁'字不稳。"本句后原有"风雨过重阳，西山云羃羃"。

元夕[1]

兵刃任纵横，西畴罢耨耕。风翻鸦点点，霜肃鼓更更。岁序传灯火，牢愁落酒觥。空空萦好梦，日昃有时盈。

[1] 诗题原作《丁卯元日》，本诗系由七律修改而定者，原作为："兵戈四野迭诛征，井底劳人罢耦耕。不住栖惊鸦点点，又并歌泣鼓更更。徒然佳节留大地，转觉春风失性情。遁迹无方浇浊酿，伫看日昃几时盈。"

闲眺

雪霁片云低[1]，屋北梅花放。野水静无声，照影自清旷[2]。隔岸竹万竿[3]，摇曳叠青嶂。冻雀惧天风，飞鸣聊下上[4]。怀抱亦既开[5]，归去索家酿[6]。

[1] 本句原作"片云凝雪飞"。

[2] 自，原作"益"。

[3] 竹万竿，原作"尽修篁"。

[4] 聊，原作"时"。

[5] 亦既，原作"忽焉"，或改作"跌宕"。

[6] 此后原有"吟诗不尽愁，肝胆聊依傍"，曹拙巢改上句为"酌饮散牢愁"，并于眉批云："不必将吟诗插入，较为直捷。"

闻北兵乱随缶师避居西摩路李氏瀛在庐[1]

兵气横林木[2]，寒风逼鼓笳。城门鱼咽火，洞口眼迷花[3]。小劫谭灰烬，通衢长昔耶[4]。无端动愁思，帘额月痕斜[5]。

[1] 本诗改定处均为曹拙巢手笔。

[2] 木，原作"屋"。

[3] 眼，原作"渡"。

[4] 本联原作"逃劫前生事，弹冠今日耶"，曹拙巢改后并眉批云："昔耶，苔衣也。"

[2] 本联原作"举头休对月，愁思入帘斜"，曹拙巢眉批云："'耶'字、'斜'字俱不稳。"

梦玉龛

诀别无声泪[1]，此情忍更思[2]。枫青愁李白[3]，琴苦叹钟期[4]。门户谁能遣，肝肠我可知[5]。寒山钟一杵，夜半益凄其（君墓在寒山寺下）。

[1] 诀别，原作"别对"。

[2] 本句原作“三年悔遇迟”，或改作“三年又已驰”。

[3] 愁李，原作“如见”。

[4] 叹钟，原作“不忘”。

[5] 本联原作“家室羁谁割，肝肠恨独知”。或改作“荒径谁来问，回肠我稔知”“长物墙头画，遗踪原上碑”，“原上”或又作“桑下”。

从缶师避兵超山途中得句

兵气无端动，笳声不断催[1]。野花腥血烂[2]，村犬虎狼猜。黐栗风千迭，流连酒一杯[3]。南山春未暮，去去托寻梅。

[1] 本联原作“不尽狂澜侧，民号天听哉”，上句或改作“海角兵尘动”。

[2] 本句或改作“何事惊难定”。

[3] 下句原作“糟醨赋一醅”，本联或改作“毕竟缘何事，烽烟滚滚来”“魂梦惊难定，心襟郁不开”。

又和缶师[1]

鼓棹入鄞溪[2]，回头尚鼓鼙。东风愁系柳，新冢燕衔泥。人敢逃沟壑，时难事楚齐。暮云横大野，漠漠四天低[3]。

[1] 曹拙巢眉批：“好诗。”

[1] 鼓，曾改作“放”，后又改回。鄞，原作“新”。

[2] 漠漠四，原作“不忍看”。

大善寺[1]

荒荒门掩苔弥绿，嘿嘿僧趺意尚冬。大善请从何处说，晨昏领会数声钟。

[1] 诗题上有一“删”字。本诗原作：“古寺萧萧几杵钟，红垣带水挹青峰。径因门掩苔弥绿，僧对莲趺意尚冬。偶借禅关酣客梦，竟从客路托幽踪。心头转侧疑多事，欲剪荒榛尽种松。”颈联或改作“清净无时修好梦，逋逃随处访幽踪”，“心头”句或改作“只为乾坤留净土”。

海云洞晚眺和缶师[1]

泉泻乱云中，松风响万重。昼游呼秉烛[2]，枯坐远闻钟。鱼跃春翘尾，花开客引筇[3]。伊谁和高唱，一鸟下青峰[4]。

[1] 曹拙巢眉批：“造句炼字，直逼缶老。”

[2] 呼，原作“狂”。

[3] 本联原作“鱼跃春光媚，猿啼夜气冲”，“鱼跃”或改作“花放”，“猿啼”或改作“云低”，“冲”或改作“浓”。

[4] 下，原作“自”。本句或改作“有鸟掠前峰”。

舟经武林渡

桥束千篙水，村留一渡踪。渔樵忘有汉，鸡犬似新丰。午静山逾古，春深日正慵[1]。扣舷搜胜概[2]，潇洒忘飧饔[3]。

[1] 曹拙巢眉批云：“‘慵’字妙。此与少陵‘落花游丝白日静’略同，若采说日长，便成笨伯矣。”

[2] 本句原作“蓬窗都胜概”，或改作“泊舟天已暮”“扣舷呼酒上”。

[3] 本句原作“逋客亦从容”，或改作“行色太匆匆”。

山行[1]

长啸落云外，前山俯仰行。石藏花不语，风引竹含情[2]。樵担双肩暮，钟声一径清。行行莫回顾[3]，河岳乱棋枰。

[1] 曹拙巢眉批云：“逸气旁出，‘樵担’句奇。”

[2] 本联原作“展分陶谢乐，图挂海天明”，上句或改作“径开苔藓绿”“径纡花有态”，“有态”或又作“自乱”“影乱”“欲语”“蕊密”“蕊薄”；下句或改作“风递管弦清”“风过竹生情”，“生情”或又作“枝清”。

[3] 本句原作“不堪回首处”，或改作“回头知失计”“举头望不见”，“举头”或作“张眸”“迢迢”“模糊”“栏干”。

鄞溪客次得里中兵扰信兼程抵申觅舟北渡而连日港汊杜塞趦趄不进遥睇江天百感从集[1]

乡关附海角，民风旧淳朴。百里隐荻洲，鸥鹭谁焉托。洪杨窜江南，逋客兼囊橐。北来如归盘，瘠土远赠缴。如何百年后，豺豻遍山泽。逞狠叹燎原，满眼余萧索。路断舟楫稀，肝肠就鼎镬。卒卒得家书，颓然涕泪落。怅望海西头，横江思跨鹤。有母衰病余，今日同鲋涸。可割妻与孥，母兮恩漠漠。我岂好游遨，随师乞问学。遭际我生非，变作宁能度。独坐尽昏黄，心君茫无着。天外雁声声，谁复来击柝。

[1] 诗题上有“删”字。本诗改动甚大，原作为：“海门流激湍，地福一弹丸。荻花秋瑟瑟，鸥鹭同眠餐。昔者念逋客，击楫如归盘（洪杨之乱，江南来避者甚众）。奈

何百年后，隳突尽貔豻。燎原逞私狠，断路兴长叹。家书迸涕泪，游子椎心肝。哀鸿南飞昨，唤渡伊谁诺。怅望云水低，阎闾日摇落。安得一苇航，横江比跨鹤。有母衰病余，今又同鲋涸。可割妻与孥，母兮恩漠漠。稽古陶朱俦，远引五湖舟。更有神仙客，蹈蹈歌十洲。我生流俗耳，言命实不犹。□□□□□，天祐倘可求。晚风扑户牖，惨淡入清秋。秃笔趁三更，鹃唳声啁噍。”

到家明日醉罢疾书[1]

故乡兵至心摇摇，得舟远绕归趁潮。夕抵崇明换小艇[2]，舟子肩摩鼓双桡。行才数里忽不进，浓烟一抹堕深宵[3]。汩汩涛声聆两耳，中流一阵风怒号[4]。强支艇底任转侧，命葬鱼腹亦难料[5]。忽焉晶光百万丈，起看海表一轮高。一轮高，千澜消。张布帆，坐船稍。逆流复行六时遥，当头征雁飞翛翛。清晨上岸先问讯，间道行行值采樵[6]。樵者以对尔思家，家人男女同魂销。尔思家乡数里百，百里唯余虎狼跳。眼前几处干净土，天久瞢腾纵人妖。我苦樵斤不成用，言次攘臂担罢挑。及家家门余萧条，老母愕然首频摇。曰儿归来将同尽，坐令中心转忉忉[7]。明日有人忽来告[8]，兵马远移出西郊。老幼从此添笑色[9]，如值大赦远锯刀。沉思往迹有余悸[10]，一日把酒儿回浇。酒尽酣嬉发高唱[11]，安得波澜永靖比砚坳。

[1] 诗题上有“删”字。

[2] 本句原作“夕抵崇明南门港，兹域故有先人祧。宗族久疏迷村巷，谣诼繁兴彻云霄。急觅小艇折西北”，“折西北”或改作“遵水浒”。

[3] 本句原作“偶失航程此深宵”，“此”或改作“刚”。

[4] 本二句原作“悄悄无言无所措，况复涛奔风怒号”。

[5] 亦难，原作“可逆”。

[6] 本二句原作“始旦登陆先问询，今也如何值采樵”。

[7] 本四句原作“及家老母首频搔，曰岂不知地方遭。归将同尽非得计，见尔我心转忉忉”。

[8] 本句原作“明日人来欢且语”。

[9] 添，原作“有”。

[10] 本句原作“试一沉思有余悸”，“试一”或改作“回首”，“悸”或改作“惧”。

[11] 本句原作“酒醒诗成志往事”。

和伯氏调之[1]

销铁不弭兵，须臾楚汉争。风云翻鸟翮[2]，笳鼓对棋枰[3]。细雨春愁润，长途客梦惊。举头杨柳□，时节到清明[4]。

[1] 诗题上有“删”字。

[2] 翻鸟翮，原作“驰万里”，或改作“驰梦幼”“一瞥眼”。

[3] 对棋枰，原作“近三更”。

[4] 末四句原作“烟景疑无主，长天岂久倾。闲闲羡白鹭，下上与波平”。

湖上和缶师[1]

斜风细雨独凭栏，西子残妆见一端。云走乱峰千柱兀，猿啼荒涧万松寒[2]。疏星倒影迷渔火，香雪余粮待鹤餐[3]。一月湖山看未足[4]，还应分付坐蒲团。

[1] 湖上，原作“坐雨”。

[2] 本句原作“猿呼断涧一潭寒”。

[3] 本联原作“渔舟向晚曲高和，鹤抱天归琴再弹”，曹拙巢改下句为“野鹤羁思琴再弹”，并于眉批云：“‘野鹤’句语奇而意正，然失之晦。”

[4] 本句原作“若道湖山我有约”。

和周梦坡[1]

菡萏红摇细雨，鹭鸶白点长空[2]。山客浑忘岁月，渔舟独自西东[3]。

[1] 诗题原作《湖上和缶师》。本诗均系曹拙巢改定，并于眉批云：“六言诗，明高青邱最擅胜场，奄有摩诘画意。”

[2] 鹭，原作“鸥”。

[3] 独自，原作“镇日”。

对酒不辞一石，狂游欲尽千峰。曲径雨余芳草，高楼日暮清钟[1]。

[1] 本二句原作“径曲宁骑大马，楼高独闻清钟”。

古墓六朝表艳，断桥万柳围青。潭静水捞明月[1]，岩高云遁客星[2]。

[1] 潭静，原作“堪问”，或改作“仙问”。

[2] 高，原作“登”；遁，原作“迫”。

灵隐

灵鹫挟峰来[1]，齐心礼镜台[2]。四山扪古迹，万象出新裁[3]。松泻泉根冷，猿呼洞口哀。云间钟百八，一杵一低回。

[1] 挟峰来，或作"一峰兀"。本句原作"放眼又天地"。

[2] 本句原作"峰疑佛负来"，"佛负"或作"灵鹫"。

[3] 本联原作"四山青寂处，万象怪灵裁"，或改作"四山新画卷，万佛白云堆"。

韬光[1]

石磴断还续，禅房匝万竿[2]。风云几苍白[3]，天地一阑干。龙蛰源头水，炉熔袖里丹。何当呼阮籍，携酒入高寒[4]。

[1] 曹拙巢眉批云："是真实境地。"

[2] 禅房匝，原作"幽居锁"，曹拙巢改作"丛林匝"，并于眉批云："此为寺，不得称幽居。"

[3] 几苍白，原作"陪啸傲"。

[4] 携，原作"置"。

答桥本关雪言别

储才动江海[1]，掷笔蔚云烟[2]。弦外琴余韵[3]，樽边酒借缘。典坟思鲁壁[4]，烽火散吴天[5]。珍重淞滨别[6]，秋风万里船。

[1] 本句原作"天才不可得"。

[2] 掷笔蔚，原作"笔底漫"。

[3] 弦，或作"指"；余，或作"添"。本句原作"双屐人行画"。

[4] 思，原作"宜"，本句后原有小注："好藏古籍。"

[5] 散吴天，原作"又长才"，"才"字失韵，当是"年"字之误。

[6] 本句原作"聚久难言别"，"难言"或改作"忽云"。

呈缶师[1]

皤皤须发慨其叹[2]，海涘栖迟当隐盘。襟上泪痕人失路，画中诗句独回澜。庚辛欲罪山中岁，燕蓟难凭酒后栏。应似长公忧帝室，琼楼玉宇不胜寒。

[1] 曹拙巢眉批云："此诗惟缶老、木老、古老辈足以当之。世无伤心人，吾谁与语？"

[2] 皤皤，原作"婆娑"。

题缶师竹里行看子

淡泊吟三经，清凉倚竹竿[1]。聋闻真疾俗[2]，躄走早休官[3]。短笔掀今古，孤怀懔岁寒[4]。贯休真慧眼[5]，风格出毫端[6]。

[1] 吟，或作"话"；清凉，或作"萧疏"。本联原作"一衲老一衲，平生爱数竿"，"一衲"又改作"夙世"。

[2] 真疾俗，原作"聊却氛"，或改作"强避俗""能疾世"。

[3] 躄走，原作"夙世"。

[4] 孤，原作"长"；懔，原作"惜"。

[5] 本句曾改作"风标谁可识"。

[6] 出，或作"上"。本句原作"移得小毫端"。

九日随缶师暨贞壮梦坡两先生酬合集五十人[1]

楼迥潮闻咽[2]，林低路觉纡。筵宾陪酒盏，簪菊当茱萸。野哭生墙内，秋笳竞海隅。豺狼天一纵，闻道又生貙。

[1] 诗题上有"删"字。

[2] 迥，原误作"回"。

和诸橘仙西溪道中之作

鄣邑闻多胜，其如道路赊。残阳通绝壁，乱石映疏花[1]。云碍千峰耸，诗随一径斜[2]。何时携蜡屐，欂栌助移家。

[1] 乱，原作"小"。

[2] 本联曹拙巢改作"云气荡峰兀，诗怀逐径斜"，并为眉批云："先生乃不善押'斜'字乎，抑亦好奇之过也。"

缶师殁前十日写梅赠曼弟曼弟赋诗寄慨怆然和之

回首遭逢胜，灯前涕泗多[1]。山颓天落寞[2]，梅瘦影婆娑[3]。石酒陪天醉，开图撼月歌。苍凉楼一角（缶师沪寓曰一角楼），如隔死生何[4]。

[1] 本句原作"挑灯恻惕多"。

[2] 本句原作"翁衰犹轶宕"。

[3] 影，曾改作"写"。

[4] 本句原作"何复旧清哦"，曹拙巢眉批云"结语欠沉痛"，并为之更改。

飞白归自东京因曼弟过访是时方遭缶师之丧

跨海岁云暮，风波问有无。横襟淹日月，归棹托莼鲈[1]。母老难为客，兵兴愧作儒[2]。诗瓢酒盏外，余事合嘻吁[3]。

[1] 本句原作“洒涕痛江湖”。

[2] 本联原作“归思今因母，穷途枉作儒”。

[3] 本联或作“遣怀欲何似，唯有酌清酤”。

一管锄今古，胸前壁垒森。樱花坐胜处，蓬岛几知音[1]。交谊年年积，弦歌夕夕沉。奈何才把晤[2]，灯外又霜砧。

[1] 几，原作“揽”。

[2] 把晤，原作“对日”。

既送缶师灵輀至吴兴南郭宁绍会馆阅三日复携酒往奠[1]

岁暮柬昏旦，寒鸦噪且乱。丙舍睹凄清，漆棺傍野岸。白云几处横，清酒一尊荐。呜呼师尝云，尔性适我愿。谈艺证清欢，奋笔游汗漫。只今我老年，岁月如梦幻。回首缅师恩，师恩何复望。我生本微能，寂寞余几案。力靳心有余，困顿积方寸。门墙数仞高，从此不窥见。陈迹旦暮扪，灯火照宾馆。幡幡丹旐飞，人天俄剖判。明日北归矣，恻怆忍回盼。

[1] 诗题“往奠”后原有“是夕不寐感赋”六字。本诗删改处甚多，此将原作照录：“岁暮柬昏旦，寒鸦噪且乱。涉想丙舍间，漆棺冷野岸。一棹溯河行，回肠共纡衍。纸灰挟霜霰，惨淡几筵荐。翘首望岘山，相去曾一间。菰翁傥有灵，故旧当重见。我独念我师，从此悭一面。天高不阶升，望云切空恋。师每曰王生，尔性适我愿。毋忘谈艺乐，颓老易分散。师恩所加被，宛宛积方寸。抚膺念畴昔，灯火照宾馆，幡幡丹旐飞，人天俄剖判。明日北归矣，恻怆忍回盼。”曹拙巢眉批云：“俯今思昔，不减向秀《山阳》。”

哭吴臧龛[1]

去秋玉盦逝，相对泪泬澜。今君又徂谢，惨惨摧心肝[2]。吁君古君子[3]，心性弥贞坚[4]。时或一疏放，快论尊酒边。家风挥铁杵，锥凿印私官[5]。三绝俱清妙，驰誉宁无端。盘桓意多惬[6]，切磋谊益敦[7]。西泠别旬日，闻病心难安。忽报鲤也死，饰说聊从权[8]。师老漫不觉，魂魄知辛酸。知音复余几，坐我泣涕涟。莫更求往事，嗒然付云烟[9]。

[1] 本诗原作为七言，此照录：“自从去秋玉盦逝，与君相向纷泬澜。哭刘未已又哭君，使我惨沮摧心肝。君年长我岁以倍，兄事不许还随肩。性情流露笑言外，襟抱疏荡杯酒前。更有家风挥铁杵，锥凿秦汉印私官。诗书画法不古泥，异军突起非无端。君幸过庭得薪火，我惭侍坐依斗山。盘桓昨夕作快论，有时整肃时狂颠。西泠一别浃旬日，闻君卧病心难安。悲风忽报鲤也死，忍以恶耗摧衰年。当面强笑背则泣，诡辞饰说聊从权。吾师老矣漫不觉，知君魂魄犹辛酸。匆匆百五十日后，黄泉相见应愕然。师友凋零气类尽，我欲诘问嗟无天。地下聚首差足乐，人间何世昏云烟。”

[2] 惨惨，或作“怦怦”。

[3] 吁君，或作“君乃”。

[4] 本句或作“性情聆真诠”。

[5] 椎，稿本误作“锥”，此据词意改正。本句后原有“君幸传薪火，我愧依斗山”。

[6] 多，或作“气”“弥”。

[7] 益，或作“遂”。

[8] 本句原作“忍白师座前。强笑心如捣，诡辞聊从权”。

[9] 本联或作“往事不可思，一切付云烟”“莫更怀知己，惨惨拂琴弦”，“一切”或作“颓然”，“拂”或作“拨”“挥”。

哭缶师[1]

公爱我甚为可教，善诱循循期深造。公今一病遽长瞑[2]，师恩无量将何报。病前一夕尚论诗，摩诘东野中心好。三更侍坐兴不孤，变生仓卒宁所料[3]。侵晨二竖迭为厉，终日三医苦无效。息虽仅属犹我呼，状有所示舌难掉。坦怀寂寂鼾有声，合眼奄奄寐无觉。两日经过百计穷[4]，问疾者去来者吊。人夙谓公筋力强，公亦自忘年之耄。春入超山寻宋梅，作健登山穿石窍。三月鄣溪六月杭，西泠桥畔恣游眺。重九登高会宾从，得句人人说排奡[5]。昨见今已称我闻，昊天梦梦谁诉告。寒夜思公公不复，心眼恍惚留形貌。魂魄一去日远遥，我欲往招云窅窱。匠石不作臣质死，静言思之躬自悼。

[1] 曹拙巢眉批云："此诗虽平钝，而命意真挚，固自可存。"

[2] 公今，原作"胡公"。

[3] 宁，原作"岂"。

[4] 本句原作"自始至终不三日"。

[5] 排，原稿误作"挑"，此据词意改正。

与友人论书[1]

归墟邈碣佐琅琊，书势龙蛇浴翠霞。莫把傍人来比例，冰斯而后独成家。

[1] 诗题上有"删"字。

咏丐[1]

丐兮丐兮来何从，蹒跚道左啜西风[2]。百衲一袭比广厦，万虱争功列地封。墙根树侧好曝背[3]，三五促坐睡惺忪。有时雄谈仰天笑，浑然不识穷与通[4]。面目黎黑手拨眦，唾涕凝鬓发蓬松。无罣碍处见真挚，不求悦己谁为容[5]。夕卧寺门伍村犬，盘之中兮子之宫。举世溷藩眸子眊[6]，干净有土无人踪[7]。大盗止邪圣人死，四郊峰火惊哀鸿[8]。丐兮瞢腾过一日，枕上朝暮百八钟。意气峨峨抱坦坦，前身拾得寒山同。清寂自能味无味[9]，棒喝天地了色空。嗒然愧我岸儒巾[10]，鄙哉诗书填心胸。何似千家饭一钵，问路白云西复东。

[1] 本诗均系曹拙巢改定，并有眉批云："荆卿之匕首、铁铉之油鼎同此愤激，此骂向来所无。"

[2] 蹒跚道左，原作"步履雍容"。

[3] 好，原作"倚"。

[4] 本句原作"陶陶不肯计穷通"。

[5] 谁为，原作"固奚"。

[6] 本句原作"世久溷藩人眊焉"。

[7] 本句原作"干净土谁寻迹踪"。

[8] 本句原作"烽火长天遍哀鸿"。

[9] 能，原作"有"。

[10] 嗒然愧我，原作"整襟吾愧"。

堕水[1]

北风吹冽冽，门外雪初霁。濒河路泞淖，驱车心惴惕。行行十里遥，小桥卧寒碧。径过车忽倾，身翻如飞蝶。入水激大声，双眸翳昏黑。奋力上陂陀，事定犹喘息。挽推奈何偾，不胜在造次[2]。嗟哉行路难，茫茫盍惕兢。陷阱为谁画，豺虎侪山泽。蹈之者蒸民，瘖瘵碎魂魄。逃空事大难，渔津早沮塞。尧舜不作矣，冀谁登衽席。

[1] 诗题上有"删"字。曹拙巢眉批云："诗亦有致，但未精耳。"

[2] 首句至此删改甚多，此将原作照录："雪霁路泞淖，行潦澄可钓。驱车出家门，抖擞风呲嗷。濒河十里遥，林际闻鸦噪。小桥卧寒溪，径过难逆料。车欹身踬腾，入水激大声。鲂鲤不相识，胡亦呼友朋。不知鱼之乐，陂陀急攀登。戚家数百武，衣履幸可更。我非弄猴戏，聚观者四自。咸以无恙称，车子蹒跚至。一挽而一推，奈何偾厥事。我知非好为，不胜在造次。二人莫戚戚，我不尔是惩。只愿不告母，母老堪疑惊。"

东人鹿叟招饮即席赋赠[1]

买得数弓田，饶来百丈天。疏泉清洗耳，筑舍静参禅。鸟语春来脆，花容朝愈鲜。留宾投井辖，玄鹤舞翩翩。

[1] 诗题上有"删"字。

答叙甫

雁影天街远，秋声客梦新[1]。书中常念我[2]，眼底不犹人。游兴山千叠，诗声月一轮[3]。南归知可俟，酤酒话悲辛[4]。

[1] 本联原作"惆怅烽烟外，萧条风雨晨"，下句或作"三秋别恨新"。

[2] 常，原作"独"。

[3] 本联原作"游兴因山起，诗声与酒巡"，"兴"或作"展"。

[4] 本联原作"何当天踏遍，随处斩荆榛"，或作"归期应不远，酤酒待淞滨"。

赠朱黄龛[1]

一辈几惊才，髗髗尔壮哉。古心书外味，元气画之胎。印凿周秦汉，琴弹归去来[2]。毰毸参妙谛[3]，庭下数花开[4]。

[1] 诗题上有"删"字。

[2] 本句原作"驰驱风雨雷"

[3] 本句原作"毰毸天阙舞"，或作"时还参妙谛"。

[4] 本句原作"怀抱一为开"。

木铎老人廿年前尝出没乡曲顷于沪市瞥见戏赋

老人有心哉[1]，木铎褐宽博。胡然出无车，从者又落寞。喃喃欲谁听，教化久鼎镬。宇宙晦闭矣，谑哉振木铎。

[1] 本句原作"是非夫子哉"。

叙甫将有粤中之行书此言别[1]

不识字人羡人读[2]，谁省读书人地狱[3]。咀嚼文翰间日促[4]，穷年兀兀双鬓秃[5]。尔我相逢西泠曲，凉堂晤言随所欲。昨自雁荡归，来会堪痛哭。谓我头脑瘝，一似中鸩毒[6]。坐卧天地勤反覆，医言心劳重催剥[7]。复知伏案纷纂录，冥想穷搜皆不淑[8]。欲逃南海浮舻舳[9]，放下一切脱桎梏。吁嗟乎，尔诚能之行且速，淞滨天地终羁局[10]。但愿三载五载接车毂，相对加餐颂多福。来生宁不辨麦菽[11]，攘攘熙熙伍流俗[12]，当年秦帝焚书美意滋叹服。

[1] 曹拙巢眉批云："大有奇气。"

[2] 羡，原作"爱"。

[3] 谁省，原作"未解"。

[4] 咀嚼文翰，原作"诗书画今"，"咀嚼"或作"推敲"。

[5] 本句原作"似嫌人间苦不足"。

[6] 一似中，原作"为谁下"。

[7] 心劳重，原作"劳心过"。

[8]"复知"二句为后插入者，或作"玄想冥搜纷纂录，文字迂疏皆不淑"。

[9] 本句原作"欲遁南海远世俗"。

[10] 本句原作"莫恋鹿豕久羁局"。

[11] 菽，原作"粟"。

[12] 本句为后插入者。

农髯先生约读石涛画即席赋呈[1]

老人惓惓我何好，酒半相携画里行。謦欬云泉流四壁[2]，低回钟磬静三更。昔贤能事开蹊径[3]，胜日清欢养性情[4]。睥睨冠裳同土芥，风怀毕竟属书城[5]。

[1] 诗题或本作《农髯丈约观石田石涛石谿山水画帧》。本诗系两首绝句改并成，原作为："满目云泉流四壁，数峰钟磬静三更。老人惓惓我何好，酒半相携画里行。""文章洒落今由古，笔砚安排雨住晴。浑忘置身江海滨，波潮任与短垣平。""滨"或作"上"，末句或作"潮生浑不觉垣平"。

[2] 謦欬，或作"顷刻"。

[3] 本句或作"能事古人开觉路"。

[4] 本句或作"笔砚安排出奇兵"。

[5] 本联或作"车过门前终不扰，从容万事坐书城"，"从容"或作"须信"。

赠友[1]

不肯俦凡翮，才高亦性真。张眸山海缩，掷笔鬼神瞋。三载逢仍隔，今朝主迭宾。雨风还往里，苦乐任吟呻。

[1] 诗题上有"删"字。

醉思先生将为缶师续刊诗集过访并示贞元会诗即和其韵先生亦擅五言诗与缶师谈最契雨窗坐对抚今思昔不能无余痛也[1]

往事回思一惘然，海西岁月细周旋。重阳高阁人邻鹤，五字长城石拜颠。杯酒婆娑聋醉趣，师朋酬答古今缘。哦诗肝胆长依傍，岂为浮名不可蠲。

[1] 诗题上有"删"字。

侵晨舟抵牛洪港乘小车抵家已日昳矣

万绿吐晴蜺，轻烟薄过溪。村儿朝放犊，茅屋矮鸣鸡[1]。路绕村迹窄，车随日脚西[2]。到家老母健，侍奉有山妻[3]。

[1] 本联曹拙巢曾为改作"草坡闲卧犊，茅屋动荒鸡"，"闲"又作"鸣"。

[2] 本联原作"何处非尘土，此村有芥齑"。

[3] 本句曹拙巢眉批云"结句太直率"，并为改作"幸未怨蒸梨"。

书感东冶盘[1]

一片刁刁落叶声，愁心无住傍秋生[2]。终成大错萧墙阋，却厌多情岁月更[3]。满引酒卮拼一醉，独听夜漏待天明[4]。云山万叠怀知己[5]，郭外田芜待耦耕。

[1] 诗题上有"删"字。

[2] 本联原作"破碎山河未了争，娲炉熄处剩烽赪"。

[3] 本联原作“止戈难遏萧墙阋，洒涕又嗟岁月更”。
[4] 本联原作“浊酒千觥拼我醉，严霜一夜待天明”。
[5] 云山万叠，原作“风尘不恨”。

赠林二[1]

笔底郁茏葱，多君意气同。华开逃俗艳，枝垫趁秋风。点画虚而劲，溪山窒复通。知音奚与我，海角一雕虫。

[1] 诗题上有“删”字。

赠赵半跛[1]

昔游狼五山，声名闻隔水。数辈论神交，璀璨合瞪视。画稿傍诗思，峨峨坚壁垒。既同客沪滨，街巷迷旅邸。赏秋菊斓斑，邂逅胡不喜。促兹迭主宾，相与论端委。生孤少父书，运蹇老母氏。何者可示人，人人引不诡。君乃称誉之，且谓有长技。君谓不我欺，我不敢君唯。世人弄柔翰，豪纵出虎兕。寒畯如我者，直一小虫豸。重许盍勉旃，日夕勤四体。卖画诚买山，置酒留君纪。

[1] 诗题上有“删”字。

曼青却校课将从钱名山常州学古文辞[1]

昂昂不为浮名误[2]，寂寞江头溯上流。养气读书我亦愿，饥乌何以逐闲鸥。

[1] 诗题上有“删”字。
[2] 为，原误作“好”。

寄郑午昌兼示曼青大千玉岑诸子[1]

俗客敲门兴隳败，座上寒暄胜索债[2]。急送之出剩嗟喟，呼童扃户示深戒[3]。俄闻足响辨謦欬[4]，郑子自道客襁褷。今日相值快哉快，雄谈直比涛滂湃。胸怀顷刻一浇溉，挥毫对客无挂碍[5]。推让称美不别派[6]，道吾两人不两怪。曼青亦擅笔墨外，大象无形造境界[7]。余子大千玉岑辈[8]，驰骤纵横逞天籁。贫难买山写画卖，不是诗囚是印丐。数子席地天为盖，熙熙自蓄三年艾。不酒漉兮不茶硙，奇趣横生出肝肺[9]。知己难逢易判袂[10]，千古交期贻深悔[11]。一事怦怦悬长愁[12]，俗客俗客来勿再[13]。

[1] 诸子排名原作“曼青、玉岑、瘦铁、善孖、大千”。曹拙巢眉批云：“奇峰天外来。”
[2] 胜，原作“比”。
[3] 本句原作“呼童户深扃示戒”。
[4] 闻，原作“来”。
[5] 挥，原作“摇”。
[6] 本句或作“江声入海万宗派”。
[7] 本句系后插入者。
[8] 余子大千，原作“瘦铁虬髯”。
[9] 此处数语曹拙巢眉批云：“有王猛扪虱胜概。”
[10] 易，原作“并”。
[11] 本句系后插入者。
[12] 悬长愁，原作“来灯长”。
[13] 本句或作“俗客登堂不可再”。

赠谢玉岑[1]

玉岑作篆规石鼓，折旗直逼曼龚父[2]。毛鼎散鬲勤摩挲[3]，金石文字撑一肚[4]。俯仰天地忽咨嗟，足迹未遑陟峋嵝[5]。论文格律抗周秦[6]，六朝以降何足数[7]。诗词排荡耻谐俗[8]，奇气盘礴天尺五[9]。一日排闼索画图[10]，袖中晔晔出花乳[11]。同尔能事抱师承[12]，写画刻石求拙古[13]。一世声华笑浮云，羞为纤巧宁粗卤[14]。猗欤明日酒初酣，兴到落笔挑灯炷[15]。分朱布白凝汉铜，傍水依山画枯树[16]。顷刻肺腑芒角生，倔强肯受绳与斧[17]。太息世教竞华靡[18]，硁硁吾辈亦何补。且乐吾乐乐未央，坐拥百城傒万户[19]。

[1] 曹拙巢眉批云：“玉岑可人，不意竟以寒疾死，可悲也。”
[2] 逼，曹拙巢为改作“迈”。本诗多经曹氏手改，不一一指出。
[3] 毛，原作“盂”。
[4] 本句后原有“强公诏我某也贤，交订岳庐过黄浦。胸万卷书俄万言，取舍吐吞不陈腐”，末句或作“吞吐云烟薄陈腐”。
[5] 遑，原误作“遍”。
[6] 抗周秦，原作“为委端”。
[7] 以降，原作“靡华”。
[8] 本句原作“诗调排荡非俗流”。
[9] 本句原作“五七言诗七言左右弩”，似有衍字。
[10] 排闼，或作“敲门”。本句原作“一日索刻携芥权”。

[11] 袖中眸眸，原作“日以书贸”。

[12] 同尔能事，原作“人道子业”。

[13] 本句原作“吾意仿汉揽拙古”。

[14] 二句原作“舞袖顿狂翻墨汁，寒漏将残挑灯炷。大有功力不纤庸，未能驰骤宁粗卤”。

[15] 本句原作“依样葫芦系绶组”。

[16] 二句原作“绶组摇曳比籀文，更坚风格画枯树”。

[17] 二句原作“相对肺腑不犹人，倔强难乎回斤斧”。

[18] 本句原作“而况天今为刍”，似有脱字。

[19] 二句原作“唯有乐吾乐未央，两袖清风侯万户”。

醉罢 [1]

客居苦萧索[2]，把酒一浇之。觅句嘲蟫乱[3]，无眠爱月迟[4]。疏顽惭入世[5]，贫困肯求医[6]。我分归田里，鸡鹅共短篱[7]。

[1] 诗题上有“删”字。

[2] 本句原作“旅居萧索甚”。

[3] 本句原作“市近心多扰”，“心多扰”或作“非我愿”“我何蛰”。

[4] 本句原作“人稀语肯欺”，或作“日长花自移”。

[5] 本句原作“性情赚直友”。

[6] 肯求，原作“不良”。

[7] 本联原作“夜月潮生足，难乎送乱离”，“夜月”或作“何事”“底事”。

寄内

出门又向江南路，几许风尘作解嘲[1]。儿壮不能禁母老，愁看暮色鸟还巢[2]。

[1] 本句原作“月未曾圆日几斜”。

[2] 本句原作“愁看夕夕鸟知家”。

十亩原田尽澳隅[1]，三间老屋慎门枢。愿君暗典笥中物，莫费亲心问有无[2]。

[1] 十，原作“几”。

[2] 费，原作“用”；问，原作“禀”。

大儿爱食爱新裳，诵读艰难识便忘。复把儿名题作羽[1]，不知何日见翱翔[2]。

[1] 复，原作“曾”。

[2] 见，原作“说”，或作“验”；翱，或作“高”。

瘦铁挈其夫人韩步伊东游诗以送之

试击中流楫，阳春动万方[1]。仙山风缥缈[2]，大海路微茫[3]。裙屐随双燕，风尘举一觞[4]。樱花飞绛雪[5]，珍重入诗囊[6]。

[1] 动，原作“正”。

[2] 仙，原作“神”。

[3] 大，原作“小”。

[4] 举，原作“灌”。

[5] 飞绛雪，原作“开处立”，或作“开处满”“连锦帐”“红点点”“留几许”“看得未”。

[6] 本句原作“想像乱初旸”。

燕蓟与苏杭，故人踪迹忙。君行又蹙蹙，我意益茫茫。烽火一杯水，江山九叠肠。商量调素粉，画个白眉良。

玉岑叠秋桐馆韵赋此酬之 [1]

怀抱豁然开[2]，新诗叠叠来[3]。铿锵鸣大吕，突兀见蓬莱[4]。宿愿耕南亩，闲情酌旧醅。思君支瘦骨[5]，想象一枝梅[6]。

[1] 诗题原作《答范九即次孤桐馆韵》，原诗为：“倾倒非今日，扪诗比饮醇。铿锵古大吕，突兀海三神。宿愿东南亩，长镵一两人。逢君才见绌，狂语任天真。”

[2] 豁然，或作“一为”。

[3] 叠叠，或作“续续”。

[4] 见，或作“小”。

[5] 支瘦骨，或作“空想象”

[6] 想象，或作“舍北”“雪后”。

过袁氏新居

小筑屋三椽[1]，五山看蜿蜒。帘钩钟午静，树杪月朝圆。天地余书卷，江湖落酒边[2]。客来无别事，一笑耸诗肩[3]。

[1] 本句原作“结屋在东偏”。

[2] 边，原作“笾”，曹拙巢眉批云：“笾，疑边。”

[3] 无别事，或作“忘迎送”；一笑，或作“镇日”。本联原作“诗吟阑槛外，花药又娇妍”，“花药又”或作“阶下自”。

哭晓师

万行空洒伤时泪，二顷都无背郭田。摹印直追秦汉代，摇毫兀对雪霜天。贫忧盐米艰明日，志托林泉负壮年。可念掀髯扶短策，一身愁倚夕阳边。

不尽恩私余一哭，西园梦里尚徘徊。豪情点笔依修竹，游兴扪碑剜绿苔[1]。药火频年煎骨瘦，酒尊回首使心哀。一怀未妥超山侧，忍更濠阳负土来[2]。

[1] 本联原作“笑谈娓娓非常道，期许谆谆愧异才”。

[2] 濠阳，原作“黄垆”。

蜀友赠酒诗以酬之[1]

卷帙胸无有，负舟水不厚。回肠尽牢愁，兀坐遂久久。一客来跚跚，送酒重阳后。时节合持螯，霜菊大如斗。客窗兴俄酣，新诗挂满口。山海隔天涯，论交亦岂偶。羡尔有奇才，文字罗万有。我愧为饥驱，风尘牛马走。安得醉如泥，一梦见庄叟。

[1] 诗题上有“删”字。曹拙巢眉批云：“非不奇特，但嫌粗毛，不如割爱。”本诗以七言改成，原作为：“书史抛撇我何有，负舟无力水不厚。独抱枯肠懒灌浇，兀坐搁笔遂久久。一客跚跚骨有声，送酒十日重阳后。霜晓篱根坼寒葩，巨螯不又肥十九。客窗今日兴俄酣，新诗郁勃挂满口。巴山屹屹海汤汤，万里论交亦岂偶。尔有奇气塞大圜，东南倾敢扶只手。我则饥驱年更年，困顿风尘牛马走。安得拔宅游太清，濠上翛然携庄叟。目睹无怀葛天民，一字不识安畎亩，是处天也况不人刍狗。”

观马戏戏中杂一虎感赋两章

骐骥骋疆场[1]，百战奋其力[2]。千里懋才华[3]，方寸挹标格[4]。伯乐与王良，一睨空山泽。求士先市马[5]，白骨千金掷。今乃用为戏，所用非所适[6]。奔腾供笑颦，本性日拂逆。人每宠其驯，此意良可惜[7]。

[1] 本句原作“骥合在疆场”。

[2] 百战，或作“每自”。本句原作“称德不称力”。

[3] 懋才华，原作“趁长才”。

[4] 挹标格，原作“抱风格”。

[5] 市，原作“以”。

[6] 用，原作“为”。

[7] 良，原作“足”，或作“重”“抑”。

猛虎吼如雷[1]，噬人岁千百。偶入猎人手，樊笼困咫尺[2]。教之习百戏，弗听临鞭策。胡为一世雄[3]，一旦有饥色[4]。将毋咥人凶，遭此天放殛[5]。吁今跳踉多[6]，人兽久浑迹。谁能亟图之[7]，大网张南北。虎乎当聚歼，无令傅之翼[8]。

[1] 如，原作“瀑”。

[2] 樊笼，原作“终日”。

[3] 胡为，原作“昔日”。

[4] 本句原作“而今有菜色”。

[5] 二句原作“横暴不可极，果报临其侧”，曹拙巢为改之，并于眉批云：“‘侧’字不稳。”

[6] 吁今，原作“天下”。

[7] 本句原作“安得早为之”。

[8] 二句原作“莫更用三驱，三驱空姑息”。

答柯苍宧

倚恨看长剑，浇愁失酒觥。客中无善状[1]，尘外见平生。困顿身将隐，鸡虫只自争[2]。何时值邻叟，商略去躬耕[3]。

[1] 本句原作“客中多面目”。曹拙巢眉批云：“‘面目’二字太客气，不如竟作漫骂。”本句或又作“胸中留本色”“眼中留气概”。

[2] 本联原作“一字贫难疗，三分月自盈”，或改作“兀兀依门户，硁硁守性情”“断续琴初奏，推敲诗自成”，上句或又作“贫乏疑为病”，下句或又作“呻吟诗已成”。

[3] 商略，或作“胡不”“我意”。本联原作“非狂非狷士，坐久各峥嵘”，上句或又作“田园欣在望”。

九日和梦坡前辈[1]

一笑作重阳[2]，西风响屟廊[3]。乡心两岸阔，客路万山荒[4]。拾级陪群彦，披襟学古狂[5]。下看闲草木，落尽菊花黄。

[1] 曹拙巢眉批云：“二诗少奇气，可删。”

[2] 一笑作，原作“转眼又”，或作“十载过”。

[3] 本句原作“谁云岁月长”，或作“江头为客忙”。

[4] 两岸阔，或作“江上耿”。本联原作“同情删俗累，高举附云翔”，“举”或作“处”。

[5] 本联原作“少小追风雅，衣冠接老苍”，“接老苍”或作“肃傲霜”。

登高飞一朿，来会逐双轮。酒盏酬佳节[1]，诗篇诵古人[2]。郊原秋欲老，江海白无垠。岁序匆匆换[3]，乘除事莫瞋[4]。

[1] 盏，原作“敢”。

[2] 本句原作“诗徒愧古人”。

[3] 匆匆换，原作“寒暄替”。

[4] 乘除，原作“弥天”。

答汪啸庐（超山人）[1]

新诗到眼正秋深，旧感翻然坐整襟。梅当秦桃思避地（丁卯春随缶师避兵超山，看梅胜处也），翁成辽鹤岂忘心。看云楼角浑如昨，拜墓山陲倘始今。与尔年年期执手，遣怀一日酒频斟。

[1] 诗题上有“删”字。

真长师得火赋诗寄慰[1]

昔闻柳州贺得火，火宁足贺贺者贫。先生贫既不自恤[2]，数椽老屋栖吟身[3]。破书万卷谢积毁[4]，胜金有簏米有囷[5]。何图客走甫旬日[6]，一炬不辨东西邻。妻孥仓卒检所需，文字迂疏久遭瞋。焚书祸变出俄顷，坐令心血付灰尘。小诗远寄请垂听，天帝烂醉谁事亲[7]。而况用夷变诸夏，文明一发日以沦[8]。呜呼焚书何足道，不见儒者坑于秦[9]。

[1] 曹拙巢眉批云：“畅所欲言，锋铓咄咄逼人，结语于劝慰意尤为精透。”

[2] 自恤，原作“可赎”。

[3] 本句原作“老屋数椽但吟呻”。

[4] 谢，原作“不”。

[5] 本句原作“远胜人家堆金银”。

[6] 甫，原作“浃”。

[7] 谁事亲，或作“今无亲”“恨无垠”“与谁论”。本句原作“天乎不必淑是亲”。

[8] 二句原作“而况今朝变用夷，一发文明日以沦”。

[9] 本句原作“差喜无愧儒坑秦”，“无愧”或作“幸免”。

客至

光阴瞬息过三翼，江海奔腾剩一寒。客至倾杯愁不散，西风黄叶上阑干[1]。

[1] 本句原作“隔帘黄叶数声干”。

母病归里舟中感赋[1]

客子多忧患，飘流不计年。无人慰羁屑，有母独矜怜。落叶回残照，寒潮咽暮天。夜阑灯灺后，归梦一钟悬。

[1] 曹拙巢眉批云：“三诗诚恳可存。”

母老儿微贱，无由请遗羹。劬劳生我始，衰病一朝成[1]。强笑离家日，诚惶为子情。谁怜江岸上，不似故乡声[2]。

[1] 一朝成，或作“逐年成”“敢天争”。

[2] 本联原作“萧条江两岸，高岸有余声”，“岸”或作“雁”。

病况无由悉，家书辄讳之。只因为客远[1]，未忍遣儿知[2]。江路遄归夜，蓬灯入梦时。起看霜月冷[3]，情急怨舟迟[4]。

[1] 只因，原作“深虞”。

[2] 未忍遣，原作“不愿使”。

[3] 起看，原作“扁舟”。

[4] 本句原作“上水太迟迟”。

母病危亟怆然赋此[1]

涉江急雨送归篷，寸断肠兮母病癃。药石今朝疑胜昨，道途通处忽嗟穷。挑灯坐尽冰霜夜，敛眼频惊寂寞中。卅载劬劳思报答，写将诗句乞苍穹。

[1] 诗题上有“删”字。

车中[1]

四顾郁青葱，车疑世外通。山光摩野水，禽语乱天风[2]。佳兴偶然值，长途何处穷。江南四月杪，草木已芃芃。

[1] 曹拙巢眉批云：“格律苍古，得缶老之一体。所改二字，缶老复生，无以易之。”次首批云：“此作乏力，不如删之。”

[2] “乱天”系曹拙巢所改，原作“送和”。

郊野自嬉嬉，此间百事宜。麦黄撩大穗，笋长拓高枝。鸡犬疏篱逐，檐牙细柳垂。我将从野老，负耜送三时。

舟发拱宸桥书感

羃羃山连三面霭，亭亭桥东两端流。渔舟

独占斜曛暮，不爱明珠爱已钩[1]。

[1] 曹拙巢眉批本首云："支绌当删。"

旧事分明剧可悲，避兵书担辄随师。今朝水上行如昨，柁背何人唤论诗[1]。

[1] 曹拙巢眉批本首云："独存此首可也。"

一峰道是黄鹤山，细皴绵蔓画一般。可恨千年樵径断，未能持斧一追攀[1]。

[1] 曹拙巢眉批本首云："稍嫌直率，不如删之。"

过荻港

久旱农人正插秧[1]，水车辘辘近昏黄。频年饥馑盈千里，安得仙人辟谷方[2]。

[1] 正，原作"告"。

[2] 安得，原作"苦觅"，或作"难觅"。

午日[1]

午日舟中过，微风细雨天[2]。岸旁张画本[3]，枕底响琴弦[4]。兰茝湘累恨，风雷孝女传。嗟予生已晚，凭吊一潸然[5]。

[1] 曹拙巢眉批云"下半首少筋节"，并为改之。

[2] 本句原作"风微雨细悬"。

[3] 本句原作"窗前青树杪"，后三字或作"移柳浪"。

[4] 响，原作"冷"。

[5] 四句原作"搔首谁与问，轻生古已怜。山川工掩没，回首几千年"。

法相寺晚步[1]

忽忽嫩凉天[2]，尘缘了此间。门浮岗岭气，树老宋唐年[3]。曲径迷花药[4]，闲云护石泉。前头双鹦雀[5]，庭下几留连[6]。

[1] 曹拙巢眉批云："'曲径'二句浑成。"

[2] 忽忽，原作"如入"。

[3] 老，原作"化"。

[4] 花药，原作"还往"。

[5] 前头，原作"飞来"。

[6] 本句原作"钟磬下留连"。

过岳武穆于忠肃墓[1]

突兀丰碑在[2]，英灵此壮哉[3]。由来苦罗织，未便没蒿莱[4]。往事山能记，孤忠世并哀。凶门兵又出，经过百愁催。

[1] 曹拙巢眉批云："气促。"

[2] 丰碑，原作"碑还"。

[3] 本句原作"精魂托此哉"。

[4] 本联原作"功名本草芥，骨气不尘埃"。

登城隍山得小飞来峰[1]

光怪离奇石矗天，荒岩断径碧萝牵。钱塘水送千澜出，野鹤魂飞一壑专（丁野鹤遁居处有碑屹立）。生气羊牛舐翠壁，残碑文字认坡仙。遥看绝顶门深掩，定有高人白昼眠。

[1] 曹拙巢眉批云："结韵尚有远韵，余平衍不足存。"

张善之五十述怀依韵和之[1]

不屑羁戎马，皤然遁沪滨。得师名早重，有母境非贫。画袭大风旧，杯倾北海醇。论交来万里，一笑忘疏亲。

[1] 曹拙巢眉批云："可删。"

题叶谓莘山水障子[1]

貌山横纵水洄曲，风格萧萧远违俗。荦然宗法晌昔贤，多少朋俦独腾踔。草木华滋映茅庵[2]，当门一老古冠服。婆娑岁月竟若何[3]，一任人天羝藩触。景光拂眼涤尘襟[4]，展卷不厌百回读。几时携屐历层峦，商略碑趺共三宿。

[1] 曹拙巢眉批云："汉人柏梁体，全诗每句有韵，魏文帝《燕歌行》即用此体。此诗押韵参错，非今非古，何也？"

[2] 庵，原作"屋"。

[3] 本句原作"婆娑忘却斯何世"。

[4] 涤尘襟，原作"澹以渥"。

唐栖纪游[1]

车行荒野绝尘嚣，草树微茫野色遥。孤塔嵯峨钟磬静，引人高眼出层霄。

田功已毕作渔师，坐向溪头理钓丝。日暮天寒都不恤，篝灯看到上钩时。

千亩菱田一瞥过，村娃争唱采菱歌。生香绝胜鸡头剥，湖上秋来雨水多。

秋林远带斜阳醉，落叶低随倦鸟翻。一幅倪迂新画稿，何年遗落在山村。

寂寞山陲红粉沟，野花犹作宋家秋。我来怕说兴亡事，千载唯余貉一丘。

[1] 曹拙巢眉批云："五诗风味殊胜。"

为缶师营墓地超山宋梅下 [1]

重到郪溪怅隔年，欲凭胜处筑新阡。上攀石罅凌诸岫，远尽林梢见匹泉 [2]。梦断疏钟证圆觉，神来香雪与周旋 [3]。老人避地曾经过，早缔灵山半偈缘。

[1] 营，原作"占"。

[2] 梢，原作"端"。

[3] 与，原作"合"。

挽西津老人

一面谈笑记从容 [1]，如此风流不再逢 [2]。名满吴中驰海外 [3]，画希北苑尽南宗。婆娑林壑招玄鹤，寂寞江天叩晚钟 [4]。不坏山河余老辈，奈何车马去憧憧。

[1] 一面，原作"隔冬"，或作"去冬"。

[2] 如此，原作"讵谓"，曹拙巢为改，并于眉批云："改作'如此'字，次三联乃一气呼吸。"

[3] 名满，原作"家住"。驰，原作"名"，或作"传"。

[4] 叩，原作"语"，曹拙巢为改，并于眉批云："'语'字过奇。"

柬晋侄

初夏汝病作，盲肠不可药。刳腹骇我闻，隔江徒惋愕。三日急来视，性命虬髯托 [1]。我宗久衰替，犹幸德未削 [2]。汝已造诣深，天秉又纯恪。拭眼更伊谁 [3]，九皋翔一鹤。乡人自南来 [4]，说汝又软脚 [5]。汝乃日孜孜，未暇计康乐 [6]。谓学不及时，千载成冥漠 [7]。庸知所自谋，自谋铸大错 [8]。文章充塞先，以身为囊橐 [9]。愿汝且慎生，慎毋自菲薄 [10]。

[1] 性命，原作"病魔"。

[2] 未削，原作"不薄"。

[3] 更伊谁，原作"复为谁"，"为"或作"有"。

[4] 本句原作"奈何人南来"。

[5] 本句后原有"虽然居江南，忧患非人度"，"然"或作"云"，下句或作"病机不可度"。

[6] 本句原作"不敢暂逸乐"。

[7] 本句原作"此恨将漠漠"。

[8] 本句原作"谋之此大错"。"自谋"曾作"六州"。

[9] 本句后原有"奇秘漫山河，窥见人斯钥"。

[10] 二句原作"从容以顺天，毋自取斫削"。句后原有"书中有真诠，退为进非谑。咫尺不相逢，惘惘寄忠谔"，曹拙巢眉批云："如不割爱，便成多足之蛇。"

梦见缶师方据案作画感赋两律明日为缶师诞日 [1]

陈迹分明在眼前，残灯一梦总凄然。明朝寿日追三载，畴昔同侪半九泉（指陈师曾、刘玉盦、吴臧堪、韩子谷诸人）。不断肝肠多挂碍，无声翰墨最留连。寒泉秋菊临风荐，独立空阶致惘然 [2]。

[1] 曹拙巢眉批作"删"。

[2] 致惘然，原作"静欲禅"，曹拙巢为改，并于眉批云："'静欲禅'三字嫩。"

感怀千日纡魂梦，瞬息经过夜六时。风雨打门惊乍醒，衣襟洒涕不曾知。古藤疑篆龙虬动，道貌如生岁月移。尺寸无增空自疚，深深期许问奚为。

挽曾农髯丈 [1]

阅此不知老 [2]，苍茫倚海天 [3]。避嚣还近市，无酒亦能仙 [4]。未了三生债 [5]，长留半偈缘 [6]。秋风悲落木，惆怅揽遗编。

[1] 挽，原作"哭"。

[2] 阅此，原作"须发"。

[3] 苍茫，原作"婆娑"。

[4] 本联原作"高情怀道士，笔意岸癯仙"。

[5] 未了，原作"诗酒"。

[6] 长留，原作"招要"。

题晓师遗像次真长师韵

回头数病亟，断续论从前。东客成飘泊，西园怅后先 [1]。家贫何所剩，儿慧愈堪怜。自别双银杏 [2]，须眉总悄然。

[1] 自注："师早岁读书江西，旋客南通，所居皆为西园，晚乃就医上海，殇于西园寺。"

[2] 自注："西园内有馆，名双银杏。"

辛未清明留滞海上感赋一律 [1]

日坐风尘里，所憎是叹嗟[2]。亲衰年月贵，路梗水云赊。节到春如海，愁生客有家[3]。四方射弧矢[4]，何似艺桑麻。

[1] 曹拙巢眉批云："意味深远。"

[2] 本联原作"日岂不思家，风尘困是嗟"。

[3] 本句原作"愁牵柳且芽"，或作"愁来萌柳芽"。

[4] 本句原作"生儿长作客"。

蜀友索题炼子宁山水障子 [1]

子宁声名炫史册，耿耿孤忠坚铁石。画其余事亦足奇，文山书翰雠风格。远峦浮翠云气昏[2]，野木撑空秃梢直[3]。沙平桅矗任纵横，水走云漫不雕饰。竭尽能事明四家[4]，值此嵯峨倘避席。希世之珍比天球，名山藏之且无斁[5]。

[1] 曹拙巢眉批云："全体浑成。"

[2] 云气昏，原作"气氤氲"。

[3] 秃梢直，原作"梢寒直"。

[4] 明，原作"元"。

[5] 二句原作"茫茫今古孰从而求之，希世珍贵兮名山藏之且无斁"，曹拙巢眉批云："结太松。"

哭木师 [1]

公久支离撑瘦骨，我从东还病方革。亟趋床下公不言，悔未三春伴晨夕[2]。回忆一表述缶师，高旷无伦森风格[3]。是时值公病少间[4]，冰雪照神山屹屹[5]。力疾据案尚题诗[6]，曰不可没尔先德[7]。元精耿耿赴左腕，谁知转瞬成绝笔[8]。我年五岁为孤儿，汲深绠短心惨惕[9]。缶师曰尔坚怀抱，千秋名食金石力。公亦勖之变则通，谁几畦町惊独辟[10]。黄昏灯落心忉忉[11]，长天俯仰悲陈迹[12]。

[1] 诗题上有"删"字。

[2] 首四句原作："瘦骨病缠公何克，尝与沙村谈变色。恍闻木叶风刁刁，欲禁飘零蔑筹策。我从东还公不言，瞠目送指疑示责。但闻病革独念余，曰胡不归伴晨夕。无俟卒听泪双涟，我更何心对易箦。缶师晚岁乐接公，此去且喜慰岑寂。地下重逢重论文，翳我长悲两盍极。"其中"禁"或作"免"，"蔑"或作"寡"，"无俟卒听"或作"突然听此"，"缶师"二句或作"缶师论交公最晚，此去或当破岑寂"，"重论文"或作"谁见之"，"长悲"或作"心丧"，"盍"或作"无"。曹拙巢眉批云"第一句站不住"，又云"'无俟'等皆欠爽直"。

[3] 本句原作"高旷无人森格力"，"人"与"力"字，曹拙巢眉批云："是'伦'字否？是'砾'字否？"

[4] 值公，原作"春初"。

[5] 屹屹，或作"出骨""崩岁"。本句原作"不昧精诚一当百"。

[6] 本句原作"力疾犹尝为题诗"，或改作"后来力疾尚题诗"。

[7] 本句后原有"蹙额沉思似不豫，许解此心弗可释"。

[8] 二句原作"一奋左腕成绝笔，伤哉永永镂肝膈"。

[9] 汲深绠短，原作"手持短绠"。

[10] 谁几，原作"几人"，或作"谁见"。

[11] 心忉忉，或作"诗不成""思悄然"。本句原作"黄昏悄悄灯已残"。

[12] 长天，或作"嗒然"。本句原作"左右顾皆思往迹"，句后原有"不可起之奈若何，俯仰长天吾影只"，曹拙巢眉批云"蛇足"。

偕东迈中拓游南湖登烟雨楼东迈有诗依韵和之 [1]

湖水分明清且涟，菱田片片叠青钱[2]。一篙越女穿疏柳，百尺岑楼锁碧烟。无数碑文随壁立[3]，一庭藤影自天悬[4]。此游却负壶中酒，未教舟人去击鲜[5]。

[1] 曹拙巢眉批云："无精采，可删。"本诗改动甚多，原作为："篷窗四顾水沦涟，不尽菱田杂藕田。越女一篙腰折柳，岑楼百尺足生烟。壁间好句惊先赋，山外游云共忘旋。怊怅湖滨零老辈（指作英、沈寐叟、金甸丞诸人），空留祠宇署高贤。"

[2] 片片，或作"数顷"。

[3] 无数，或作"四壁"。随壁立，或作"百尺立""扪旧拓"。

[4] 本句或作"院庭藤长笼诸天"。

[5] 二句或作"此游消受应须记，翻恨提壶不在肩"。

题冯建吴画佛 [1]

画佛古古贯休与龙眠[2]，白梁笔端如针悬。各有神妙揉云烟，以无尽相澄无边。近得冬心磨兜坚，冯生造象仿佛焉。旁佐鼎彝钟瓴砖，五色点染峨眉天。花药缤纷生四阑，一龛供养俗尘躅。只愁通衢满豺犴，鼙鼓喧阗息诵弦。吾侪无补百忧煎，最大法力乞佛前，投笔恭敬且和南。

[1] 曹拙巢眉批云："无大气包举之意，不足存也。"

[2] 古古，原作"古之"。

过缶师苏州桂和坊旧居[1]

仰见姑苏数仞墙，吾师廿载旧徜徉。森森玉树疏疏竹，画稿苍凉剩夕阳。

[1] 曹拙巢眉批云："黯然魂销。"

臧龛归葬观音山之原口占两绝句

四山屏列伽陀静[1]，一水襟横荇藻香。不信诗人甘阒寂，千秋鱼鸟尽文章[2]。

[1] 伽陀，原作"钟鱼"。

[2] 千秋鱼鸟，或作"鲦鱼幽鸟"。二句原作"似此诗骸聊寄托，何年表墓有文章"。

一从身相消沉后[1]，剩此桐棺亦土埃。姓氏不随陵谷变[2]，千秋吊古有人来。

[1] 本句原作"交情有迹归无迹"。

[2] 本句原作"魂魄不随天落寞"。

欲枉道枫桥访玉盦墓天暮未果感赋一绝

斜阳一棹过枫桥[1]，水上游魂不可招[2]。底事凭舱成假寐[3]，耳边芦荻正萧萧[4]。

[1] 斜阳一，原作"非赊一"，或作"肯将孤"。

[2] 游魂不可，原作"魂兮何处"。

[3] 底事，原作"心事"，或作"正自"。

[4] 正，原作"又"，或作"自"。

游天平山[1]

人传天平好山色，悔我前游曾未值[2]。旋得画卷重摩挲[3]，似此嵯峨已成癖[4]。重游姑苏亟雇舟，舟子遥指乱峰侧。廿里棹过易笋将，村妇昂昂前执役。斜磴侧足履如夷，具告某才舍绣刺。俯仰逾岭景色开[5]，万笏森严挹风格。地浮丹枫天白云，中无尽藏糁绀碧[6]。丈人当前径行微，一线窥天眼界辟[7]。有胜在山泉洗钵，有墓依山碑深刻。泉啜清冽爰厥源，碑扪崔巍缅遗泽。暮云微雨顷刻生，好风习习送游客。归途一步一回头，倘有山灵羁魂魄[8]。生平历览岂不多[9]，似此嵯峨已成癖[10]。

[1] 本诗眉端有"删"字。

[2] 本句原作"买得石田画乃识"，或作"画里摩挲画历历""悔我几度游未陟"。

[3] 本句原作"一纸初伸双眼瞿"。

[4] 已成癖，或作"信无匹"。

[5] 景色开，原作"正山面"，或作"不知遥""忘后路"。

[6] 本句后原有"驻足翘首骋孤怀，奋袖拾级飞双屐"，"骋孤怀"或作"一骋怀"，"飞双屐"或作"两舒翮"。

[7] 二句原作"丈人当前径欲迷无，一线遥通天复辟"，"无"为衍字。本句后原有"眼底青螺共转回，头上寒萝疑腾掷"，上句或作"眼底青山判锋铓"，下句"疑"或作"龙"。

[8] 倘有，原作"多感"，或作"若被"。羁，原作"携"，或作"摄"。

[9] 本句原作"重来日月不可期"。

[10] 已成癖，或作"俱无匹"。

怀诸希斋[1]

师门余响知谁是，前数师曾后到君。岂为山中风日好[2]，不来濡笔坐江渍。

[1] 本诗眉端有"删"字。

[2] 岂，原作"只"。

赴苏三日未访飞公赋寄

风雨抠衣至，先已闻其声。吐辞执古道，自语守硁硁。今也门罢敲，我犹恋此情。秋来独扃户，闲业游丹青。寓书不惜别，愈证心合并。独念姑苏道，车轮不曾停。敢谓闲云似，随风天四行[1]。天涯尽知己，已足快平生。只愁兵尘起，荆棘路纵横。虽有怀旧念，未暇伤飘零。

[1] 行，原误作"野"。

海楼寂坐偶披陈小蝶诗集

论画从知是画士，扪诗恨不见诗人。酒瓢挂处支寒月，听彻江声一夜纶。

十月初四日梦见木师

梦中人依旧，梦醒泪难收。缶师老去后，心苦从公游。纵谈每夜分，留我坐小楼。今兹楼已空，月色如旧否。乃起推窗户，苍凉天一钩。一钩应有意，钓我平生愁。我固愁相倚，愁集复何尤。莫言愁可割，回首我生浮。

冬日还家省母氏起居[1]

才到家门忽不怿，陡然母病传儿息。急趋堂上问起居，语蹇肢麻殊夙昔[2]。母兮生我何所赖，频年海上长为客[3]。草荣木替一载过[4]，母子相依曾几日。我妇具告匝月前[5]，母病突发遽无策[6]。天倾地拆在一时，事定闻之犹诉诉。海上风波务讳言，恐母闻之悸心魄[7]。强胪欢喜事，更作好颜色[8]。自道儿子已解事，逆旅从兹少艰厄。惯弄文翰不过劳，好向儿身验丰瘠[9]。安宅于今竟何有[10]，一水长江虞阻隔。拍天高浪黑风翻[11]，愁极江南望江北。愿得恒春年复年[12]，不坏南山茂松柏[13]。

[1] 诗题上有“删”字。

[2] 首四句原作“到家家门阒儿息，往迹翻然忽不怿。皤皤老母衰病余，语蹇肢麻殊平昔”，“到家家门”或作“童年光景”。曹拙巢眉批云：“起笔平钝，倒装便佳。”

[3] 二句原作“返我儿时不可能，此生遂已长为客”，曹拙巢眉批云：“此接迂曲。”

[4] 本句原作“晨昏之奉计一年”，曹拙巢眉批云：“‘晨昏’句拙，而又加率略。”

[5] 匝，原作“一”。

[6] 本句原作“母复罹疾惶无策”。

[7] 四句原作“佯言安健从母心，既愈闻之犹悸魄”。

[8] 二句原作“乃胪欢喜事禀呈，更为愉愉好颜色”。

[9] 本句原作“阿母请视我丰瘠”，句后原有“阿母询我世乱何，漫对海隅尚安宅”，“何”或作“事”，“对”或作“道”。

[10] 本句原作“安宅吁今久已无”，曹拙巢眉批云：“‘安宅’句嫩。”

[11] 拍天高浪，原作“壮涛高卷”。

[12] 本句原作“冰雪满地一岁过”，曹拙巢眉批云：“‘冰雪’句夹杂。”

[13] 茂，原作“颂”。

划船口占

布帆千丈挂天风，风落声声度雁鸿[1]。此境教人肠九叠，关山行役正匆匆。

[1] 声声度，原作“声揉几”。

仓皇渡口人如蚁[1]，几点篷灯逐万流。只有沙鸥闲得住，了无一念去绸缪[2]。

[1] 渡口，或作“待渡”。本句原作“夜移小艇入轮舟”。

[2] 二句原作“人世仓皇可叹甚，闲闲只有是沙鸥”，“可叹甚”或作“成惯相”。

大雪[1]

大雪无声攒，万籁静入禅[2]。推窗白如银[3]，林杪连水滩。忽闻两小雀[4]，啁啾语檐间。若曰我何求，宅此已神仙。庑下谁氏子，流寓亦年年。长吟复短啸，形影与周旋[5]。独念蚩蚩氓，十九历阻艰。求生累八口[6]，衣食羁长贫[7]。求死枉四体，沟壑抱沉冤[8]。蛇豕日相啮，萁豆日相煎[9]。千户断其颅，几人弹其冠。何当撼千山，太始雪尽翻[10]。纷纷蔽大幽[11]，万类一朝填。留得干净土，重见太平年[12]。我也非公冶，嗒然聆禽言[13]。禽言不可诘[14]，聊以著我篇[15]。

[1] 诗题原作《禽言》。

[1] 本句原作“四野人号寒”，或作“人静衣袂寒”。

[2] 白如银，原作“惊一白”。

[3] 两小，原作“数鹞”。

[4] 形影与，原作“我与我”。

[5] 累，原作“愧”。

[6] 羁，或作“忧”。本句原作“终朝空下咽”。

[7] 本句原作“末路泪汍澜”，句后原有“或者为人驱，远戍逾关山。谁无父母者，身寄锋刃焉”。

[8] 二句原作“世乱日以炽，且为其豆煎”。

[9] 二句原作“赤日耀当中，天意不忍看。愿乞群山舞，太始雪下颠”。

[10] 纷纷，原作“皑皑”。

[11] 二句原作“干净土重见，垂拱起昔贤”。

[12] 嗒然聆，原作“偶尔识”。

[13] 诘，原作“冀”。

[14] 本句后原有“亦同好梦熟，与客道其玄”。

寒夜集觉林赋赠宗老一亭

山人道不枉，胸次开荡荡。笔酣蟠螭虬[1]，气吐塞天壤。料想禅诵余，清光闪万丈。宗法揽维摩，妙谛参玄奘。能事画书诗，得来如反掌。我惭佛缘悭，问学苦勉强。面壁昧真诠，闭门聊结想。何当鹤为群[2]，一举浮云上。

[1] 笔酣，原作“肱折”。

[2] 本句原作“何时鹤为邻”，或作“何当跨玄鹤”。

重过沪南四杉堂

小室曾题四杉堂，昔年借树慰枯肠。重来三杉凋伤尽，空剩榛莽附短墙。

途遇郑曼青立谈甚久归赋长句

耆宿经年几黄土[1]，同心寡俦略可数[2]。与子论交七稔前，肝腑相逢一倾吐[3]。席间我善杂庄谐[4]，掉头往往心独苦。我生天骨不殊人，早岁读书力不努[5]。出门仰见鸿鹄飞，云天万里着毛羽[6]。我友似盦与保之，水积根盘有年所。玉岑孟海不羁才，汝挹清奇岁寒侣[7]。称美推让我何能，自惭识浅气粗卤[8]。古文经纬未曾通[9]，诗但随人讽韩杜。摹碑凿石拾古欢[10]，秦汉印玺周石鼓。画用篆势任纵横[11]，丘壑一腔余几许[12]。曼青曰唯信子言，我谈不敌邹与楚。如何江海浪得名，名实不副甘自侮。江海浮名何所取，萧萧破屋剩环堵。有人请从今日始，方长来日蹉跎补。且喜同心且读书，知不足者我与汝[13]。

[1] 经，原作“一”。本句前原有“吁嗟乎”。

[2] 寡，原作“之”；略，原作“亦”。

[3] 肝腑相逢，原作“肝肺逢时”。

[4] 本句原作“席上我能杂诙谐”，句后原有“所至宾朋乐为伍。不知侍酒趁佳兴”。

[5] 早岁读书，原作“十二三龄”，或作“早年求学”。

[6] 本句后原有“少弄文翰略识字，学校新知辄纷阻。担簦沪水被师恩，转惜长大盼苴补”，末句或作“年长太息盼苴补”。

[7] 本句原作“汝与我略同出处”。

[8] 二句原作“只汝清奇不可揣，又不如我气粗卤。称美推让我綦详，问学为宾谊为主”。

[9] 本句原作“若论古文不解治”。

[10] 本句原作“磨墨凿石依样耳”。

[11] 任纵横，原作“不是画”，或作“随用情”。

[12] 本句原作“逭敢磊砢撑一肚”。

[13]“曼青”句至此，删改棼乱几不能辨，原作为：“曼青曰唯信子言，我徒何曾有门户。譬之粮糈不隔宿，四立萧萧瞻环堵。无自馁也且读书，知不足者我与汝。”

怀丁似盦军中[1]

行色太匆匆，季世感于役。眉边岁月流[2]，尘外江山隔[3]。臂力君坚强，奋勇一当百。盗贼惧伤君，摩顶有飞镝。

[1] 题后原有小注：“偶拈山谷诗句‘百书不如一见面’为韵。”

[2] 本句原作“从此岁月迁”。

[3] 尘外，原作“大有”。

转徙千里鱼，何日有宁居。心旌摇塞雁，橐笔随戎车。飘泊重伤感[1]，不得遂厥初。谁识风尘际，将军好读书。

[1] 伤感，稿本误作“感伤”，此据格律改正。

我生始自诩[1]，出门求师友[2]。拾级山正遥[3]，乘舟水不厚[4]。前路重仓皇[5]，去日太辜负。营营故纸堆，所苦君知否。

[1] 生，原作“遭”。

[2] 出门求，原作“举目多”。

[3] 本句原作“蟪蛄昧春秋”，或作“等闲掷春秋”“哪知昧真诠”“坐令岁蹉跎”“入山路欲连”。

[4] 本句原作“孩提画鸡狗”，“鸡”或作“鹜”。

[5] 重仓皇，或作“叹微茫”。本句原作“谓何绠短汲”，“谓何”或作“未深”“年年”。

君才自卷舒，君学自耘锄。置身最高处，洒洒一尘无[1]。落笔悬天河，壮心雄万夫。上马复下马，我将为之图。

[1] 二句原作“意稠而言寡，风格我不如”。

平生论知交，李君称第一。天涯隔踪影，不隔心胶漆。世态仔细看，对面心已讫。怀哉古琅峰[1]，泠然鼓琴瑟。

[1] 本句原作“盍重跻琅山”。

先君三十周忌[1]

卅年前事一弹指，倚遍江楼衣袂单。父病缠绵书卷夜，家门萧瑟岁时寒。椎心梦断终天恨，转眼亲衰久客难。霜鬓三春融未得[2]，不堪仔细镜中看。

[1] 本诗眉端有“删”字。

[2] 未得，曾改作“得未”，后又改回。

贵州华越豪贻我回沙茅台酒阅旬日建吴自蜀中来又举以赠喜赋一律[1]

识得黔人语未谙[2]，回沙酒已几回酣。来从万里香浮瓮，兴到三更助笑谭[3]。借问峦光何处秀，料知泉味自然甘。他年若得乘槎去，一醉酩酊岁月淹[4]。

[1] 喜，原作“戏”。诗题上有“删”字。曹拙巢眉批云：“太率意，不如削之。”

[2] 未，原作“才”。

[3] 本联上句原作“香留万里沁脾肺”，下句“到”原作“侑”，“助”原作“酿”。眉端有“人静香留颊，万里瓶开月满檐”，当系本联未定改稿。

[4] 本联原作“乘槎今日言非诞，商略行空人两三”。

过超山麓缶师丙舍[1]

桐棺今落寞，老屋傍溪坳。云断山中路，梅横雪里俏。音尘何可达[2]，恩谊竟难抛。一瓣心香在，旁人奠酒肴[3]。

[1] 诗题原作《往超山缶师墓地董匠事，过山麓丙舍，见村人方叩门曳柴，遂赋一律》。原诗为七言，曹拙巢眉批云：“改作五律，结构略紧。”此录原作：“三寸桐棺横老屋，秋风木落到溪坳。山中已伴梅花古，门外何妨俗客敲。謦欬而今不可得，恩私如我竟难抛。此来谓有心香在，聊胜旁人奠酒肴。”

[2] 何可达，或作“终何处”。

[3] 旁人，或作“终殊”“凭谁”。

宿超山报慈寺踱月回忆丁卯岁随缶师避兵唐栖行歌宋梅下[1]

写梅期古拙，今见树轮囷[2]。裂干似披腊，低枝欲扫尘。六花常照夜，孤月不宜春[3]。逝者应知我[4]，诗怀异昔人[5]。

[1] 曹拙巢改诗后，并于眉批云：“缶老五律最为苍劲，此作何不类师法？改乃貌似之。”

[2] 二句原作“梅花本来古，兹树愈轮囷”。

[3] 二句原作“不欺千载雪，人惜几年春”。

[4] 逝者，原作“斜月”。

[5] 怀，原作“情”。人，原误作“时”。

棣英女弟属题其殇儿遗影[1]

珑兮真可爱，接目同称快[2]。秀外亦慧中[3]，迥别群儿辈。忆自啼呱呱，日月异娇态。有时索我笔，涂抹胆身大[4]。似蚓复似蛇，曲屈趁天籁。有时跨木马[5]，驰骋书窗外。去年北之燕，眉目清月媚[6]。南归解读书，见我知下拜。胡然小疾缠，卒卒埋尘壒[7]。一现比昙花，天意信难会[8]。回首我桐儿，仿佛有同慨。识字已盈千，夭折亦五岁。纵说齐彭殇，焉能无蒂芥[9]。

[1] 棣英女弟，原作“受之大弟”。曹拙巢眉批云：“此作纯粹。”

[2] 本句原作“爱瞥眼中心快”。

[3] 本句原作“貌秀性又敏”。

[4] 本句原作“横斜胆真大”。

[5] 跨，原作“驾”。

[6] 本句原作“数月添智慧”，或作“归来增秀媚”。

[7] 卒卒埋，原作“明珠翳”。

[8] 本句下原有“今朝展是图，耿耿摧肝肺”。

[9] 焉，原作“安”。

题汉婕妤玉印拓本

一纽腥红印，底事参疑信。古意任盘回，刀法亦温润。艳迹耐摩挲[1]，似睄堆云鬓[2]。嗟嗟宝燕楼，珍奇从兹运。

[1] 耐，原作“终”。

[2] 堆，原作“拖”。

赠燕谋[1]

热肠冷面独逢君，喜戚关怀感所云。问客何能摇短笔[2]，扪心有恨欲多闻[3]。疗贫奔走惭年壮[4]，补拙蹉跎坐夜分[5]。

[1] 诗题原作《往岁访苍匳，先值燕谋，其容冷峭不可当，越日为诗让之。顷有人为陈燕谋语友，谓世俗酬对

能妨个簃之业，而有余感，赋是诗》。

[2] 问客，原作“客固”。

[3] 扪心，原作“心徒”。

[4] 惭，原作“惊”。

[5] 本诗为七律格，缺尾联二句。

感怀

鬈龄孤露剧堪怜，难遣豪情在酒边[1]。足迹纵随缘去住，肺肝未许俗雕镌。愁来母病身为客[2]，梦落师恩泪似泉[3]。前路苍茫知己少，夜来惟与影周旋[4]。

[1] 难遣，原作“剩有”。

[2] 愁来母病，原作“每思母老”。本句后为曹拙巢补成，并有眉批云“未完”。

[3] 梦落师恩，原作“复痛师亡”。

[4] 本句或作“书丛形影且周旋”。

渡江[1]

渡水借轮舟[2]，日沉月渐浮。江声刚入海，蜃气幻成楼。年壮曾同好，亲衰敢解忧。还家与作客，怅惘立中流。

[1] 曹拙巢眉批云：“乏味，删之。”

[2] 水，原作“江”。

舟过吴淞有感[1]

吴淞不可扼，经过剩低徊。月皎天开合，云奇峰起颓。波澜横鸷鸟，冰雪响春雷。耳目从兹倦，江头一去来。

[1] 曹拙巢眉批云：“此作略得师法。”

梦朱古微丈先一日函一亭东迈为朱丈移柩[1]

肥遁江头扶短策，文情雁影落寒潮。遗民旧梦尊瞻视，词客新编慰寂寥。谈笑久容阶陛立，丁宁且用古今浇。匆匆骑鹤流风在，昂首霜天万木凋。

[1] 曹拙巢眉批去：“少精彩。”此诗改动甚多，此录原作：“沤尹魂兮不可招，四更遽趁海门潮。老人风格终身晚，晚岁因缘一日遥。无味难磨泉壤隔，有言常用古今浇。绵绵愁绪难催散，几处风霜万木凋。”

重游海云洞[1]

胜地喜重游，初春换暮秋。云泉俱可贵[2]，鱼鸟不知幽。古偶何年塑（刘蓝造象）[3]，新碑一片愁（洞左新勒缶师诗）[4]。回头六载上，同此具扁舟。

[1] 曹拙巢眉批云：“句拙。”

[2] 本句原作“云泉依旧幻”。

[3] 何年，原作“添元”。

[4] 一片，原作“岸宿”。

诵晓师语[1]

西园客散后，数语见谆谆。指示遵前路[2]，江湖惜此身。莫愁书卷少，只要肺肝真。知遇如公者，平生有几人。

[1] 曹拙巢眉批云：“虽不见奇，而格律浑成。”

[2] 示，原作“点”。

苏城访飞白不值见斋头写牡丹多帧口占一绝题其壁

先生不自料寒酸，偏买胭脂画牡丹。别有风情人不识[1]，由来只合自家看[2]。

[1] 本句原作“秾艳风情初试笔”。

[2] 由来，原作“酡颜”。

访胡汀鹭[1]

连月无音讯[2]，今朝足慰情[3]。驱车溯短巷[4]，入座尽余酲。寂寂书千卷，阴阴豆一棚。如君真隐者，门径见平生[5]。

[1] 本诗改动甚多，此录原作：“隔绝音书久，怀人共此情。款扉心已接，挥手梦仍萦。陋室夸书卷，他乡有弟兄。出门数意气，今日取峥嵘。”“隔绝”或作“百里”，“久”或作“断”，“心已接”或作“携别恨”，“挥”或作“把”“握”，“如君数”或作“书生余”，“取”或作“合”。

[2] 连，或作“匝”。

[3] 本句或作“宁能说忘情”，“宁”或作“讵”。

[4] 短，或作“陋”“狭”。

[5] 本句或作“独对短灯檠”。

缶师归葬超山[1]

自我离师座，此生抱永叹。已惊六载后，未到一抔干。宋树陪风格，超山护岁寒。今朝展拜地，回想旧盘桓。

感逝数频年，回头一怆然[2]。师应知我苦，天不共人怜。空忆三更梦[3]，还赓未了缘[4]。悲来无一语[5]，含涕下山巅[6]。

[1] 诗题原作《缶师藏魄超山归车感赋》。

[2] 怆，原作"怃"。

[3] 忆，原作"把"。

[4] 还，原作"来"。

[5] 悲来，原作"下时"。

[6] 本句原作"海角与山边"。

题汀鹭画册[1]

汀鹭笔墨醇而肆，画为其人斯可贵。比出所制瞿然惊，不敢折冲且退避。纸不满尺气氤氲，众妙拈来力不费。试叩其玄究若何，一笑语人恣游戏。江南画士多盈千，辄以妩媚伤风致。我更蹉跎百不能，未信人言仗奇气。拉杂哦诗与君期，十日五日一拌醉。

[1] 曹拙巢眉批云："胡画专以生动活泼取胜，此诗固非面谀。"

希斋抵沪旬日复计南归诗以留之[1]

春华烂漫秋山爽，君抱奇姿轶吾党[2]。泼墨一望生云烟[3]，夜半高吟发清响[4]。师门寥落几知己[5]，三载离居极怅惘。迢迢家住鹤落溪，溪声远引匝篆篆[6]。何图海上闻足音[7]，未见颜色先抚掌。梅雨初晴怀抱开[8]，各举笑言续畴曩。相逢惟有论文好，有疑与析奇与赏[9]。愿栖江海任周旋[10]，令我见闻日益广[11]。登楼一盏酌江海，大宙容我同俯仰[12]。车马既来且安之，异日山中去拾橡。

[1] 诗题原作《不见诸希斋且三稔，既至复计南归，以诗尼其行》。

[1] 君抱奇姿，原作"奇才磊落"。

[2] 本句原作"抽毫气概突异军"。

[3] 高吟发，原作"哦诗堕"。

[4] 本句原作"也尝许我为知音"，或改作"昔日许我是知己"。

[5] 本句后原有"林岚未许雁鸿窥，又无村人共来往"。

[6] 本句原作"昨倚窗前闻跫音"，或改作"昨坐小窗闻足音"，曹拙巢眉批云："不必拖带。"

[7] 梅，原作"霉"。

[8] 二句原作"一执手当万劫跳，眼耳鼻舌堪珍赏"，曹拙巢眉批云："佛障语当去之。"

[9] 愿，原作"欲"。

[10] 本句原作"同学切磋共勉强"。句后原有"耆旧眼看尽凋徂，茫茫一瞬几消长"，上句又作"看中耆旧尽凋零"，"零"或又作"落"。

[11] 二句原作"我侪相许不犹人，风格聊自成俯仰"。

挽黄笃蕃

稼承委化哭之恸，每过北城有余痛。君自丧子郁不开，忍更闲情涉吟讽。昔尝日月集朋俦，共坐幽居思抱瓮（抱瓮，君斋名也）。得来好句付儿钞，月下灯前气豪纵。遣兴纷陈古鼎彝，送客叮咛老仆从。十年光影不得磨[1]，一段因缘三墩巷。思君忽忽君长违[2]，相见唯余四更梦。涉念稼承益茫茫[3]，知否当年我所重[4]。

[1] 十年，原作"如斯"。

[2] 本句原作"别几何时遽长违"。

[3] 益，或作"悲"。

[4] 本句后原有"今日始悔昨论交，客里相逢日又众"。

寄唁邱生仲推[1]

子病危复安，母殁惊造次[2]。母灵纵所甘[3]，子心实惨悴[4]。丘生血性儿，无言容寄慰[5]。唯冀体母心[6]，守身明大义[7]。古训斥毁伤，显亲正有事。

[1] 诗题上有"删"字。

[2] 惊，或作"竟""在"。本句原作"母殁竟以悴"，或作"母病不能起"。

[3] 灵，原作"心"，或作"怀"。

[4] 本句原作"子者焉能置"。

[5] 无言容，原作"用何来"。

[6] 唯冀，原作"所愿"。

[7] 守身，或作"节哀"。本句原作"尽礼在丧次"。

花下抚琴影片背立一小童初未稳也戏题二十八字

琴响兰芬一室静，客中偶尔获斯境[1]。𠐿𠐿雁唳落平沙，墙下何人来窃听[2]。

[1] 中，原作“里”。

[2] 本句原作“小小儿童知窃听”，“小小”又作“惹得”。

大暑独坐[1]

闲看帘角微微动，心静无风亦自清。犹忆往年浮海去[2]，乱崖深处听蝉鸣[3]。

[1] 诗题上有“删”字。

[2] 往，原作“旧”。

[3] 乱崖，原作“槐阴”。

题先伯母遗像

伯母劬劳弥可记[1]，茹苦与我母无异。持家俭约仍困匮，纺绩耘耔皆亲试。时督两姊勤针黹[2]，严诫大兄研文字。兄将就傅母不寐，束脩无计脱簪珥。牢愁蕴结心胆碎，憔悴剧怜呈造次[3]。矧值庸医语蒙昧[4]，子去求药母长逝。兄抱沉冤空滴泪，亲恩未报真无奈[5]。太息洎今逾廿岁[6]，展读遗容思往事[7]。请持一语慰幽灵，遗泽儿孙实攸赖[8]。

[1] 本句原作“母仪斑斑犹可记”。

[2] 本句原作“间督两妹勤针刺”。

[3] 二句原作“卒卒憔悴剧可悸，蕴结辛酸侵心胃”。

[4] 矧，原作“又”；语，原作“事”。

[5] 二句原作“报答何许干滴泪，尽思长号语难慰”。

[6] 太息，原作“转眼”；逾，原作“已”。

[7] 展，原作“瞻”。

[8] 遗泽，或作“沛泽”“泽在”；攸，或作“倚”。二句原作“寄语泉台勿惴惴，孙子有庆安平太”。

和希斋次其原韵

借问客何好，嵯峨剩性情。闲身欣有托，末世贵无名。久晤心俱惬，深思梦乍惊。师门余几辈，珍重此浮生。

默契谁能识，相逢兴便豪。才难竟独抱，志大肯长韬。风竹清成韵，苍松寒不挠。秋深诗更健，好句诵酕醄。

缶师九十冥诞感赋一律[1]

又届淞滨八月秋，追怀奉爵炯双眸[2]。枯肠辜负三年学，陈迹消磨百尺楼。木落天高云气散，灯昏漏尽梵音柔[3]。客途自觉添霜鬓[4]，我亦乾坤一赘疣[5]。

[1] 诗题上有“删”字。

[2] 追怀奉爵，或作“忆承师座”。本句原作“数声钟磬静双眸”，曹拙巢眉批云：“‘钟磬’下著不得‘双眸’字。”

[3] 梵音，原作“泪痕”，曹拙巢眉批云：“‘泪痕’下著不得‘柔’字。”

[4] 自觉，原作“暗暗”。

[5] 我亦乾坤，原作“渐觉此生”。

和闻韵乐三叠前韵[1]

无计送余秋，阑干豁寸眸。诗声惊野鹤，月色静江楼。惭识琴心细，嵯峨剑胆柔。休将豪气损，字句剔瘢疣。

[1] 本诗上有“删”字。本诗由七律改成，原作为：“正愁无计送余秋，倚遍阑干豁寸眸。忽堕诗声惊野鹤，坐延海月上虚楼。此情绵邈琴初响，一事嵯峨魄已柔。下笔休将豪气损，斷斷字句剔瘢疣。”

午梦[1]

诗酒纡回成短梦，肺肝依傍想高贤。濡毫愿托江山助[2]，举目频惊岁月迁。边地新猷斟灌烬，师门残稿义熙年。故家遗耇都寥落，搔首苍茫欲问天[3]。

[1] 诗题原作《午梦初醒赋此遣兴》。

[2] 濡毫愿，原作“出门欲”。

[3] 后四句为曹拙巢所补。

母氏就医哲学疗病处内子述医言可占弗药喜赋[1]

母老常嗟病废身，起居一室动需人。暮年天假承欢笑[2]，前路我宁终贱贫[3]。忽听奇缘能乞佛[4]，端期夙恙可回春。家书一纸心君稳[5]，顿觉江头万象新。

[1] 诗题上有“删”字。

[2] 天假，原作“只愿”。

[3] 我宁，原作“宁为”，或作“无妨”。

[4] 奇，原作“有”。

[5] 一纸心君稳，或作“才到精神健”。本句原作“家书抱得栏边舞”，曹拙巢眉批云：“此句何稚嫩也。”

癸酉六月与一翁避暑青岛舟行三日得七律四章 [1]

轻舟一日三千里 [2]，逭暑从容遵海行 [3]。鸥鸟沉烟深不见 [4]，云峰拔地削初成。随时揽胜心无滓，与客谭瀛气未平。散帻褰裳歌舞罢 [5]，千澜波上月三更。

[1] 舟行三日得七律，原作“舟次赋五律”。

[2] 轻，原作“驾”；三，原作“数”。

[3] 本句原作“避暑从容北面行”。

[4] 沉烟深，原作“翻风远”。

[5] 褰，原作“牵”。

茫茫海色无边际 [1]，一线分明划四天。霞气侵晨腾灿烂 [2]，涛声残夜卷清涟 [3]。游踪汗漫三生幸 [4]，心事萦回老母年 [5]。回首江干亲舍在 [6]，白云一片护门前 [7]。

[1] 海色，原作“大海”。

[2] 侵晨腾，原作“上腾先”，“侵晨”或作“泱晨”“平明”。

[3] 残夜卷，原作“夜卷最”。本联曹拙巢眉批云：“兴会飞腾。”

[4] 三生幸，或作“从吾好”。本句原作“游踪往复我生乐”，或作“漫乘槎木寻霄汉”。

[5] 萦回，或作“低回”，本句或作“陟忆萱堂匪盏年”。

[6] 本句原作“回首江头犹在望”。

[7] 白，原作“庆”；一片，或作“无恙”。

忽看槛外列群冈 [1]，夕照摇红凝艳妆 [2]。远近高低名不辨，往来迎送影难忘 [3]。当前游兴成今昔，到此诗情叹莽洋 [4]。赢得胸襟澄大海，一篇秋水读蒙庄 [5]。

[1] 看，原作“惊”。

[2] 艳，原作“妙”。曹拙巢眉批云“次句沾滞”，并为改作“未到新凉已似妆”。

[3] 辨，原作“识”；往来，原作“如同”。本联曹拙巢改作“青紫盘空浑欲堕，烟云过眼镇难忘”。

[4] 本联原作“前年游兴今朝续，一路奇情双眼狂”，或作“梦痕潇洒生秋早，诗意缠绵借酒狂”。

[5] 读，或作“付”。本联原作“自顾胸襟断大海，恐邀叱咤此徜徉”。

嘉木葱笼夹市廛，浅红浓绿斗眉边。壮涛至此平如镜 [1]，佳处当前别有天 [2]。舵负层云惊水鸟 [3]，山横斜日响金蝉 [4]。闲情浩渺搜难尽 [5]，落落山人共一船 [6]。

[1] 平如镜，原作“浑如砥”。

[2] 佳处，原作“清境”。

[3] 本句原作“宾至连朝携谢屐”。

[4] 响金蝉，原作“听青蝉”。曹拙巢眉批云：“唐律项联不必属对，三联不应如此率略。”

[5] 闲，原作“诗”。

[6] 落落，原作“幸有”。

晨起 [1]

闲步逗清凉，槐阴夹道傍。渔樵沿曲岸，鸡鸭饲余粮。云卷山三面，洲横水一方。游心漫安放 [2]，商略绘晨光 [3]。

[1] 诗上有“删”字。本诗由七律改成，原作为：“一回闲步逗清凉，密密槐阴夹道傍。几队渔樵沿曲岸，数声鸡鸭饲余粮。白云断续山三面，青岛浮沉水一方。始信此晨行画里，他乡直欲拟仙乡。”

[2] 漫安放，或作“无此好”“无所托”“如可绘”。

[3] 商略绘，或作“摹此好”。

观炮台旧址和一老 [1]

炮台旧迹此遨游 [2]，宛似灵鼍水上浮。举目河山多枨触，今朝抛却几时收。

[1] 诗上有“删”字。

[2] 此，原作“去”。

海滨公园晚步 [1]

林园依海角 [2]，草树绿成茵。细浪时喧石，长竿晚钓鳞。风吹衣渐薄，月上客来频。诗兴随时涨，无须酒再巡。

[1] 曹拙巢眉批云：“丑多美少，不如割爱。”

[2] 林，原作“公”；角，原作“岸”。

观海水浴偶赋长句 [1]

饭罢遵海滨，徐行而遥瞩。白日闪沙明，细柳漾波绿。迤逦百丈遥，栉比连板屋。屋大去更衣，跳跃海水浴。男女杂少长，反侧与起伏。清浊不须分，濯缨还濯足。袒裼而裸裎，平沙当文褥。若道众痴狂，便觉我拘束。长堤结队归，肌肤净喷馥。借问胸中尘，何方来浣濯。

[1] 诗上有“删”字。

寄慰东迈 [1]

生儿堕地谁可卜，福斯基与祸斯伏。多不如少少逊无，清净之至寓真乐 [2]。悟澈此旨心自怡 [3]，不受幻象来敲扑 [4]。君丧稚子何足云，矧又未判石与玉 [5]。我来青岛任遨游，襟抱远对群山矗。江头返棹无几时，胜概从容为君复。

[1] 曹拙巢眉批云：“超旷明达，迥非庸俗所能言。”

[2] 本句后原有“除却亲恩不能忘，余事暂焉一瞬目。血肉之躯易消磨，即论百年亦迅速”。

[3] 旨，原作“语”。

[4] 本句后原有“我愿半生尽读书，爱惜光景受天禄。还剩半生便参禅，抛撇妻孥遁世俗”。

[5] 本句后原有“得来余绪且欢欣，书卷婆娑措手足。一日几回托闲情，煮酒敲诗荡胸腹”，或改作“图书万卷舍其读，煮酒楼边荡尘俗”，“舍其读”或作“可寄情”“此欢欣”“本空明”。

思归 [1]

床下纱窗初透月，檐前海水暗生潮。南归纵说无多日，极目云天客路遥。

[1] 曹拙巢眉批云：“少回味。”

一公述妙善师生平为赋长句 [1]

金山妙善师，生平今得之。潜居初莫识，病态亦支离。终岁御一袭，绝粒亦不饥。人或叩其年，点首若难稽。凡夫见身相，十载常如斯。悉见复悉知，度人涉诸医。不烦药饵投，此意亦多奇。我母久癃病，岁月聊支持。茫茫望海南，禅师何年归。法力傥可乞，春晖长熙熙。

[1] 本诗由七言改成，原作为：“金山高僧妙善师，生平今夕始得之。罗汉果成宁容易，区矣别矣众修持。潜居山中初莫识，一日忽从层楼堕。堕地从容作禅诵，智慧豁然惊雄奇。终岁一袭久无碍，十日不食亦不饥。或叩其年频点首，山中月日不难稽。有人瞥见彼丰姿，丰姿十载常如斯。悉知悉见复一切，偶以神通涉诸医。不烦药饵著灵巧，无所依傍为布施。我有老母久癃病，身手不遂惧无涯。朝暮禅诵叨佛佑，眼前岁月聊支持。茫茫南海数万里，暹罗拜佛何时归。禅师法力傥可乞，春晖永驻长熙熙。”

牢山道中四首

揽胜入山隈，晨风拂面来。四围峰突兀 [1]，一线径纡回 [2]。驴背驮红袖，碑阴绣绿苔 [3]。兴来得佳咏，高唱亦悠哉 [4]。

[1] 四围峰，原作“层峦皆”，或作“松崖峰”。

[2] 一线径，原作“一径百”，或作“石磴道”。

[3] 本句原作“车中映碧苔”，或作“花芭簇野荄”“松花落紫苔”。

[4] 本联原作“举头时得句，不暇去推敲”，“推敲”失韵，应作“敲推”。

亦有乌衣巷，非同王谢家 [1]。村居依乱石，野水绽朱华 [2]。岁旱溪常断 [3]，云横山半遮 [4]。民风犹浑噩 [5]，世变任虫沙。

[1] 本句原作“经过燕子斜”，曹拙巢眉批云：“杂凑。”

[2] 本联原作“大荷开十里，乱石叠千家”。

[3] 常，原作“频”。

[4] 横，原作“连”。

[5] 民风犹，原作“村人太”。

道傍石礡豁 [1]，传说震雷霆。两县从兹划，千峰不断青 [2]。群儿围野坫，樵父拾松苓。问俗无多暇 [3]，车轮转不停。

[1] 石礡豁，原作“峙劈石”。

[2] 不断，原作“未了”。

[3] 多，原作“闲”。

市廛去我远，半日历群山 [1]。细径随鹰眼 [2]，长林见海湾 [3]。图张帆影乱，乐作水声潺 [4]。梦想何曾有，翩然一往还。

[1] 半日历，原作“胸次到”。

[2] 细径，原作“径缺”。

[3] 长林，原作“天开”。

[4] 曹拙巢眉批云：“研炼。”

宿牢山华严寺 [1]

森森竹木蔽千章，一带红垣古道场 [2]。月下钟声清肺腑 [3]，栏边僧话度昏黄 [4]。凉风飒飒群山缺[5]，好梦蘧蘧我佛傍[6]。晨坐峰头望东海，朝霞一片拥金光[7]。

[1] 诗上有“删”字。

[2] 本句原作“几段红垣带夕阳”，“带”或作“锁”。

[3] 月下，原作“细数”，或作“月里”“几杵”“檐角”。

[4] 栏边，原作“径返”，或作“石栏”。

[5] 群，或作“两”。本句原作“雄风乍至从山缺”。

[6] 蘧蘧，原作“何修”，或作“凭依”“襟萦”；我，原作“到”。

[7] 一片，或作“万丈”；拥，原作“捧”。

游华严寺东塔院寺[1]

漫漶碑文尚有棱[2]，荒庵寂寞久无僧。月笼孤塔光堪摘，风过长松势欲腾[3]。缅想石崖留净土[4]，难从天末挂长绳[5]。剧怜旧国伤心泪，三百年来何处征。

[1] 诗题原注：“寺开山祖师慈霑，姓李氏，明进士，国亡遁迹入山。”

[2] 有棱，原作“可征”。

[3] 本联原作“嵯峨一塔依山耸，围绕双松若凤腾”，“一”或作“孤”，“依山耸”或作“如山立”，“围绕”或作“盘郁”，“若凤腾”或作“拔地升”。

[4] 石崖留，原作“荒山求”。

[5] 本句原作“愿将觉路引金绳”。

有友留行半月赋长句寄内[1]

夜游宅清境，盛暑心无闷。天外双眼青[2]，袖底层峦静。山人共遨游，意气无阻梗。论画亦谈禅，驱车复雇艇。无端我家人，耳目阛乡井。老母日就衰，两地隔踪影。匝月杳音书，一日几延颈。区区游子心，无人可共领[3]。

[1] 曹拙巢眉批云：“粗。”诗上有“删”字。本诗由七言改成，原作为：“盛暑北行宅清境，胡亦晨昏动烦闷。海滨一缕好风生，窗外几重碧岑静。时或论画或谈禅，不是驱车是雇艇。只道我生尚丁年，山海未合但游骋。取譬一日两六时，奚暇从容图醉醒。若忆皤皤数老人，耳目寻常阛乡井。遭逢愈胜愈思亲，移易无方心耿耿。逆旅匝月杳家书，茫茫世路岂其梗。一念起，即了之，真性所发不可屏。亲年渐老阻谁能，嗟嗟一岁几归省。任人笑我客褦襶，才对云天又延颈。”

[2] 本句或作“枝头好鸟多”。

[3] 无人，或作“伊谁”。

月下[1]

仰首又惊月再圆，客中底事久留连。我家亦有清凉境，绿柳阴浓屋数椽。

独向楼边踏月痕，名区一样植愁根。年年六月家中过，饭罢追凉捉弟昆。

[1] 曹拙巢眉批云：“浅。”诗上有“删”字。

促织[1]

促织数声断续豆棚低，清风一片洒爽星光稀。把卷床头悄悄不成寐，旧感翻然课读静杼机。

[1] 曹拙巢眉批云：“九言亦不佳。”

得家书赋此寄内[1]

晨兴闻鹊噪，亭午得家书。欢意称咸吉，疑猜问久居。亲心能逆料，闾外正扶疏。端趁秋风便，行期七月初。

[1] 曹拙巢眉批云：“浅。”

题董石樵画兰

石樵禅诵余，写幅兰花卖。得钱去供佛，心头了无挂[1]。皤皤秃发翁，何所殊方外。

[1] 了，原作“一”。

瘗雀[1]

饲雀三日雀已驯，飞上几案伴幽闲。安排笔砚写成图，头如蜡蒂翼绿筠[2]。一旦啾啾顿缩颈[3]，白眼频翻静似禅[4]。纵之小园当晨起，日昳往视堕槐根[5]。拨土覆石瘗屋背，吁嗟微物亦可怜[6]。雀乎雀乎尔知否，我谓尔犹贤于人。终日但求数粒粟，泊然无虑绝痴瞋[7]。一世营营蜣螂耳[8]，腰缠亿万思安便[9]。此辈生死两挂碍[10]，雀也胸中无点尘。饲之纵之复瘗之[11]，因缘看此情弥真[12]。明日低徊得长句，清风一缕生海滨[13]。

[1] 曹拙巢眉批云：“如此针砭，不能起一代膏肓锢疾，奈何奈何。”

[2] 伴幽闲，或作“日相亲”“是温磨”。首四句原作“雀我所爱名探春，啄粒饮水亦已驯。一翁对之便写照，额黄翼赭栖碧筠”。

[3] 一旦啾啾，原作“啾啾三日”。

[4] 静似禅，原作“疑颠眴”。

[5] 日昳往视，原作“夕往视之”。本句后原有“我不谙其病胡病，匆匆憔悴昧所因”。

[6] 二句原作“亟为瘗之皓月出，搬石覆块念其身”，后句或作“我眷微物情弥真”。

[7] 泊然无虑，原作“淡泊一生”；绝，或作“殊”。

[8] 一世营营，原作“今世类皆”。

[9] 本句原作“腰缠百万宁足论”。

[10] 两，原作“俱”。

[11] 饲，原作“笼”。

[12] 本句原作“不须再问尔饱温”，“尔饱温”或作“饱与温”。

[13] 本句原作“呻吟渐起海之滨”，或作“长风响应东海滨”。

第二卷

○漫錄東坡照張學家詩山

嘉晤劉姐瞻

車聲轔轔憐相值，笑語喧騰

佳氣騰騰萬象多，君龍遠

展石穗生光，冬椒申願湖山海

進生前路，息入風雲，歷年無鏈

廣自嫌懷身七尺人羨廬溪毒手閑

窮通

8

哭林孝蓮

脩經知難終細求麻衣剃眼部

生悲病苦蘇楞支退三更月欄邊

咫尺百里身歸林，高年餘擻

憫爾營營食貧事，不因縷縷[illegible]懷思

對景親說[illegible]處年，橋七月秋

贈許豐堂

云何懷抱向君開，眼底[illegible]賢明

日居來書卷一晴電闖鼓吹生涯
四壁長無萬古愁觀世路當真甚
教自向閉山妻索應語蟪蛄壯志
學所似漫存意氣壯風雷

〇〇自嘲

瞰來愁半在人跡計已跡年半

饑小屁8眼傳春意卑8前路三更

月枯腸一老書遲遲江海上滿意

影可知

己

調寄賀覽根遲秦賦

暫別又相對，深深謝韻消魔親安。

多病似地靜，一年植梅塲處光

霜蹊嬋娟舊蹲鐘詩中天翻一鶴草草

何忘歸草草

愚弟吳俊卿

我意忽不堪南歸音問路迟留
陽生氣短更灯墻跕夢數門敲
羈愁來月上霜初日潮深猶在相
約注留縣東
題王衛尉右園題王卿之砌其一

歲朱

天機清曉蘭風靜枝力淨岸煙

色秋惆悵惱人濃漲衣夜中盡盤

舍中佐蘆三春堤頭

八（消長

仰觀屋漏俯堦苔消長須臾事
已照此意不須人領略自淺肝
賜浩浩新謳

〇陳子龢曼翁弟兼呈調孚

揮話聲中一年收拾瑤琴難喚轉

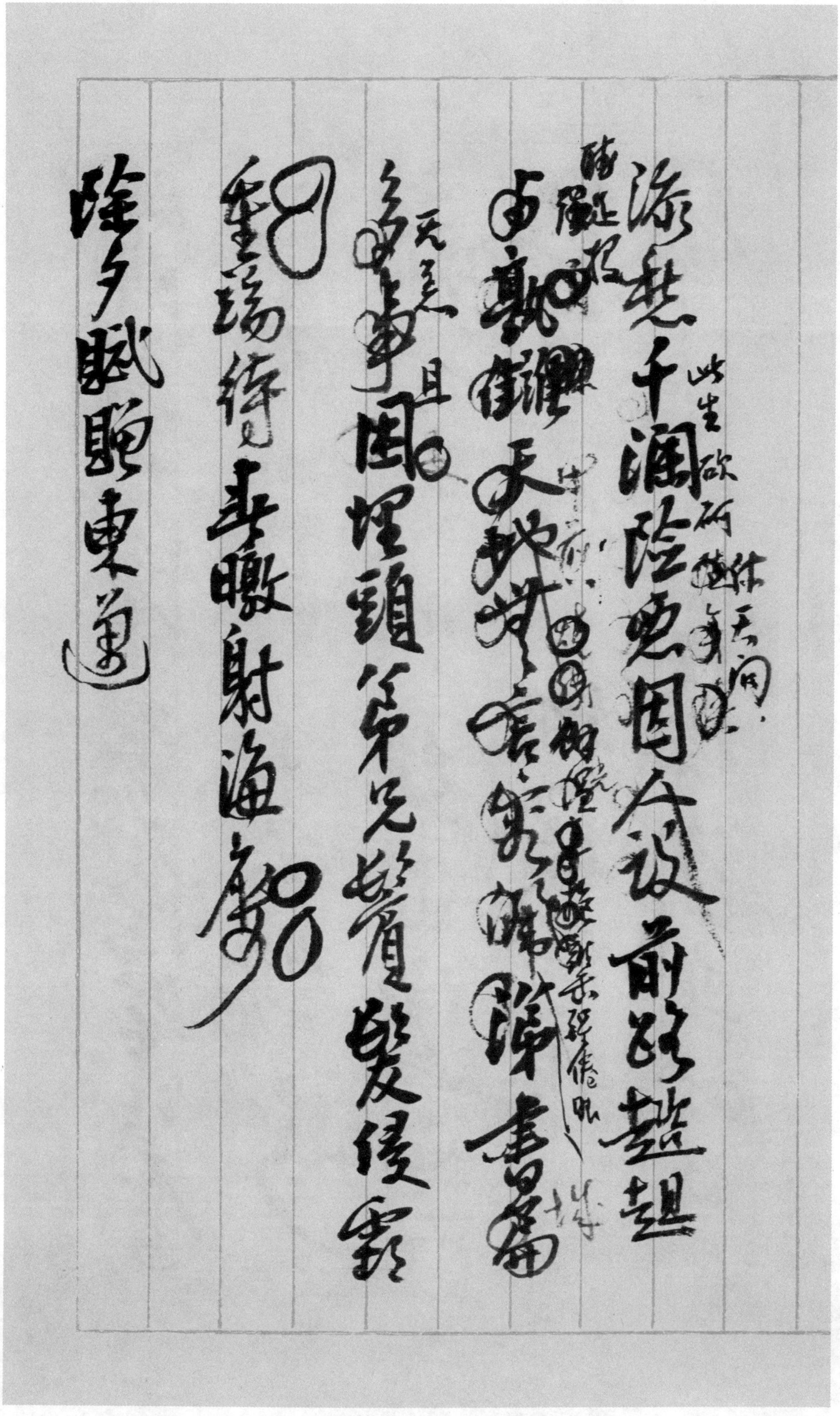

師門高世推晨夕，濡帶江摩

十七年。小軒數業各面壽諮，事

文號壽安郵。事先陳迹抛，老双

淚。醒楼子足餘風擁一樓。煁什。

聲聲清史白。拈持清真，於鈐贊

拈得手稿

菱 C

元日

元日彌天靜喧囂總不聞鼓
錢儘大歡笑妖孽邪龍日遁雲
中樂人海亂泥周持盈賓夢
時人

頑石壞處何由
寧懷保之
曉樓背尋常。詩瓢與酒觴。擲
居撤案几。程途月昏黃。維請。
高家氣象千
澗僭。
冬嚶雛嬉嬉艇翻。葉頭依悵惘。

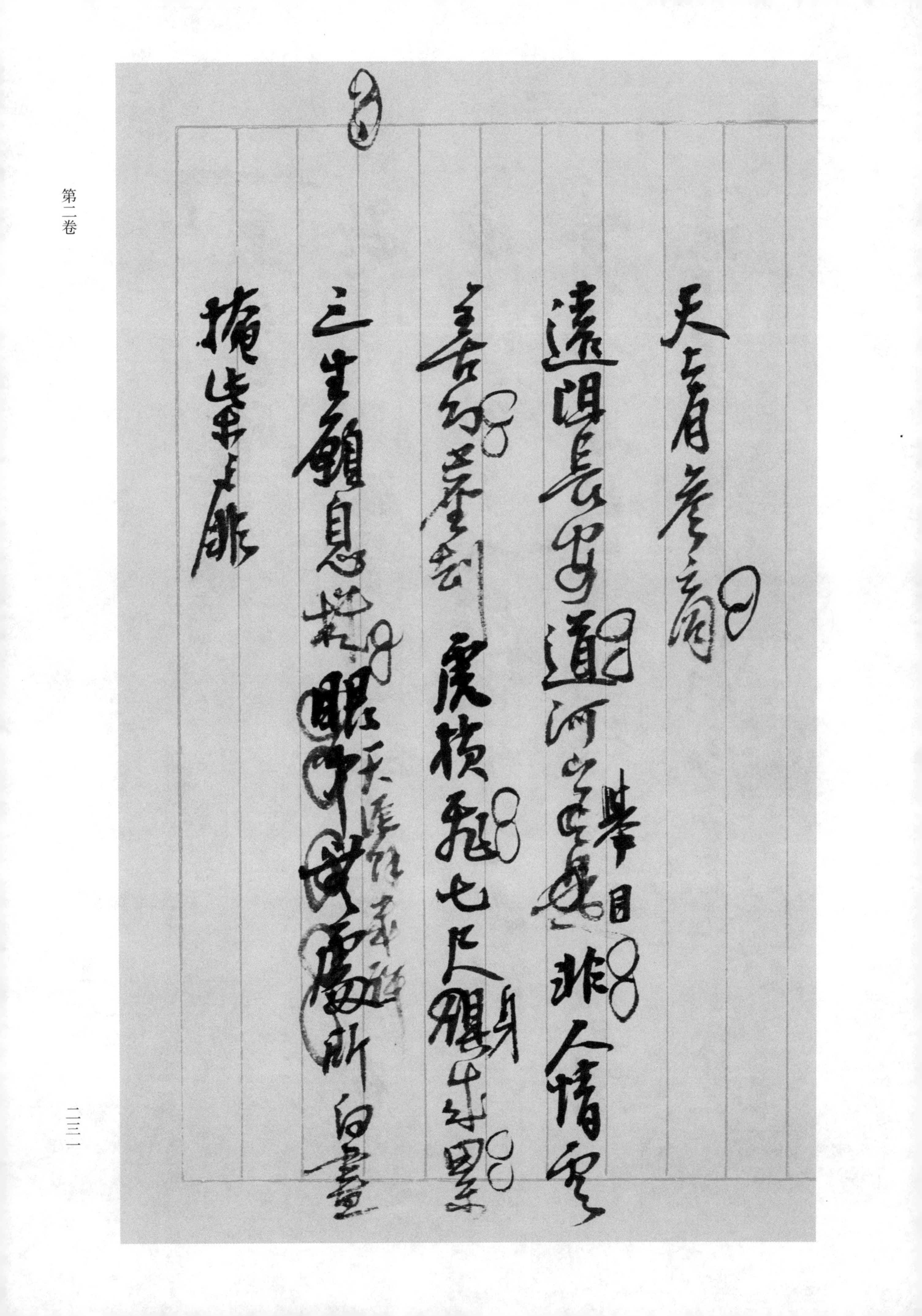

天長[illegible]

遠[illegible]長[illegible]道 河山[illegible] 非人情[illegible]

[illegible] 七尺[illegible]

之生[illegible]自[illegible] 眼中[illegible] 所 白[illegible]

[illegible]

輓沈研隨

欲揮近淚淚感嗟胥道是如痕掃

瘦影可憐襯年窗挑殘燈

味任爲庶難難照羅同新語未揭

清清境庶勝何同庶雲首雲題置

錢子上上作南海

〇

贈許太平

已到忘機合相逢，正識官崇居

前年色有每年中年，朝霜鬢星星

千卷酣甜酒，酒亂，白湖生處古熟商

昨夢偶拈之

一都

此地繁華年今邑柏泚閣六代帝王

都顧閣宮銅雀冠傳莫更山

城長虞經訪戴理君壽跡無應樓

夢宴春花未想[illegible]區在當潭不

闍那路百尺人樓邊一海色見

不滌

酒清夜抵去三人知音相生年不

一時比類猶怜魑魅一花開

落葉斗時聲正是雁來候腸肝去
高鍋遲飲具舞號寒傳得鶴
抱甕高雞唱將曉
示也不
酒徒醉後賴呼依筆墨畫中值

筆天竟氣傷人 那有識得來遲

手到如雪處

次嬰寄韻

眼花色相是耶非 轉眼朝暾換夜

睡亂後人隨天地 疫者來此 接

面壓肥瓦痕蕩綠波溢，市響音韻發

殘雪掃將盡，梅邊餘悵惆樓琴

不見鷗來伸

塵染蒙見蟬窠開前園花

腳自由氣坤唯有鄭請方

登臨名樓頭望月　光堤攜袖手

觀菜氣轉　平來幽草交情攔（拓）

霞鍾（松柏）寧須形迹嘉盟

醉陣

壺中來與月　饒真宗記　年不及常　埭主屋

半飽年來斷句紙頭顛[illegible]龍鍾張鄧
舊袖上題詩綠[illegible]鬱[illegible][illegible][illegible]
却怪翻騰筆起雷[illegible][illegible]羅浮
天地渾圓量[illegible]寫[illegible]萬藍
次韓子張韻

請催若瓢畫竿之知且生面舟佳作

三石處報收竿時大澤喜深細面

出票兄

「題壽萱圖為康侯盟畫

天貴瓠兄識母勛壽萱例續

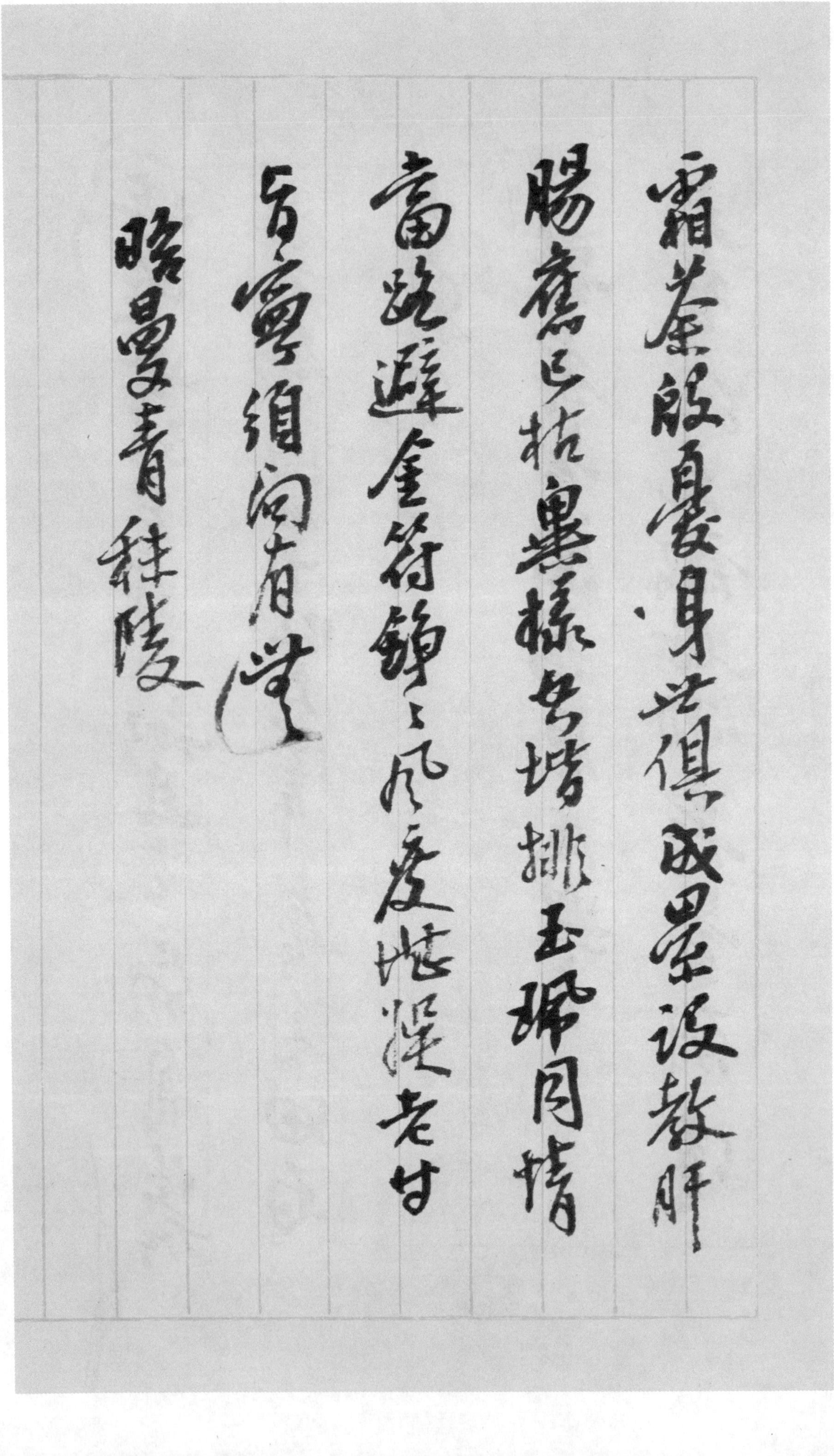
霜茶殷夏憂身世俱成因果設教肝
腸痛已枯鬼様無墙排玉琊同情
當曉避金符鐘〻風度懷慢老甘
肯靈絹間有學
晤曼及青 秣陵

試取殘詩細論尊共坐如春重

逢變何須淚驕老赴秋筆

研兵渥處肝腸木石亂蕭蕭

當年曾擬招安議首策閒談

贈懇雛文秘書

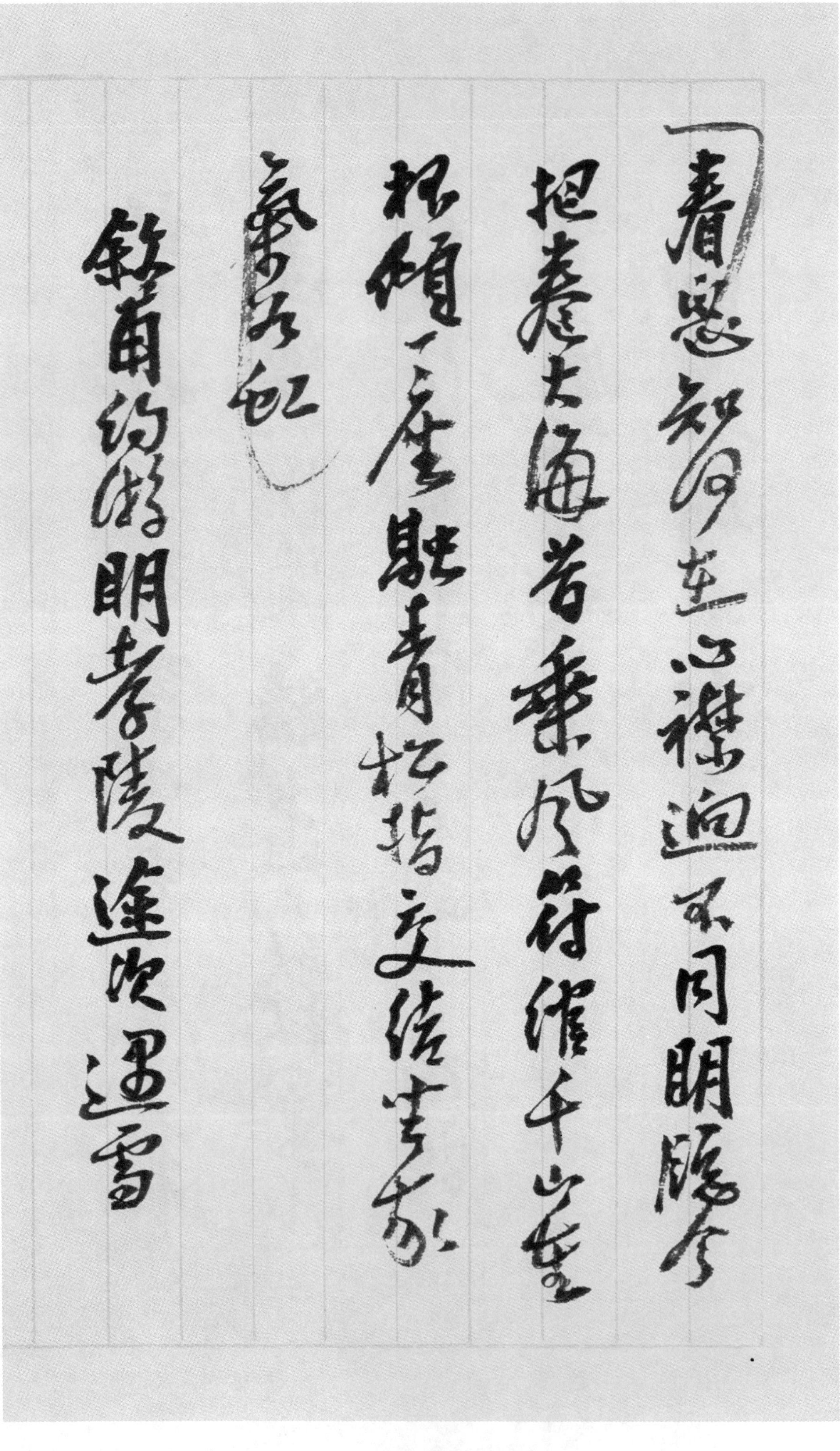
氣象如虹
叙甫约游明孝陵途次遇雪

春居卽喜春天飛雪靜看峯
山卸鬟鬟梅領子屋後皎潔外
泯翠袖鄰琅璐戴逢游履痕
班鞋數抱樹間食語愈傳清興
不惜絹譜前畫不絹求花馬近毒

8

鶴

振鐸淬伯子美約游琅山雅集

提菴賦贈羅華一和尚

層閣連宵共花藥鞭屋下斤

遠岑畫猶是先朝地僅是詹結

伴驢車從日腳灣臺襟袍
背燒郭忽聞欸笑入林望拾級
天外鳴鍾鐸翹首雲中張翮
莫辨松柏幽空掌象龍躍江海奔
畎天地搏此時心胸莊嚴美眉長謂

山僧臨陸鳥洞潭凡睛鏡浪禮
聊持茗碗淺斟以辭間詩句
楓溪舊石上子規了久茂東泉源
冬夏不曾闕當取今能前水之可
浴水流溉石田穫蒭緑精葉在摘

粕百年前錄 克光近疇 劉絕西尼
澤深扃鑰 萬斛鎔譯辭新
纏年滄滄 西和天樂 未偶同參
與君約不斂 搏鵬翅 庇護身生
蒲團氣寄殘礪 三島十洲 象限

盡豪雙眼不見河山到日邊
鐘魚相唯說

過韓相金滄江草屋

南山髑壞土骨朽心不腐未[illegible][illegible]論
人盡撇[illegible][illegible]但故國陽氣[illegible][illegible][illegible]

蜀錦帬蓬旅攢雙眉寐寐張
夢嬋搗梃泥泥錦呻吟續居
南醒底惜沉寬蚺（松）珀薇斤斧
是曩（遠之）也莫通鐵侵菊共清醅
未解肺肝枯（道）是鬢髮眉古

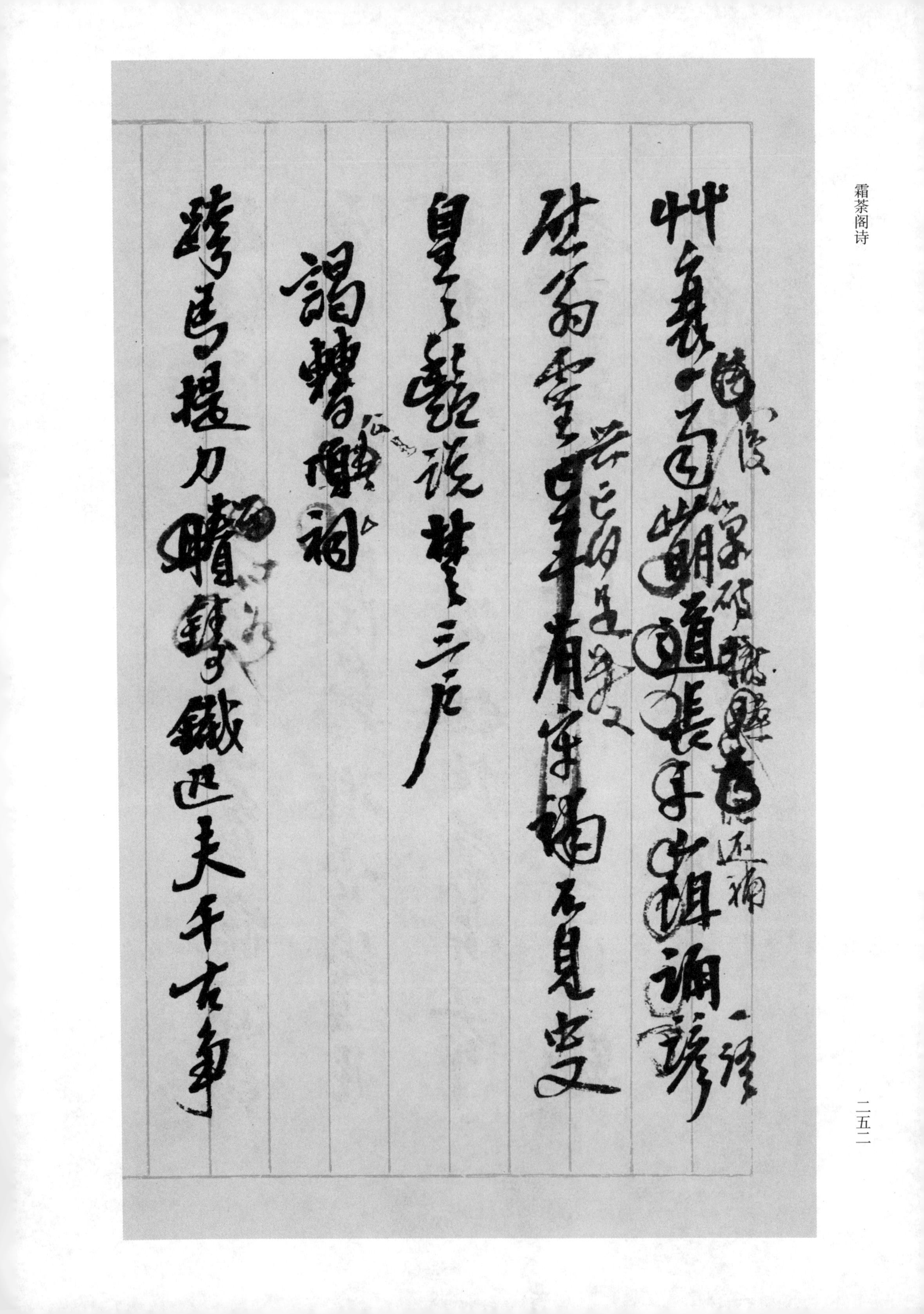

艸長一筒蝌蚪道長生翰調謗

碑刻如雲早有年補不見史

皇之龍說梵三尺

謂轉樂祠

跨馬提刀轡轉鐵迅夫千古爭

雄魁闖將此呢何延傳兵刃未接
氣奪先流寇風雲一多讀歸
令四七郡萬宦江淮鎮手急督
公隨從掃蕩辭德述逐匹人識傳
子壻業血為之年萬千骨掣

鄂武穆墓前人不舍魂魄衛
雖接只今閩峯說海島不負斯
功是軍也要第五年原遍墨邊字
公億有靈衛如髮、風儀勝也（斯、斯安像猶存）
黃泉武氏都原孫（水鳴咽）精魄饒

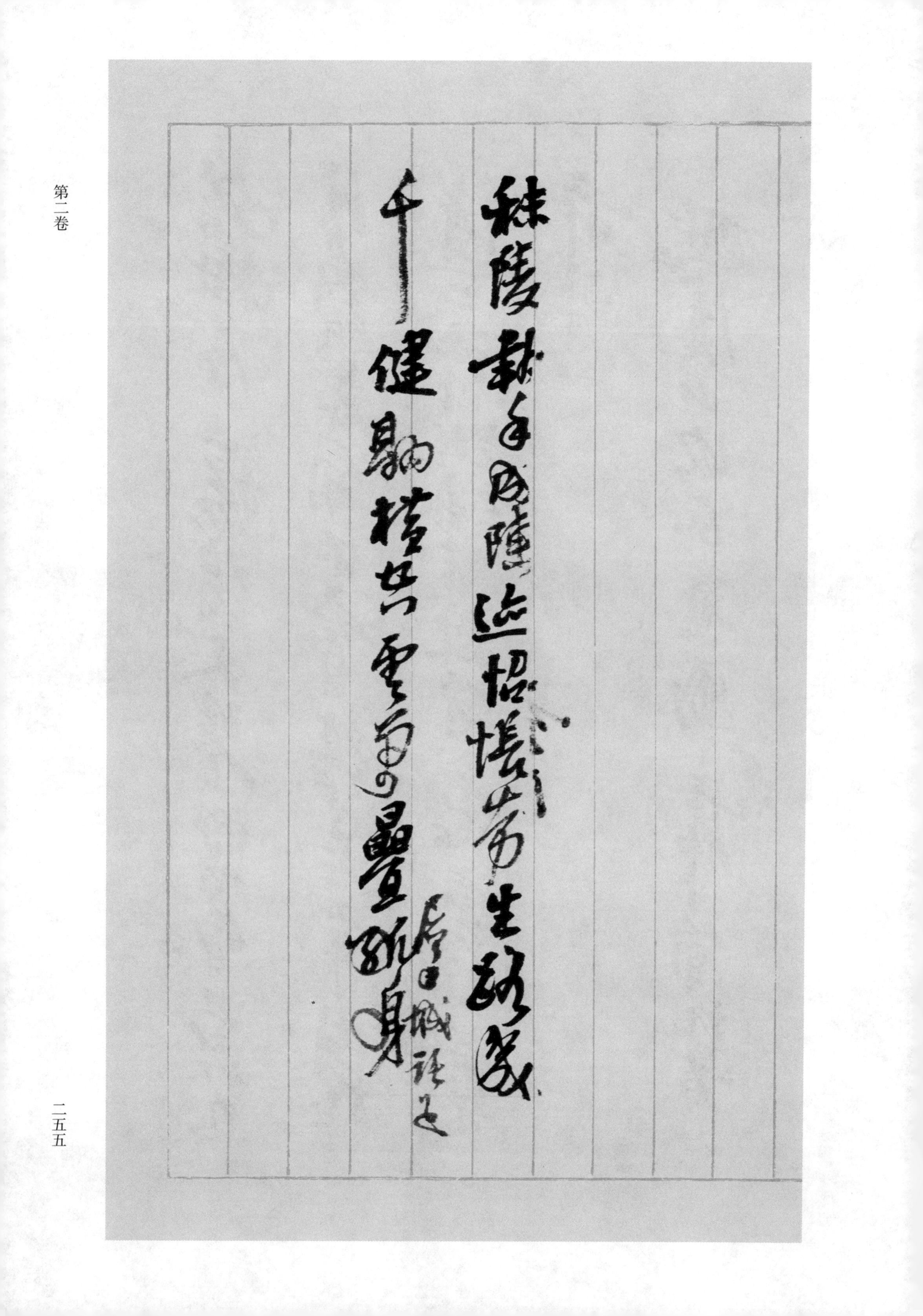

秣陵秋色隨近惆悵平生鐵騎

千里健駒猶在雲萬四壘跳身

唐白城錄之

緒擷屋三椽瑣石天琅響笛聲

清露花開不賣錢墨壽年周旋

遣二詩於康屋蒙堂杖將意無窮之尊

前

題虞山沈氏齋藏黃節簡札百

鍾通

頡穀傳書說古歡渾驚筆許
慰酸寒少磨銘硯字潤雖雨
地穀詩月色寬却掃塵常
擁戶攝遲江海懶報以千首毫

端谁有飛騰意，一斛明珠瀉玉盤。

漫興

漫當蕭瑟作大濩句，句華月易消磨。盡中蘸筆何妨紉詩囊

壺觴石廠多半荒廢兩家今年
聽泉悵望初遊殘多鄰歌禪參來
解空觀真六年身世模糊任佛
訶
曉夏昌叩

攝攝緇霜皆有期期莫慕少年
廿三山憩憩度一葉佛因緣雲雲
欲作作高眠眠雲雲根轉大田我愁
搖光光筆江海多人憐
五月十二日英王加冕是日暇豐書

今夕傳出蒼天涯拜見薩燈光
多年寂月青氣象耀重慶野
性雜閱盡詩篇往作因七夕來
酬一盞盡君靜宜幽人
安集知味觀親眼親字

雨后楼阑几月晕身世模糊
鸡谁问锟鋙鹏化佳诞莫且
附宾遍作醉斩一石杂侧百
篇诗酒春靖飞腾善书雁留
何为天外须生人饶底问歌遍

清韻

許長年與黃盤公爲張樓痕

示之韻詩名聯首

懷懷人海沉沉倉皇星凡捷也是

城三面樓樓列生何所息呼酒譚

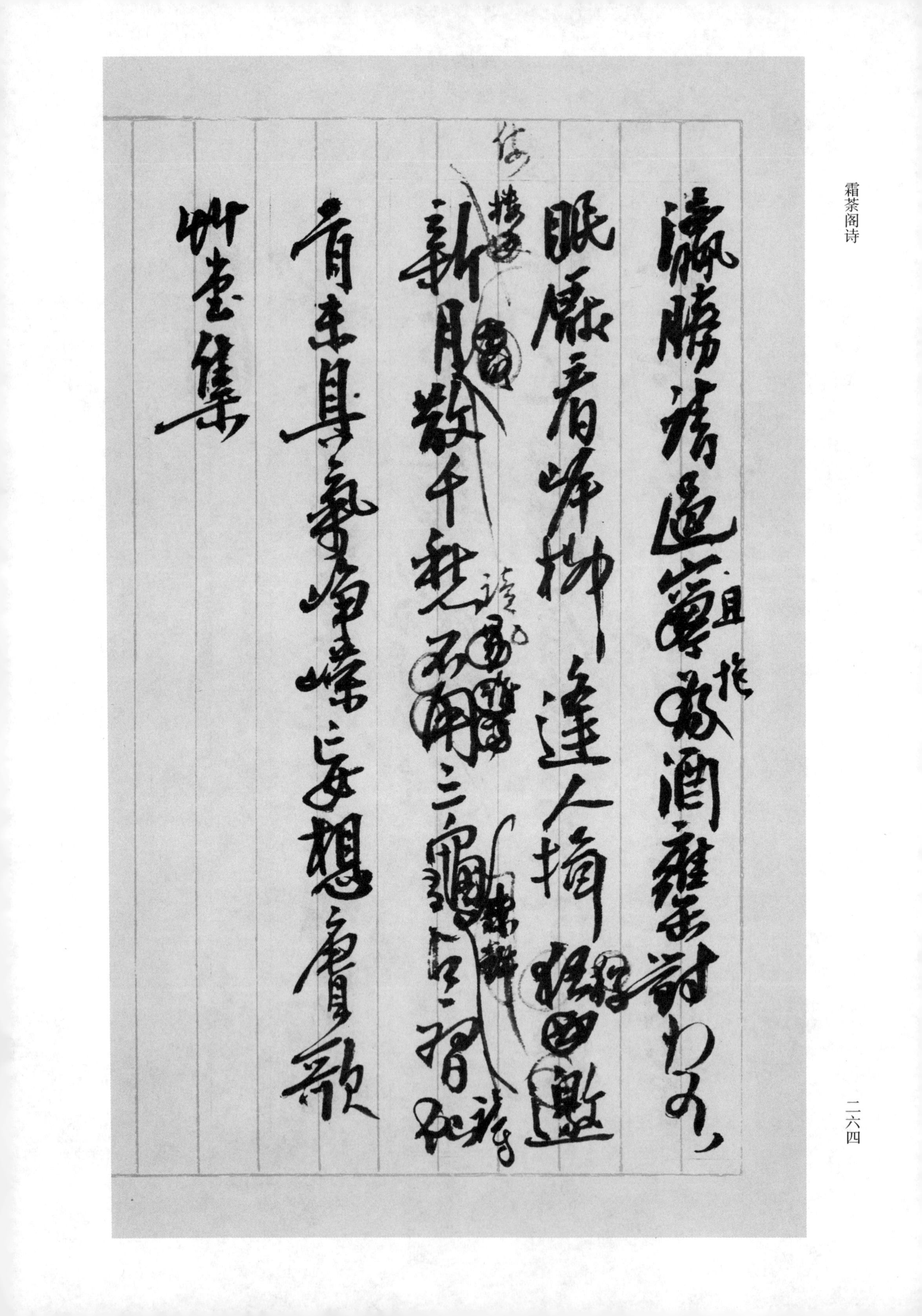

瀛勝猶過[illegible][illegible]酒雜[illegible]討[illegible]

眠[illegible]看[illegible]柳逢人摘[illegible][illegible]邊

新月數千[illegible][illegible][illegible]三[illegible][illegible][illegible]

有[illegible]具氣[illegible][illegible]三年想[illegible]歌

艸堂集

高寒海氣銷七相將文藝聲年

迎霜雙文點月攜風一闋雪行

酒狂同四影鹿鹿詩書魁要除

菊如語鳳凰往朝分

萬事無過一醉閑長歌難數累

金州文情物外淡如水風度幅巾
江上鷗遊得此懷讀海是自嘲
佳會攤箋現紙呈即奮袖執坤
作不用囊錢換去買山
鬧騰一世朱臨明久矣世人論士

瞿發雕單偃心意甚書久偏損頓
蒿萊争氣象出門車馬房
憧憧趨避不遑争風翻來異林
泉何日偕隱雅拾掇君要嗟送
遠

?

聽姚文班女士鼓琴

琴響音淙淙海上來，妙指古調譜

新裁。敲聲雁落熱如許，萬

里身積忠來回(作)，素手撥弦彈(皆抑)

[illegible]

[illegible]

南生清癖

韻語寫胸臆真實謙謁胡曹 泌錢詩隨

不看絕整壞

況大吾詞

曾着氣人驕驕息子難年

蓬屋不可論道盡盡自明階下

一宵雨影艸長勤為與誰斟酌
理是非撇除前忘懷邀酒盞
柔氣張琴弦書叢歌情起
危底樓多少事有時爲無故
日出不曾眠只人靜與鳥雙眠

寄大千
三槐比五柳上有田園
輓黃道石
廿年執手（四肩）敢雙負攜（執手）擂東遊
外三隱源書課紹經勤鄰硯學
悵論隱語招簪讀（風情）賞句論

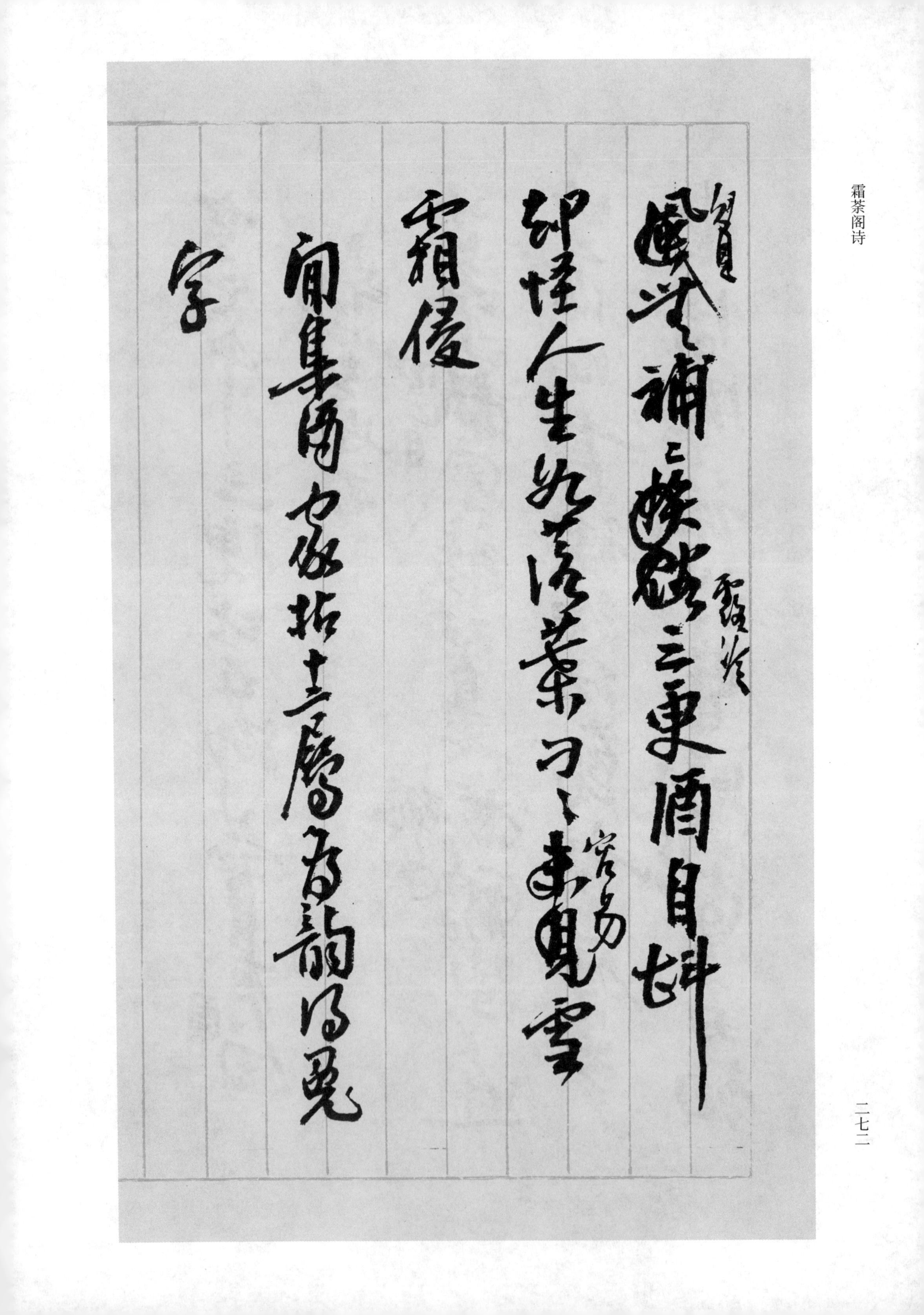

盛從々補々蝶戲々三更酒自斟
卻怪人生如落葉々東風雪
霜侵
用集陶句也做拈十三屬為韻得覓
字

天壤藐（側）孤身百年寄山住（續破）萬
卷書甘癡眼枯繪、、畫圖靡
讀一碑碑殘歲又碑碑神乃
寶鼎延匠天趣所趣道錢不成
金石拜（日報積非大）翰墨魏卿以歷跋跋

一年先千兒

酬次許太平韻

杜陵雜興蕭吳嵐諸閣蓬藏不

暇墉檻外帆輕鷗鳥浮白餘樹

碧浸水岩濃經翠千里[illegible]

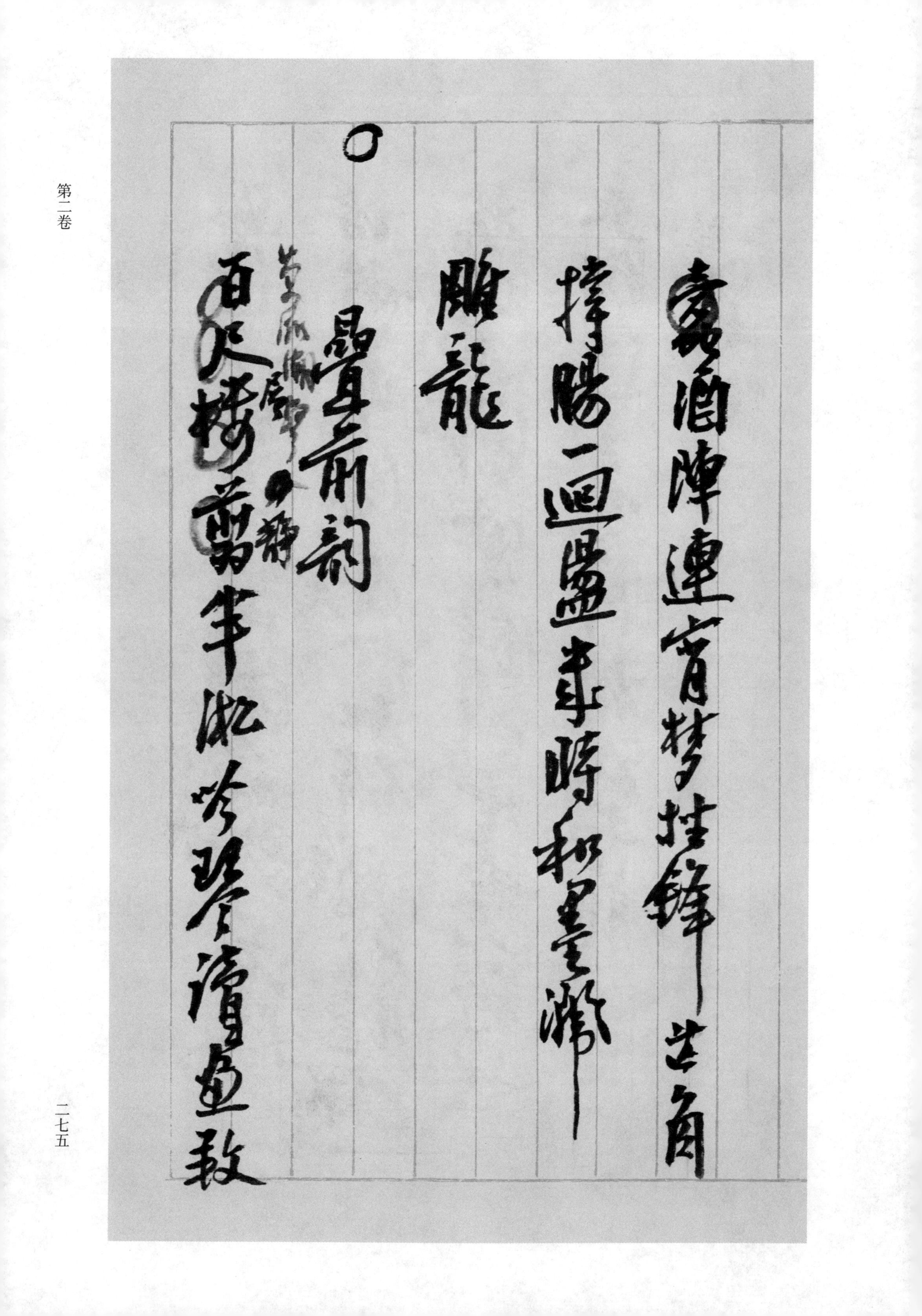

豪酒陣連宵夢挂鋒 出角
撑腸一迴盪書時秋星灑
雕龍

○

疊前詞

若承湘潮居中日辭

百尺樓前軍湘吟琶漬盤敦

跡播六時府圖考詩述一石腸

枯葦樂懷身入世知衛鬼魔雄讀斬

懸丈緣鈔磨鋒一雲雲見雞起

天衢遠至盈河河楫說土龍

題山水幀

大圍咫尺相絕境鎖首其詮峭壁
張松蓋如真宿斗躍雲横千
丈瀑經出手年垂天繡點綴雕石
石洞々拂素弦
作圖呼淵阿翁

清霄烟煖照微金松柏蔥蘢

積層巖之所枝存天鶴待鸞眠

苔痕滿地霜初濺三生石上雲

芝芝華攔攔同日是細作佛回當是

處蒙法藏一曲心胸度雲淵

又

郊居即事

雨霽雲綠畫林澤鳥啟歌箋
月娃網拆場角豆棚々野圃
投竿太田功角韶過一觴嬉老
毋酣豈問如何

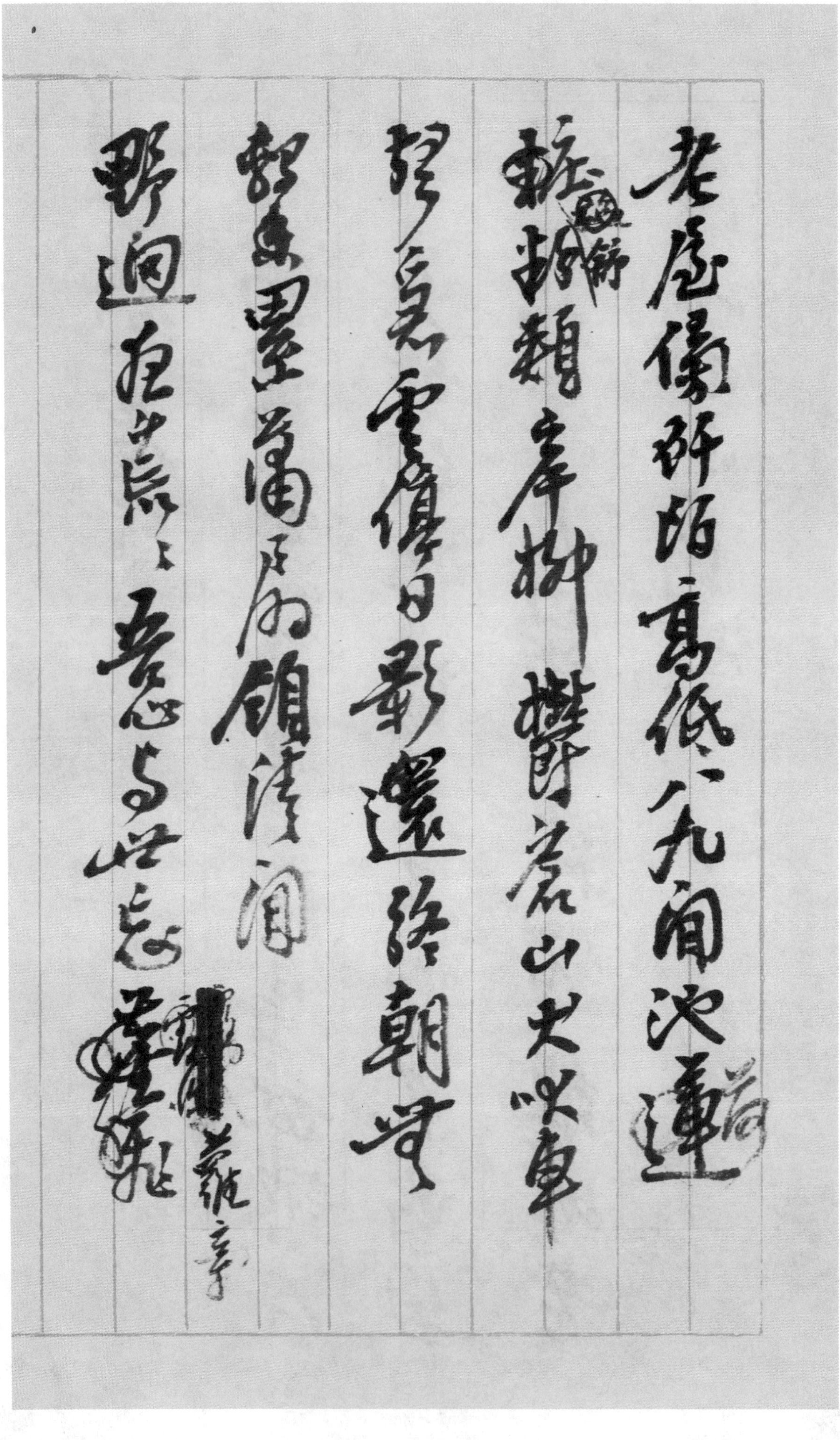

嫦
總鴛曾埋地誰移康見女眼中

傷書笛伊々張辰藏日高依詩佛

注定一爐香

月上梅蕉影屏來吟秋枝底謎

魅招風雨後逢迎々隱障樹人轉更

停車斜際雁渡遲關山橫朔

此非邊舊蕭嶺

關河

關河不息割侵陵千里遙遙控以

雄邊氣象衛將山直鎮三十萬兵出

待墨先生座右：近聞總編輯社

來函暨總理慧針引館特筆

融刀撥大凡獻藏御鑑鵬

續責先生文字寄序友書

守生自可安寬況敢先生一

匪肩附遠三載絕塵寫翰

墨緣憑讀江山異晦何時危

懷患生肝膽長邀

孤憤

不能人也能二混崛（紛 崩）崩了無壓患

魂一天鐘 鏞鍊劍起萬里[illegible]

[illegible]遺恨三[illegible]

[illegible]常[illegible]吾 遺恨三[illegible]雲[illegible]

霜[illegible]奪魂

甘心成首息

[illegible]印[illegible]書生

遥[illegible]

投筆成何濟 英雄對亂[illegible]

亂曉[illegible]

○ 蒿庵遗稿

重编旧蒿庵遗目　新鬼檀竟

处处闻常卯雷惶话一传俩岁

古千虽大厄足屋气危邦已识

夫方瞰大计琐诉经林分敢

傷哉時候一戰出之何顏將之

軍

日兵犯平津感賦

天驕施撤餘痛哭長城依舊

抱國有疆財糧私糧私沉沉磨

屠爪牙逞大狀窮頭蟻窠乃師
貫爲借道紆迴轉有毒鋒
鏑槍無碑留身肝腦塗地
轍一局黃旦相煎古逕傷蹤蹟
武人孃孃 誰爭覓天理在何處

刹那不見王孫綠黃鶴雲泥中
原有萬年丘兒老先生讀劍臺樓
主客去少山嶽到程峰也力江
河那千瀑萬雄畢現見峰
峭壁蔥多門供追逐語閑雨翻

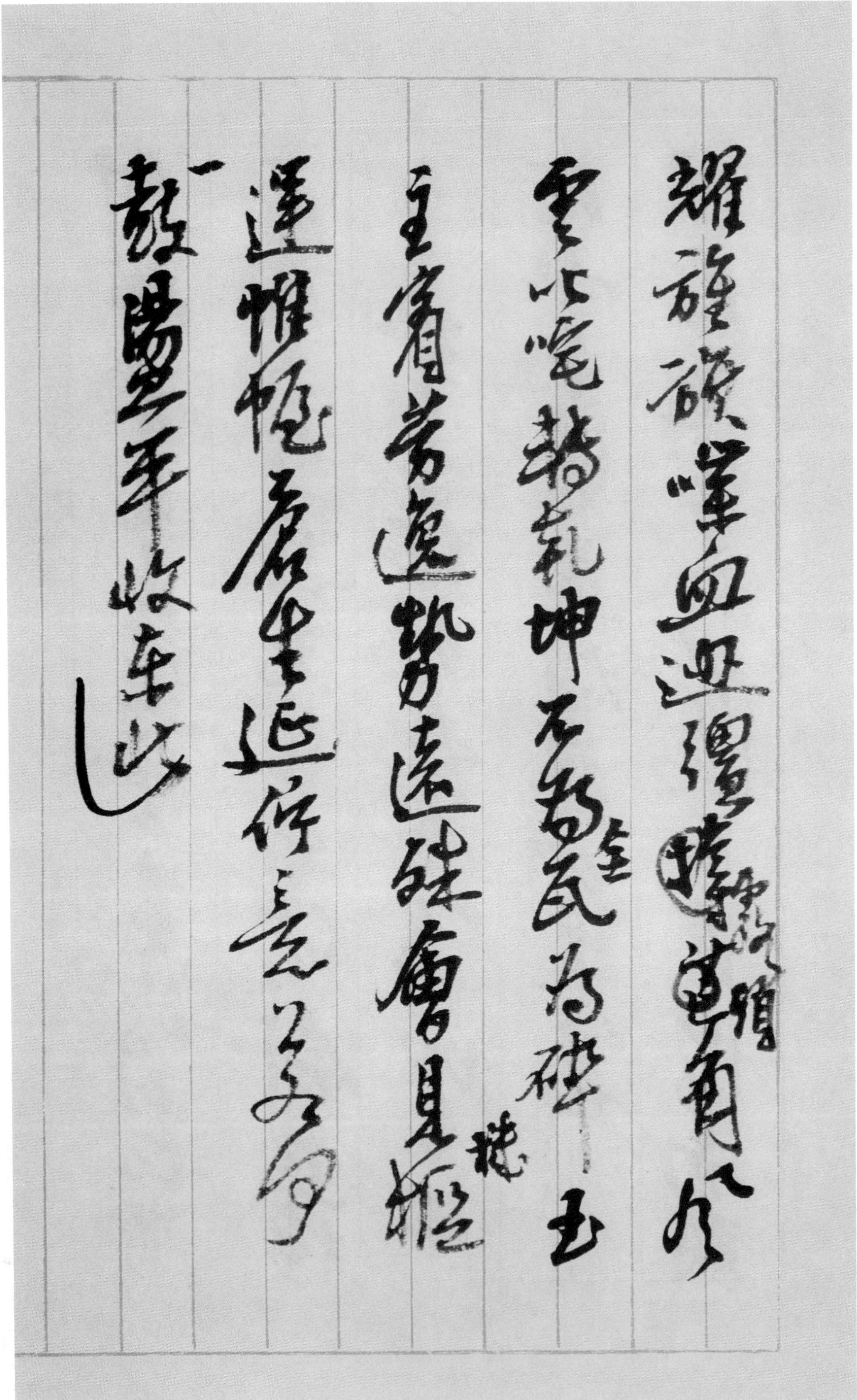

○别元庚学

临歧一觞酒，谁云饮别离。自知

雪因背弃飞，凤动树旗伐鸦。

梦乎○戎马功勋瞬湖瞬野海
喧兵至　高秋望雁逢

文鸿新史大都甘若米人知

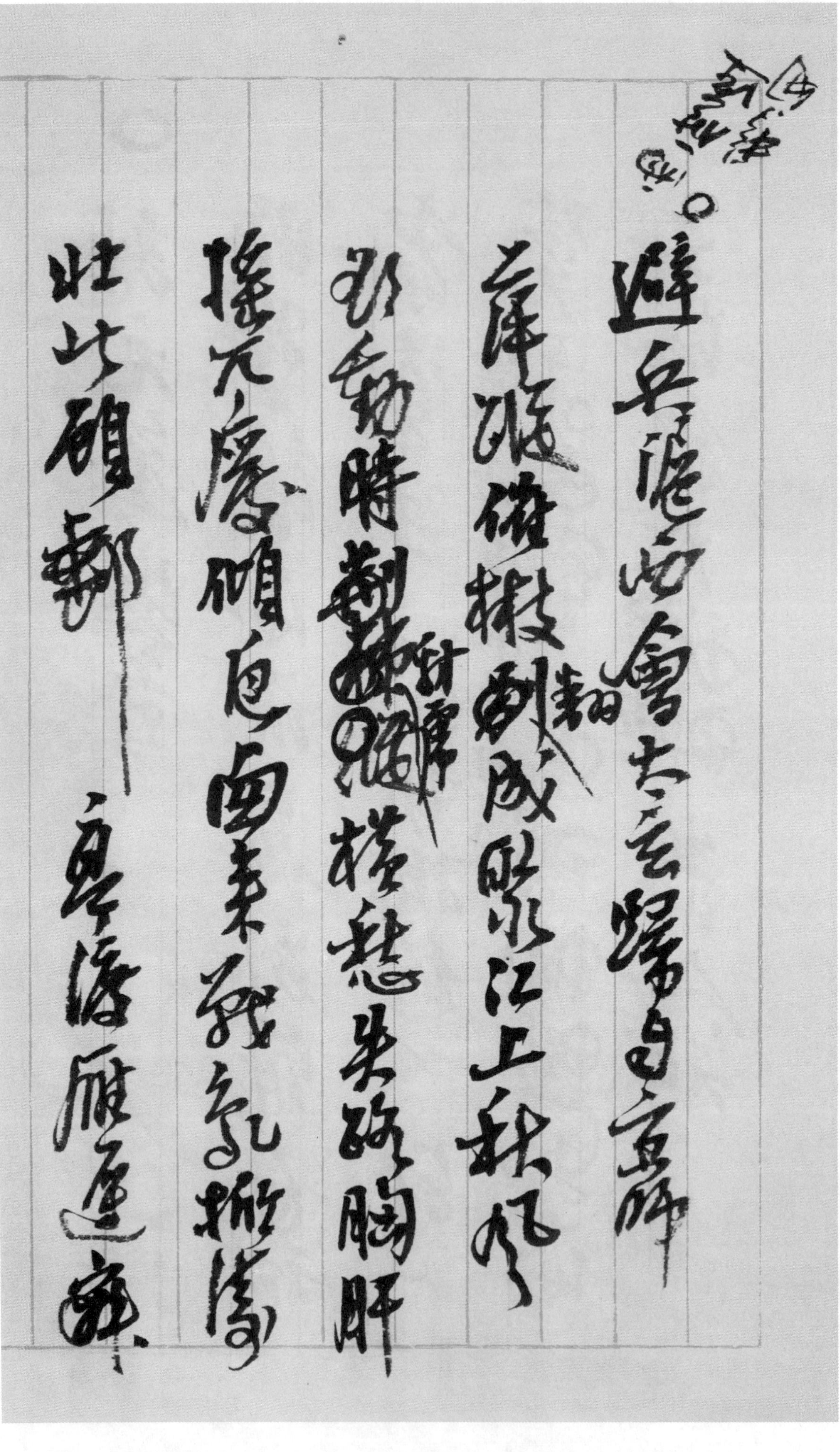
避兵滬上會大雲歸自京師

直隸孫託部懷諸轉轉後錢身書用書

見報也

○ 敬居者

臘月淞滬實一是極天殺氣也

憶去年兩箄星火窺壁畢之

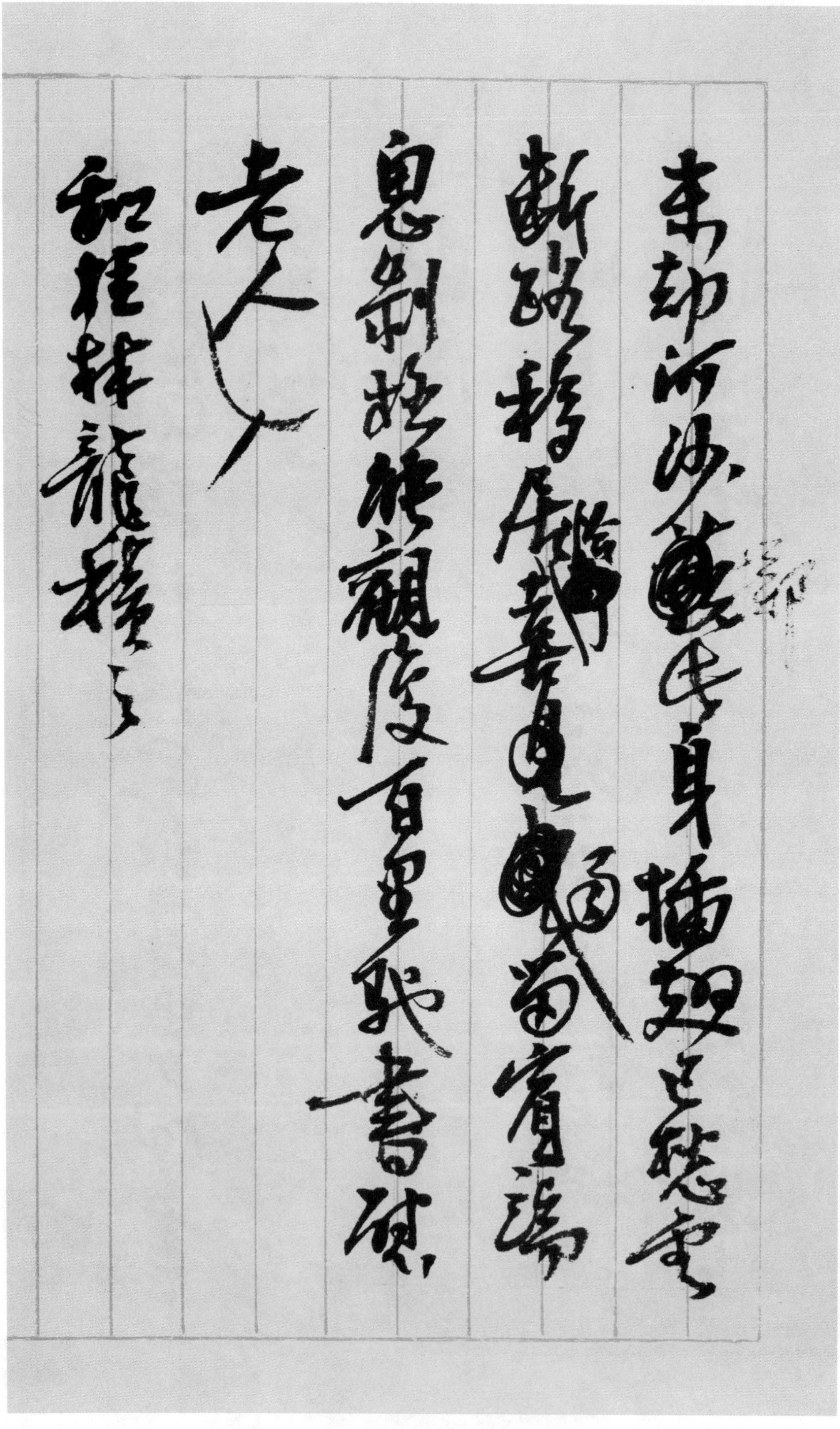

截雏不改松间色朔[illegible]関健总逢公
又家年道阻携舟携钱锁
冠来携裹解衣当番举杯
幽肉怀多士指征凡声壁[illegible]
天开莲惊魂[illegible]一宿血阳征杂

秋夜客居感懷

日軍犯上海

噴烟飛艇來城戰場晚以血氣書

蛙迴翻洞入溟飛兩網將治新

鬼風慘白日原間目斷河山草木

比年事讀肝腸此光復版
圖收拾擴推以接轄為更御
策長
暫言懷
去秋曾律惆悵年何處續念懷

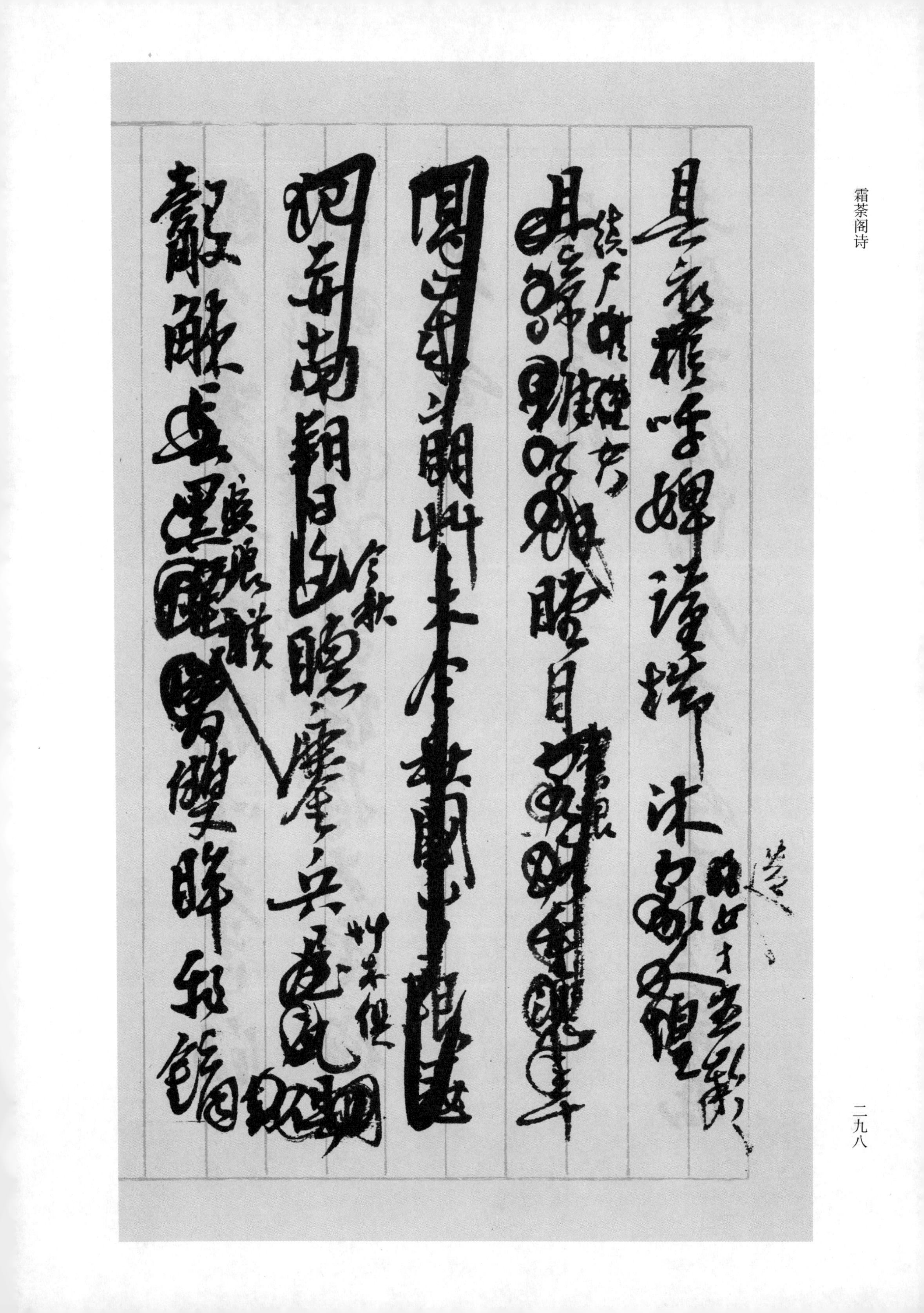

[illegible]

蕅千學兄
[illegible]由[illegible]里花果[illegible]種冠芋[illegible]
尊[illegible]暴骨[illegible]郎[illegible]謹[illegible]
广東存杜鵑去秋曾經乞[illegible]報
張兩例理[illegible]月前遷達[illegible]
惟懇本日[illegible]再[illegible]

绕村胯樯皆图载得韩足寻

穿绡挹局促阿醉收此心窍

写撑出色谱

録云翁再叠前韵（叠韵和）

邑钱唇谜湿傅唇兵倪偕中

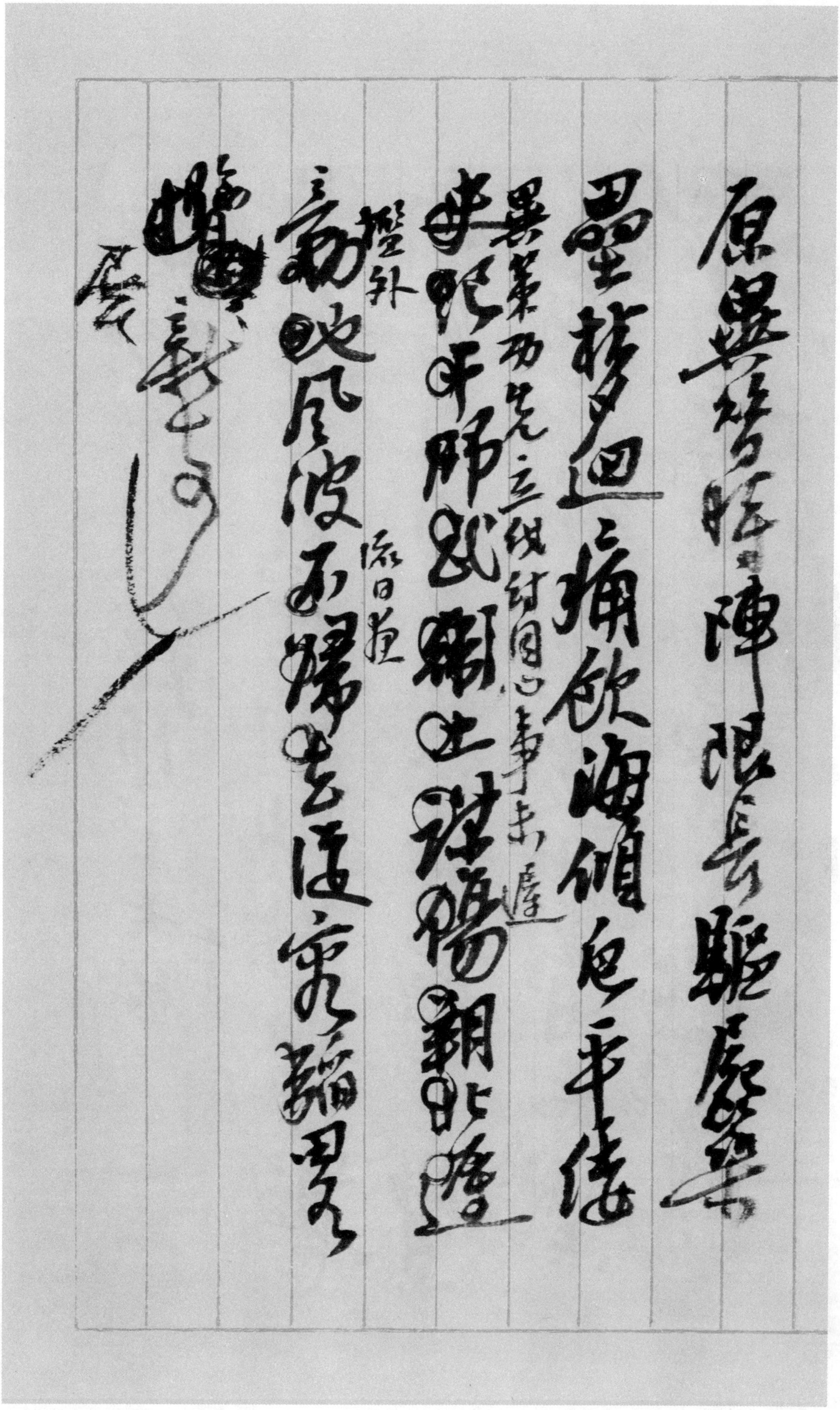

日本飞機投弹炸陷某城

鸂鶒何非隱鶻陣小醉悍敵

御風東南來上壇應聲勤一聲

飲氣深鐵羽車遣沒毒天蛾焦

龍飛雷威風大聲地耳目燬七情

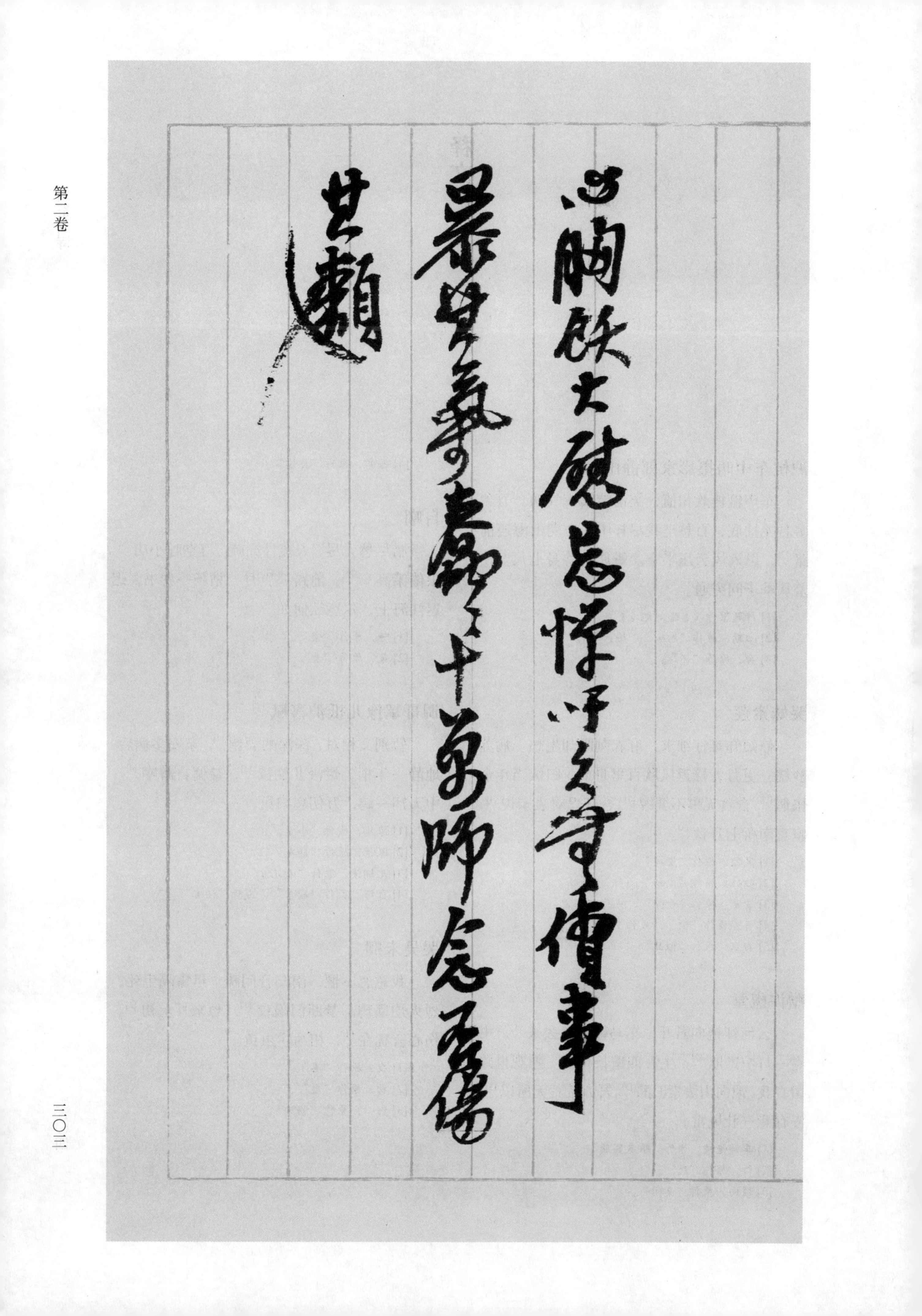

迺胸睽大厦悬惊呼之守传事

最是英豪气嘉卿之十万师危急

甘颜

释文

沪杭车中晤摄影家郎静山[1]

车声辘辘欢相值，笑语喧腾夜气融。万象多君笼袖底，百愁坐我尽杯中。心期山海遵前路[2]，思入风云压半空。蠖屈自怜身七尺[3]，羞从季子问穷通。

[1] 诗题原作《喜晤刘旭沧》。
[2] 心期，原作"愿从"；遵，原作"生"。
[3] 身，原作"怀"。

哭妹素莲

修短知难仔细求，麻衣刺眼却生愁。病苏梦绕三更月，椋返风欺百里舟[1]。归妹当年余怅惘[2]，食贫无事不绸缪[3]。吾怀忍对衰亲说[4]，寂寞南桥七月秋[5]。

[1] 风欺，原作"星披"。
[2] 归妹，原作"尘劫"。
[3] 食贫，原作"辛劳"，或作"家常"。
[4] 吾，原作"怆"，或作"我"。
[5] 寂寞，原作"似此"。

赠许盥堂

云何怀抱向君开，车马幢幢日去来[1]。书卷一灯喧鼓吹[2]，生涯四壁长莓苔。熟观世路留真我，惯向山妻索旧醅[3]。吾亦荒荒无所以[4]，漫存意气壮风雷。

[1] 车马幢幢，原作"眼底宾朋"。
[2] 灯，原作"腔"。
[3] 惯向，原作"夕问"。
[4] 吾亦，原作"自愧"。

自嘲

腊尽愁无尽，人疏计亦疏。尊空呼小店[1]，眼倦策高车[2]。前路三更月，枯肠一卷书。迟迟江海上，尔意欲何如。

[1] 呼，原作"领"
[2] 策，原作"看"。

调哥挈豫儿抵沪喜赋[1]

暂别又相对，深深酌酒匏[2]。亲安多病后，地静一年梢。烂漫儿娴读[3]，疏慵自解嘲[4]。中天翔一鹤，万仞忘归巢。

[1] 豫儿，原作"小觉"。
[2] 深深，原作"期期"。
[3] 儿娴读，原作"看儿立"。
[4] 自解，原作"欲自"，或作"任客"。

哭吴未卿

我意忽不惬，南归音问疏。迅雷隔生死，烈火灼璠玙。梦断门敲夜[1]，愁来月上初[2]。伤心言犹在[3]，相约注虫鱼。

[1] 夜，原作"罢"。
[2] 初，原作"虚"。
[3] 伤心，原作"溯洄"。

题未斋学古图距未卿之殁且一岁矣

天机清旷兰风静，格力峥嵘岭色秋。惆怅斯人双泪落，画中依旧看埋头[1]。

[1] 画中依旧，原作“空空画里”。

消长

仰观屋漏俯阶苔，消长须臾事已胎。此意不须人领略，自浇肝胆沽新醅。

除夕和曼弟兼呈调哥

夜话声中一岁收，欲寻欢笑转添愁。此生坎坷休天问，前路趑趄听足投[1]。甲煎余光醒倦眼，书城无恙且埋头[2]。弟兄鬓发侵霜重，端待春暾射海楼。

[1] 休天问，或作“随年换”；听足投，或作“强自雠”。本联原作“千澜险恶因人设，前路趑趄与孰雠”。

[2] 光，或作“温”。本联原作“天地无言容洒涕，书篇多事困埋头”，上句或作“甲煎烧残来抱瓮”。

除夕赋赠东迈

师门为客欢晨夕，濡滞江楼十一年。小草敷荣分雨露，奇文欣赏尽山川。事成陈迹抛双泪[1]，梦有余温拥一椽。爆竹声声浮大白，扶持清兴擘吟笺[2]。

[1] 抛双泪，原作“青双眼”。

[2] 擘吟笺，原作“拾诗笺”。

元日

元日弥天静，嚣尘总不关。鼓铙喧大路，儿女粲红颜。日过云中丽，人随乱后闲。持杯宜献颂，不坏旧河山。

寄怀保之

瞻接肯寻常，诗瓢与酒觞。楼居城突兀，夜送月昏黄。豪气千澜涌[1]，离情一雁翔。举头休怅惘，天上有参商。

[1] 本句原作“往迹三冬蛰”。

远阻长安道，河山举目非[1]。人情云善幻，尘劫虎横飞。七尺身成累[2]，三生愿息机。天涯余几许[3]，白昼掩柴扉。

[1] 举目，原作“已是”。

[2] 身，原作“俱”。

[3] 本句原作“眼中无所处”。

挽沈竹贤

欲探近状成嗟喟，道是匆匆疾弗瘳。泡影可征观宇宙，形体无味任公侯。短檠照耀闻新语，木榻凄清忆旧游。为问层霄云路湿，几千尺上作勾留。

赠许太平

已到心襟合，相逢有几宵。索居留本色，有母奉来朝。霜鬓书千卷，酡颜酒一瓢。分湖菱黄熟，商略共停挠。

入都

此地繁华今已极，非同六代帝王都。愿闻宫阙停冠盖[1]，莫更山城长虎貙。访戴琴书萦旧梦，宴春花木绘名区[2]。去留浑不关形迹，百尺楼边一海凫。

[1] 停，原作“留”，或作“是”。

[2] 绘，原作“想”，或作“拥”；区，原作“珠”。

不寐

海滨落拓几人知，骨相生成不入时。歧路纵横魑魅舞，一花开落岁时移。正愁雁唳侵肝膈，坐看蜗涎乱鼎彝。绕室傍徨惊夜短，一声鸡唱独拈髭。

示客

酒徒醉后频呼酒，管得壶中值几文。意气傍人那省识，狂来挥手欲拏云。

次盥堂韵

茫茫色相是邪非[1]，转眼朝暾换落晖[2]。乱后人随天地瘦，春来草挟雨风肥。屐痕端欲沾山润，市响频传到客稀[3]。独坐梅边余怅惘，横琴不见鹤来归。

[1] 茫茫，原作“眼中”。

[2] 转眼，原作“顷刻”。

[3] 到，原作“爱”。

尘途扰扰长为客，不尽愁怀对短檠[1]。酬答乾坤唯有酒，踌躇身世不成名。楼头望月光堪摘，袖手观茶气转平。几辈交情指松柏[2]，宁须形迹羡鸥盟。

[1] 本联原作“尘途荦荦见峥嵘，一任门前雨乍复晴”，“乍”或“复”为衍字。

[2] 指松柏，原作“溯云梦”。

醉归

壶中岁月余真宰，不带埃尘半点来。联句擘笺赓艳体[1]，张灯奋袖上歌台。休嫌蹩躠云无路，却怪翻腾釜起雷。春满罗浮天地活，商量嚼雪坐莓苔。

[1] 擘笺赓，原作“低头随”。

次梦痕韵

崎岖世路岂无知，且坐扁舟任所之。不爱投竿临大泽，喜吟细雨出鱼儿。

题寿萱图为康侯盥堂

天赍孤儿识母劬，寿萱一例绘霜荼。殷忧身世俱成累，设教肝肠旧已枯。异样空阶排玉珮，同情当路避金符。铮铮风度堪娱老，甘旨宁须问有无。

晤曼青秣陵

记取更残夜[1]，尊空坐小楼。重逢双涕泪，一瞬几春秋。笔砚云山隔[2]，肝肠木石俦[3]。萧骚何处拓[4]，空复慕闲鸥[5]。

[1] 更，原作“矜”，或作“樽”。

[2] 云山隔，原作“天涯共”。

[3] 俦，原作“酬”。

[4] 何，原作“无”。

[5] 复，原作“说”。

赠梁颖文秘书

眷恋知何在，心襟迥不同。明窗今把卷，大海昔乘风。符绾千山重，杯倾一座融。青松指交结，坐我气如虹。

叙甫约游明孝陵途次遇雪

春晨却喜天飞雪，静看群山卸艳妆。梅敛丹唇衣缟素[1]，竹低翠袖佩琅珰。载途游屐痕堪数[2]，抱树闲禽语乍僵[3]。清兴不嫌寒彻骨[4]，何须裘马近壶觞[5]。

[1] 衣缟素，原作“纷皎洁”。

[2] 堪，原作“能”。

[3] 闲，原作“寒”。

[4] 不嫌，原作“正须”。

[5] 何须，原作“不烦”。

振缨淬伯子美约游琅山准提庵赋赠苇一和尚

春雨连宵茁花药，软风一片透帘箔。景光动地催芒屩，结伴驱车从日脚。才牵襟袖背城郭，忽闻欸笑入林壑。拾级天外鸣梵铎，翘首云中张绣幕。松柏盘拏鱼龙跃，江海奔驰天地搏。此时心胸茫无着，长谒山僧陟高阁[1]。壁间诗句极综错，石上子声久落寞。泉源冬夏不曾涸，留取龛前水一勺。汲水灌溉石田获，撷彼精英去糟粕。百年衣钵光芒皭，割绝尘滓深扃钥。萧萧数竿解新箨[2]，泠泠一曲和天乐。半偈同参与君约，不效抟鹏效屈蠖。身坐蒲团气磅礴，三岛十洲裹囊橐。双眼不见河山削，日与钟鱼相唯诺。

[1] 陟，原作“临”。本句后原有“净几明窗供浪谑，聊将茗酒浅斟酌”。

[2] 解，原作“长”。

过韩相金沧江墓

南山剩抔土，骨朽心不腐。末路作诗人，兀兀撇簪组。故国障云烟，蹲踞留貙虎。逆旅攒双眉，瘏瘏张万弩。猖狂比阮籍，呻吟续臣甫。眼底惜沉冤，松柏蒙斤斧。曩岁客通城，风雨共清酤。未解肺肝枯，只道须眉古[1]。草衰雨复萌[2]，巢破桑还补[3]。一语慰翁灵[4]，兴亡何足数[5]。不见史皇皇，艳说楚三户。

[1] 只道，原作“道是”。

[2] 雨复萌，原作“一雨萌”。

[3] 桑还补，或作“撤桑土”。本句原作“道长千山阻”。

[4] 一语，原作“诵谤”。

[5] 本句原作“亡羊有牢补”。

谒曹公祠[1]

跨马提刀心如铁[2]，匹夫千古争雄烈。开城叱咤独延倭，兵刃未接气先夺。流寇风云一夕摧[3]，号令四出穷巢窟。江淮额手念曹公，伟略妇孺能缕述[4]。咫尺崔巍倭子坟，喋血当年万千骨[5]。嗟今关塞就沦夷，不见成功异军出[6]。万里中原逼齿寒，公倘有灵冲怒发。赫赫雄姿像犹存[7]，春涨郊原水呜咽[8]。余[9]……秣陵执手成陈迹，怊怅劳生路几千。健翮横空云万叠，层城托足屋三椽[10]。碧天琴响频留客[11]，清露花开不卖钱。差幸周旋逢二许（谓庸侯、盥堂），杈枒意兴落尊前。

[1] 公，原作“顶”，或作“鼎”。

[2] 心如铁，原作“剩铸铁”，“剩”或作“留”。

[3] 摧，原作“颓”。

[4] 伟略，原作“陈迹”。

[5] 本句后原有“仿佛武穆墓前人，不舍魂魄供鞭挞”。

[6] 出，原作“突”。

[7] 本句原作“风仪瞻接意若何”。

[8] 水呜咽，原作“添愁绝”。

[9] 此后因原稿纸撕损而有缺字，约三行六句。

[10] 层城托足，原作“孤身借树”。

[11] 频，原作“曾”。

题虞山沈氏旧藏缶师简札百余通

百里传书证古欢[1]，浑疑无计慰酸寒。残灯铭砚文澜壮[2]，两地敲诗月色宽。池馆萧疏常掩户[3]，江湖栖遁谢投竿[4]。毫端谁有飞腾意，一斛明珠泻玉盘。

[1] 百里，原作“频数”。

[2] 残灯，原作“小楼”；壮，原作“涨”。

[3] 池馆萧疏，原作“却扫埃尘”。

[4] 江湖栖遁，原作“栖迟江海”。

漫兴

漫当萧斋作大罗，匆匆岁月易消磨。画中色相何妨幻[1]，诗里壶觞不厌多。春老微闻花夜落[2]，更残初送鸟朝歌[3]。参禅未解窥真宰[4]，身世模糊任佛诃。

[1] 色相，原作“花叶”。

[2] 本句原作“世变只容人午睡”。

[3] 初送，原作“无碍”。

[4] 参禅，原作“禅参”。

赠夏昌瑜

扰扰催霜鬓，翩翩慕少年。无言山态度，一笑佛因缘。云路张高眼，灵枢耨大田。我惭摇秃笔，江海受人怜。

五月十二日英王加冕是夕晤盥堂

今夕传空巷，天涯拜冕旒。灯光争霁月，喜气跃重楼。野性难因热，诗骸任作囚。客来酣一盏，夜静室幽幽。

知味观雅集分韵得韵字[1]

雨沾础润风月晕，身世模糊凭谁问。鲲徙鹏化任诞荒，且附宾朋作骖靳[2]。一石瓮侧百篇诗，酒香喷薄笔如奋。何当天外堕玉人，袖底闻歌递清韵。

[1] 知味观雅集，原作“山人集知味观”。

[2] 朋，原作“从”。

次许太平盟堂盛心如张梦痕所示分韵诗各得一首[1]

幢幢人海涉仓皇，黑风卷地黄狐立[2]。且抱酒瓮对客眠[3]，厌看岸柳逢人揖。倚楼新月散千愁[4]，读易三龟占一习[5]。诗骨未具气峥嵘[6]，妄想赓歌草堂集。

[1] 诗题原作《许太平盟堂盛心如示分韵诗各酬一首》。

[2] 本句后原有"小楼列坐何所思，呼酒谭瀛胜请邑"。

[3] 且抱，原作"宁为"。

[4] 倚楼，原作"狂邀"，或作"独邀"。本句或作"新月空明散千愁"。

[5] 读易，原作"不用"，或作"谁事"。本句或作"三龟未许占一习"。

[6] 诗，原作"化"。

未肯因人热，何由避俗氛[1]。波心双照月[2]，楼角一团云[3]。行酒杯同罚，鏖诗座有军[4]。依依留客话[5]，不觉近宵分[6]。

[1] 本联原作"高处无矰弋，相将入鹤群"，或作"相对情何似，宁用燕雀群"。

[2] 波心，原作"海滨"。

[3] 本句原作"槛外一围云"。

[4] 座有军，原作"句载勋"。

[5] 依依，原作"更深"。

[6] 近，或作"尽"。本句原作"阊阖任朝分"。

万事无过一醉闲，醉中歌啸虑全删[1]。交情物外淡如水，风度杯中红上颜。证得幽怀谈海客，自成佳会拥仙班。低昂奋袖乾坤窄，不用囊钱去买山[2]。

[1] 本句原作"长歌短啸累全删"。

[2] 去，原作"说"。

瞢腾一世失聪明，久矣无人论士贵。几辈呕心抱书篇，槁项蒿莱争风气。出门车马看憧憧，趋避不遑翻成畏。林泉何日侣渔樵，拾橡餐霞味无味。

听姚文璐女士鼓琴

琴响泠泠海上来，妙将古调郁新裁。数声雁落愁如诉，万里舟横客未回。信手拨弦皆中节，含情无语不矜才[1]。至今楼角生清籁，沁我诗脾绝点埃[2]。

[1] 本联原作"素手拨弦看入定，微吟击节独怜才"。

[2] 本联原作"楼头读画馀真赏，襟膈何曾着点埃"。

次大哥韵

昏暮乞人怜，瞬息又旧年。汉广不可泳，道啬羞自贤。阶下一宵雨，众草长勃焉。与谁验物理，是非掀我前。忘怀邀酒盏，柔气张琴弦。书丛歌频起，屋底梦无牵。有时高兴致，日出不曾眠。何人舜与禹，双眼空大千。三槐比五柳，亦自有园田。

挽黄也石

廿年回首酸双鼻[1]，执手东庭竹荫深[2]。书课纷纭勤凿砚，梦痕潇洒话投簪。风清两袖贫无补[3]，露冷三更酒自斟[4]。却怪人生如落叶，刁刁容易雪霜侵[5]。

[1] 回首，原作"执手"。

[2] 执手，原作"扫榻"。

[3] 本句原作"医贫两袖风无补"。

[4] 露冷，原作"疾俗"。

[5] 容易，原作"未见"。

闲集酒家拈十二属为韵得兔字

天壤侧孤身[1]，百年容小住[2]。读破万卷书[3]，眼枯蠕蠕蠹[4]。点铁不成金，韫椟非大璐[5]。何以慰蹉跎，一岁秃千兔。

[1] 侧，原作"藐"。

[2] 容，原作"为"。

[3] 本句原作"万卷书无他"。

[4] 本句后原有"盈虚误一毡，毁誉窃双屦。碍把事穷论，诞从天赴诉"。

[5] 本句原作"舞袖愁抱布"。

次许太平韵

杜陵好语翦吴淞[1]，阁枕吴淞竟未慵[2]。槛外帆随鸥鸟没[3]，雨余树浸水苔浓[4]。经巢千载蟫封邑[5]，酒阵连宵梦挫锋。芒角撑肠一回荡，几时和墨洒雕龙。

[1] 好语，原作“佳兴”。

[2] 枕，或作“剪”。本句原作“诗句吟哦不暇慵”。

[3] 随，原作“轻”。

[4] 浸，原作“碧”。

[5] 封邑，或作“留窟”。本句原作“经巢千里鱼尊蠹”。

叠前韵

万派潮声静半淞[1]，吟琴读画养疏慵。六时病困禅机涩[2]，一石肠枯药鼎浓[3]。入世知供魔鬼谑，斩愁欲借剑矛锋[4]。云霓鞭起天街远，羞向河梢祝土龙。

[1] 本句原作“百尺层楼剪半淞”。

[2] 禅机涩，原作“参禅定”。

[3] 药鼎，原作“煮药”。

[4] 本联原作“身世知供鬼诈谑，牢愁久傍剑磨锋”。

题山水幛[1]

大圜无尽相，绝境领真诠。峭壁张松盖，空亭宿斗躔。云横千丈瀑，径出几重天。端欲趺磐石，泠泠拂素弦。

[1] 诗题原作《山水》。

作图赠涵翁

清霄烂熳点嫩金，松柏葱笼积苍黛。虬枝参天鹤待眠，苔痕满地霜初溉。三生石上茁灵芝，采撷商量纫作佩。何当是处发浩歌，一曲心胸落云外。

村居即事

雨霁云张画，林深鸟放歌。檐牙蛛网拆，场角豆棚多。野兴投竿去，田功负耜过。一觞娱老母，酣嘭问如何。

老屋傍阡陌，高低八九间。池荷舒粉类[1]，岸柳郁苍山。犬吠车声急，云停日影还。终朝无系累，蒲扇领清闲。

[1] 荷舒，原作“莲妆”。

野迥夜荒荒，吾心与世忘。萝牵权补屋[1]，垣圮欲移床[2]。儿女眼中倦，书篇袖底藏。何当供诗佛，注定一炉香。

[1] 补屋，原作“掩户”。本句原作“尘飞思荷蒉”，“尘飞”或作“霜添”。

[2] 圮，原作“老”。

月上拓蕉影，风来吟竹枝。衣襟惭扪虱，屐齿忆弹棋。人静更传早，愁添雁渡迟。关山横朔北，非复旧藩篱[1]。

[1] 非，原作“无”。

关河

关河不忘制侵陵，千里遥遥扶以绳。正气冲疑山矗立，奇兵出待垒先登。一心周德移商社，末劫昏衢照慧灯。引领将军驰羽檄，大风歌罢御鲲鹏。

读吉星文寄京友书

守土身何在，冤沉敌共生。一区唇附齿，三鼓绝逢盈。翰墨披忠说，江山异晦明。时危怀志士，肝胆作长城。

孤愤

不死人心余一哭，分崩山岳压忠魂[1]。一天锋镝挟剑起，万里腥膻带血吞。遗恨亡唇虞夺魄[2]，甘心戎首息违言[3]。书生投笔成何济，羞对乾坤乱晓昏。

[1] 分，原作“纷”。

[2] 虞夺魄，原作“虞丧虢”，或作“虞可鉴”“非国是”。

[3] 本句原作“无情伥虎弟诛昆”，或作“越王尝胆语空言”。

卢沟桥[1]

三更依旧卢沟月，新鬼烦冤处处闻。带甲虎狼夸伎俩，无辜鸡犬厄尘氛[2]。危邦已识天方蹶，大计犹祈丝未棼[3]。败虏几时传一鼓，堂堂河朔将三军。

[1] 卢，原稿均误作“芦”，此为改正。、

[2] 厄，原作“仰”。

[3] 丝，原作“国”。

日兵犯平津感赋

天堑抛撇余痛哭，长城依旧抱关矗。豺狼私狠夜沉沉，磨厉爪牙逞大欲。窥城突兀师无名，借道纡回螫有毒。锋镝横空碎万身，肝脑堕地输一局。萁豆相煎古已伤，黩武人怜痳无觉。天理反复一刹那，不见王孙弹黄鹄。而况中原百万兵，光芒未礲剑在椟。士气山岳列群峰，地力江河豕千瀑。英雄异代见嶙峋，敌寇多门供追逐。请缨南朔耀旌旗，喋血边疆露头角[1]。风云叱咤转乾坤，不为全瓦为碎玉。主宾劳逸势远殊，会见机枢运帷幄。苍生延伫意若何，一鼓荡平收东北。

[1] 露头，原作“撑芒”。

别元侯盥堂

昨夜一觞酒，谁云作别离。雨初雷贯耳，风动树摧枝。残梦喧兵至[1]，高秋望雁迟[2]。论文隔灯火，甘苦几人知[3]。

[1] 喧兵至，原作“干戈动”。

[2] 本句原作“惊魂栏槛驰”。

[3] 甘苦，原作“恨许”。

避兵沪西会太玄归自京师

萍踪催散翻成聚[1]，江上秋风欲动时。豺虎纵横愁失路[2]，胸肝摇兀废倾卮。西来战乱掀涛壮，北顾邮亭渡雁迟。强托豪怀持转语[3]，我生何幸见离奇。

[1] 翻，原作“别”。

[2] 豺虎，原作“荆棘”。

[3] 强托豪怀，原作“寂坐强心”。

赠浩斋

瞠目淞滨无一是，漫天杀气卷黄尘[1]。两军星火窥坚垒，末劫河沙掷此身[2]。插翅已愁云断路，移居恰喜雨留宾[3]。端思剥极能观复，百里驰书慰老人。

[1] 漫，原作“掀”。

[2] 掷，原作“菀”。

[3] 本句原作“移居喜见客留宾”。

和桂林龙积之

岁寒不改苍松色[1]，矍铄逢公又几年。道阻挐舟横铁锁，寇来攘臂奋空拳。拚糜血肉怀多士[2]，挽住风云诉九天[3]。甫定惊魂酬一盏，漫从离乱话尘缘。

[1] 苍松色，原作“松颜色”。

[2] 拚糜，原作“狂拚”。

[3] 诉九天，原作“压四天”。

日军犯上海

十里市声还杂沓[1]，一天兵气已回翔[2]。颓垣霜肃寒蛩泣[3]，新鬼风嘘白日凉。问鼎河山蒙耻辱，搴旗肝膈吐光芒。版图未许终沦落[4]，猛将如云御策长。

[1] 本句原作“罢市援来作战场”。

[2] 一天，原作“沉沉”；已，原作“任”。

[3] 本句原作“闲人澜倒扁舟泊”，或作“东流水送蜃楼幻”。

[4] 本句原作“版图收拾从今始”。

秋日言怀

去秋哭妹恸，仓卒命不续。含泪具衣棺，呼婢谨栉沐。遗女才五龄，绕尸空瞠目[1]。今秋听鏖兵[2]，草木俱觳觫[3]。骇浪横双眸[4]，飞镝泻千瀑[5]。暴骨视寻常[6]，谁暇傍尸哭。今秋证去秋，何怨又何讟。彭殇一例殂，岁月无迟速[7]。戴得数尺天，宁须嫌局促[8]。

[1] 遗，或作“弱”；空，或作“唯”“仅”。本联原作“家人惶且啼，稚子馀瞠目”，句后原有“客路重悲辛，隔岁崩草木。今秋国步艰，寇犯并南朔”，“客路”或作“旧恨”。

[2] 今秋，原作“日夕”。

[3] 草木，原作“屋瓦”；俱，或作“同”。

[4] 骇浪横，原作“黑烟翳”，“黑”或作“长”。

[5] 泻千瀑，原作“倾百斛”。本句后原有“生死失

重轻，冠带空卓荦”。

[6] 视寻常，原作“断村墟”，“断”或作“障”。

[7] 本句后原有“不复为妹悲，来日滋荼毒。且复唤酒徒，枯肠撑芒角”。

[8] 本句后原有“倚醉收壮心，弯弓弹黄鹄”。

叠韵和玄翁[1]

巴蛇诞漫传吞象，况复中原异昔时。阵限长驱尸筑垒，梦回痛饮海倾卮。平倭异策功先立，伐讨同心事未迟[2]。槛外风波流日夜[3]，从容韬略展新奇[4]。

[1] 诗题原作《和玄翁再叠前韵》。

[2] 本联原作“平倭史记干师武，卫土谋伤朔北迟”。

[3] 本句原作“动地风波不归去”。

[4] 展，原作“揽”，或作“赞”。

日飞机饮弹炸堕喜赋

褦襶倚北窗，独酌成小醉。悍敌御风来，万丈抟鹰鸷。一瞥饮飞弹，铩羽在造次。如天屠赤龙[1]，如雷吼大地[2]。耳目震奇情，心胸饫大慰。忌惮吁久无，偾事暴其气。蠢蠢十万师，念否伤其类。

[1] 如，原作“青”；屠，原作“挂”。

[2] 吼大地，原作“掀厚地”。

第三卷

秋興用老杜秋興韻

華燁燁烟過上林西風動地

總爲蕭森長夜陰雖只海闊歸何處

鯨鼉出潮隱隱國感樓丹挾土土氣

猶在控練問天心兵家勝敗

（二）

雜料摺疊愁歸一棹[illegible]

野陣迷離背郭斜　蘆灘[illegible]月[illegible]

[illegible]兜[illegible]先華　積邊膳却　此風

（三）

長雲全在野　來杯斗[illegible]　林[illegible]衣裳

（三）

[illegible]親[illegible]　[illegible]鄒湖狂[illegible]　汪頭

（五）

八月秋光舊恩多（二）雙醉漲漪花

樓閣[illegible]日夕暉與海城江一方

微[illegible]一　張地闊[illegible]風戰鼓波共

折雁飛々[illegible]治金[illegible]手難退恨物

鐵鎖忘違[illegible]將勞逸論[illegible]

（四）

畢竟長征馬不肥

東山屢發悵彈棄情息子皆何

悲 玉帛進中竊鳥散干戈彊出

襟 塞時易觀觀龍舊寧撒詩紀

應揚羽過孤 六六年倭共嘗株生琨

峰北歸來勸退思

（五）可憐孤軍碉當山。男兒正氣多

蔣雲間。掮將樊無復，儘勝畫（休）

（詩）艶色媸，謀成闊熱大篇幟擾

白髮曇壘橋河蒲帳紅顏那取論

（七）

剑南今世樹愧予言畢馬班

故鄉近遍一低頭[illegible]息共[illegible]

[illegible]跡[illegible]居前　共望月[illegible]

[illegible]上心除[illegible]之[illegible]清息塵邊[illegible]

湖海行蹤首暮白鷺底[illegible]文傳[illegible]

急晴雨戰氣泊通海

（七）

補天鍊石不為功，瞻佛滿身皇路

大巾，實深了山宏動散霧島鬆

帆影壯乘風，桴自遠，癰埜草刀光白

滿地沤楓殘血紅，為閑諒ゝ亦藏，

(八)

廊開四方處處着漁翁。

關雎膺望旋遙遠進退退更遲

雄陂背向衡懷自分物鷗聲

峰上雲步樣勿勿度劫心如如地

時時圓缺志不移剖後相循在

世運狂瀾挽住難雪嘆

館破移居後，衣翁同賦

阿辟陪天醉，傾心味飲醇，開樽歲來

虎豹笳鼓壯精神，蓬閣排擯

蹤如懷陌上人，高歌邊明月，照見

肺肝真
和些墨龍
不盡鷄壺酒百壺雁迷飛去
衡蘆碎頰天邊峰山暮潮倒
人隨一棹孤猶年第兄破壽年母篇

金鹰居高瞰湖兵戈擾擾天難

向西到峰迴路轉處

8

逢吴画從不寫賦詩處處

鑿鴻雁悴雲天路十月初頭八月

園語瑣兵車催買樽情殷書

瑤若樓巖々 寧戟肝肺親々々

病々饒樊園 月在形々引領我雲

消瞑。 隔千里兮共長鏡。

8X「讀義纏綿羅世福滿講詞

靈歌湘畔。 長鳴鶴一聲。 雲消

峰礴剑，水涸海浮鲸，何啬筹
新晓，儀秦亦应盟，直耶正多
杂花，楼台宽不言斯。

寄曼支弟

沄海春潮崖明，淪漪瞋魍魉舞

故新 已將家先耕段思奧排源
猶遺處 百里書傳歷 五日三秋葉
落打雕敲 遠人相憶應相識難
同霧中 疑此身
伯儒老弟 屬遺吟題
戊戌

生子多慧嗇於福。不用街頭借
人卜。我憶桐兒才五歲。每逢出迎
我謹肅。座中出語解人頤。搨搨
獨把書朗讀。眼底誰不憎聰明。
花開花落柳何速。是時我方老

湘濱。一帋傳來陽信節，猶幸
未值病華時。親見發疏僅絲數
讀。令對劉家玉雪足佺俐都
教孫稿船。伯儀切學者禮完。一
見今頻畢賸業目。錄前小三字顛

盈膊下间行敌度曲雲时句之漫燥急
往际乃母依墙君切切哭以成人
耳苦缘缘编编缘昏旦徨徨勤度
觉未迷踪迹理不悟踪迹方坛藥
赠煙霞裹人智隐武庵之氣象自

醫儺眸以手摸之渾不覺傷哉
萬化石稱皓四個桐之同觀顛
我尉伯儀雖無言戕殺漫天發
盛蘧爲我之一像熟斂覽仰華去遠
追倚之畫畢懷無生亦是遠旅已

轂也同撥自足，借問何物畢竟
真。其奚畢竟石，俱不滿海上名
區此井底。坼塊一抹隨之，蟹也鏡耶
論游仙題天街，恨樣猶渡牛星
宿緣盡矣！
國家志圖強，渾教

右題畫一幅昔意今情俱忘
收遠還須作醞釀

讀和李云溪送伯孫入蜀時詩韻。
有客投巴蜀長途列勝游閒
無危棧道逢水破輕舟內陸三峽

雄拔聲如吼，引觴勸魚子慶。
角吐咒百里。
穆居藏海衛戰經會。
一椽栖息借經藏，記取尾十棵桂。
石鼓細瑣霜龜聲字隨深歸。

微月影洞林梢詩唯秋夜寄時
臣甫
長懷古

停車對夕陽連紀南熊野擬金神
文近藤琳石辭卿

觀昌象泰和時叶地天交

瞻濤激發排濯人雨晴光兼
藏修定上
論詩

蕭々屋一角蹊岩雨野少人氣寧靜

滬朝闻已心间若夜搏几屋论诗兴发
弟谪已集韩醉后醒頼[illegible]安政吾
何醒了交期值两碣

伯循席上和君立用杜韵
山人抱深意有母倚洞口但见此数

行壽搔頭樣諸孫安排二百四序
跳子寓那身隱霜天鶴棲樓臺
皆意國土日以縮亂日以繁海觀
潮既砥井波水來渾聊以一宵酒潑
酒拔飛柳新留招樓雲起峰

恐秦鄗氛犹厲羅旅寄灣計盤
饞逢周之鐵彈溝望與催海戲
傳路偏從薦情之歡
己
謝畢元圓長師八百人氣寧閩北
志士能者中出綫遍猪魂收拾殘孤

單高全已路縱非計 壹陰陽奇術

不論勉強絕踪身是 膽吳家

矣宗

莫斯力消

百匠手腕雲非凡嗟也 連兵氣一

挑雜平萬緒紛

酒還都天云

迢遞烽煙國帶建康。河山之險
計看西光。千餘酒々後新家流
一種霜侵鬢看色若居濺浪青清
香泰恨填尸却羨性不春樓
頭望月坐酬張鄰通○蕩雨墨調

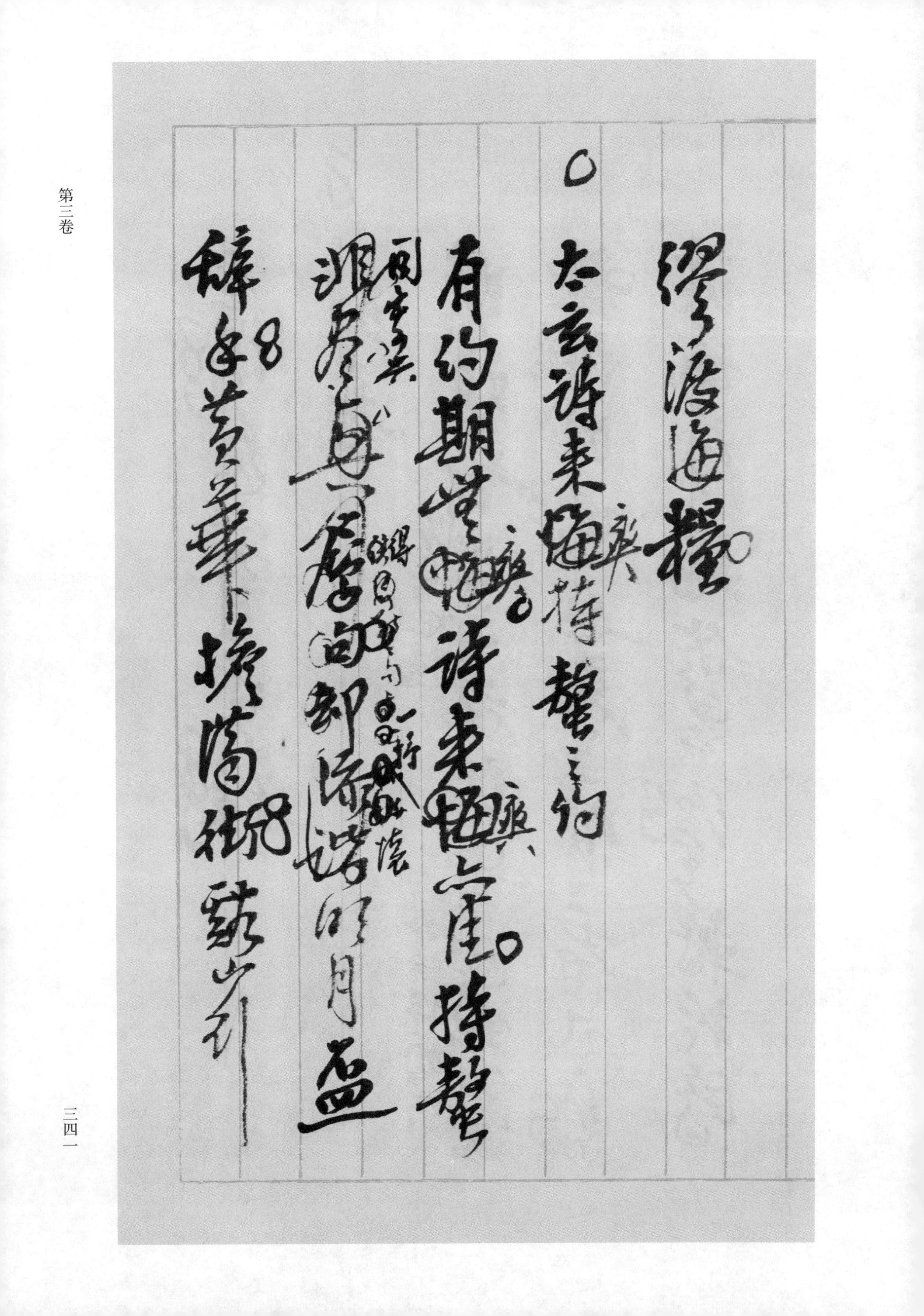

[illegible]渡過樓

○太玄詩來[illegible]

有約期[illegible]詩來[illegible]持贈

[illegible]

不得飛來自在看

別老

曉雞對十年學眼界張眼望
看過回憶
菩提樹下

趣談舊閨話
鳥聲一聲霜月風

謹謝新瑞供果經轉於路

翻過碧石浪別腸雁唳繞朱絃月
南腕數消燈蘸。垂戴觀浮天氣
硯田。

三
題缶師畫墨梅
愛梅不問逋仙癖。常畫偏寫梅

花卉。一筆殺天下老。西頭紅豆不

嘆成顰。此語為年師所云。江樓

間生春倒待。令硯畫帳出年少。

獨聞那畦悲淋。戲水痕後掃影

指欄。墨趣長留奉硯自昇石見

越山第一梅花潭，仙蹤鶴頂瞰。

湯臨澤書樂藏宋拓禮器碑

巍巍禮器碑。筆自漢永壽。其

時初學隸，隸後逸乃從傳。凡百日攤

剝蘇若無人護守。啟拓點畫真。

已驚歲月久。昌子雅嗜古。文字尤摹搨。一紙萬寶獨。摩挲不離手。玲瓏吐芳馨。姓氏考誰屬。煮酒呼得子。青燈拜科斗。影印忽句組。前憶序乃有。鑄肖思古

人祇覺天門陸

豐豈表弟子星曼詩以歸之

生日隨書怕聽秋人間祇合許山

向留宮讀碧君艸間生趣便似

曇花已種愁親根頻恩深雙袖淚

兒嚦燒走更樓，樓中何人必
論修紹一例擾棚蝗化鳳，鳳
九國公約開會前多居調多
羣居風自息秋來醉方酣睡
撐然眼下生塵長吟撫劍鋏河

8

山鬟眼混血淚百蝶酒家外詩壁

於元夫士涼心能語

海棠得黃石齋當年長老意

買酒以糊蜂蜜墨蝌蚪數帽巨為

好了者吾友攫去乃出其臨本李東題

松樹抱壁直不隨時飄忽冬雪
見崚嶒泉石相榮蔚力量張不貴
排比所貴在風骨石齒西古嚙人勇
怪指闢出眼無從汗泥胸填餘
年鞞向誰作傾吐煙霧縱橫行

搖落。辰壹廿九秋。肝腸擬摧兀華年
勞燕尋朝去情嚴。春寒瑠璃。切寸步離。依依
藝圃譁。枯囊瀉盡血。海量獲
環寰寶。滿室儲書眠。龍鍾不自訓。
得失莫勤更選。名蹟一識。四圍集

高年說。此翁道因緣。無見詩

為破。呼名差別覺通。浩氣無時

空也。（神頭）鬱陣精星斗間。天地同生滅界

此有微花役無無說

歸身

雄雄我積太分明。俯首悲傷淚

和。平四路血花經蜀洗。千家瓦

礫毀烽蹤。終飛騰眼拔枯

艸。遥奠忠魂向碑墟。前跪

隔流人意儘。更深何處濯吾纓。

江頭一線東西劃
百里萬屋海
是故鄉
土瘠難耕漁盜賊
時危易見維肘根
樓居適為地
東瀛小已
攫攫陽三秋老長料
風傳閩一氣
白鬢看風前出處

昨歸北苑

金陵海嶠

緣何不挂雄心又攢新都清

故宮絕頂烽鼓天中酒一江湖

明月看尚遙鑑依

霜鐘。雁落雁言譜響入樹聲
欲影斜幽鼻子。祇我默歡人
澂東。

霜晨

聽下初日烘霜白。浮動郊原一抹

憶遠寺生涯靜漫水千門億閣

已錫田間寫五年古情北譜老

樹寧裳紅照綠鄉井邱今非園

想像容雙眼注經天

書畫用山居遠寄由寫俗氏題

敵寇張虐殘逞民肥壓境慘劇

演煮豆至今依復見一斑握毋傳

傀不攝醜一隅通海嘆阮滄出電

二月既望後來潮錢亂潮汐十年

俺適吾圖條所屠屠娛道遙頭發

泉唐何人躔割辰民情樹鴉啼芳

草地跗花紅出山腰河畔遙望

支離歲憶不雲遙臺手握

從遊兄論文家殊繕數老人忽懶

潢野望緒珊起西泥部 居士頓

傳老東林經三年口青燈何氏家
漸懶卻謝衣食割兩時來去
只願安黎鈕家途幸來抱印
鈕灘眠已隨丁定祿子錄雞跡
老身寄酒餘生一點來秋心林夢

想煞房公短折腰。仙去——生尊真邦
甚歌大風。年來強半在唐心。
不改青山伴笑傲。豈不知驕生
隨花。笑語誰知己。訴於三更獨
泉下。——

歲晚（擬前一首）

未許千刀割寸懷，低徊身世返窮涯。乾坤逼仄詩難瘦，風雨旋投酒最佳。驕氣未肯墻衛高爭矜。野藤上樹東而

往週年臘鼓催。邨巷坊堤

与児敲子傳。

8

答友

雁影差池客旅孤。彈澀點

蓑皇道長途。鄭僖劉翁錄

君臣猶之鼠張佺望何備不虞謀

上藏酒痕淹日月眼中一世無

漁樂江湖屋樓閣煙雲上约

墨河酒下畫圖

○寄懷許康之康與李昆季

秋初雖散暑將冀我守家園
君兮久留蜂照子山蝶悠林木雲霧
沈吾里從名魔一身毅餘親
但老前路遠邑瑤燕馬之侶借
眼池塘鯉藥子御泥毛之遇舊

草書稿

8

高调歌

傳來一篇可愛何道之風鶯聲大（言傳得）

嘶嘶霜來迷驚魂跳雨

說敲期將棲子見攬搖白前安

老去猶談詩心意酸鹹無自由靈

能年多認

此味雖有不得然之存孤月下

迴之廊

驄龍龍龍

黑雲遮月攝清光照曠野有聲

從此來遊客屋車馬譁〻處〻氛
場大地經緯治眼目注何以捷
不局生死韜略間雲縱游擊最横
縱橫布散乃還遲運籌寬〻氛
彰〻發先置死〻論守必主攻〻氛

次韓衣袂趣迎滯一勝今夕成相訪
呫吐但幽暢成敗不用問君之氣吞膺
青之言將活乎吞九我相之抗他
聽清為乎妙語作私聯龍驤若古
將息隳詹高風歌時危生敏

悲年所遭每見別，拭眼未瘳瘳一

髮野小千鈞些錢，未習行役中腸

急水燃

抵庵無鞭九陌塵，半茫錢年都良通擾諸子公

滬上重逢亂未休，漫漫長程聲

千愁四部叢殘餘青燈萬
里（逢）劉郎舊白鷗鷺泥深肝腸皆道
裂鐵作身之任沈浮安懷意氣
難籍擲年烟霄安然五
和劉庸熙六十述懷

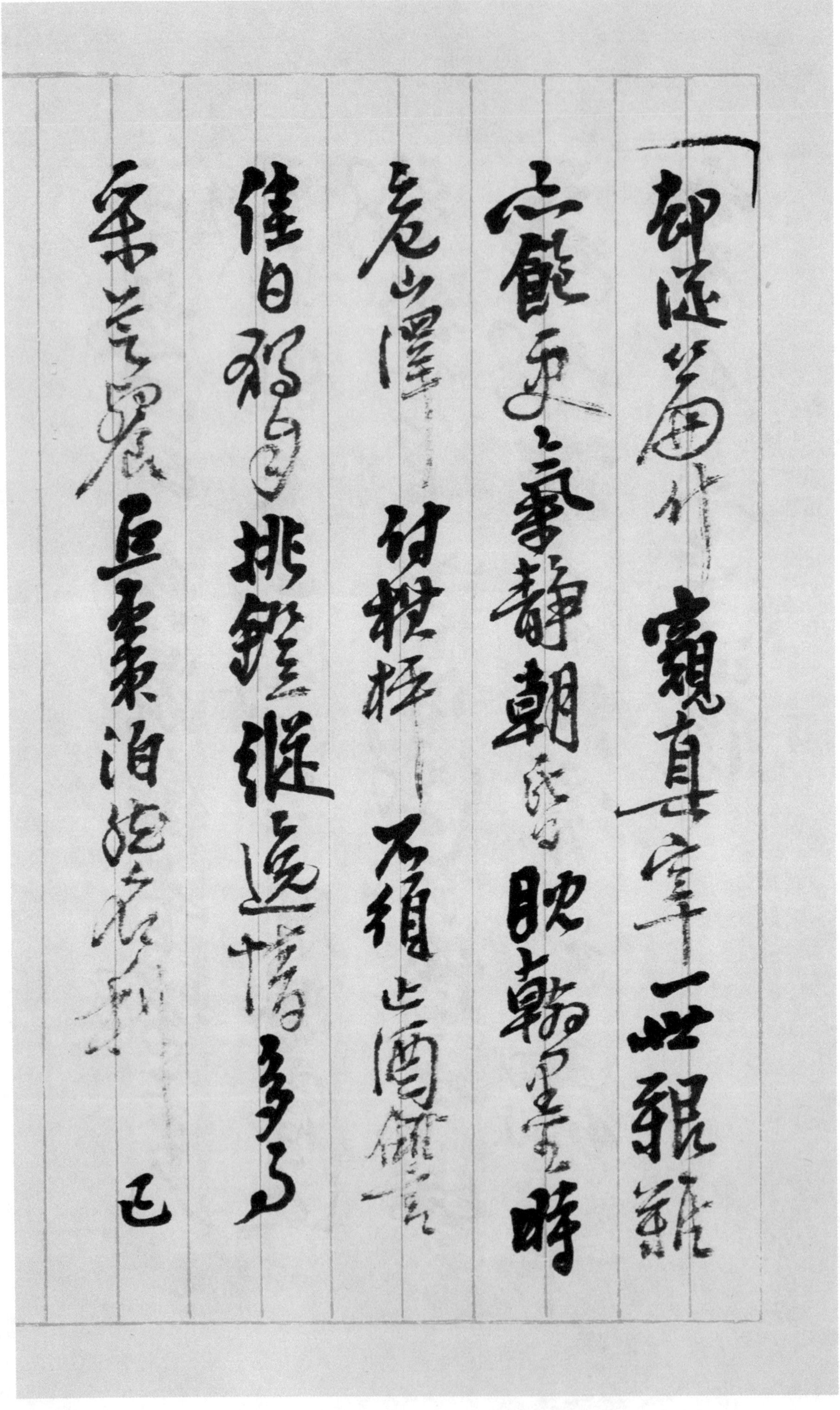

長生之

贈鄭 生晦慶

危樂聲中年華研至四文

章今世媒首相訊得生鏡屋屢

緣年紀字鄭逢為避協了 片言

宫殿藏，章来华烛烬。
丛书帷澹近着帘席吹韵。
兵气苍黄，天阁滋清尚酒香。
偷生犹在梦，借风强收魂。世莲
流落白，文澜阁上香存遗书

正匯迴。左右各逢原。

偕吳萬之游法國公園（復興）

剎眼醒轉。立清涼復興園。石根

遮斷還。桐葉隔重門。細雨風聲。

數長裙。水染痕。再來尋破門。

紙四幅戲自

意覓麗辭。

一年多勝日。四海賸閒人。已涉園中趣。還祛襪上塵。屢浮沉無自樂。絕世多難耶。權作桃源游。相將說避秦。

8

一夜為的游香港不是賦此卸字

闌角寧意鼓輪比插翅大

海鷗雙翼高翔喧萬鳥騎舉

地有逢迎8隨語謝為情醉8翻恨句

家書。無氣概捧之療。須臾方自民

亟舍身長餘博○疑去後事來○

微報惑心將戲○黑是偶一陽○萬間生

亦匪易○陽注已章甚◎遠到

職可謝◎老幼因明達◎萬象案防

歡樂◎一經日最悟神◎子在母

心靈。体簡同其心。存非乃大義。
人生為軌雄。性命愈學深。乃生
萃聚心因。思雪聽睥睨。
。曹師指莫殉難江陰者賊長江几
發之

儒冠不有蠹毋寧食蝨操戟大
坡老仗此光芒懸日月指公石譚
挹閣[illegible]生長風骨東[illegible]在圖彰
[illegible]人痛遭遺[illegible]羅[illegible]非[illegible]高
遜世聯余撒酒鄉遺自甦

馳驟意氣詫々時哉一拂蹤々眼底

無量物々潮自起氣攝々道路競

奈邊々公將擁百城々偏將被禍々回

我於此處々肝膽早遊戲々職業遠

閱歷々將謀作津筏々證料

一休

第二章不可學張彊猶齊分
抵死還霍舍帚直倚何必千
看監殆盡四細生涯纏曾旦研
犯少律我辰門下生閒識與衡數
昔年張伯云辰波日就寂目眡眡看

前朝水滸史並燃激昂一悚聽
聞武夷議迂淵而今值時豪
凜見之爲正氣
福崇亂臣之手
誕濕乃忘矣東栽眼向中原白存
猶不據
免郭草寒鳥勒會見生

雕鎪青史彦來亦。廉農聽為

謹述之

紀夢　癸酉二月二晝

晝有所思夜來夢。夢境迷離

非共洞路得一夢時斷來。同寧

是悲心作嘲弄。今晨閒步入名區。一徑紆迴通明湖。眼底高高閣起崩崖。平生歷覽似此尠。攀層援石磴一百丈。忽見坡崖深以廣。試窺古木作槎枒。俯瞰阡陌盡指掌。

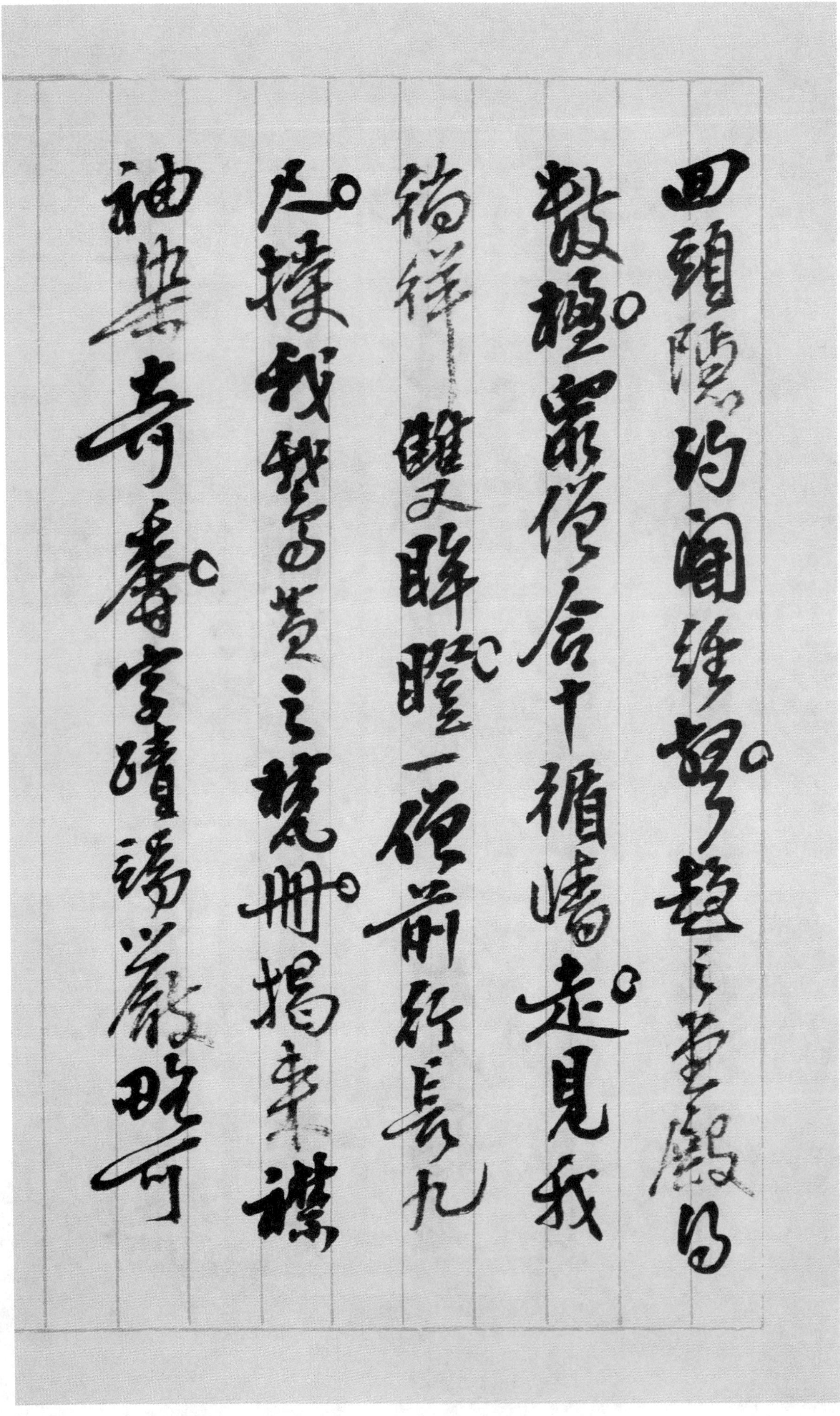

憶。日彌前生是朱虛。石甬寫
勝跡。蘭潛。王挽不納硯田好棄
笑談名在用右。蓬蓬葛藤伴是
雄。揮手復循原道返。路轉見山
麓氣衡和。鱗息一輪光照闕。道偏

列石十二辰。影態方華春初動。一
聲雞唱落枕醒。撩子戲人醒天
初晴。曉來與客共稽老。廬善
屬文風格老。明湖試問拜翰林。國闡揚留學
理學修史稿。晦陽後先四百年。

諸慧魅魍何有害○嗟話保身
被禱服○造化至有無之東相歸○

8 簡姚渭人

秋初兩軍過西鄉○與君同寓歲
經亂○及吾兵退後數契轉○高晴

渡江醉归计，逢次道必当论

诗。书生结习安可讳。呼酒作

别城南庐。检点行囊语造次。

大乱谁能期后会。扼腕也临歧转从泣

时论皆虽云伪屡，因为处。

心情
两地鹃声惨魑魅横行常负
闲住谍消息问思量家乡望斗天
变瞬目前屋经一年中原板荡
民气存我思故人云忆落一
此夜相知愁落平生同是味

○游獅山公園　共兩絕補錄葉曉詩課題

積還老木發新茁○雲外雁
陣來還○不界閒情樹付與幾人攀
流水一重山○

○李祠三層海

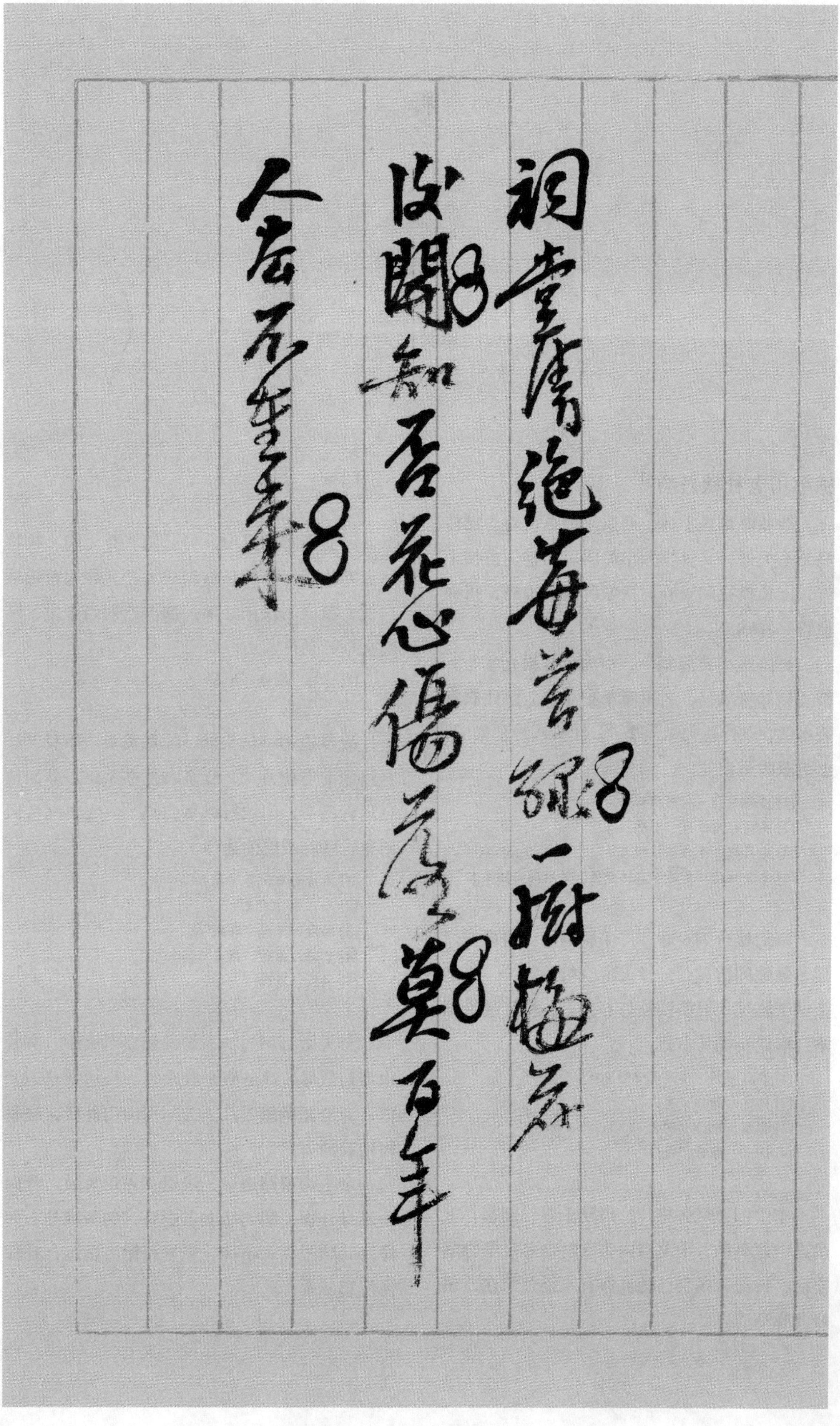

释文

感事用老杜秋兴韵[1]

莽莽峰烟遏上林，西风动地总萧森。已传鸡犬沦关外，又纵貔罴出岭阴。国蹙焚舟扶士气，夜长投袂问天心。兵家胜败浑难料，折叠愁肠一杵砧。

野阵迷离背郭斜[2]，卢沟夜月损光华[3]。桥边剩却嘶风马，云里拏来犯斗槎。已任衣裳装木偶，谁怜诗句赋兵车[4]。江头八月秋如旧，忍更双眸溅浪花。

[1] 诗题原作《秋兴用杜韵》。

[2] 本诗起首注有"书感"二字。

[3] 夜月损，原作"瘦损月"。

[4] 本联原作"楚楚衣裳供塑偶，峨峨廊庙任吹笳"。

蜃幻楼台闪夕晖[1]，千澜洄荡一身微[2]。兵车碾地闻雷震[3]，烽火凌空折雁飞[4]。气治金城于愿足，恨横铁锁与心违。若将劳逸论韬略，毕竟长征马不肥。

[1] 本句原作"楼阁蜃嘘幻夕晖"。

[2] 洄荡，原作"波上"。

[3] 雷震，原作"狮吼"。

[4] 烽火，原作"战鼓"。

东山旧事忆弹棋[1]，猾夏千春一例悲。玉帛途中窥禹鼎，干戈疆内害农时。易观羝触藩宁撤，诗纪鹰扬羽已驰。亦有平倭荒冢在，琅峰北睇动遐思。

[1] 旧事，原作"无复"。

一旅孤军殉宝山，男儿正气莽云间。拚将热血寒仇胆，休恃长城误戍关[1]。愁入帘栊搔白发，星横河汉怅红颜。欲求论列当今世，惭愧文章异马班。

[1] 休恃，原作"羞抱"。

故乡迢递一低头[1]，瞬息炎炎一下秋[2]。客路床前空望月[3]，衰亲衣上亦添愁。梦回消息迟青鸟[4]，闲数行纵慕白鸥[5]。底事又传风雨急，联翩战舰泊通州。

[1] 本诗起首注有"故乡"二字。

[2] 一，原作"天"。

[3] 客路，原作"路断"。

[4] 梦回，原作"残更"。

[5] 闲数，原作"大海"。

补天微石不为功，炉沸娲皇蹈火中。突耸山容初散雾，高悬帆影壮乘风。极边塞草刀光白，满地江枫战血红。为问深山山外薮，扁舟何处着渔翁。

余生沟壑路逶迤，进退三更逗短陂。骨肉渐成身外物，鹪鹩啼上雪中枝。匆匆度劫心如簸，耿耿图存志不移。剥复相循占世运，狂澜挽住彩云垂。

饮破禅楼玄翁同赋

呵壁陪天醉，倾心味饫醇。关山来虎豹[1]，笳鼓振精神[2]。羞问桃源路，空怀陌上人。高歌迟明月[3]，照见肺肝真。

[1] 来，原作“森”，或作“藏”。

[2] 振，原作“焕”。

[3] 明月，原作“月出”。

和盥堂韵

不尽羁怀酒百壶，雁逃矰弋去衔芦。烽赪天遣群山暮，澜倒人随一棹孤。犹幸弟兄能奉母，苟全庐舍尚濒湖。兵戈扰扰天难问，曾到峰回路转无。

建吴函促入蜀赋诗答之

蜚鸿憔悴云天路，十月初颁八月函。语琐兵车催买棹，情殷书担共栖岩。牵愁肝肺亲多病，绕梦田园月在衫。引领战云消一瞬，隔千里外负长镵。

读美总统罗斯福演讲词

蜜歇根湖畔，长鸣鹤一声。云消峰砺剑，水涸海浮鲸。何哙筹新略，仪秦斥旧盟。兴邦正多难，楚宝不言珩。

寄曼弟

江海奔湍岸欲沦，痴瞋魍魉舞衣新。已将岩邑先封段，忍更桃源独避秦。百里书传迟五日，三秋叶落打双轮。远人相忆应相识，难得霜中挺此身。

伯俨丧子绘卷索题感赋

生子多慧啬于福，不用街头倩人卜。我忆桐儿才五龄，客至出迎貌谨肃。座中出语解人颐，病榻犹把书朗读。眼底谁不惜聪明，花开花落抑何速。是时我方走淞滨，一纸传来隔信宿。犹幸未值病革时，亲见蚕僵丝断续。今对刘家玉雪儿，伶俐却教添怅触。伯俨挈来有礼容，一见含颦盼美目。灯前小立看倾杯，牖下闲行效度曲。霎时染疾急往视[1]，乃母依墙吞声哭。家人具告疾弗瘳[2]，昏旦缠绵勤反覆。未达医理检医方，药炉烟袅无人督[3]。奄奄气息翳双眸，以手抚之浑不觉。伤哉萎化不移时，回缅桐儿同觳觫。我慰伯俨欲无言，战祸漫天世路蹙。为客一年愁几叠，仰事未逮遑俯畜。早悟无生亦是佳，于己暂得快自足。借问何物毕竟真，美景良辰俱不淑。海上名区比井底，秋烟一抹堕蜚镞。即论游仙驻天街，妖槎夜渡犯星宿。盈盈图象志因缘[4]，浑秘名贤画一幅。昔怠今情两俱忘，收卷还须呼醽醁。

[1] 霎时，原作“匆匆”。

[2] 弗，原作“勿”。

[3] 烟袅，原作“喷烟”。

[4] 盈盈，原作“得计”。

和太玄送伯俨入蜀韵[1]

有客投巴蜀，长途列胜游。断冈走危索，逆水簸轻舟。句险凌三峡，心雄拔数州。引觞翻旧事，楼角吐沉忧。

[1] 诗题原作《读太玄送伯俨入蜀诗依韵》。

移居藏经会[1]

一椽栖息借经巢，记取风怀挂石匏。细琐虫声穿牖隙，稀微月影闪林梢。诗吟臣甫长怀古，文逊扬雄不解嘲[2]。整顿全神观易象，泰和畴叶地天交。

[1]“移居”后原有“威海卫路”四字。

[2] 本联原作“诗吟秋兴逌时序，事感兵车厄与胞”。

藏经会与潘效安姚泽人论诗[1]

萧萧楼一角，跌宕两畸人。气静淹朝月，心闲落梵尘。论诗严受谳，轰醉快舒颦。客路吾何歉[2]，交期值万缗。

[1] 诗题原作《赠潘效安、姚泽人两先生》。

[2] 歉，原作“嫌”。

伯俨席上和太玄用杜韵

小人抱深眷，有母倚闾门。每盼数行书[1]，掉头娱诸孙。客游二百里，虎跳千万村。身陪霜下菊，梦绕堂背萱。国土日以缩，寇乱日以繁。海观澜既倒，井汲水未浑。聊以一宵暇，浇酒拔愁根。新篇拓襟素，云起峰峦奔。飘然慰羁旅，宁复计盘飧。途闻有饿殍，沟壑与谁论。我侪终局促，苍苍情已敦。

[1] 每盼，原作“但见”。

谢景元团长师八百人死守闸北

志士敢当匈焰逼，残魂收拾挺孤军。苟全有路终非计，走险寻仇不论勋。粮绝矢穷身是胆[1]，声嘶力竭手拏云[2]。北风卷地连兵气，一枕难平万绪纷。

[1] 矢穷，原作“一隅”。
[2] 声嘶力竭，原作“矢穷百尺”。

酒边和太玄

迤逦烽赪滞建康，河山无计着由光。千觥酒废秋容淡，一夜霜侵鬓色苍。洒涕未消禾黍恨，填尸却羡姓名香。楼头坐眄强邻逼，万里绸缪渡海粮。

太玄诗来爽持螯之约[1]

有约期无爽，诗来爽亦佳。持螯同寄兴，得句一抒怀[2]。明月杯辞手，黄花担满街。溪山行不得，我自负芒鞋。

[1] 爽，本诗原均作“悔”。
[2] 本联原作“持螯非尽兴，避句却添谐”。

别一老

瞻对晨昏忆十年，菩提树下旧因缘[1]。兵尘一瞥霜风紧，谣诼多端俗累缠。转柁鸥翻回碧浪，别肠雁唳绕朱弦。何当腊鼓消烽焰，重对江天乞砚田。

[1] 本联原作“瞻对十年无限意，水痕墨趣证因缘”。

题缶师墨梅

爱梅不同逋仙嗜，学画偏写梅花意。一笔能散天下春，回头红紫笑成媚。此语当年师所云，江楼闲坐我侧侍。今觇画幅出年少，独辟町畦恣游戏。水痕淡扫影横窗，墨趣长留香破鼻。不见超山万梅花，缥缈仙踪鹤同睡。

汤临泽索题宋拓礼器碑[1]

觥觥礼器碑，肇自汉永寿。其时初变隶，俊逸乃无偶。风雨日摧剥，藓苔空护守。欲扪点画真，已惊岁月久。汤子狂嗜古，文字充粮糗。一从蒐宋拓，摩挲不离手。毡蜡吐芳馨，姓氏考谁某。煮酒呼妇子，喜溢拜升斗。影印忽分颁，昔忆乃今有。矫首思古人，只觉天门陡。

[1] 索题，原作“藏”。

盥堂丧幼子曼诗以慰之

生日随春怕听秋，人间只许小勾留。岂缘碧草同生趣，便似昙花已种愁。亲恨频添双袖泪[1]，儿啼恍在五更楼。梦中何必论修短，一例模糊蝶化周。

[1] 频，原作“凭”。

九国公约开会前夕答调哥

叶零风自急，秋尽战方酣。短梦焚琴荐，长吟按剑镡。河山双眼注，血泪百城涵。象外谈盟誓，炎凉亦饱谙。

海粟得黄石斋画松长卷一旦为好事者攫去乃出其临本索题[1]

松树抱坚贞，不随时飘忽。冰雪见崚嶒，泉石相蓊郁。画松不贵形，所贵在风骨。石斋古畸人，万怪指间出。染眼绝污泥，填胸余辛辣。向谁作倾吐，烟雾疑可拨。展卷廿九松，肝肠起摇兀。笔势轶寻常[2]，秦篆幻奇倔。休从艺细论，枯毫濡泪血。海粟获瑰宝，满室储清聒。龙蛇不可驯，得失勤更迭。名迹一溯洄，图成意无说。折简道因缘，并乞诗为跋。吁嗟明遗臣，浩气无时窒。神留楮墨间[3]，天地同生灭。即此着微茫，后世亦有说。

[1] 一旦，原作"置酒呼朋，摩挲累日，阅数月"；好事者，原作"友人"。

[2] 轶寻常，原作"轶太清"，或作"太清严"。

[3] 神留，原作"余此"。

归舟

离离战迹太分明，俯首愁波与岸平。四野血花经雨洗，千家瓦砾受烽黫。低飞鹰眼搜枯草，遥奠忠魂向破城。前路浊流人意倦，更从何处濯吾缨。

江头一线东西划，百里芦洲是故乡。土瘠难禁滋盗贼，时危易见纵豺狼。栖迟两地来鸿少，揆隔三秋去日长。料得倚闾飘白鬓，风前几度盼归装。

金陵沦陷

缘何兀兀挫心雄，又陷新都续故宫[1]。绝塞烽赪天中酒，一江潮咽鬓如蓬。蝶寒无力依霜菊[2]，雁落余音谱爨桐。我欲躬耕率妻子，只愁畎亩尽成东。

[1] 陷，原作"替"。

[2] 依，原作"倚"。

霜晨

融融初日烘霜白，浮动郊原一抹烟。远寺半遮疑浸水，千门才辟已锄田。闲禽弄舌清堪谱，老树搴裳红欲然。乡井即今非困顿，犹容双眼注江天。

书感用山谷韵[1]

敌寇纵奸逞残民[2]，压境惨剧演煮豆。个中伎俩见一斑，嫫母倭傀不掩丑。一隅通海叹沉沦，戊寅二月既望后。乘潮战舰溯江来，风色萧条砭春瘦。道途隳突虎伺人，强制民情齐额手[3]。芳草满地野花红，出门何处逢吟友。淫威熇熇不可逼，画地容谁避尤诟[4]。我家皤皤数老人，忍濒沟壑蹒跚走。而况村居一脉传，兄弟叔侄三十口。眷怀伯氏客淞滨，却被衣食掣两肘。末劫只愿安犁锄，穷途幸未抱印钮。双眼已随入定禅，千钱难酤忘忧酒。余生一点未死心，梦想败虏如拉朽。他年重奠邦基歌大风，聿来猛士奏肤公。不改青山休笑侬，侬岂不知贱牛从。茫茫世路谁知己，诉尽三更聊尔耳。

[1] 山谷韵，原作"山谷《还家呈伯氏》韵"。

[2] 逞残民，原作"残民胞"。

[3] 额手，或作"俯首"。

[4] 画地容谁，原作"掌握何从"。

岁晚[1]

未许千刀剪尽怀，低回身世返穷涯。乾坤逼仄诗疑瘦[2]，风雨离披酒最佳。骄鼠穿牖衔笔砚，野藤上树束筋骸。凋年腊鼓传村巷，怊怅贞观数子偕。

[1] 诗题下有注："提前一首。"

[2] 疑，原作"宜"。

答友

雁影差池客梦孤，弥漫兵气遏长途。郑侨制锦忧将压，张俭望门备不虞。襟上酒痕淹日月，眼中血迹染江湖。蜃嘘楼阁烟霄上，幻景何须入画图。

寄怀许康侯盥孚昆季

秋初离散春将暮，我守家园君若何。烽照千山余草木[1]，雾沉五里纵幺魔。一身觳觫亲俱老，前路踌躇鬓已皤。倦眼池塘双燕子，衔泥重认旧巢窠。

[1] 余，原作“疑”。

答调哥

传来一简意彷徨[1]，易著坚冰渐履霜[2]。未定惊魂跳虎兕，敢期好梦息欃枪。门前老幼将谁托，心里酸咸只自尝。聒耳鸟声行不得[3]，愁看孤月下回廊[4]。

[1] 意彷徨，原作“叮咛道”。
[2] 易，原作“象”；渐，原作“奈”。
[3] 聒耳鸟声，原作“止亦为难”。
[4] 下，原作“照”。

赠彭龙骧

黑云漏月梳，清光照旷野。有客从北来，从容舍车马。浑浑寇氛扬，大地任镕冶。瞿目注河山，誓不为全瓦。韬略问奚从，游击最横纵。棋布散中边，运筹实靡穷。求生先置死，论守必主攻。言次撩衣襟，热血沸一腔。今夕成相访，咳吐俱幽畅。成败不用占，意气腾霄上。言将从此去，九死相支抗。他时请为文，妙语作私睨。龙骧古将军[1]，际会当风云。时危生我辈，所贵致其身。拭眼尽疮痍，一发系千钧。我未习行伍[2]，中肠急如焚。

[1] 古，原作“本”。
[2] 我，原作“生”。

抵沪示范九敩安笙伯铁年都良通叔诸公[1]

沪上重逢乱未休，漫漫长夜郁千愁。四郊罢战余青冢[2]，万里难驯羡白鸥[3]。强笑肝肠皆迸裂，微吟身世任沉浮。空怀意气如平昔[4]，掷笔烟霄舞玉虬。

[1] 公，原作“子”。
[2] 罢战，原作“战罢”。
[3] 难驯，原作“驯飞”。
[4] 平，原作“畴”。

和刘庸熙六十述怀

却从篇什窥真宰，一世艰难亦饱更。气静朝昏耽翰墨，时危山泽付棋枰。不须止酒雠佳日，独自挑灯纵逸情。多事采芝餐巨枣，泊然名利已长生。

赠郑生睎虔

哀乐系中年，荒荒砚有田。文章今世贱，骨相夙生镌。广厦终成幻，穷途尚避怜[1]。片言容慰藉，幸未葬烽烟。

[1] 尚，原作“若”。

盥堂抵沪示近著即席次韵

兵气莽天阍，淞滨尚酒尊。偷生疑在梦，赁屋强收魂。世运添髭白，文澜幸舌存。运筹正匪迩，左右看逢原。

偕吴苐之游复兴公园[1]

刺眼腥膻在，清泠复此园。石根遮曲径，桐叶绣重门。细卉风翻影，长裾水染痕。低回愁自破[2]，何意觅匏尊。

[1] 复兴，原作“法国”。
[2] 自，或作“渐”。本句原作“再来宜自破”。

一年多胜日，四海剩闲人。已涉园中趣，还祛襟上尘。浮沉鱼自乐，矰弋鸟难驯。权作桃源路，相将说避秦。

一亭翁约游香港不果赋此却寄[1]

图南宁无意，鼓轮比插翅。大海豁双眸，高澜喧万骑。异地有逢迎，随时为欢醉[2]。翻恨得家书，兵氛掀梦寐。须臾弟昆至，舍舟抱余悸。寇去复东来，撕杀恣游戏。里巷僻一隅，苟安亦匪易。隔江已牵愁，远引成何计。老幼困门庭，鼠祟防欹器。一语最怆神，子去母心慰。休萌同尽心，存祧乃大义。人生当乱离，性命愈无谓。兀坐等系囚，忍更聘耽嗜。

[1] 翁，原作“丈”。
[2] 为，原作“谋”。

曹师拙巢殉难江阴赋长句哭之

儒冠不可亵，毋宁啜糠覈。大地实仗此，光芒丽日月。拙公不讳拙，闭户养风骨。本性合固穷，复何病遗佚[1]。溯自寇氛扬，道路竞奔逸。公独拥百城，翛然被短褐[2]。贼来远闻风，将谋作津筏。谁料一衰翁，三军不可夺。倔强殒厥身，抵死还奋舌[3]。回缅坐江头，昏旦研声律。我忝门下士，闻讯怒冲发。昔年记公云，庶政日就窒[4]。激昂悚听闻，或且议迂阔。而今值时穷，凛凛见高节[5]。青史看来兹，褒贬为谁述。

[1] 本句后原有"罢官非鸣高，遁世聊舍瞂。涵泳道自熙，驰骤意无讫。时或一掀髯，眼底空无物"。

[2] 本句后原有"曰我死已迟，肝胆早迸裂"。

[3] 本句后原有"希直倘前生，千春照碧血"。

[4] 本句后原有"耿耿眷前朝，水深火益热"。

[5] 本句后原有"独奈乱臣多，诞漫忘本末。拭眼向中原，白灰犹可拨。凶部莫骞翔，会见坐雕铩"。

记梦（癸酉二月二十四日）

昼有所思夜萦梦，梦境迷离非空洞。昨得一梦昧来因，宁是蜚仙作嘲弄。分明闲步入名区，一径纡回匝明湖。眼底高冈起崱屴，平生历览似此无。攀援石磴一百丈，忽见坎岩深以广。试凭古木作楯栏，俯视阡陌画指掌。回头隐约闻经声，趋之堂殿得数楹。众僧合十循墙走，见我徜徉双眸瞪。一僧前行长九尺，授我鹅黄之梵册。揭来襟袖染奇香，字迹端严略可忆。曰尔前生是朱廉，不用骞腾安隐潜。王税不纳砚田好，奕世声名焉用占。逢逢暮鼓催景短，挥手复循原道返。始觉山麓气渐和，瞬息一轮光四阐。道傍列石十二辰，形态仿佛豢初驯。一声鸡唱落枕畔，梦断人醒天初昕。晓来与客共稽考，廉善属文风格老。明洪武间拜翰林，阐扬理学修史稿[1]。旷隔后先四百年，宿慧惭我何有焉。嗒然此身被儒服，造化着意来相勖。

[1] 阐扬，原作"召纂"。

简姚泽人

秋初两军遏四郊，与君同寓藏经会。及冬兵退鼓声稀，商略渡江酬归计。途次通州尚论诗，书生结习安可讳。呼酒作别城南楼，检点行囊语造次[1]。大乱谁能期后会，两地转徙况沧替[2]。虽云僻处得苟安，未遽心情蠲忧悸[3]。魑魅断路虎负隅，坐误消息闷思喟。我又重来天炎炎，瞬目前尘经一岁。中原板荡民气存，我思故人匪云惫。茫茫一世几相知，慰藉平生同臭味。

[1] 语，原作"诚"。

[2] 两地，原作"如海"；徙，原作"辗"；况，或作"复""皆"。

[3] 心情，原作"两地"。

游师山公园[1]

桥边老木枝新茁，云外寒鸦阵未还。不尽闲情齐付与，几湾流水一重山。

[1] 诗题下有注："以下两绝补入《岁晚》诗次页。"

季祠看梅

祠堂清绝莓苔绿，一树梅花雪后开[1]。知否花心伤落寞，百年人去不重来。

[1] 花雪，原稿本残缺，此据刊印本补之。

第四卷

將歸海門

鄉關無恙兵寧戢海市偷安路欲窮百里
（處）（灘）檣聲潮汐洄（帆漠漠）四更月色野濛濛豆棚瓜架
（清時粒）量青豆蒲扇藤床納好風最憶歸家先看（入）
夢應門五尺有兒童

戢戢已息

○歸舟

梅雨初晴樹色幽 一天爽氣擁歸舟頻移

時序蘇髮眼未定干戈起 一遍久客有懷

江北路孤身怕對年中離處情前渡生餘

慕漁父田夫自釣耰

枯梅重茁

茲木忽槁死消今三稔矣嫩葉見扶疏新

枝復掀起物儴會我心誰與詮此理當年

適舅家鑿苗細如指手植向庭中數載[illegible]

全萎既把來既拱花時香數里每從雪後

俶

開(鏤含)素(英)心自賦綺一(保為)歲斬叢棱意態愈敏詭

恵之適害之凋萎空胎掩天性不可狀取(物)

饑(情)有如此樹木猶樹人昧(勿云)言細故耳

乾姚澤人

論詩座倚(几隱)經千卷把酒樓觀路兩岐別緒

不妨增亂世耗音初稱跌絕枝冠來文物

鎮歷盡仙閲滄桑指已疲風格紙細鐙欲

灑為君養止哭其私

抵滬作書詩寄調之

○

疇晨歸家雨初晴今晨出門風乍歇車子

亦云天氣佳，欣然上道，行步[illegible]，甫抵江干，便登舟，歷指淞濱日未晡，大(造)變化(指)顧盼，間轉帆任風鼓颲(飂)颸，濤頭高漲任飛濺船，脚斜簸同戰懍，或倚一偏，或隱几時鎮雙眸，時咋舌，座中幾輩朱顏蒼白，相繼垂頭困

嘔泄張持鎮定滅見聞肝腸題趙氣如望

遙水遲遲過寶山慈對波心掠蒼龍鳴呼

行路本是難而況今當天地乾千分珍重

一往還來如文何且瀾拂

贈凌霄池

碧、

未厭螺樣百八盤小樓過話語悲歡竭來

盡地自疑聲夢熱憂天膽亦寒石硯爲田

猶可轉儒冠無淳不須彈唾詩自是漢生

知疏濾

洛鮭褐空鄉倚欹欄

深自相逸

右白空山俗石欄

才名剛再闌清磬肯與閒人爲等倫鄭叢筆

天傺 喧 田作

枝柯爭偃彊叱辭詞肝肺亦輪囷塵中屐跡
荒徑亂後漁舟失舊津幸有孟光共文
歸收
賞翰抱書奈從不辭領
氣格詞雅保習不癖
宋賢書以北蘇張黃至

四家為師晚近歌言梅陳則亦所不能也深入題生自校鑿險縋幽為無所弊象能窮荒披幽入胸無

一讀詰屈百盤紆者之天
地異文絕語此何易
人生所遭之未愜者
此情景化夷爲險則
徇人而忘其天也此

所許賢者之先豈
習此詩說相與商榷
而擇焉之思致不至
墨守一先生之言腰
殊自悅也

此二与寄曹真诗皆清

觀岳師遺墨展覽會次韵玄廬

墨濤飜雲處應情遺未朝升堂穆歲月時

像目齋衣冠梅影鶴蟠舞松聲瀑寫註時

餘錢輩相與說劉肝

蚤盖五斗粒老倫一枝藤海水飲鯨吸天

龍僧馬乘指髮秀絶妙〻層肩諱無能詩画

通消息風懷屬殆矣

淮府手晴一銓

謁墓

舍北諸邱墓隆然若斷山千春貽舊隱七

尺醜頑顧客路人皆醉兵塵日正難狂瀾

西倒海暗暗（黯黯）向地灣

寄韓師君覺

書來始信樓東海想見倉皇幾日行而地

懸心眼泪漬異鄉柱（扶）杖鬱詩情漁樵自曾

呼為侶艸木如今認作兵西望五峰雲不

廿一字

散禪房石銚爲誰烹

醉鄉且愛無拘束，聊復弦歌慰白頭。往事

夢迴俱杳渺，心禪定任沉浮。塵途我負

十年學，亂世樓居一夜愁。還把丹青消

筆端風物譜春秋。

外王母施太君忌日詩以代哭

齠年光景能記取父病纏綿歲月忍王母餽

問數猶頻來暫見開顏拿我膝中時且卅載

孺慕深懸眼不覺成皓首年逾九十旬重闈

懷怙期期慎向風塵起猶憶一日注我履曰

是詩能多未盡宜更易

翻新樣製衣服母歸寧扶々病母為常我疏蹤

臨自思學王母儀儼於貌慈和心氣寬稽首甲輊

賤箭斗或工針黹或耘田多子不備他人和

太息門祚日衰微眼中先後擢諸孫畢生

艱苦辛勤獲酬于天唯徒此壽之思述德

重疊字須精書勿輕用觀於三百篇及老杜諸詩書明矣躬指

（愧）不眠知羞奉稱崇有鄰嬰哦詩聊復志深

愚精識所至心欲嘔

（奉和）次韻滄師扈上之作即用原韻

淞濱寧復似當年坐井睎枯［illegible］（山）小天（獨）窮

東山

丹室毛髮疎（蒼）鷹［illegible］聲［illegible］（惡）日星懸（深夏）雖闊路斷

（晚）歲兵戈見誅夷高樓適海塵［illegible］

猛佛頁縣［illegible］次韻

可易為兩浙異人

庭雪書記三巴一老

宗星知［illegible］

無從隔苦為親長未忍捐書史將心強安

放敢判一醉押攝誰神化

吳許盦字

三年兵氣過一夜鴻聲長歸思滄荊棘窮

毵裏餘種引觴孤雁落得日暮山荒耳

自嘗横議說三句可任存不存

述作　戒航

知君倦風氣早發艇

收的我心吟邊好酒藏

一月抛書和龍　打眉鎖二年穩

蝎嬰　想　減　頻　傷

問君何所若知止酒過吾廬掃興還迷伏多

賀　山邑　鄉　心　存　經

磨藥易路腸枯損根久命促見才殊有毋

增懷絕朝昏高倚闌

與子年相若心情亦最投論文常反覆守行

問武臣視

錄一

臨問竟日

素故淹留跡江山暮涼悲風雨秋遠

向物寶為蝶為莊周

兒女場俱小昂頭讀母嘯數聲搖肝碎了

凜

念楚霜懷誰付方吞因音容已阻睽懷

更愁結

曲術許籠外月如土

盟孚既叨康庭遄歸兮湖瀨行潛然出涕

乃賦此詩

君應無語對慈顏路近鄉關淚暗彈千日 禱病

立階香火靜愴神返攬路途難紛陳萬慮俱成贅瀉灌千觴總不懷

猶疑歸一慟舉家溫飽感多端圖書翻根

餘丹墨舟識曹傳醉碧涵欲遣愁懷殊漠 況是眉追

漢飛集黃葉剖風乾

鶺鴒賦罷知何似舊事紛紛刺眼親兄第

奉母筆

彩絲[illegible]鏡菽水避人門巷長蔦蘿

幽澹

筆鐫欲奉母干戈亂離落且傾盞殘鐙倉卒

倦

餘光

詹

看其盡好寧低回已急灰我亦銜悲失知

忍將

已空空詩句擲泉臺

題澹遠樓

不礙清虛境，江山占一樓。簷聲亂朝暮，花氣釀春秋。書卷青雙眼，生涯贅一疣。蕭騷風雨夕，牖戶著綢繆。

希特勒開釁，波蘭歐戰遂起，感賦兩律

此類題太不易作唯多以比興出之猶可掉臂游行也

萬古波濤歸超忽百年人物鬱嶷瞑鳥聲

夜噪天風動勁鬐氣朝翻東新謀國正宜

思林下寵老師何補閱燕臥御眉瞻畫樂西

海欲把陳編誦過秦

覆車來暇謹眸中接意當前作首飛虎翼

據宇和韻 七十一 壽星

天心黷武鴻毛民命饜貪功長慝暴骨
驕謝 雄神 軍
將 飛 蛍 虫 見 爭 啄 中流困波
依青塚慣事烹雞雛小蟲我輩正須開闢
惡蕩仰莫更說西風
塘河文章無斷劃樓
宜稱之 壯蘇張以活潑潑
機再進而潮香山太白

正讀暴骨依青塚又見潮翻
捷黑風寄語萬師休困道

則免於死乎向下之苦
也
〇將歸海門視伯氏兄病。
酸風射我心
秋風動地起
或西風動羅
冷
每憶呻吟蕭昏朝傍藥罏西風透耳激淚目
酸
射
眸
風
逼
詩月句稀雲
肝下帷張病擁吾鄉井心寒長常邇來非裳
霧加
夜
詩
漁
釣

此次校子大進了

曾經屢寤寐上征途
艱苦

江上書來日秋聲亂碧空字斂徵病知境

老歎愁叢兒女催飄蓬干戈累轉蓬今含原解

論在望助我一帆風

到家

耕貧猶有母擾髮不辭稱菊羨經霜骨松
慚養棟林江鄉侍暫託風雨任蛸燭一夜
哦詩時韻聲遠簡來
母老情彌苦浮華不爲權避莫忌自奉戒
毅歿依丹雪壓枝樹在風生衣被單叮嚀
、
丁寧

天地改容易蛸胸肝

好惜未刻

九日與劉龍振纓過訪寓樓得句索和韻

劉

高肩登臨處遥情可奈何秋風新聲墨猛

涕淚

士舊山河霜肅花初絕聰明鳥盡歌撫食

間 家 貧

慳斗酒佳節等閒過

九月十三日滄師留飲

漫天秋雨夜荒荒閒話鐙邊盡酒觴菊放

半魂霜已重書連四壁影俱香錄絲新緋〔作中補靜網〕

抵插〔占聽露〕補鍋殼高黏學退藏〔江湘〕

漢又傳收都

過乾坤落我作重陽

作者失拈

○和韓柳堂述懷詩

霜天寥廓雁鴻低山外音書慰遠攜霄客

久嫌冷暖文情獨對但清遠一甄且好

依莫若三點寧如灑舊睦雀興今朝知不

淺稱樹無物共瑞侃

邠師遊蜀賦詩敘別

萬里公歸去霜天月色新汎舟鯤自從拂

褒鶴難馴歲月贏詩卷勲名付釣緡何須

論出處肝膽故輪囷

蹤跡年來密欽遲與日深詩唫槐樹葉酒

氣溢眉間滿泪廿年別棄榆參處閑中興

同引領莫更託衰顏

□

蹤跡年來密斂遽与日深詩唫穩樹葉酒

入故園心列座青雙眼橫雲陽萬岑夜闌

愁欲動徃事黯追尋

攬勝向三巴頻嗟歲月睉名山儀盡本好
景入詩家跬步憂親老卑身襍市譁亂離
饒我輩長自繫匏瓜
里中游擊隊屢集敵軍自遠發炮
消息上江樓鄉閭又種愁成無驚蟄起飛

鏑閃壘流有迹終成贅無辜漫對儺一家
八口外擧目是同舟

次韵君詒

亂後長安不易居此身何幸託蝸廬交游
疏盡餘寒暖議論徃來淺古初君試萬言

江入海我攙兩鬢青蠢行壽瓦盃權葉原沭

許卿復同心一日娛

贈徐一瓢

人道往生却去往雙眸只為古人張撰詩

陽苍闌銘漲縱酒杜門任徑荒劇後孤身

驅道路歲闌一棹載風霜登樓莫問年來
事鬢看蕭騷各已蒼

題丁敏之山水卷子

景色太崢嶸伊誰結數椽松聲飛瀑灣雲
影亂峰攢拄杖方攜句拏舟宜釣名避人

終未易腳踐履盡中行

释文

将归海门

乡关无恙兵宁戢[1]，海市偷安路欲穷。百里涛声帆漠漠[2]，四更月色野濛濛。豆棚瓜架消清夜[3]，蒲扇藤床纳好风。最忆归家先入梦[4]，应门五尺有儿童。

[1] 杨沧白眉批："'戢'或作'息'。"

[2] 涛，或作"滩"，本句原作"百里橹声潮汩汩"。

[3]"消清夜"为杨沧白改，原作"量青玉"。

[4]"入"为杨沧白改，原作"着"。

归舟

梅雨初晴树色幽，一天凉气拥归舟[1]。频移时序苏双眼[2]，未定干戈泛一沤[3]。久客有怀江北路，孤身怕上海东楼[4]。停桡前渡生余慕[5]，渔父田夫自钓耰[6]。

[1]"幽"与"凉"为杨沧白改，原作"稠"与"爽"。

[2]"频"为杨沧白改，原作"不"。

[3] 泛，原作"逐"，或作"起"。

[4] 上，原作"对"。"海东楼"为杨沧白改，原作"掌中雠"。

[5] 停桡，原作"忘情"，杨沧白改作"重来"。

[6] 自，杨沧白改作"尚"。

枯梅重茁

兹木昔槁死，讫今三稔矣[1]。嫩叶忽扶疏[2]，新枝复拔起。物倘会我心，谁与诠此理。当年适舅家，掇苗细如指。手植向中庭，数载繁金蕊[3]。既把亦既拱，花时香数里。每从雪后开，含英自成绮[4]。偶为斩丛枝[5]，意态愈俶诡[6]。惠之适害之，凋萎空贻悔。天性不可戕，取征有如此[7]。树木犹树人，勿云细故耳[8]。

[1]"昔"与"讫"为杨沧白改，原作"忽"与"洎"。

[2] 嫩，杨沧白改作"娭"。忽，原作"见"，杨沧白改作"更"。

[3] 繁，或作"茁"，杨沧白改作"垂"。

[4] 含英，原作"素心"，杨沧白改作"繁英"。

[5]"偶为"为杨沧白改，原作"一岁"。

[6]"俶"为杨沧白改，原作"諔"。

[7] 取征，杨沧白改作"物情"。

[8]"勿云"为杨沧白改，原作"休言"。

挽姚泽人

论诗几隐经千卷[1]，把酒楼观路两歧。别绪不妨增乱世，耗音初警跌危枝[2]。寇来文物销应尽，仙阅沧桑意已疲[3]。遗墨低徊灯欲灭[4]，为君奚止哭其私。

[1]"几隐"为杨沧白改，原作"座倚"。

[2]"警"为杨沧白改，原作"料"。

[3]"阅"与"意"为杨沧白改，原作"问"与"指"。

[4]"遗墨"为杨沧白改，原作"风格"。

抵沪书寄调之[1]

畴昔归家雨初晴[1]，今晨出门风乍歇[2]。甫抵江干便登舟，屈指淞滨日未昳。大造变化指顾间[3]，转柁狂风鼓飕飕。涛头高涨任飞溅，船脚斜簸同战栗。或倚一榻或隐几，时锁双眸时咋舌。座中几辈朱颜苍，相继垂头困呕沫[4]。

逆水迟迟过宝山，愁对波心掠苍鹘。呜呼行路古来难[5]，而况今当天地轧[6]。

[1] 诗题原作《抵沪作书诗寄调之》，“诗寄调之”杨沧白改作“却寄”。

[2] 昔，原作“曩”。

[3] 本句后原有“车子亦云天气佳，欣然上道行步疾”，杨沧白改“子”为“人”。

[4] “造”与“指顾”为杨沧白改，原作“宙”与“顾盼”。

[5] 本句后原有“强持镇定灭见闻，肝肠颠顿气如窒”。

[6] “古来”为杨沧白改，原作“本是”。本句后原有“十分珍重一径还，未如之何且涵拂”，“涵”或作“草”；杨沧白改后句作“好语乡人慎轻出”，“好”或作“寄”。

赠凌宴池

未倦螺梯百八盘[1]，小楼过访话悲欢。朅来画地身疑赘，梦里忧天胆亦寒[2]。石砚为田犹可耨，儒冠无垢不须弹[3]。哦诗生计知疏澹[4]，短褐空瓢倚药栏[5]。

[1] “倦”为杨沧白改，原作“厌”。

[2] “里”为杨沧白改，原作“熟”。

[3] “垢”为杨沧白改，原作“滓”。

[4] 本句为杨沧白改，原作“吟诗自是淡生活”。

[5] 本句或作“合向空山倚石栏”，杨沧白改作“乘兴相过倚药栏”。

才名天际喧清磬[1]，肯与闲人作等伦[2]。落笔枝柯争倔强[3]，吐词肝肺亦轮囷[4]。尘中屐迹归荒径[5]，乱后渔舟失旧津。幸有孟光共文赏[6]，抱书奔徙不辞贫。

[1] “天际喧”为杨沧白改，原作“侧耳闻”。磬，原误作“罄”，杨沧白改正。

[2] “作”为杨沧白改，原作“为”。

[3] “落”为杨沧白改，原作“掷”。

[4] “词”为杨沧白改，原作“辞”。

[5] “归”为杨沧白改，原作“收”。

[6] “赏”为杨沧白改，原作“翰”。

杨沧白评语：

气清词雅，偶有小疵。宋贤当以苏、陆、黄、王四家为师，晚近矜言梅、陈，则我所不解也。深入显出，自校凿险缒幽为无流弊。果能“穷荒搜幽入有无，一语诎屈百盘纡”者，亦天地异文。然谈此何易？人生所遭，亦未恒有此情景。化夷为险，则徇人而忘其天也。此非诃贤者之失，当世有此诗说，相与商榷而择从之，愚故不主墨守一先生之言，暖姝自悦也。

观缶师遗墨展览会[1]

墨渖飘零处，应怜迹未干[2]。升堂辜岁月[3]，肃像重衣冠[4]。梅影蟠螭舞，松声泻瀑寒。并时余几辈，相与说刳肝。

[1] 诗题下原有“次韵玄翁”字。杨沧白眉批：“此二与寄曹两诗特佳。”

[2] “迹”为杨沧白改，原作“清”。

[3] 辜，原作“移”，杨沧白改作“饯”或“绵”。

[4] “肃像”为杨沧白改，原作“瞬目”。重，原作“旧”。

早羞五斗米，老倚一枝藤。海水飞鲸吸[1]，天龙借马乘。拈髭参绝妙，磨盾讳无能。诗画通消息，维摩剩一灯[2]。

[1] “飞”为杨沧白改，原作“效”。

[2] 本句原作“风怀属右丞”。

谒墓

舍北诸邱墓，隆然若断山。千春贻旧荫，七尺腼顽颜。客路人皆醉，兵尘日正艰。狂澜西倒海，黯黯向池湾[1]。

[1] “黯黯”为杨沧白改，原作“暗暗”。

寄曹师君觉

书来始信栖东海，想见仓皇几日行。两地悬心殷泪渍，异乡扶杖郁诗情[1]。渔樵自昔呼为侣，草木如今认作兵。西望五峰云不散，禅房石鼎为谁烹[2]。

[1] “扶”为杨沧白改，原作“拄”。

[2] 鼎，原作“铫”。

穷乡且爱无拘束，聊复弦歌慰白头。往事梦回俱杳渺，深心禅定任沉浮[1]。尘途我负十年学，乱世楼扃一夜愁。漫说丹青消俗虑[2]，模糊身世几春秋[3]。

[1] 深，杨沧白改作“清”。

[2] 本句原作“漫把丹青消世”，杨沧白眉批：“少一字。”

[3] 本句原作“笔端风物错春秋”，错，杨沧白改作

"几"，或作"记"。

外王母施太君忌日诗以代哭[1]

龆年光景能记取，父病缠绵岁月久。王母馈问独频来[2]，瞥见开颜牵我肘。中时亘卌载孺慕深，转眼不觉成皓首[3]。年逾九十重关情[4]，期期慎向风尘走[5]。归宁扶病母常为[6]，我疏踪迹负恩厚。王母俨然貌慈和[7]，心气宽平贱筲斗[8]。或工针黹或耘田，多子不佣他人手。太息门祚日衰微，眼中先后摧诸舅。毕生艰苦淬冰霜，获酬于天唯此寿[9]。久思述德愧不文[10]，差幸称崇有邻叟。哦诗聊复志深思，精诚所至心欲呕。

[1] 杨沧白眉批："是诗能事未尽，宜更易。"

[2]"独频"为杨沧白改，原作"数数"。

[3]"转"为杨沧白改，原作"照"。皓，原作"白"。

[4]"十"与"情"为杨沧白改，原作"旬"与"怀"。

[5] 本句后原有"犹忆一日注我履，日翻新样制非母"。

[6]"常为"为杨沧白改，原作"为常"。

[7] 俨然，原作"俨俨"，为杨沧白改，并于眉批云："重叠字非精当勿轻用，观于三百篇及老杜诸诗，当明其旨。"

[8]"平"为杨沧白改，原作"裕"；"贱"或作"轻"，亦杨沧白改，原作"非"。

[9]"唯"为杨沧白改，原作"徒"。

[10]"愧不"为杨沧白改，原作"不能"。

奉和沧师沪上之作即用其韵[1]

淞滨宁复似当年，坐井睥枯此小天[2]。晚岁兵戈见诗史，高情栖遁谢尘缘[3]。深忧路断无从隐[4]，苦为亲衰未忍捐[5]。书史将心强安放[6]，欲判一醉狎群仙[7]。

[1] 诗题为杨沧白改，原作《次韵沧师沪上之作》。

[2]"此"为杨沧白改，原作"只"。

[3] 本联为杨沧白改，原作"虎兕升堂毛发竦，鹰鹯击地日星悬"，杨沧白改作"猛虎在山毛发竦，苍鹰击恶日星悬"，并于眉批云："'猛虎'联若必次韵，可易为'两浙异人庭雪杳，三巴一老客星悬'。"

[4]"深忧"与"隐"为杨沧白改，原作"非关"与"遁"。

[5]"苦"为杨沧白改，原作"正"。

[6]"史"为杨沧白改，原作"性"。

[7]"狎"或作"揖"，为杨沧白改，原作"谑"；"群"亦杨沧白改，原作"神"。

哭许盥孚

三年兵气恶[1]，一夜漏声长。归思淹荆棘[2]，穷愁裹糗粮[3]。引觞孤雁落，觅句万山荒[4]。世路知君倦，迷津早戒航[5]。

[1]"恶"为杨沧白改，原作"遏"。

[2]"淹"为杨沧白改，并有眉批"'淹'或作'纡'"，原作"行"。

[3] 糗，原作"糇"。

[4]"觅"为杨沧白改，原作"得"。

[5] 本联为杨沧白改，并附言"收句或作'吟边好遁藏'"，原作"耳目知君倦，风前早废妆"，或作"身世伊谁说，扃门任雨旸"。

问君何所苦[1]，止酒过吾庐。一夕抛书卷，双眉锁药炉[2]。肠枯缠恨久[3]，命促见才殊[4]。有母增凄绝[5]，朝昏尚倚闾。

[1] 本句杨沧白改作"竭来君苦甚"。

[2] 本联原作"扫兴灾旋伏，多磨药易疏"，杨沧白改作"减兴疴频伏，伤贫药岂无"，"疴"与"伏"或作"忧"与"剧"。

[3]"缠"为杨沧白改，原作"填"。

[4] 本句杨沧白改作"心疾今医疏"。

[5] 有，杨沧白改作"老"。

与子年相若，心情亦最投。论文常反复，竟日故淹留[1]。迹冷江山暮[2]，悲生风雨秋[3]。长眠可同梦[4]，为蝶为庄周。

[1] 竟日，原作"守素"，杨沧白改作"行素"或"临问"，并于眉批云："'问'或作'视'。"

[2]"迹冷"为杨沧白改，原作"冷迹"。

[3]"悲生"为杨沧白改，原作"深悲"。

[4] 本句为杨沧白改，原作"蘧蘧向何宴"，"向何"或作"余一""才一"。

儿女伤俱小，娇憨学母啼[1]。数声撼肝碎[2]，一念凛霜凄[3]。托付方吞咽[4]，音尘已阻暌[5]。秋怀更愁结[6]，帘外月如圭。

[1]"娇憨学"为杨沧白改，原作"昂头续"。

[2]"撼"为杨沧白改，原作"揉"。

[3]"凛"为杨沧白改，原作"带"。

[4]"咽"为杨沧白改，原作"吐"。

[5]"尘"为杨沧白改，原作"容"。

[6] 本句为杨沧白改，原作"慰怀向何许"。

盥孚既殁康侯遄归分湖濒行潸然出涕乃赋此诗

君应无语对慈颜，路近乡关泪暗弹。祷病空阶香火静，怆神返榇路途难[1]。纷陈万卷俱成赘，浇灌千觥总不欢[2]。况是眉边秋漠漠[3]，飞来黄叶刮风干。

[1] 本联原作“十日猜疑归一恸，举家温饱感多端”。

[2] 本联原作“图书翻恨余丹墨，舟楫曾传醉碧澜”。

[3] 况是眉边，原作“欲遣愁怀”。

鹡鸰赋罢知何似，旧事纷纷刺眼来。奉母箪瓢艰菽水，避人门巷长蒿莱[1]。残灯幽淡余光尽[2]，好梦低回旧念灰[3]。我亦衔悲失知己，忍将诗句掷泉台[4]。

[1] 本联原作“兄弟箪瓢欣奉母，干戈篱落且倾杯”，“且”或作“倦”。

[2] 本句为杨沧白改，原作“残灯仓卒看才尽”。

[3] “旧”为杨沧白改，原作“已”。

[4] “忍将”为杨沧白改，原作“空空”。

题淡远楼

不碍清虚境，江山占一楼。禽声乱朝暮，花气酿春秋。书卷青双眼，生涯赘一疣。萧骚风雨夕，牖户好绸缪[1]。

[1] 好，原作“看”，或作“入”，杨沧白改作“夙”。

德侵波兰欧战遂起感赋[1]

万古波涛归起伏，百年人物郁痴瞋。鸟声夜噪天风劲[1]，蜃气朝翻海色新[2]。谋国正宜思楚宝，老师何补问燕民。竭来无地容肥遁[3]，欲把陈编诵过秦。

[1] 诗题为杨沧白改，原作《希特勒开衅波兰，欧战遂起，感赋两律》。本诗杨沧白眉批云：“此种题本不易作，唯多以比兴出之，犹可掉臂游行也。”

[2] 天风，原作“风初”。

[3] 海色，原作“象更”，杨沧白改“象”作“幻”。“竭来”为杨沧白改。本句原作“伸眉瞻尽东西海”。

覆车未遽绝寰中[1]，快意当前作首戎。虎翼天骄诩神武[2]，鸿毛民命餍军功[3]。正怜暴骨依青冢，惯见争鸡啄小虫[4]。我正中流困波恶，篙师莫更误西风[5]。

[1] “遽绝寰”为杨沧白改，原作“暇注眸”。

[2] 本句为杨沧白改，“神”曾作“雄”，原作“虎柙天心惩黩武”。

[3] “军”为杨沧白改，原作“贪”。

[4] 本联原作“长愁暴骨依青冢，惯事烹鸡杂小虫”，“青”或作“荒”“烹”或作“醢”；下句为杨沧白所改，或作“又见澜翻卷黑风”。

[5] 本联为杨沧白改，原作“我辈正须问前路，何人辛苦斸荆榛”，上句或作“寄语篙师休困顿”，杨沧白眉批：“‘榛’字非韵，入十一真矣。”

杨沧白评语：

宜求之苏、陆以活泼滞机，再进而溯香山、太白，则免于死于句下之苦也。

将归海门视伯兄病[1]

每忆呻吟苦，昏朝傍药炉。西风过午劲[2]，凉月下帷孤[3]。病剧疏渔钓[4]，心寒长虎貙。束装曾几度，艰苦上征途[5]。

[1]“兄”为杨沧白改，原作“氏”。本诗杨沧白眉批云：“此次较前大进矣。”

[2] 本句杨沧白改作“酸风射屋疠”，“屋”或作“眸”，并于眉批云：“‘酸风’句或作‘秋风动地起’或‘西风动帘冷’。”

[3] 杨沧白眉批：“‘凉月’句精警。”

[4] 本句为杨沧白改，“剧”或作“久”，原作“病倦居乡井”。

[5] “艰苦”为杨沧白改，原作“瘖瘵”。

江上书来日，秋声乱碧空。字欹征病久，境老叹愁丛。儿女催飘鬓，干戈累转蓬。令原端在望[1]，助我一帆风。

[1] “令原”为杨沧白改，原作“合并”。

到家

安贫犹有母[1]，甘旨愧空罍[2]。菊羡经霜骨，松惭养栋材。江乡欣暂托[3]，风雨任频催。一夜哦诗句，虫声透箔来。

[1] 安，原作“称”，杨沧白改作“甘”。

[2] 本句原作“搔发不辞杯”，杨沧白改作“供旨愧空罍”，“空”或作“瓶”，王个簃又改“供”为“甘”。

[3] 欣，原作“供”，杨沧白改作“差”。

母老情弥苦[1]，浮华不足欢[2]。避嚣能自寿[3]，戒杀宅心安[4]。雪压节根在[5]，风生衣袂单。叮咛天地改[6]，好惜未刳肝[7]。

[1] 情，原作“心”。

[2]“足”为杨沧白改，原作“为”。

[3] 能，原作“正”，或作“君”，杨沧白改作“初”。

[4] 宅心安，原作“比成丹”，杨沧白改作“恐邻残”。

[5]“节根”为杨沧白改，原作“枝柯”。

[6] 叮咛，杨沧白眉批作“丁宁”。

[7] 本句为杨沧白改，原作“容易损胸肝”。

次刘振缨九日过访寓楼得句索和韵[1]

尚有登临处，遥情可奈何。秋风新涕泪[2]，猛士旧山河。霜肃花初绽，窗明鸟间歌[3]。客贫悭斗酒[4]，佳节等闲过。

[1]“韵”字为杨沧白所移，原置于“次”字后。

[2]“涕泪”为杨沧白改，原作“壁垒”。

[3]“间”为杨沧白改，原作“尽”。

[4]“客贫”为杨沧白改，原作“只言”。

九月十三日沧师留饮

漫天秋雨夜荒荒，闲话灯边尽酒觞。菊放半窗霜已重，书连四壁影俱香。蛛丝乍补占晴霁[1]，蜗壳高黏学退藏。湘汉又传收郡邑[2]，乾坤容我作重阳。

[1] 乍补，原作“新折”，杨沧白改作“静网”。“占晴霁”亦杨沧白改，原作“忙抽补”。

[2]“湘”为杨沧白改，原作“江”。

和曹柳堂述怀诗

霜天寥廓雁行低[1]，天外音书可为携[2]。贾客久嫌情冷暖[3]，幽人独对夜清凄[4]。司空大好归官谷，仲子长怀灌旧畦[5]。吟兴今朝知不浅，只愁尘累汩天倪[6]。

[1]“行”为杨沧白改，原作“鸿”。

[2]“天”与“可为”为杨沧白改，原作“山”与“感远”。

[3]“情”为杨沧白改，原作“人”。

[4]“幽人”为杨沧白改，原作“文情”。

[5] 本联为杨沧白改，原作“一毡正好依荒谷，三黜宁如灌旧畦”。

[6] 本句为杨沧白改，原作“只怍无物共端倪”，杨沧白眉批：“‘怍’字失粘。”

邠师返蜀赋诗叙别[1]

万里公归去，霜天月色新。泛舟鲲自徙，拂袖鹤难驯。岁月赢诗卷，勋名付钓纶。何须论出处，肝胆故轮囷。

踪迹年来密，钦迟与日深。诗吟秋树叶，酒气溢眉间。涕泪廿年别，桑榆几处闲。中兴同引领，莫更托衰顽。

踪迹年来密，钦迟与日深。诗吟秋树叶，酒入故园心。列座青双眼，横云隔万岑。夜阑愁欲动，往事暗追寻。

揽胜向三巴，频嗟岁月赊。名山供画本，好景入诗家。跬步忧亲老，卑身杂市哗。乱离余我辈，长自系匏瓜。

[1] 本诗第二首用韵不同部，故被墨笔删除，第三首实为改作。

里中游击队麕集敌军自远发炮

消息上江楼，乡关又种愁。戍兵惊蛰起，飞镝闪星流。有迹终成赘，无辜漫对雠。一家八口外，举目是同舟。

次韵君诒

乱后长安不易居，此身何幸托蜗庐。交游疏尽余寒畯，议论往来发古初。君试万言江入海，我搔两鬓蠹行书。闭门种菜原非计[1]，聊复同心一日娱。

[1] 闭门，原作“瓦盆”。

赠徐一瓢

人道狂生却未狂，双眸只为古人张。扪诗隔巷闻溪涨，纵酒杜门任径荒。劫后孤身驱道路，岁阑一棹载风霜。登楼莫问年来事，鬓发萧骚各已苍。

题丁敏之山水卷子

景色太峥嵘，伊谁结数楹。松声飞瀑泻，云影乱峰擎。拄杖方搜句，拏舟岂钓名。避人终未易[1]，聊复画中行。

[1] 原稿本仅录到“避人”为止，此后据刊印本补全。

第五卷

另

徐州淪陷慨然有作

李巡撫　徐州。地寬民安徐令豪

國土戲。兇豪執態臨關。看旋鋒

鎔私。大邑委荒墟。津浦與隴海。

鐵軌轉中樞。一綫延函豪。堪郵

之所消錢瞰其情多士效馳驅○
要擇斬對壘○馘首獻俘
倏○一役台兒莊○列國○交相爭譽○乃仰
大兵正○東鄰作遠覺古年○欽必遜
全韜略乃不可逾躡遺黃僅

瘦損笑長途改·守送主賓客逞

逐襯歸屢我騎僕匪云痡我馬

匪云瘏沈竟三遷郡郡封帝躍

通纓血腥矣日韓禾稼隨人枯國

鐵折一瓣識寧楷三層風雲起廿七

碭漭漢恩尊體然衛弄子稻抑
館屋氣奇危應龜危耶有植將服膝
樹窟模切莫真憂戒記領作廿九茶
張暐待月日取次後貴神
瞻岫青

老衲苦臨池，風懷不了時。逃萍
水契，揮灑歲寒姿。慧質應
憐拆，負名不用期。闌干留生面
語悵旋重逢
次韵答郎鏡吾
老衲書於法國園詩後

一歲寓遊往臨伊道阻長乾坤
仍喘息筆硯自輸光渴酒腸
初澀姓雅醜傍壯花欄干扶遠見
雜江海共更無相望
已嗎明擁詢續 山人集

喘息未登樓。兵塵亂海鷗。風霜
鬖鬖髮。無淚濺鴻溝。雅集杯
何在。狂生事來。投一隊天地小。戀
題作詩圖
秋把

枇杷冒雪花自别，我離家園
實爲細，家人相送問歸期，渴應
枇杷初上口，汪汪谷波異晷朝，響安
安知非賤之，理處有客滿攜匡，
時維端陽十日後，郭道家園樹。

錄

探擷殷勤出懷手，圖寶畢上

勝過金蓮，出瓊漿水出羔羊酒鍋

素無氣象塵中原。霄帶脫鐶懸

競春起。滔天浩水竟橫流。人命

隱微芳草自徘徊。我儕何處得尝

新晴雪老世絕家家粥人生七尺堂
石〇天青擬翻去覆厚〇收筐籠
樂秋市賤前路花々頫撼看
〇看門
驅車過唐沈〇々地々私儀壇坫〇石塘夫

偏冒耳馬。乙三之意自衛。運斤門光
芒。剔劃眼光光歷歷。嗟嗟食肉流。
州首焉張翹爛。權勢掌握中。
曾是遨華面。不振振不得飽。鬣鬣
道騰鬐。今古事不區。倒目皆

徹乾○誰知彼居士○放下刀時見成佛

（旁注：成佛了須臾　放下刀）

經沙○放下時紀　經沙蓮一念正停着○

懷人詩月

○開示勸緣頌

生識自色求佛緣

（旁注：左　度人）

短巷……閱盡……身謝……山中

8

[illegible]高天下夏[illegible]可為[illegible]一偶

[illegible]庭民外波雖李明村拔澗

劉向西流

[illegible]發[illegible]

印光法師

寧定山雜攝[illegible]窮鶴亂非[illegible]

現在三正異[illegible]書一身從頂冠方

楚僧居[illegible]都漫念園[illegible]云

尽返暖掘地聚[illegible]之希 徐師上一[illegible]

藏之佳塔 南門近百尺處蓋著[illegible]

開士飯供佛 就請龕[illegible]風近[illegible]

[illegible]似魔[illegible][illegible] [illegible][illegible]慈陽迴寸[illegible]

請住道心[illegible] 曹師君覺

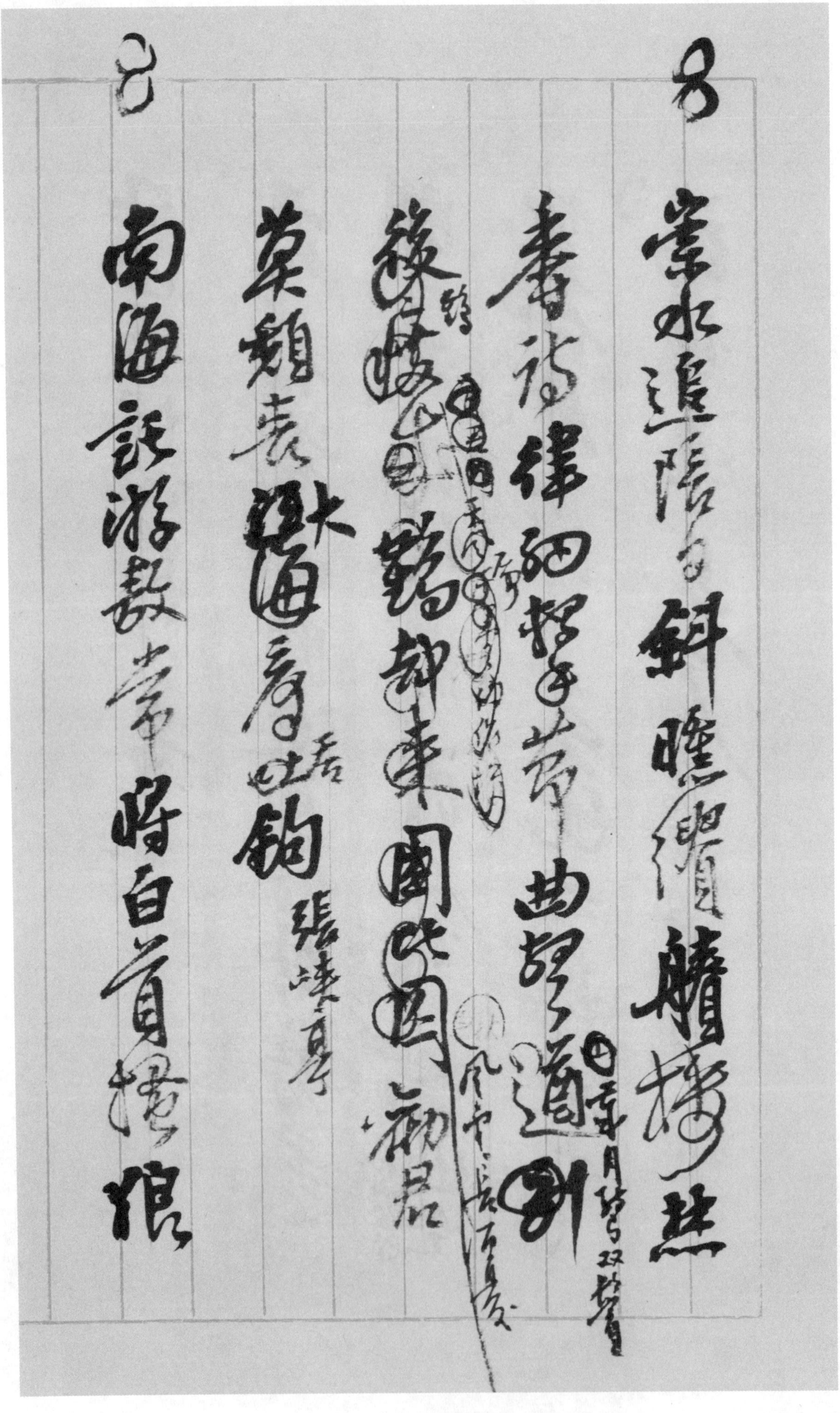

烽燧無烟浩水指天高鐵礮唯新

何悠悠不敢論將吏剿悍鯨

錦里生亡徒夢 王一亭

一種太原棗年年饋所貽布衣寫

本色白眼眉紅綫譚澤闓書子

暈擁難書酒一瓢盃今猶何處

避烽火滿林隈 旅作

七

左攜屋上眺西樓催低臂中原

驚鳥枝 高陽文物付雲煙尊攜心 時

如詒 返羅浮甚記 還生知君翻雁

感懷有懷爲象 錄舊作

十載買舟州閭入，鬢白頭銷鍊壽 蹋近

窮石寰墻影，上篇鈎摭擇筆

山手膽揚氣乎來在秋，遥知處

甚字出處 不稱隱廊舟 吳待秋

飞镝窥君宅，畏鹞第一鹰。
儒冠亦可杀（贱），冕宜出（新）黄草根。
细在山隰（原作田舍），肝肠依旧情，眠结荒。
不死曾酒，向山僧（胡洞经）。
依旧从征机，江天一望眼，排新遥。

過雁負鑷向來稀刺棘將無路亂

蝸居嘗有家書（獨信）要（屈）堪自慰漫說

（老來）筆　生花　非擇人

近二婿要消息倉皇不北來家

（一）曰

途似看見酒旗（淺深）眼任飛揚　貨賤畫中

又

大千戈回復若發時清白懷嗷吐
鄉音人畫許康居
健生剖腑廬帰來望眼枯石憾
言破戎馬千年時病詩思隨驚鳥
愁人精候揩孤耕應覺別高

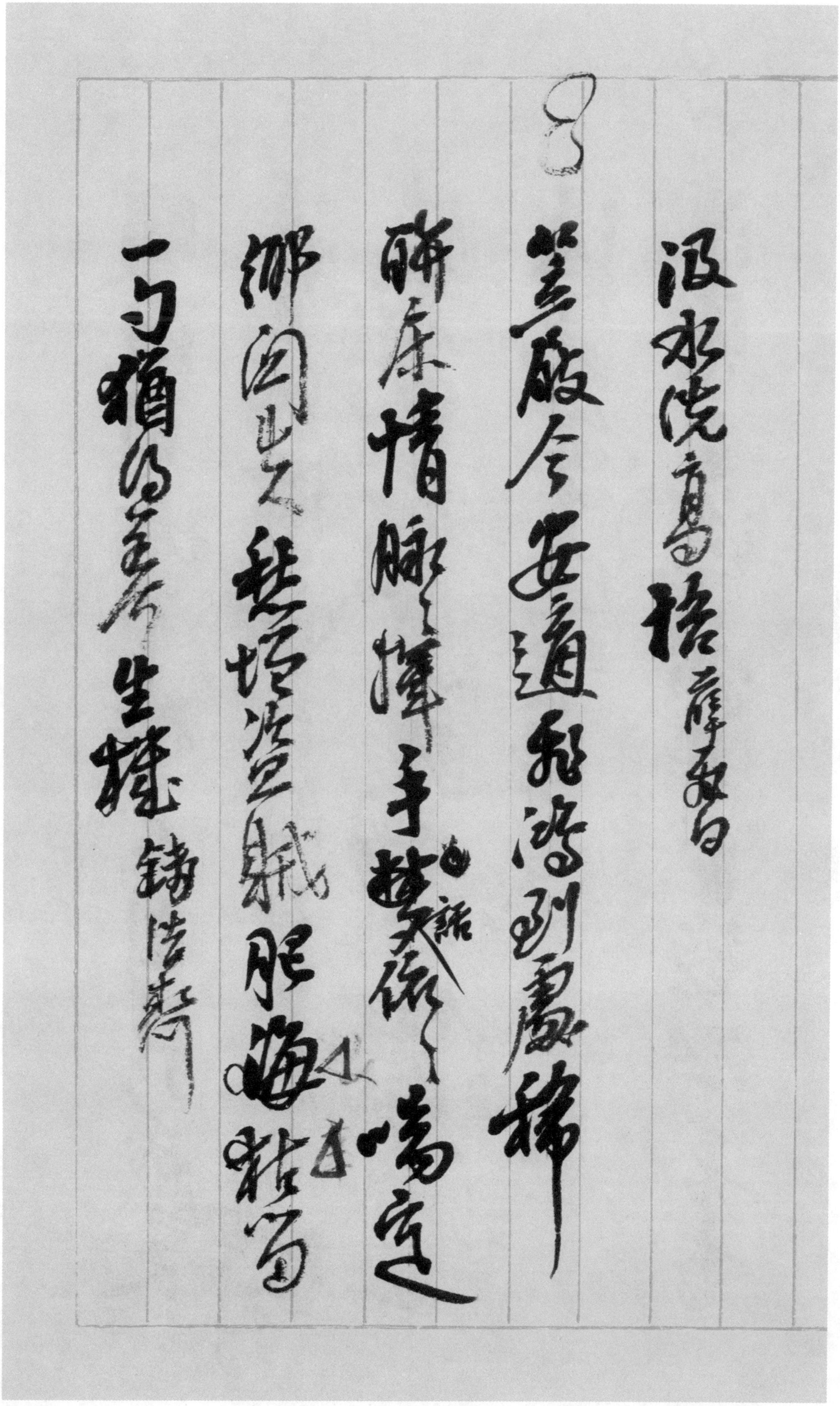

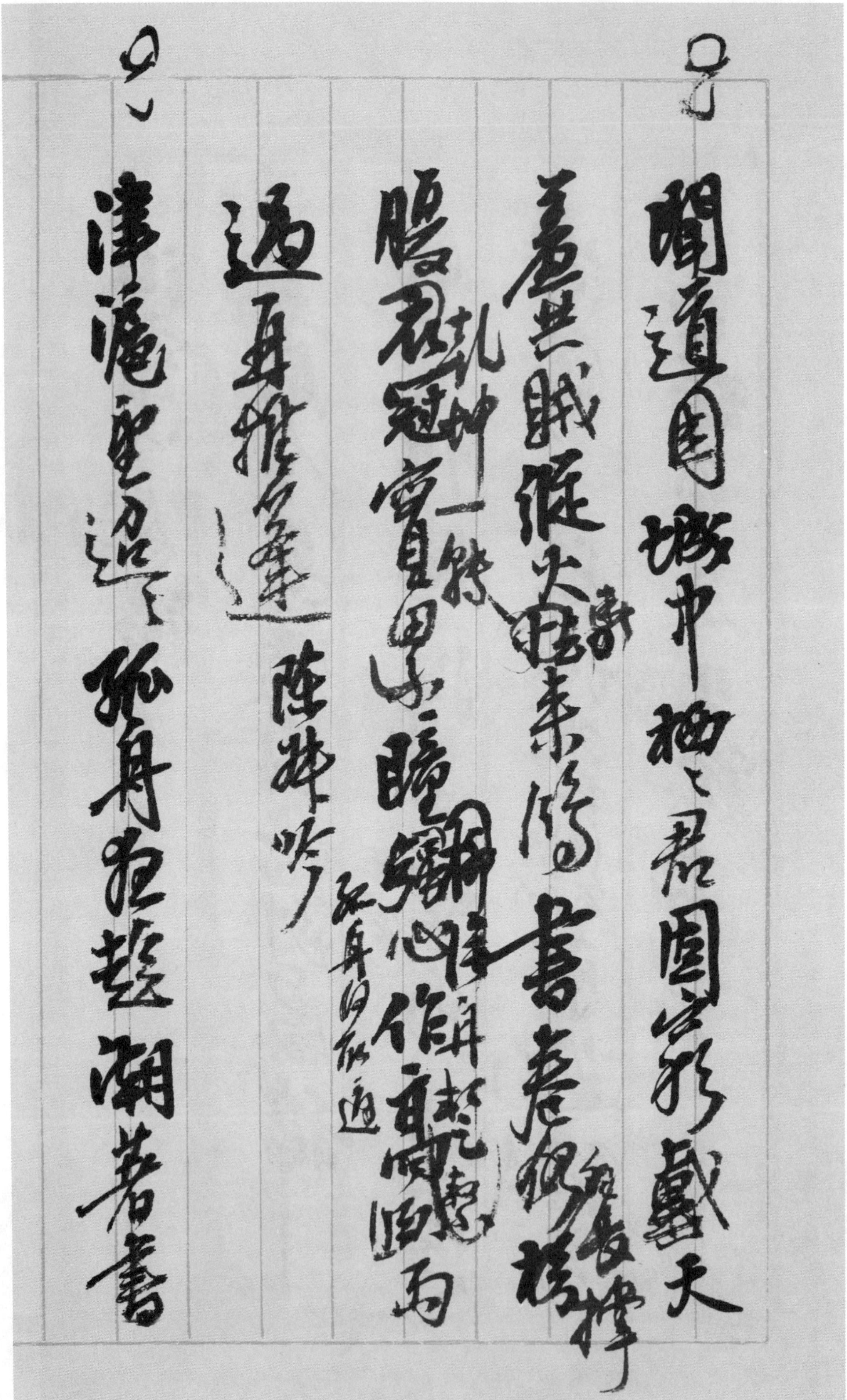
闻道围城中栖栖君国

縱
颱風一號了 豆 溽暑 淅瀝□□子 飄冠蓋行
秋韻□□
龍庭荷露來清思君還有
出昂首望中 霄 陳隊之
爭躍湖泛上前游信可懷一疊山
四瞻有封境全乘眾來撲

新壘揮戈擬宿雨理眠前莫

東坐一窩破丹嗜秋 丁似庵

禮腸清知許 居悟常自娛

文章世地著家處處遊遊留遊之

翻湘水雁鴻氣斷避寵違煙明也書

聲流韻憶經年　沙孟海

似此手摹敵風塵勝業人師門

悵傳有學潭水破經編通景山

鐵寔氣儒運性未剩　三郎　閒

清息一觴已至無白請兄弟府

又

日落钟声池水长，雁飞何浅寻寻巡。
微光忽忽却敲断肠魂，苍苍广漠
寻庭鸡声楼阁自森东归雄缩
地棡楼相望照怨、商看日数年
不得闲消息，京沪道上回鸥影

傅寒山 雁陣飢江瑶

•枇御暇今影亂飛孫鴈了離朗史

敬新詩擬継莫花前自况

露下一枝閒 鄭苦青

客眼傅君所不能亦能任情録

生十二

清風立高氣

雁御蕭屋大錯付時

鐙清寺前河亭南亭子望之 淀和

憶昭時秋六節西尊鐘 張大子

已

合向畫中行，長歌韵亘饒艷

書翻催年行 款枕四年，拂石席披，拌風雅

中年世流離，一日成還無眉向夕

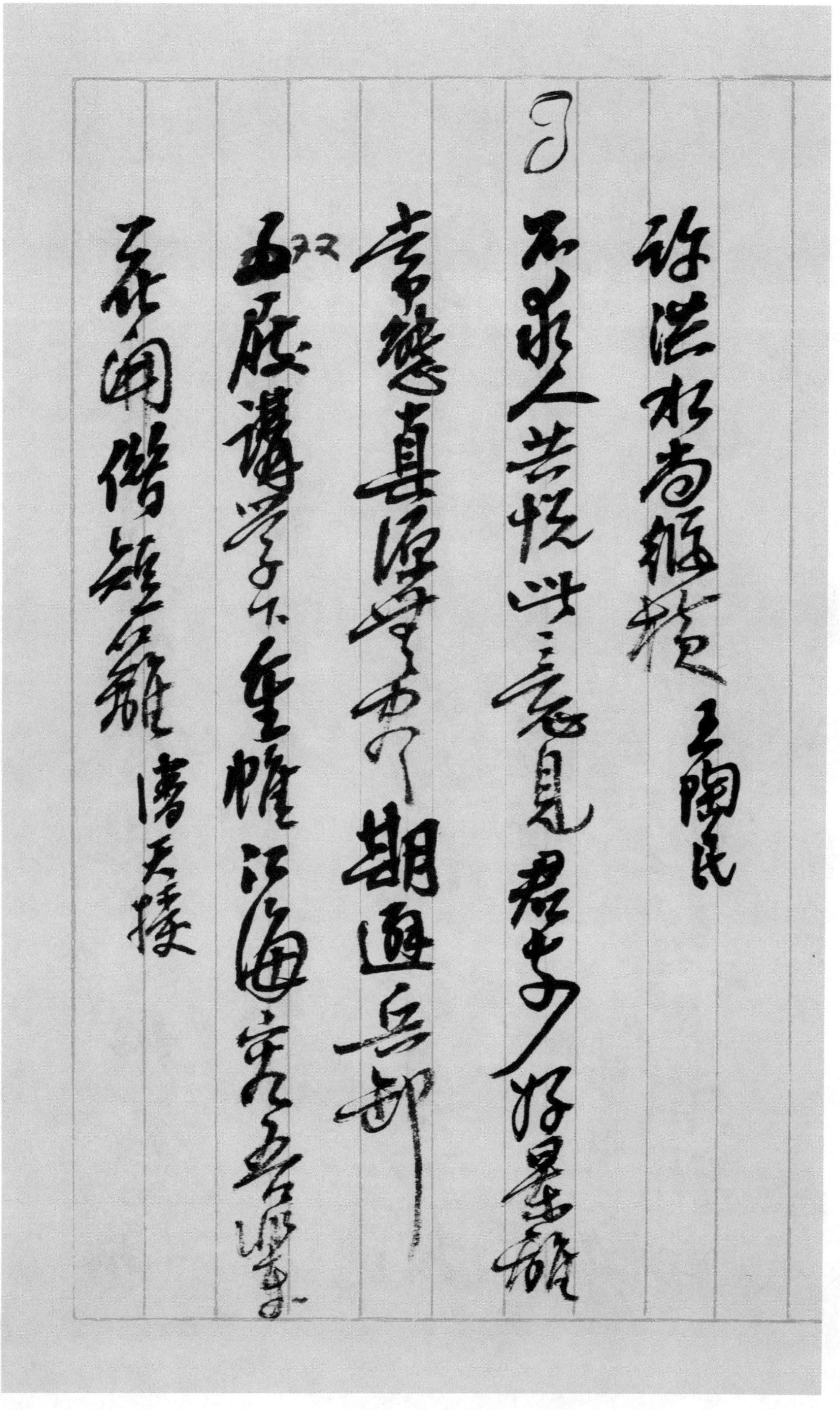

百年真是路姗姗踏月三根破瀛

舞马擢笔定生澄泯眼江山

镜别肠风为宣潮汪子为四般

载不如怀觉 吴虞叶惠

廷洞人之为嘘君胡提契深推选居 陆离仪

第[illegible]攜手澂園林小刻淮[illegible][illegible][illegible]

長髮蓑衿破衲　高士帷帽

指點往古鐘　畢[illegible]叉夫歸

一炬遼邦卷回頭[illegible]溪漢贇

祇[illegible]大道[illegible]庭米高[illegible][illegible]畫[illegible]

三年芝老筆諸緣詩卷山一寄

圖紙書立何時劉根隱

為愛倪虞靜胡胡河復山塔懸徽

樓北歸出來五五然松栢心

日正間

改鐘無嗣應思三齋衣

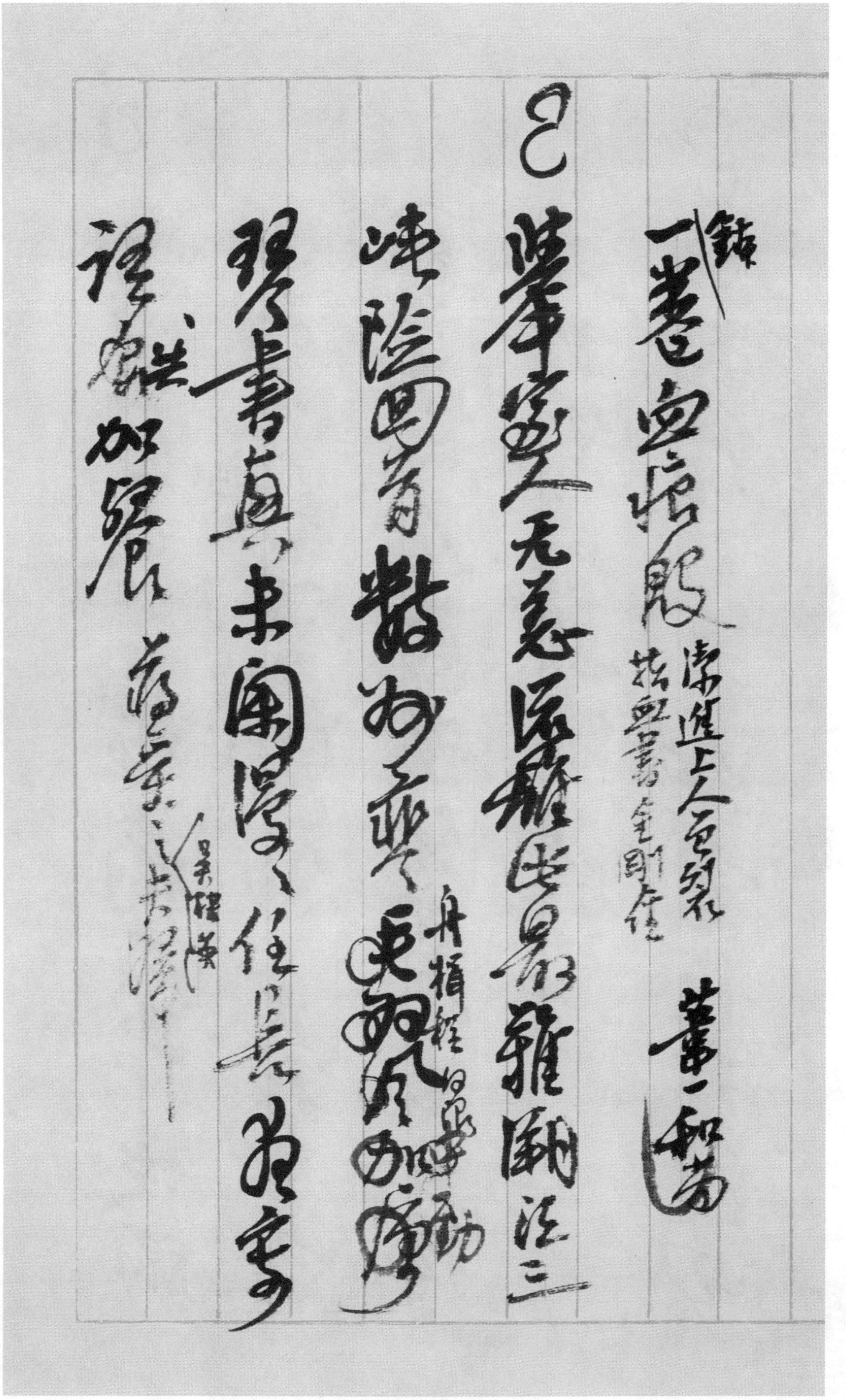

○

惘惘念汝笑蒼鬢，鬢滿十年扶孫

心事沉浮數晚晚時路，在皆白髮

指來呼兒歌誦練，晨昏且將

毋教垂老共顛連　劉德宣

○

路歎歸何許，待與書從卻一回

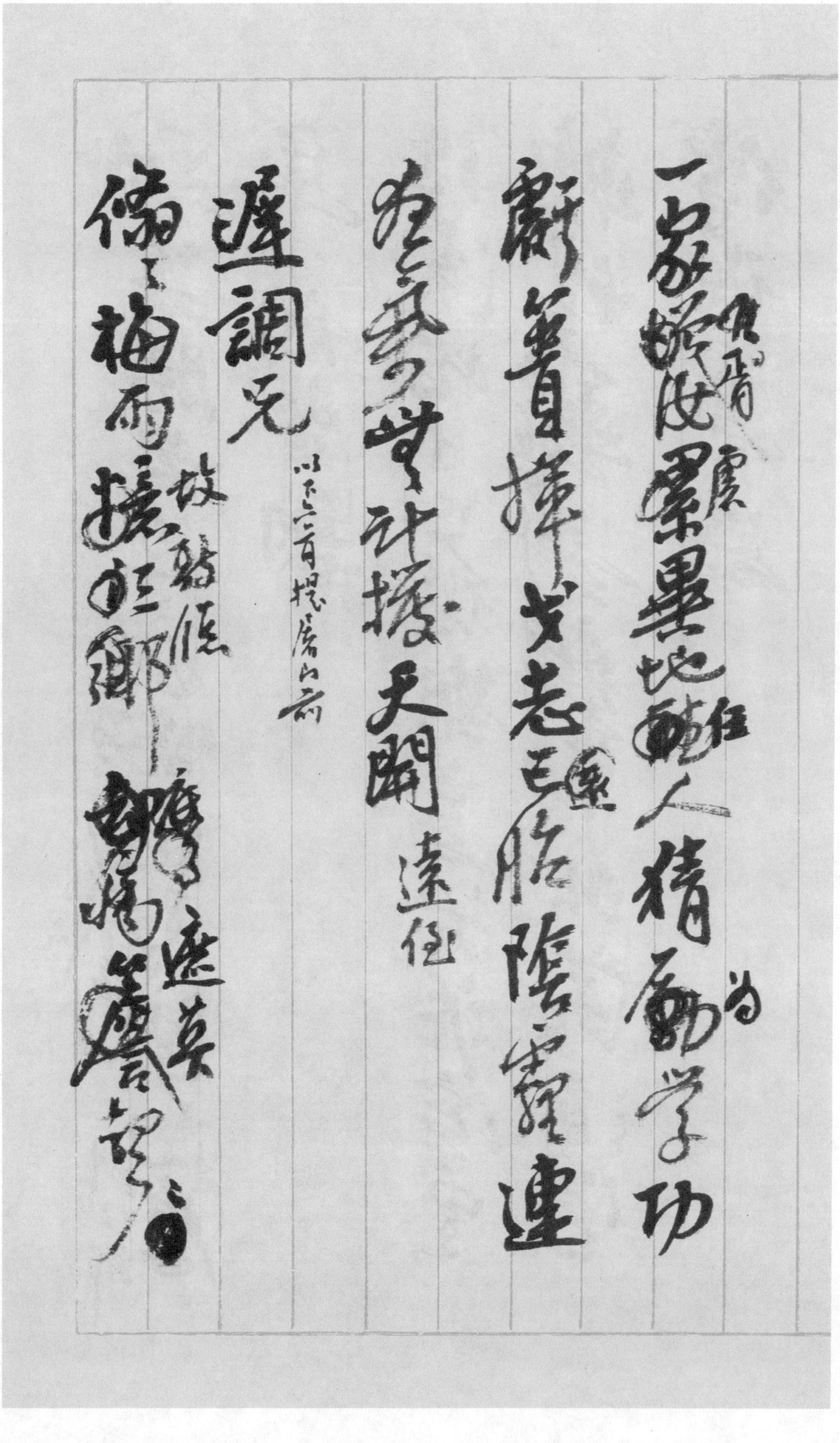
遲調元

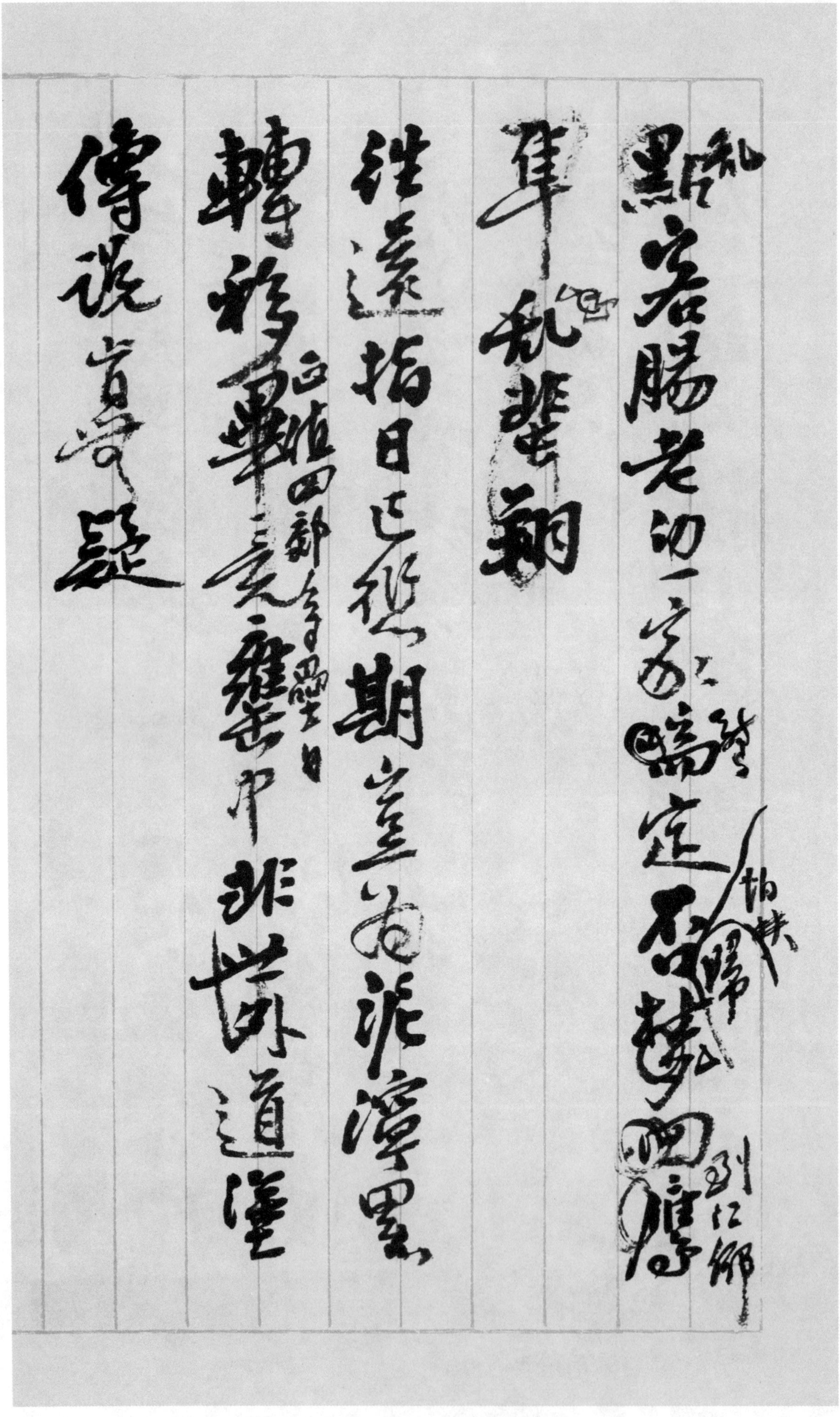

連朝踏望阿兄來叩問鄉〻情識

莢披豆子青〻鮮可剝西瓜消暑

可曾栽

逋客耳孫猶不孫慕親辭壁難

有人抉〻祇[illegible][illegible]了看思見泪羅謎

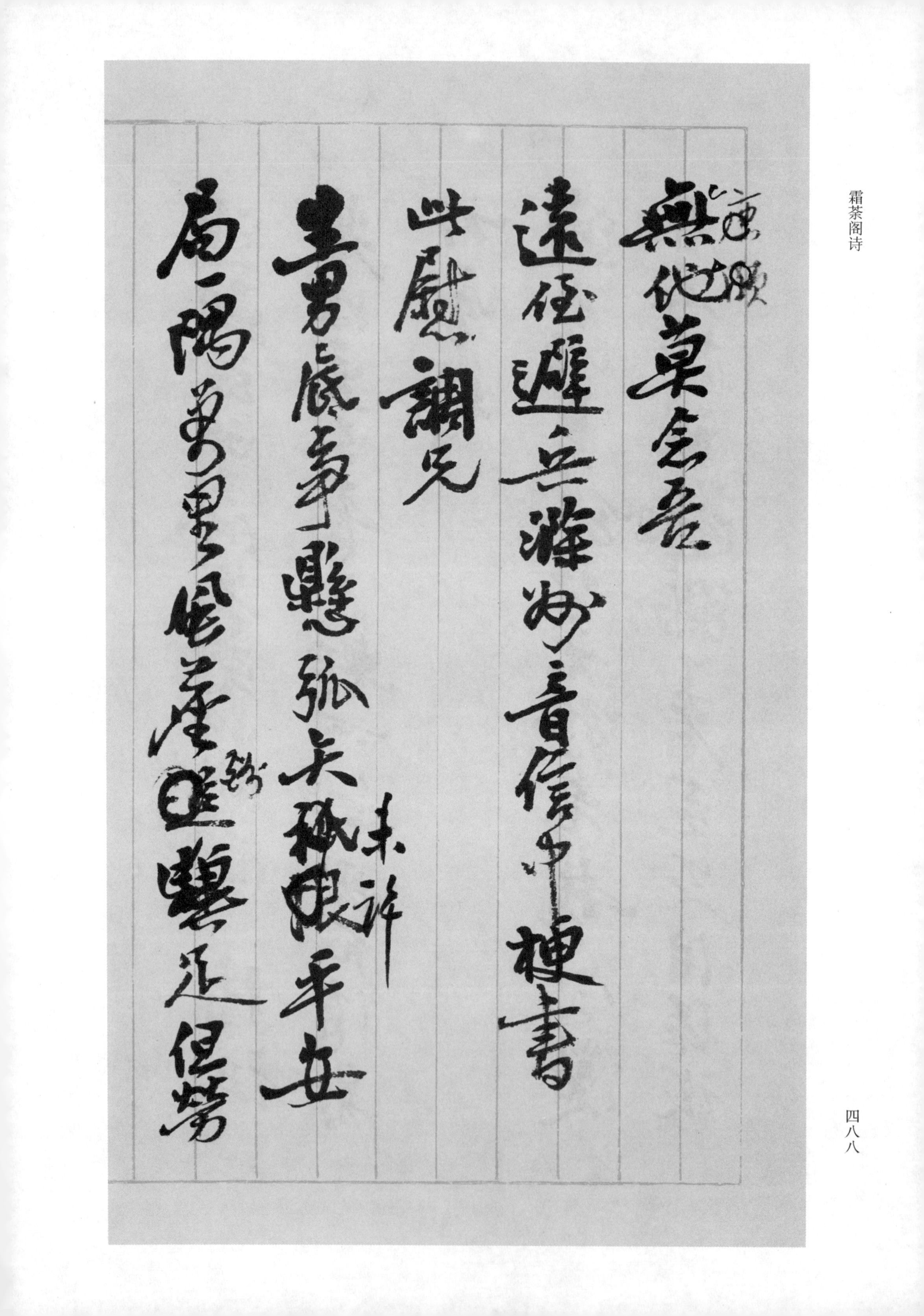

無從莫念吾

遠征避亂無游海音信中裨書

此展調兄

書男長弟懸弧矢未許祇恨平安

南陽英男風塵里難還但勞

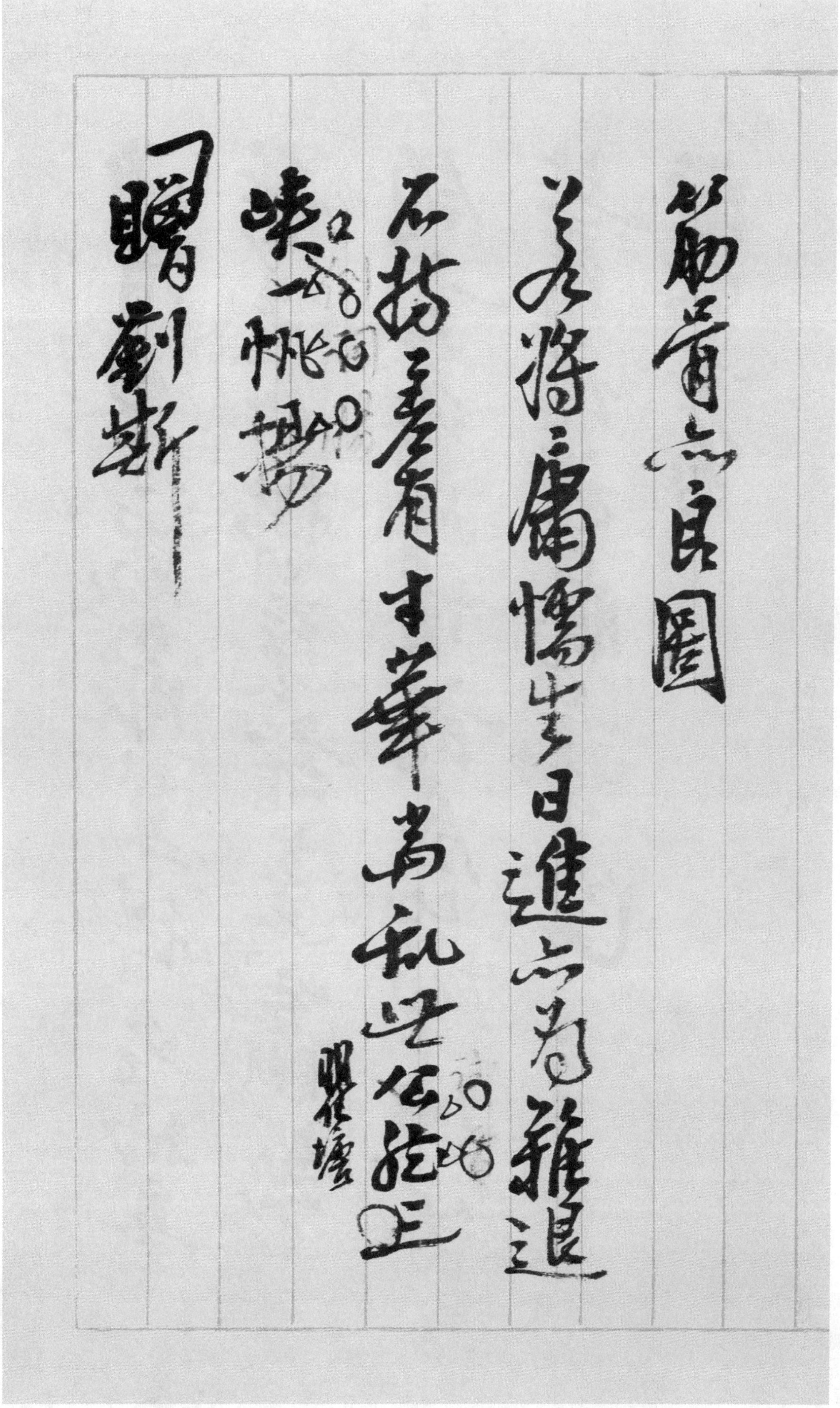

豈有過人處能早得名在抽毫

移造化排衰諱逢瀛趣

錦書傳情諧風吐媚連宵

老清話裡鵑峰寫

贈安宏翁

太玄先生留蜀倉皇道之路遺
擲鞶綴綴著述付托炬火寂寞
江海蹉跎千里只此樓一椽情同僅
高臥却值兒啼醒醒十日五日不
出戶戶外光景景處總纏腰忽忽有

召持麾節敦促就道懸冠纓
講學佐政任所擇高卑立前全
鴻鸞鵬鳳先生莞爾謝不敏顧理
我疆去影珊生本逢辰死亦得
歠醨餔糟俗所輕書生潦倒胥

猶在元〻氣晴虛留堅〻自吁〻嗟白

豈是魑魅出~~吹譯不佳~~寧堪升

驅人真毀此為甚較量難長區

愛憎明日為陪一尊開執手〻痛

歡天宇清

諸將錄數篇

三

滔滔戰血暗狼烽，百日瀟湘劍甲重。新壘猶抛歸一敗，殘心忽動肆西封。還都落淚隨江漲，我地握孫為賊備。陳涉一呼呼應應恨

揭竿萬里起村農
此夫敢說一時擇，拆把金剛丈六銷。
淮上戎衣山直鐘鐘，鴻膺兵兵氣一旌，
窮窮莫羈一往，披榛莽斬敗旗三驅。
遙原韶北碩碩應懷，子萬事一尸載。

無覺計尋新朝
遼海遺嶠萬疊山風雲天塹
一重關壺觴攜議旅帷外膺
又宣如几案間古國徵微海爲木
壞遍繼何羅血飛殷中原板蕩

智似野氣金丹驛豎韻

此風歡激渡長城霧掛々旋

澤東謹

释文

徐州沦陷慨然有作

李巡释徐州，地宽民安徐。今兹国土蹙，恶蠹蚀版图。奔徙锋镝下，大邑委荒墟。津浦与陇海，铁轨辏中枢。一从寇西窜[1]，多士效驰驱。要津辄对垒，斩首献群俘。一役台儿庄，列国交相誉[2]。乃倾大兵至，轰炸逮无辜[3]。攻守迭主客，追逐观盈虚。我仆匪云痡，我马匪云瘏。沉冤只此郡，豺虎跃通衢。血腥炙日秽，禾稼随人枯。国能拼一掷，城宁僭三屠。风云起芒砀，涕泪思莼鲈。我侪弄文翰，抑塞气愈粗。危邦有猛将，股肱树宏模[4]。张眸待月日，取次复其初。

[1] 本句后原有"城郭久所须，我能瞰其情"。

[2] 交相，原作"驰令"。

[3] 本句后原有"就轻必避重，韬略不可逾。蹂躏遗空堡，疲顿笑长途"。

[4] 本句后原有"切莫忧成杞，须信甘如荼"。

赠岫青

老衲共临池，风怀不入时。逋逃萍水契，挥洒岁寒姿。慧质应成妒，高名不用期。阑干留坐雨，语惬放杯迟。

次韵邱镜吾[1]

一岁无还往，匪伊道阻长。乾坤仍喘息，笔砚自韬光。浊酒肠初溉，妖姬眼倦装。栏干扶远思，江海共相望[2]。

[1] 次韵，原作"答"。诗题下有注云："是首移法国园诗后。"

[2] 江海共，原作"鸡犬亦"。

冯明权约续山人集

喘息共登楼，兵尘乱海鸥。风霜飘鹤发，血泪洒鸿沟。雅集杯仍在，狂生笔未投。一隅天地小，整顿作诗囚。

枇杷

枇杷冒雪花自剖，我离家园实如纽。家人相送问归期，漫应枇杷初上口。江上风波异朝昏，暂客安知非成久。趷然有客满携筐，时维端阳十日后。报道家园树树香，采撷殷勤出妇手。园实累累胜兼金，迸出琼浆味若酒。独奈兵气塞中原，虎睨猿啼竞奔走。滔天洪水突横流，人命区微等刍狗。我侪何幸得尝新，更喜无他家有母。人生七尺岂不同，天赍模糊分薄厚。收筐哀乐乱中肠，前路茫茫频搔首。

屠门

驱车过屠门，屠门俨坛坫。屠夫位置高，兀立意自炫。运斤闪光芒，剥割眼无餍。嗟嗟食肉流，叫嚣张声焰。权势掌握中，昏旦远革面。居之不复疑，骎骎逞骄僭。今古事不区，侧目皆微验。谁知彼屠夫，成佛寻常见[1]。屠刀放下时[2]，一念足深眷。

[1] 本句原作“放下刀时见”。

[2] 本句原作“成佛纵渺茫”。

怀人诗三十首

开示劫临头，生机在自求[1]。度人烦苦口[2]，尽分绎真修[3]。身谢山中遁[4]，心为天下忧[5]。何当持棒喝，一偈慑貔貅[6]。（印光法师）

[1] 在自，原作“自己”，或作“安自”。

[2] 度人，原作“佛缘”。

[3] 本句原作“杀气闪黄眸”，“杀气”又作“举目”。

[4] 本句原作“意肯山中静”，“肯”或作“向”，“静”或作“定”“撼”。

[5] 本句原作“愁从天外收”。

[6] 本联原作“离奇何可说，澜倒向西流”。

气定山难撼，城空鸦乱蜚[1]。短琴三尺累[2]，万卷一身依[3]。暴寇方营窟[4]，前村漫合围[5]。舞雩风正暖，怊怅瑟声希。（徐师亦轩）

[1] 城空，原作“途穷”。本句或作“瞻乌风乱蜚”。

[2] 短，原作“携”。

[3] 万，原作“把”。

[4] 暴寇，原作“资寇”，或作“寇至”。

[5] 前，原作“屠”。

落落住城南，门延百尺岚。著书开士路，供佛就诗龛。稼穑三时害，疆场百战酣[1]。愁肠回寸寸，端仗道心参。（曹师君觉）

[1] 本联原作“雷迅知何似，魔降已不堪”。

崇水追陪日，斜曛绘剩楼。焚香诗律细，击节曲声遒。岁月惊双鬓，风云长百忧[1]。劝君莫颓丧，大海看吞钩[2]。（张峡亭）

[1] 本联原作“别后瘦成鹤，劫来困成囚”。

[2] 本句原作“江海看吐钩”。

南海托游敖，常将白首搔。狼烽烧世短，洪水拍天高。我愿唯祈佛，仇心不改饕。谁将驯悍鳄[1]，韩在亦徒劳。（王一亭）

[1] 谁将，原作“将文”，或作“谁能”。

一棹太仓来，年年馈竹胎。布衣留本色，白眼看红埃。谭虎愁千叠，摊书酒一杯。今从何处遁，烽火满林隈。（孙俭可）

左衽尼山耻，亟称管仲贤。中原惊板荡，文物付云烟。尊攘心如讼[1]，流离岁已迁。知君翻旧感，俯首泪如泉。（程伯葭）

[1] 心如讼，原作“□□镂”。

十亩买苏州，闲闲慰白头。蜗涎穿石窍[1]，塔影上帘钩。摇笔山争媚，扬氛木落秋。遥知率妻子，芦荻隐扁舟。（吴待秋）

[1] 蜗涎，原作“蝶香”。

飞镝窥君宅，梁溪第一声。腐儒坑亦可，脱兔窟难营[1]。笔砚原非累[2]，肝肠依旧清。只愁穷不死，无酒向山倾。（胡汀鹭）

[1] 脱，原作“狡”；难，原作“先”。

[2] 原非累，原作“向空掷”。

依旧经离乱，江天一望赊。挑灯迟过雁，负锸向来蛇。荆棘疑无路，乾坤尚有家。儒冠堪自慰[1]，漫说笔生花[2]。（姚泽人）

[1] 儒冠，原作“书生”，或作“腐儒”。

[2] 本句或作“老眼未生花”。

正病无消息，仓皇弟北来。穷途仍觅酒，沧海任飞埃[1]。货赂囊中火，干戈雨后苔。几时重握手[2]，欬吐响风雷。（许康侯）

[1] 沧海，原作“白眼”。

[2] 握手，或作“把晤”。本句原作“几时消百虑”。

促坐削觚庐，归来望眼枯。石城三日破，我马几时瘏。诗思随惊鸟，人情笑媚狐。料应无别事，汲水洗高梧。（薛飞白）

笠屐今安适，飞鸿到处稀。联床情脉脉，挥手话依依[1]。喘定乡关失，愁增盗贼肥。海枯留一勺，犹得养生机。（钱浩斋）

[1] 话，原作“梦”。

闻道困城中，栖栖君固穷。戴天羞共贼，纵火断来鸿[1]。书卷长撑腹[2]，乾坤一转瞳[3]。孤舟何所适[4]，雨过再推篷。（陈叔吟）

[1] 断，原作“怯”。

[2] 长撑，原作“仍枵”。

[3] 本句原作“衣冠实累瞳”。

[4] 本句原作“强心作高卧”，或作“柳阴舟暂系”。

津沪望迢迢，孤舟夜趁潮。著书灯一豆，属客酒千瓢[1]。冠盖今无赖[2]，萑苻旧未消。思君迟月出，昂首坐中宵。（陈保之）

[1] 本联原作“著书赢一梦，灭性溉千瓢”。

[2] 无赖，原作“成谑”。

卒卒溯江上，前游倍可怀。一杯山正暖，万劫境全乖。聚米排新垒，挥戈拨宿霾。眼前莫东望，当路尽嗥豺。（丁似庵）

襟膈清如许，居官实自怜。文章无地著，家室逐人迁。鼍立翻湖水，鸿飞避灶烟[1]。四明山叠叠，流转忆经年。（沙孟海）

[1] 鸿，原作“雁”。

似此才无敌，风尘剩几人。师门怀有若[1]，潭水重汪伦[2]。寇暴山能窜，儒迂性未驯。郫南问消息，一瞬已兼旬。（诸希斋）

[1] 怀，原作“传”。

[2] 重，原作“说”。

何处能容汝，才长妒亦深。寻幽征失意，却敌负雄心[1]。巷废巢无定，鞭横笋自森。东归难缩地，相望怨商参[2]。（何叙甫）

[1] 本句原作“败虏贵雄心”。

[2] 本句原作“栏槛照商参”。

不复闻消息，京滇道上回。笳声传塞北，雁阵乱江隈[1]。旧事瓮边卧[2]，新诗马上催[3]。藕花君自况，露下一枝开。（郑曼青）

[1] 本联原作“笳声忙卸屐，人影乱飞埃”。

[2] 边，原作“俱”。

[3] 马上，原作“泪正”。

客腊传君死，不然亦就俘。世情蛛结网，生计雁衔芦[1]。大错何容铸[2]，清才未可污[3]。遥知千里外[4]，秋兴动莼鲈[5]。（张大千）

[1] 生计，原作“兵气”。

[2] 容，原作“时”。

[3] 未可，原作“一日”。

[4] 遥知，原作“寄身”。

[5] 秋兴动，原作“念否至”，或作“空想至”。

合向画中行，长髯酌巨觥。抛书欹枕簟[1]，拂石布棋枰。风雅十年共，流离一日成。耸肩向何许，洪水尚纵横。（王陶民）

[1] 欹枕簟，原作“翻墨汁”。

不求人共悦，此意见君奇。好景离常态，真源无尽期。避兵卸双屐[1]，讲学下重帷。江海容吾辈，花开僭短篱。（潘天授）

[1] 双，原作“两”。

百子亭边路，姗姗踏月痕。谈瀛瓶易罄[1]，摇笔室生温。泪眼江山艳，别肠风雨喧。溯江千万舸[2]，载不尽烦冤。（吴虞薰）

[1] 易，原作“已”。

[2] 舸，原作“艘”。

迂阔人方唾，君胡投契深。随肩侪弟妹[1]，携手涉园林。小劫双飞燕，长愁几杵砧。料当坐帷幄，指点仗戈镡。（梁颖文夫妇）

[1] 随肩侪，原作“推诚居”。

一炬连村巷，回头剩涕洟[1]。媚狐蹲大道[2]，寒雀失高枝。医旷三年艾，愁吟诸将诗。南山一尊酒，抵掌定何时。（刘振缨）

[1] 剩，或作“尚”。

[2] 媚，原作“黄”。

为爱僧寮静，期期约住山。燕归惊栋折（时支云塔圮）[1]，虎出失弓弯。松柏心无改，钟

鱼日正闲[2]。应思旧衣钵，一卷血痕殷（洁进上人曾裂指血书《金刚经》）。（苇一和尚）

[1] 燕归惊，原作“塔焚征”。
[2] 日正闲，原作“佛□□”。

举室人无恙，流离此最难。溯江三峡险，回首数州寒。舟楫程何限[1]，琴书兴未阑。漫漫任长夜，寄语共加餐[2]。（蒋荣之吴棣英夫妇）

[1] 本句原作“毛羽风加厉”，“加厉”或作“中劲”。
[2] 共，原作“食”。

恻恻念汝父，黄垆痛十年。扶孤心未冷，闻警梦相牵[1]。在昔忧盐米，吁今辍诵弦[2]。晨昏且将母，珍重此颠连。（刘德宣）

[1] 本句原作“拔宅地成偏”，“拔宅”或作“逃劫”。
[2] 辍，原作“歇”。

路断归何许，传书总却回[1]。一家胥汝虑[2]，异地任人猜[3]。为学功亏篑[4]，挥戈志已胎[5]。阴霾连夜气，无计拨天开。（远侄）

[1] 传，原作“递”。
[2] 胥，原作“增”，或作“唯”；虑，原作“累”。
[3] 任，原作“听”。
[4] 为，原作“励”。
[5] 已，或作“远”。

迟调兄[1]

翛翛梅雨故敲窗[2]，遮莫声声乱客肠[3]。老幼一家惊定否[4]，怕扶归梦到江乡[5]。

[1] 诗题下有注云：“以下六首提《屠门》前。”
[2] 故敲窗，原作“忆江乡”。
[3] 遮莫，或作“底事”。本句原作“却病檐声点客肠”。
[4] 惊，原作“喘”。
[5] 本句原作“梦回鹰隼乱蜚翔”；乱，或为“正”。

往还指日已愆期，岂为泥泞累转移。正值四郊多垒日[1]，道途传说肯无疑。

[1] 本句原作“毕竟瓮中非世外”。

连朝端望阿兄来，叩问乡情试举枚。豆子青青鲜可剥，西瓜消暑可曾栽。

逋客身孤梦不孤，衰亲躄躠有人扶。只愁忍着思儿泪[1]，强说无他莫念吾[2]。

[1] 忍，原作“瞒”。
[2] 无他，或作“康颐”。

远侄避兵滁州音信中梗书此慰调兄

生男底事悬弧矢，未许平安局一隅[1]。万里风尘酬骥足[2]，但劳筋骨亦良图。

[1] 未许，原作“只恨”。
[2] 酬，原作“追”。

若将庸懦生今日，进也为难退不妨。差有才华当乱世，公然三峡一帆扬[1]。

[1] 公然，或作“瞿塘”。本句或作“试看三峡倒词肠”。

赠刘斯

必有过人处，龇龇早得名。抽毫移造化，拂袖谑蓬瀛。趣领书侵座，情谐屋比楹。连宵共清话，襟膈太峥嵘[1]。

[1] 太，原作“亦”，或作“渐”“受”。

赠玄翁

太玄先生贫如僧，仓皇道路遗担簦。纷纷著述付灰烬，寂寞江海阑干凭。小楼一椽婿同住，高吟却值儿啼醒。十日五日不出户，户外几处绝膻腥。忽忽有客持旧谊，敦促就道整冠缨。讲学佐政任所择，高车在前金满籯。先生莞尔谢不敏，愿理我疆去躬耕。生不逢辰死亦得，歠醨餔糟夙所轻。书生潦倒骨犹在，元气喷薄留坚贞。吁嗟白昼鬼魅出[1]，公然笑语宾阶升[2]。败人兴致此为甚，较量短长区爱憎。明日当沽一尊酒，执手痛饮天宇清。

[1] 出，原作“突”。
[2] 公然笑语，原作“笑语公然”。

诸将和敎翁

涔涔战血映狼峰，百日淞滨剑甲重。新垒顿抛归一败，痴心忽动肆西封。迁都涕泪随江洒，尽地粮糈为贼供[1]。陈涉一呼应有恨，揭竿万里起村农。

[1] 糈，原作“储”。

北夫敢说一时标，拚把金刚入火销。淮上戎衣山矗矗，鸿沟兵气雁寥寥。芟夷一径披榛莽，畋猎三驱逸虎貂。北顾应怜千万户，戴盆无计奉新朝。

辽海边墙万叠山，风云天堑一重关。壶觞枵让襜帷外，鹰犬喧呶几案间。古国微嫌乔木坏，通衢何罪血花殷。中原板荡知何似，欲乞金丹驻盛颜。

北风彻夜渡长城，飘拂氛旄混汉旌[1]。

[1] 本诗未全。

第六卷

刻

霜晨

霜晨物物振肩寒虽聊遣怀

待烧瓦在咽啖竹右声似窗回风石旅

堤傍罗眠听情一鸟捉狂稿秋是哉

诗情应向却喜都以之寄去情

庚寅年三十岁高黎雄

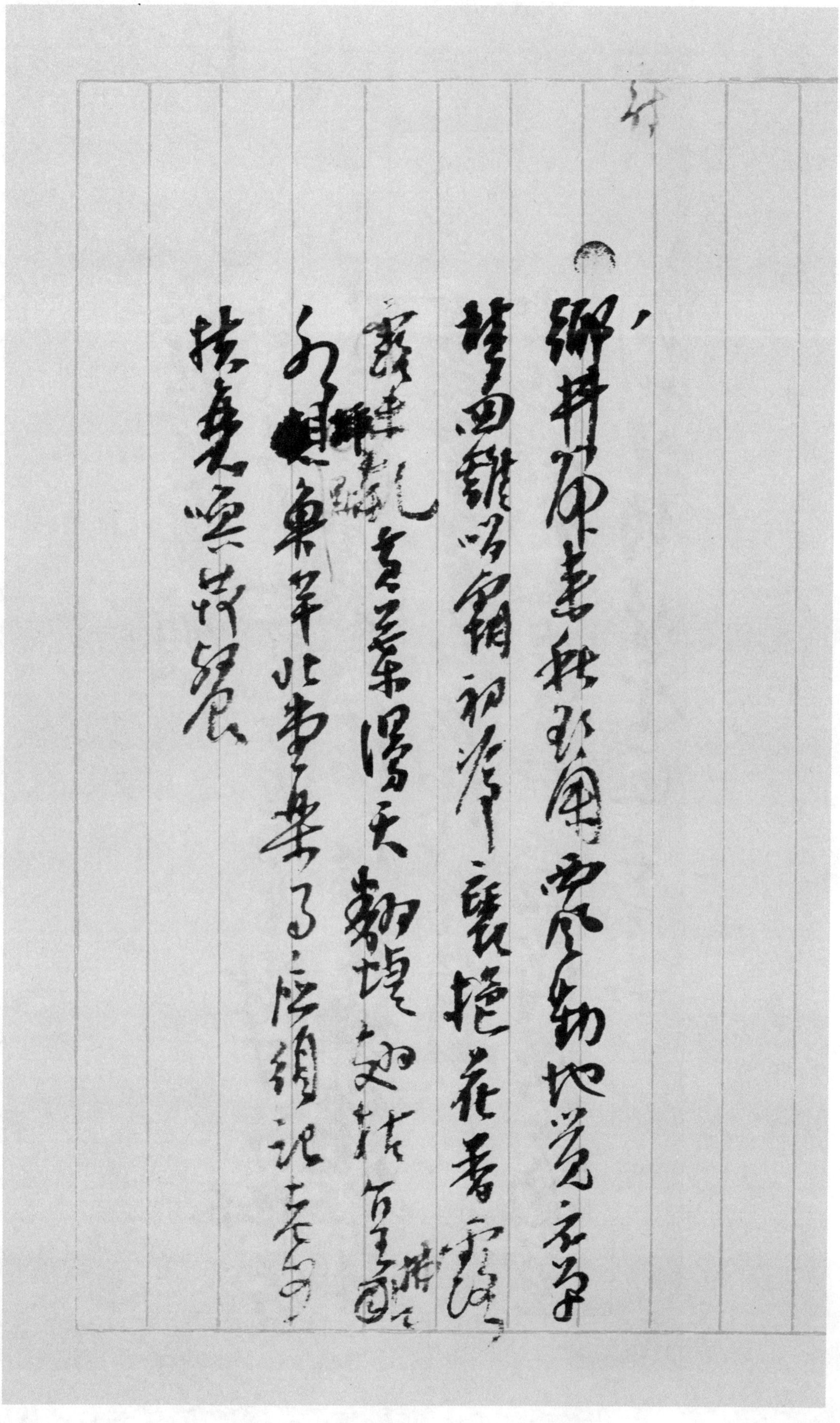

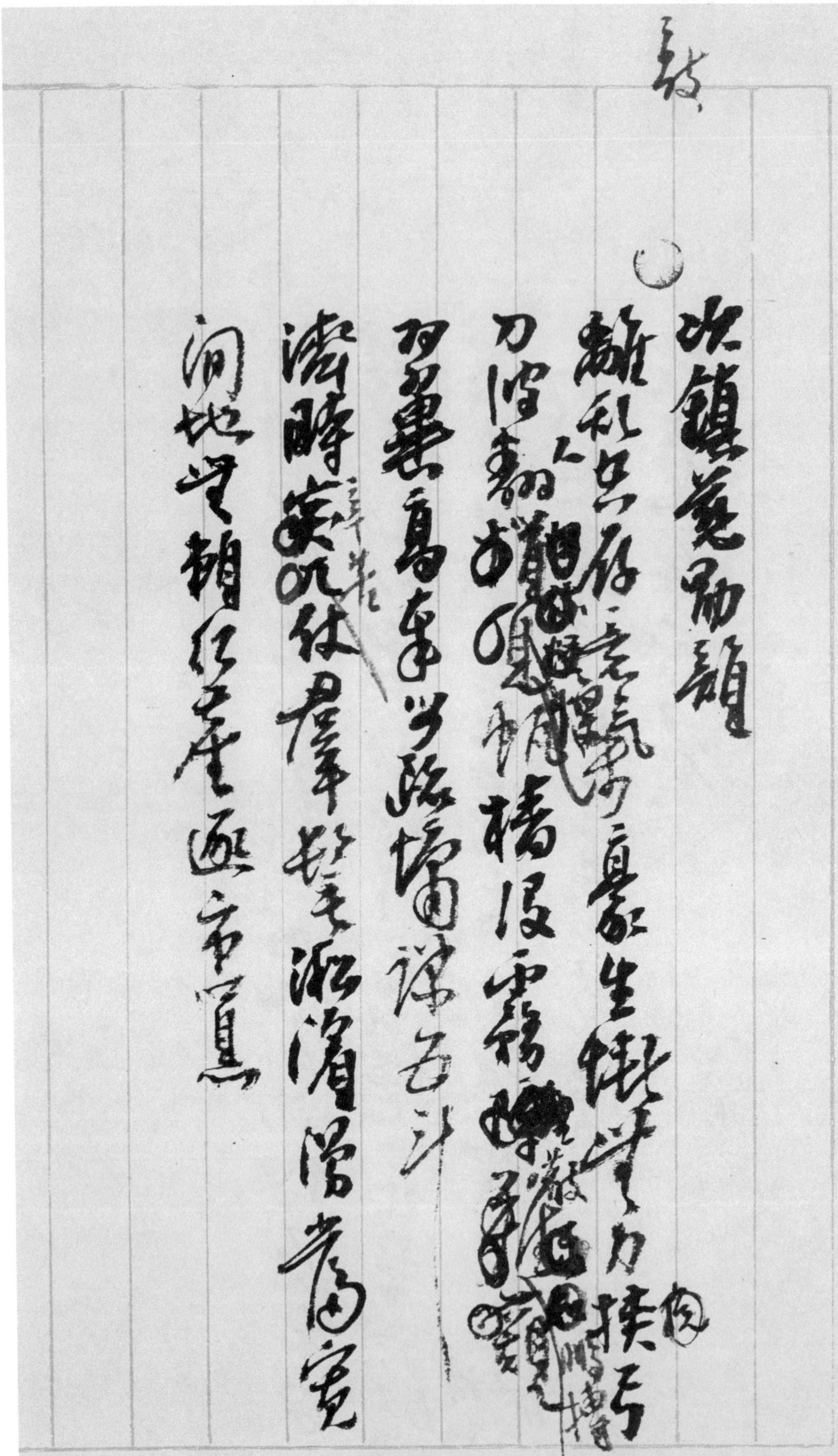

詩

兄元西將赴北平 東 賦

大宙丁窮社稷詩，無懷守熱閒遊地。

年苦自憐顛東北，左何其無長劍壞淮火滿。

手懷吾馳驟，騎之眼開旌遊。

樺汝傳

題許鈍鐵

鐵門於宋先秉鐸手[illegible]携來許

[illegible]錯學如鐵出話[illegible]

[illegible]霜[illegible]國年　似鐵宵[illegible]

但君自號[illegible]老[illegible]

[illegible]相[illegible]話禪[illegible]

讀史難忘越沼吳烽煙萬里雲一
身饒業河風飛救安危一帶恐把文
章諱舊儒黃金多半資相偶
寶云有信此同壞易白刹後長憶
條松柏凌霜色不渝

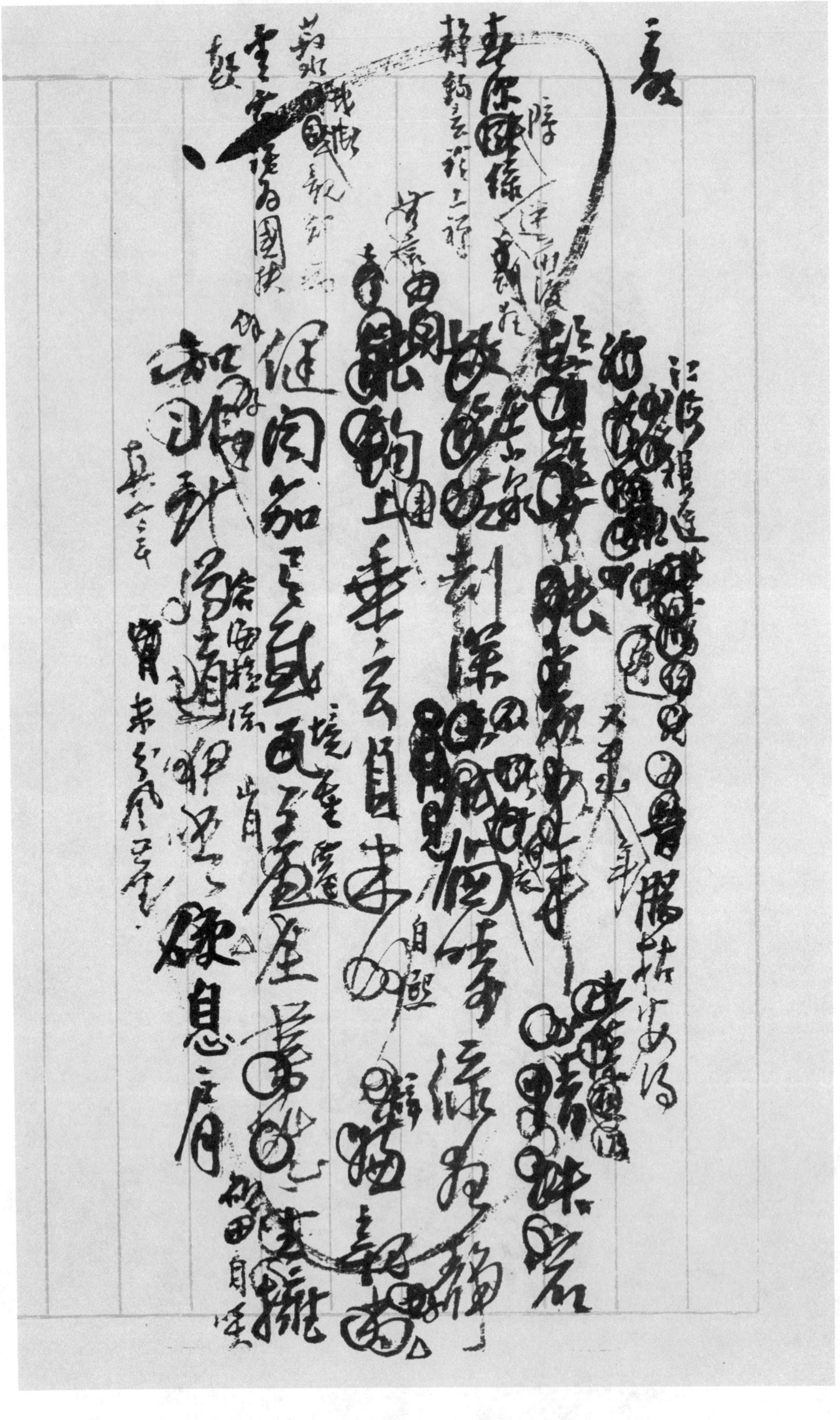

和隱耕韵

日須瑣屑閒生涯，筆硯隨身合自誇。霜後[illegible]蘇香蒸菊[illegible]混[illegible]，不掛事如麻[illegible]詩[illegible]。儂[illegible]任眼花昏暗懷家國風

獨存年十七[illegible]

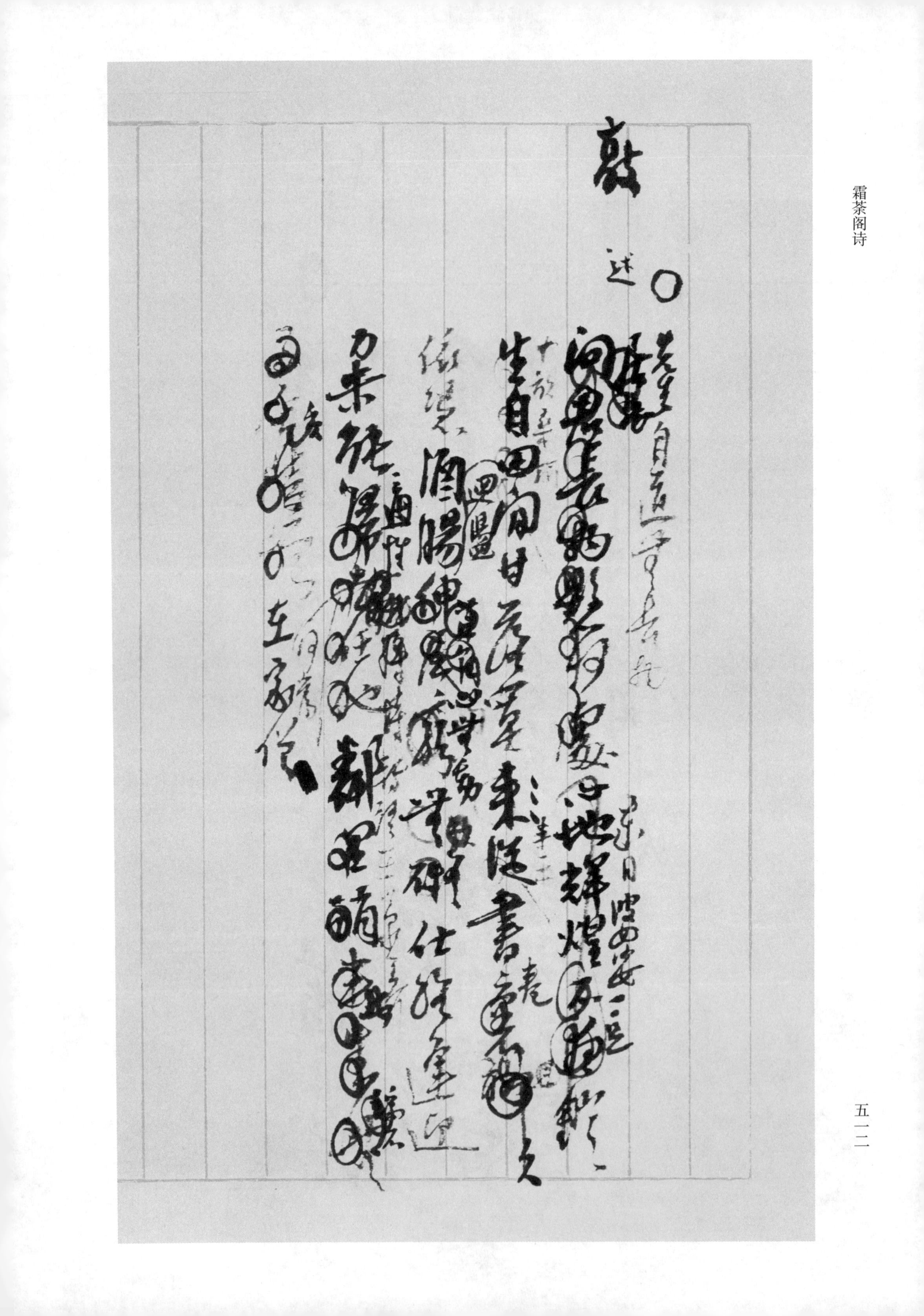

[illegible]

○

極鷹中原走絕左羊頭[illegible]黃[illegible]、

聞四方[illegible]如[illegible]戟呻吟[illegible]

是夫慶岂[illegible]鋒江　寰風年

金目揭[illegible]頭來野向何人問捷、

是月以鍾百語

題一翁遺墨

此翁矍鑠藐事拾真詮襟膈空明澈
水天畫近石田森骨法詩詞追摩詰讀
秋去蒲細殘穗戀飛來目欲游踉踉蹌蹌
連三載幽明隔失知己屢遷何意構琴
絃

和隱鍾

可奈人間昧是非，與誰參透道心微。人情

曠薄愁為客兵氣裏，晚恥掩能入畫漁樵

遠世（翻）變又升堂盜賊借（作狐）鼠范之前路重回頭

忍向風塵便息機

比珠為米桂為薪羞澁囊錢窦酒貰

石上有田欹墾（所）（謡）玉（樂）摟遣無事漫請楚

鬢眉衰又值霜成片腸轉真同錦織文

眼看明（衰）朝過冬至想隨季友賦廿芳廿云

述〇

呼兒權作一蒼頭鎮日追隨遙來休龍變君

看飛破碎蝸行我蝸蝸居樓目中華

馬如撒浪樓袁江鄉之權愁消信載並

天不改落身世慈自成騷人之

次韵调子

江楼镇日近窗台诗句吟成看远多家

乘长途暖意写照怀心十指没迭楼斜

阳抚落霞残照大海帆张趁自晕楼

散曾隔浪远无乡人面我乎轩轻

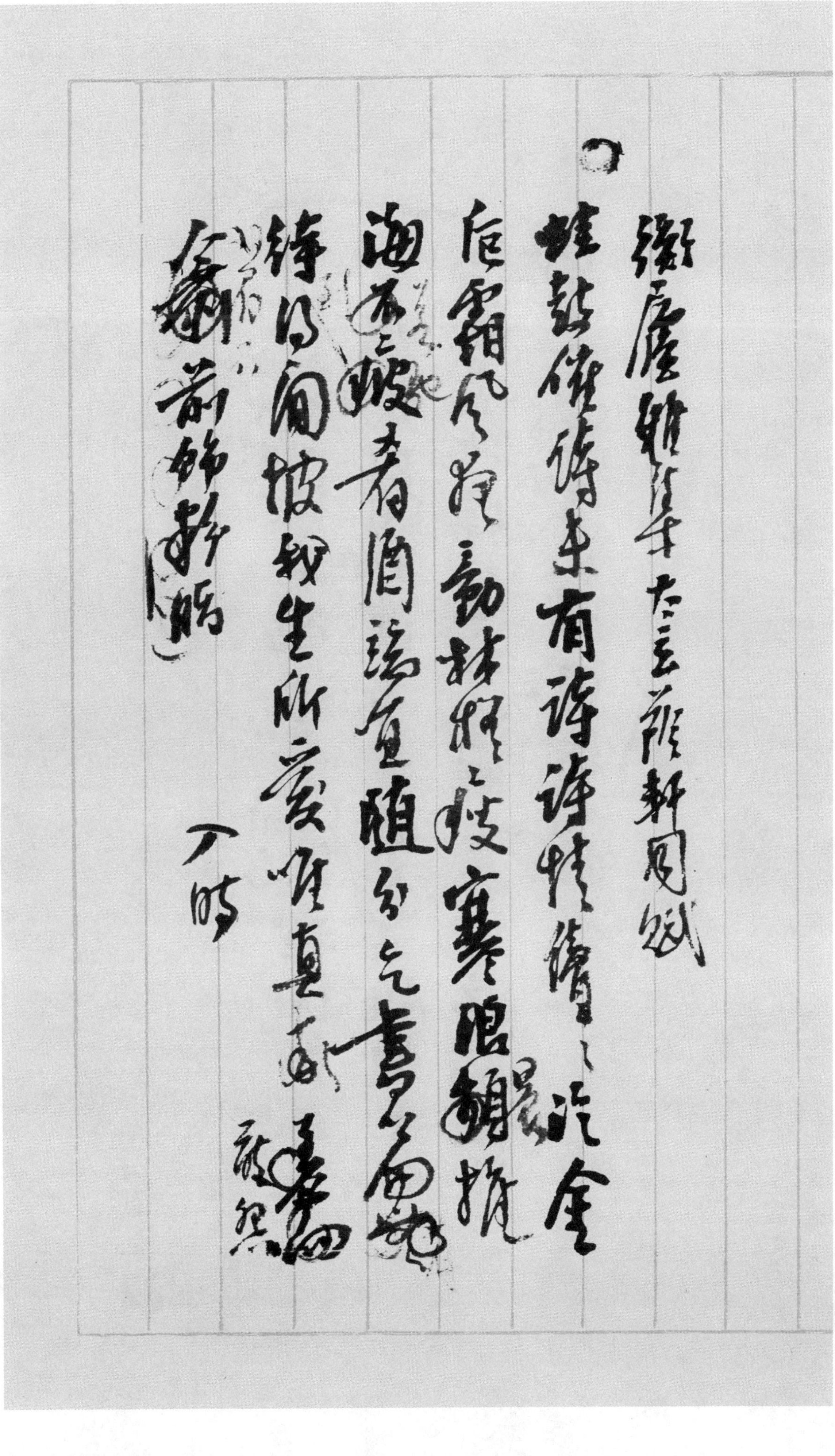

揮絃向想送飛鴻，把卷雅忘懷理鈎筒。孤島
劍痕擬鬢看雄連，年生計解之雄隨兄嶽。
客眠長枕漢院狂，嗟鄉言此昏肺腑杈杼。
星自許未筆流依與雷同。

〇

和龍師贈詩次韻奉寄

茫茫江海暮潮平，一棹扛時三月路鷗鷺聲。東瓦霜凰激，鐘樓鼓一樓酒家家。勝無硯遍政，息書劍久餘悔眼倦。風三處命久輕樓角戰詩寧自殺謂，隨野彩一長吟。

次韻王伯沆同三五律四首

卅年曾轉戰重見陰霾樹影不開干

只流熱血文物擬錄灰鄉梓隨所息

[illegible]能生能負悲性未得

其四

中原不可問[illegible]更整旌振兵戈易暑有光

年事還師負壯懷人情殊不當年
詩句劍抛鋒 畫文歸岐下我心焉
已庵

辛巳元旦重訂潤例

江海自年年生涯託硯田是時先重歲食力

生雖遙天[illegible]蒼華從[illegible]餘生了窮緣梅花書

蒲屋一味僻峰參

元日次韻奉

荆榛滿地路難周行相從萬長旅情送舊餘

窮揮不去思家念療歲遥夢無生續

信隨風轉曆節應情傍眼生最憶兒時

爭早起狂敲鑼鼓鬧元正

題程瀠畫

程生不獨人々胸次極寒鄉樗古々今雲心筆墨
無拘束々肅延朱一柯々肘方山肩策杖入空濛俯仰
何所作思鳥錄其流徐々念源谷

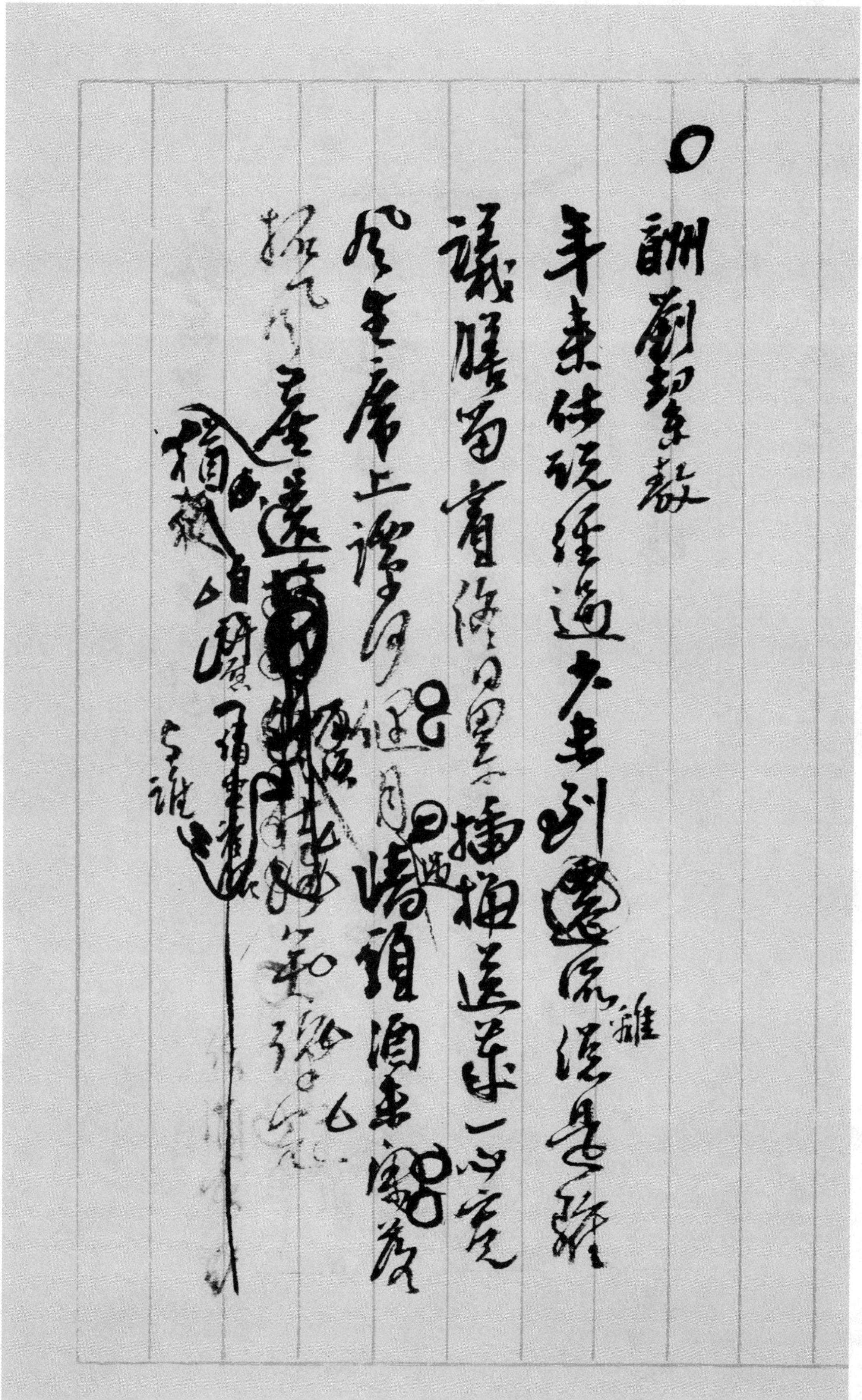

蘇后老[illegible]弼章試

快讀蘇翁百韻詩，情於燭[illegible]也[illegible]

姿龍[illegible]那羨虎驤，[illegible]長征[illegible]

[illegible]自力宣天地，[illegible]家難[illegible]拔

[illegible]千山烽火一尊酒，[illegible]

宵陪應不辭

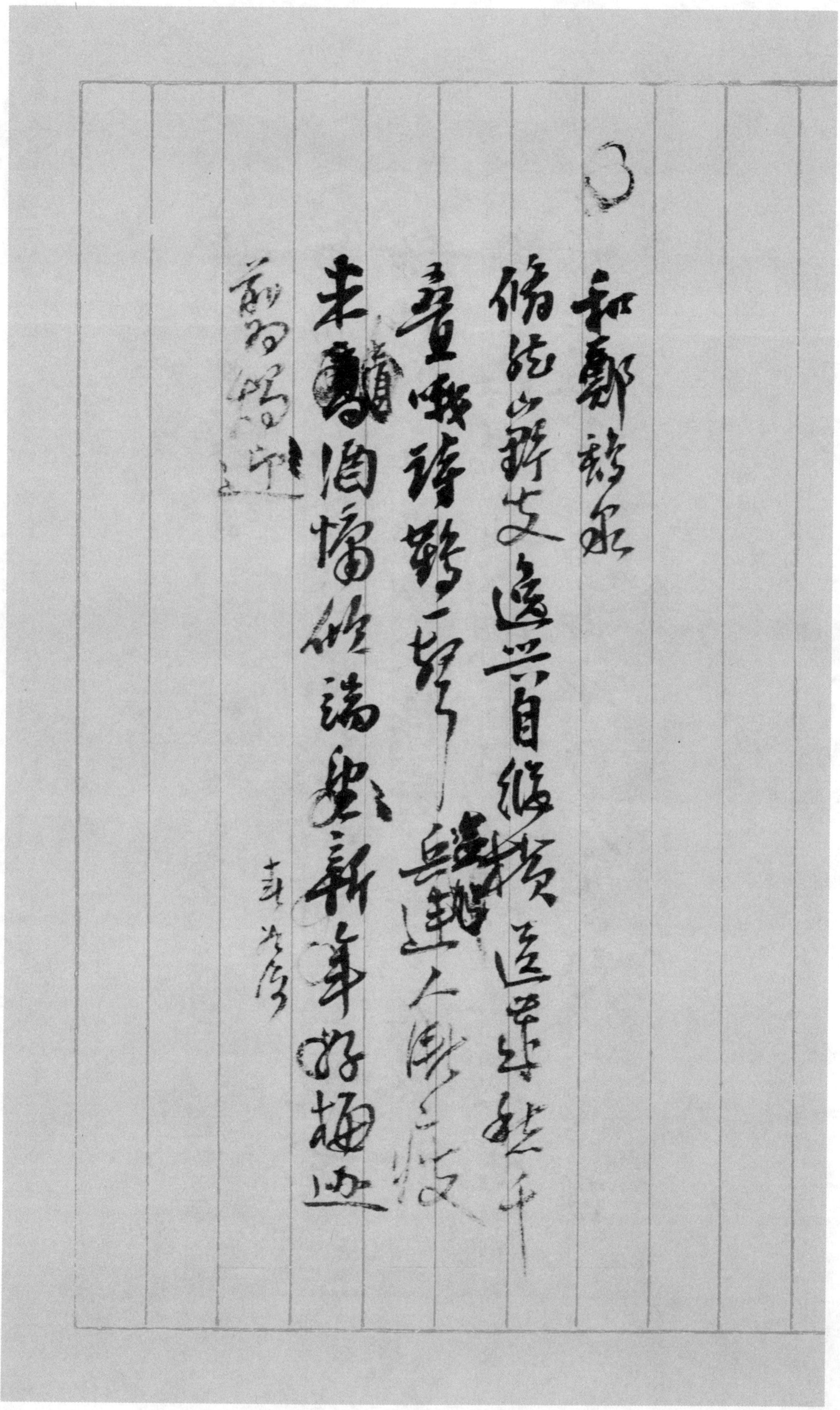

賀天健遥譚

最難真味恰相投，雨雨風風論詩譸譸廛世

路紆狼争作罣，人情冠冕竟竟免優優

年年落魄真成懶，百罣青家且莫愁

昨夜殷雷驚馬節，換行行存萬塾夜日即諳

自嘲

或來湖落老自家強握詩句二字

無。邊砥閣。花燭。七端材憂。佛云作行住

龍盧。書囊轉稿最末奏。溯上湖光

空來道。源限杜陵安可觀也。謝孟若

懶而攬擷。

謝李萍袁守謙勤贈教育部國民大會試院賦呈

㞬、一世業半難。令日能錄劍羽翰擁

青過晴風引水涵香遠硯雲邀園

天高華月照長懸鏡年少文章星

禮壇作手尊循緒勤君進

秋水各潤 二三十

○

羅園臺跡自前度書賦傳崖々
萬里相思書來疑猜訴別腸注趙人自
醉○也新日偏長○驚笑紫閣靜課也
將有笑芳落々今猶月与窗並觀漫

〇

寄北嗣張維君

佳節偶然身是客樓邊清露

此燈風雨書堪只自甚饑寒浮市管

誰聽鶴唳不作老隨萬鬼窮錢窟

古來借無多時任屋驟陽若之墟

此是補亂坤一老夫

一年五且敬　酒酒沿痛

○

呂十千自寫匡廬捨身崖雲圖

十千游歷萬山，山中華月重留連。猿鳥聲聲攪詩思，煙雲一抹意無禪。兩脚踏遍世人處，處處精值評古德。　匡廬

拔地數千尺，捨身巖峻嶙斗魄，陽明般影識進訪術，仰占蒙天地寬，見縱容一枝

自来名根松宗〻〻能展在倚海注

既産土梅不葉屋凌霄雁〻鐘聲泉

詞永朝夕心襟逸展白雲间圖窮往蹟这

會合款歐亞〻氣等統況連年

○次韻亦翁

江湄湖陽雲霞發，夜氣雁聲雲中細。

蟬聲簡庭夕，擠陽濃眠傳，高友一過真。

蒼簡附遠踪，何須常不見。

○醒錄猶依舊，青松樹古姿，同山寺。

○鳥香看翳，栽種鮭孳翻悲，此雲山名。

劳蒲合龍。於何真有神仙不可得者乎校

焦山自然庵鹿藏蔡松原仿古冊子庚辰四

月得於滬肆

松原餘響翩翩煙。片幅零星值萬千。

野岸楂斜輕放櫂，蘆花水遊雁靜禪。

强古人猶未可，非常道妙諦参來上乘

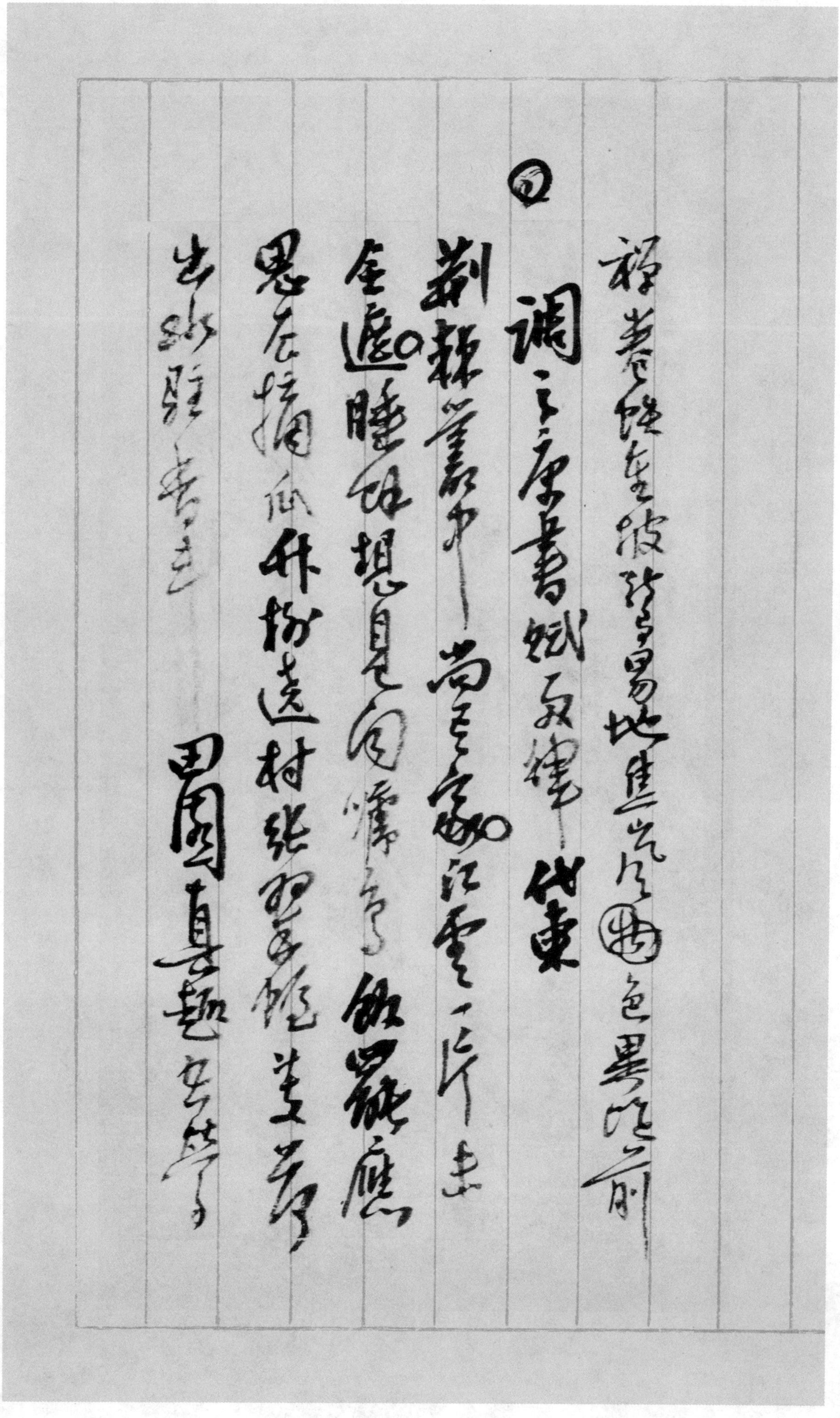

學未許相隨攬揚華。
快讀家書少欲聽。閒心惟是急，
親朋歸聊減思光。念封請苦安，
向空自見。飛華傾筐清玉露隨問
清眼從金鞭鄉句，不慎流徵揮落回遂知弟閒
一秋惺忪在陶光

次韻謝鹿門訪琴舍不遇

甚雨敗風雖採琴理正聲　故家遙

皆井靈物久逃與切趁舟車興覺添山

水情從須借問所朝栽且待照清

陸軒同作

何處羣雷民往桐咽不聲人間難

那曲天意書佳兵流水存知己董

風詩寫性情它時精爽出山氣

結集

花白家書如遭兵燹因挂鬱為畫為

維生理

○

陳孚劍史雜然塵猶載暖離一見書

近了劉懷新鄰硯洞懷鄰懷

齋傳事江離擇劍何在飛眼傳彈

冠笑樓頭遍（借）向城邊泥活。晴光發

霧長美蓬葉。

○酬湖帆以梅影（夫人潘靜淑）書屋畫冊詩乞題八

休誇馬聲同噎泣房，自是才華萬選（才）

偏畫向雲山寫縹緲。詩隨肝膽見精

園。此兵猶己，樓書左鄰（尉）眠庭燼

梅影斜斜一毫分明披题作者何殊

平仄平平平仄　丨

○乞山隐伯年摇手沿饑屈饮恩豈是護

秋士逢秋意气男儿况得为鸿鹄壮心吹

河山气象知人物风雨知音扫还魂自闢

鸡鸣起舞持撑涓滴尽心舒卷任情

駿座：本年 綽有調查知府羅陳
[illegible] 韓邦[illegible]
調查抵滬 [illegible]
[illegible]
[illegible] 來人賬錢 [illegible] 前渡之點
敝一身 [illegible] 羅傳經 [illegible]
[illegible]

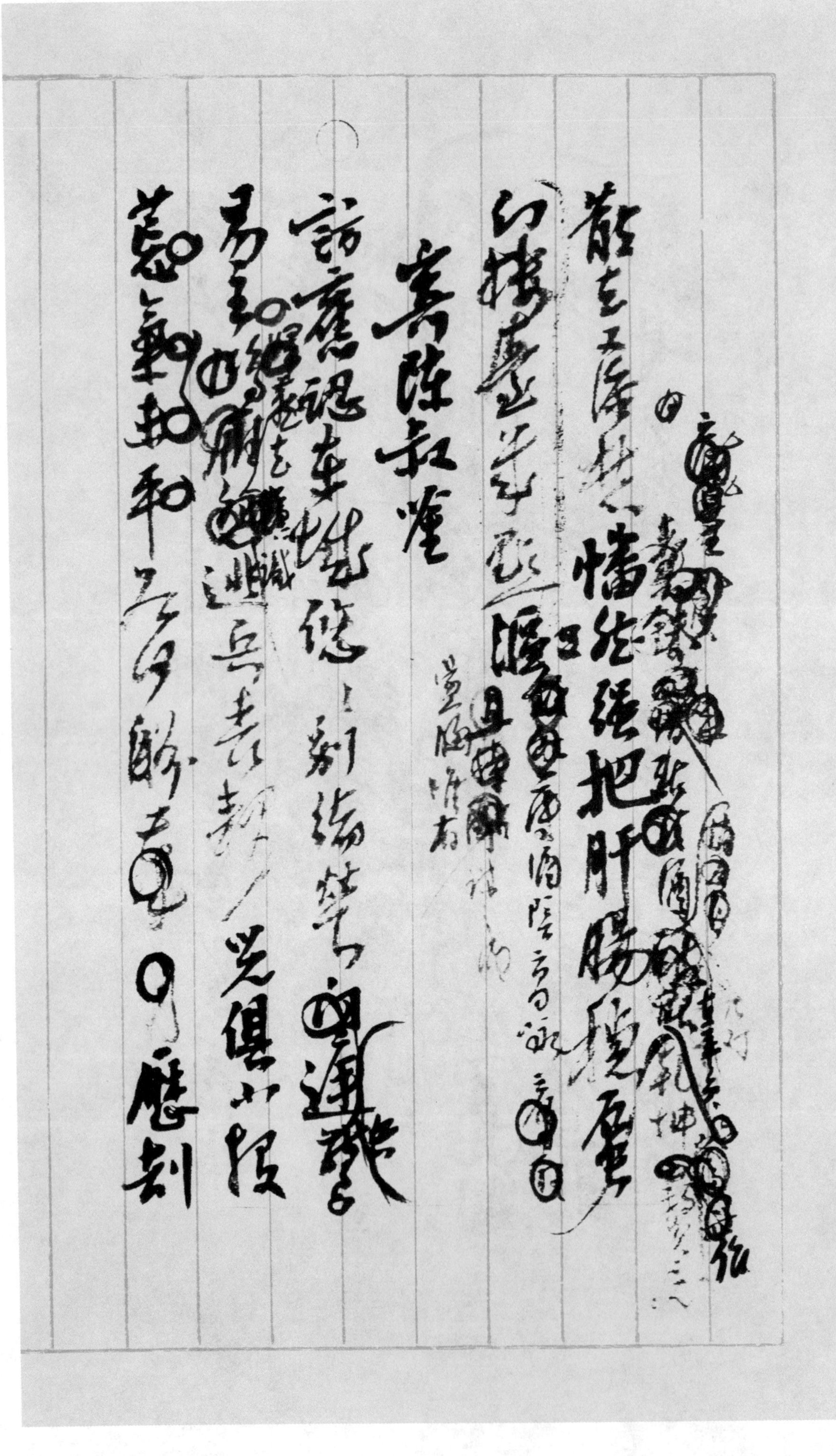
寄陈叔潼

至此自傳傳令

紹台送

若論善得艦。目晨皆當手鍾重熾。

陸見。。江海憐。何能。陳星上手存

醉懶書呂來帖。張靈在何樓[illegible]

阿張重逢。

释文

霜晨

霜晨树杪一梳月，茅屋村边几缕烟。瓦雀啁啾穿竹去，匏瓜磊块傍篱眠。野情入画披新稿，秋意裁诗续旧篇。却羡邻儿跨黄犊，芦花三尺当犁鞭。

乡井归来秋欲阑，西风动地觉衣单。梦回鸡唱霜初冷，袖挹花香露未干。黄叶漫天翻蝶翅，枯篁拂水点鱼竿[1]。北堂乐事应须记，老母扶衰唤共餐。

[1] 拂，原作“点”；点，原作“想”，或作“插”。

次镇慈勖韵

离乱空存意气豪，生惭无力挟弓刀[1]。波翻人懔帆樯没[2]，雾散鹏抟羽翼高[3]。奉母疏慵谋五斗，济时辛苦仗群髦[4]。淞滨漫当宽闲地，无赖红尘逐市嚣。

[1] 挟，或作“挽”。

[2] 人懔，原作“惯见”，或作“休怪”。

[3] 散，原作“障”，或作“重”；鹏抟，原作“难窥”，或作“方知”。

[4] 辛苦，原作“突兀”。

尤无曲将赴北平索赋

大宙入穷秋，携诗上小楼。牢愁深避地[1]，辛苦自埋头。北去山河在[2]，长歌烽火流[3]。予怀嗟渺渺[4]，鸥鸟静沙洲[5]。

[1] 深，原作“因”，或作“增”。

[2] 北去，原作“东北”。

[3] 长歌，原作“西南”。

[4] 嗟，原作“长”。

[5] 静沙洲，原作“想同浮”，“浮”或作“游”。

赠邓钝铁

敲门夜半知乘醉，呼啸登楼未许迟[1]。瑑用蟠拏如铁曲[2]，诗余寒瘦为霜欺[3]。阑干频撼宵风急[4]，鬓发俱苍白日驰。身世茫茫何所托，拂弦无梦到钟期[5]。

[1] 迟，原作“訾”。

[2] 用，原作“为”，或作“自”。

[3] 余，原作“应”。

[4] 频，原作“似”，或作“又”；急，原作“戛”。

[5] 本联原作“直欲留君尽今夕，黄花相对话襟期”。

读史[1]

读史难忘越沼吴，烽烟万里一身余。无关风格安嚣市，忍把文章讳腐儒。黉舍多才容相马，寓公有侣比同株。易占剥复吾将俟，松柏凌霜色不渝。

[1] 稿本未录诗题，此据刊印本补。

缺题[1]

江海栖迟又几年，肠枯安得在山泉。春深障绿迷川渡，夜静钩玄证上禅。菽水我惭亲却病，云霄谁为国扶颠[2]。砚田自笑余真宰，未分风尘便息肩[3]。

[1] 稿本未录诗题，全诗删改甚多，原作为："鬓短无能羡少年，心情跌宕故依然。劫深未灭西畴绿，夜静能钩上乘玄。负米何嫌亲尚健，闻笳有感瓦羞全。书城坐拥知非计，漫道咿唔便息肩。"

[2] 本联或作"负米自熙亲尚健，闻笳有感境重迁"。

[3] 本句或作"沧海横流肯息肩"。

和隐轩

何须琐屑问生涯，笔砚随身合自夸。霜落合看篱有菊[1]，梦温不挂事如麻。卓然浊酒催诗急[2]，倦矣黄尘任眼花[3]。最忆家园风物好，年年屋角系匏瓜。

[1] 合，原作"但"。

[2] 本句原作"奇情佳客通诗穷"。

[3] 矣，原作"意"。

先生自道无长物，岁月婆娑一豆灯[1]。十亩桑榆甘落寞，半床书卷久依凭[2]。酒肠回荡心无动[3]，仕路逢迎力未能。适性何当时转语，在山泉养在家僧[4]。

[1] 本联原作"问君长物悬何处，心地辉煌不夜灯"。

[2] 本联原作"生自田间甘落寞，来从书里聊依凭"，"聊"或作"且"。

[3] 回荡，或作"芒角"。本句原作"酒肠伸屈穷无碍"，"碍"或作"赖"。

[4] 何当，或作"我将"。本联原作"归去任他邻里诮，半生无事合崚嶒"，"半"或作"此"，"无事"或作"端不"。

板荡中原未死灰，双眸一日经千回[1]。四方离乱能粗胆[2]，数载呻吟亦费才[3]。天广岂嫌蜷斗室，风平会见稳孤怀。狂来欲向仙人问，挹景如何炼百骸。

[1] 本句原作"笑颜欲傍暮云开"。

[2] 本句原作"四方离散皆成胆"，"皆"或作"可""宁"。

[3] 亦费，原作"尽是"，或作"尽天"。

题一翁遗墨

此翁艺事拾真诠，襟膈空明澈水天。画近石田森骨法，诗追摩诘证禅玄。茧细残稿丝垂尽，目断游踪涕欲涟。三载幽明失知己，楼边何意拂琴弦。

和隐轩

可奈人间昧是非，与谁参透道心微。人情嫌薄愁为客[1]，兵气时凝耻掩扉[2]。入画渔樵忘豹变[3]，升堂盗贼借狐威[4]。茫茫前路重四顾，忍向风尘便息机。

[1] 嫌，或作"衰"。

[2] 时凝，或作"沸腾"。

[3] 豹，原作"世"。

[4] 借，或作"作"；狐，原作"戎"。

比珠为米桂为薪，羞涩囊钱突酒军。石上有田呵墨冻[1]，楼边无事漫膏焚。鬓衰又值霜成片，肠转真同锦织文。眼看来朝过冬至[2]，想随季友赋芳芸。

[1] 呵墨冻，原作"欣聚墨"，"欣"或作"凭""嗟"。

[2] 来，原作"明"。

呼儿权作一苍头，镇日传诗迄未休[1]。龙变君看飞破壁，蜗行我愧逾层楼。耳中车马如掀浪，梦里江乡亦种愁。须信戴盆天不改，茫茫身世自成酬[2]。

[1] 镇日传诗，或作"传递诗筒"。

[2] 自，原作"总"。

次韵调哥

江楼镇日延宾客，诗句吟成夜已分。豪气长途恣马骋[1]，小心十指治丝棼[2]。斜阳枫落飘红雨，大海帆张趁白云。梦熟无端添逸兴，村人留我学耕耘。

[1] 恣，原作"陪"。

[2] 小心，原作"澄怀"，或作"生怜""须怜"。

衡庐雅集太玄荫轩同赋

蛙鼓催诗未有诗，诗情续续冷金卮。霜风夜动林疑瘦，寒浪晨摧海若驰[1]。看酒端宜随分乞，书篇待到得闲披[2]。我生所爱唯真率，敢怨双眉不入时[3]。

[1] 本句原作"寒浪频摧海不疲"。

[2] 待到，原作"无待"，或作"有待"。

[3] 本句原作“羞向人前饰粉脂”。

缺题[1]

挥弦尚想送飞鸿[2]，把卷难忘理钓筒[3]。孤岛创痕搔鬓短[4]，连年生计累心雄[5]。随兄久客眠长枕[6]，隔院狂吟响北风[7]。肺腑杈丫差自许[8]，未容流俗与雷同[9]。

[1] 稿本未录诗题。刊印本将此误认为《衡庐雅集太玄荫轩同赋》之次首，然观稿本笔迹，两诗非同时所书，因判断为另一题。

[2] 尚想，原作“怕说”。

[3] 难忘，原作“空怀”。

[4] 搔鬓短，原作“伤鬓改”。

[5] 累，原作“负”。

[6] 久，原作“作”；眠，原作“瞌”。

[7] 院，原作“屋”。

[8] 差，原作“聊”。

[9] 未容，原作“不曾”；与，原作“强”。

范师赠诗次韵奉答

荒荒江海暮潮平，转柁时看鸥鹭惊。万瓦霜凝归梦断[1]，一樽酒尽剩愁倾[2]。途歧书剑身余悔，眼倦风尘命久轻。楼角哦诗宁自放，漫随野鹤一长鸣。

[1] 归，原作“催”。

[2] 剩，或作“客”。

次韵王伯衡[1]

贯耳响激雷[2]，阴霾郁不开。干戈流热血，文物拨残灰。乡梦随时急，边愁与日催[3]。余生饱忧患，草木待春回。

[1] 诗题原作《次韵王伯衡“八一三”五律两首》。

[2] 本句原作“双耳贯轰雷”。

[3] 与日催，或作“逐雁回”。本句原作“愁心似浪推”。

中原不可侮，肝胆扼兵冲[1]。暴骨当年事，还师万里踪。人情江有岸，诗句剑抽锋。亶父归岐下，我心亦已从。

[1] 肝胆，原作“天柱”。

辛巳元旦重订润例

江海自年年，生涯托砚田。忧时先望岁，食力岂违天[1]。落笔从吾好[2]，余生了众缘。梅花香满屋，一笑擘吟笺。

[1] 岂违，原作“且全”。

[2] 落，原作“短”，或作“寸”；吾，原作“我”。

元日次韵调哥

荆榛满地路难行，困顿江南长旅情。送岁余穷挥不去，思家有梦断还萦。兵尘须信随风转，历节应怜傍眼生。最忆儿时争早起，狂敲锣鼓闹元正。

题程潼画

程生不犹人，胸次极寥廓。抚古有会心，笔墨无拘束。萧疏木一柯，崱屴山一角。策杖入空蒙，俯仰何所作。曲高和者谁，纷纷念流俗。

酬刘洁敖

年来休说经过少，未到流离总是欢[1]。议膳留宾终日累，插梅送岁一心宽。风生席上谭何健，月过墙头酒未阑[2]。落拓风尘犹自慰[3]，与谁仕路笑弹冠[4]。

[1] 流离，原作“迁流”。

[2] 过，或作“上”。

[3] 犹自慰，原作“还故我”，或作“犹自许”。

[4] 与谁，原作“纷纷”，或作“不须”。本句或作“犹空冷眼作消寒”。

苏后老抱孙索赋

快读苏翁百韵诗，诗情如烂岁寒姿。龙孙初茁看成秀，骥子长征肯受羁[1]。骨力原从天性嬗，家声欲挽世风移[2]。千山烽火一尊酒，醉倒宾阶应不辞。

[1] 肯，原作“不”，或作“岂”“讵”。

[2] 挽，原作“振”；移，原误作“堕”。

和郑馥泉

倏然山野叟，逸兴自纵横。送岁愁千叠，哦诗鹤一声。兵连人渐瘦[1]，米贵酒慵倾[2]。端望春如海[3]，梅边剪烛迎。

[1] 兵连，或作"盗肥"。
[2] 贵，原作"高"。
[3] 春如海，原作"新年好"。

贺天健过谈

最难臭味恰相投，风雨论诗静一楼。世路豺狼争作垒，人情冠冕竞如优。三年落魄真成懒，百里有家且莫愁。昨夜殷雷惊节换，伫看万蛰尽昂头。

自嘲

春来懒散走豪疏，检点诗筒一字无。绕砌闲花招蝶使[1]，拂云修竹养龙雏[2]。书丛梦稳亲无恙，海上潮生客未逋。慷慨杜陵空想望，酒杯茗碗两模糊。

[1] 招，原作"烦"；使，原作"数"。
[2] 养龙雏，原作"任龙嘘"。

谢孝萍袁义勤膺教育部各大学国学竞试奖赋赠

茫茫一世叹才难，喜见联翩刷羽翰[1]。擢秀过墙风引竹，涵香绕砌露凝兰。天高星月长悬镜，年少文章早筑坛[2]。今夕衔觞须尽醉，劝君莫作等闲看。

[1] 喜，原作"今"。
[2] 筑，原作"骋"。

周荃孙自西川寓书赋诗答之

万里相思苦，书来诉别肠[1]。江头人自醉，山外日偏长。务学柴关静，谋生鬓发苍。溶溶今夜月，与尔共相望。

[1] 书来，原作"疑猜"。

午日次韵张维石

佳节依然身是客，楼边清寂比浮图。书城只自戢蟫蠹，海市容谁听鹧鸪。不信老馗搜鬼窟，终当黄石借兵符。狂吟赚得苍苍发，一盏且教酒泛蒲[1]。

[1] 泛，或作"浸"。本句原作"无补乾坤一老夫"，或作"无计除魔剑削蒲"。

吕十千自写匡庐舍身岩看云图

十千好游历万山，山中岁月重留连。猿鸟数声搅诗思，烟霞一抹参画禅。两脚踏遍无人处，山精值之讶古仙。匡庐拔地数千尺，舍身岩峻齐斗躔。阳明屐影试追访，俯仰空蒙天地宽。从容一杖自来去，松根采采芝饱餐。东归海澨厌尘土，悔不筑屋凌高寒。钟声泉韵永朝夕，心襟遥落白云间。图写往迹合歔欷[1]，兵氛缭绕况连年。

[1] 合，原作"重"。

次韵玄翁

江头潮混混[1]，零落数交亲。雁振云中翮，蟫藏简底身。揽时双眼倦，尚友一心真。薄酒时还醉，何须叹不辰。

[1] 混混，原作"浑浑"。

矍铄翁依旧，青松郁古姿。关山思立马，禾黍黯裁诗。蛙鼓声悲壮[1]，云峰势合离[2]。杜门真得计，多事择高枝。

[1] 声，原作"余"，或作"生"。
[2] 势，原作"看"。

焦山自然庵旧藏蔡松原仿古册子庚辰四月得于沪肆

松原余响嗣耕烟，尺幅云山值万千。野岸横斜轻放棹，寒泉迸落静挥弦。古人揽尽非常道，妙谛参来上乘禅。卷帙重披惊易地，焦山风色异从前。

调之寓书赋两律代柬

荆棘丛中尚有家，江云一片未全遮。睡余想见闻啼鸟，饭罢应思去摘瓜。竹树绕村张翠幄，芰荷出水驻香车。田园真趣空萦梦，未许相从揽物华。

快读家书比饮醇，关心唯有是衰亲。孙归聊减思儿念，村靖差安为客身。挑菜倾筐溥玉露，临渊满眼泛金鳞。遥知纸阁挥蒲扇[1]，一枕惺忪夜向晨。

[1] 遥知纸阁，原作"不嫌倨傲"。

次韵谢鹿庵访琴不遇

羡尔耽风雅，探琴理正声。故家多背井[1]，灵物久逃兵。空趁舟车兴，凭添山水情。终须偿所愿[2]，拭目待时清。

[1] 多，原作"还"。

[2] 所，原作"夙"。

隐轩同作：

何处寻雷氏，焦桐咽不声。人间难顾曲，天意尚佳兵。流水存知己，薰风待写情。它时精爽出，六气入弦清。

飞白寓书遭兵燹困极鬻画苟维生理

燎原劫火赭其庐，数载睽离一见书。近事剧怜新凿砚，闲情却忆旧停车。心雄抚剑呵天醉，眼倦弹冠笑梦蘧。借问城边泥活活[1]，嗡然几处长芙蕖。

[1] 借，原作"为"。

吴湖帆赠夫妇合作梅影书屋画册诗以酬之

休惊声闻喧江海，自足才华迈等伦。画本云山同缥缈[1]，诗篇肝胆见轮囷[2]。逃兵犹有楹书在，熨眼应怜梅影新[3]。一卷分明披赵管，如何珍重付千春。

[1] 本，原作"向"。

[2] 篇，原作"随"。

[3] 熨，原作"听"。

乞山隐伯年檻予治膳夜饮思嚏楼

秋士逢秋意若何，沉沉夜雨涨愁波。河山掌上人争玩，岁月楼边砚自磨。狂态低昂拼浊酒[1]，素心舒卷仗清歌。座中绰有调羹手，不用罗陈到象驼。

[1] 低昂，原作"扶持"。

调哥抵沪

输却闲鸥任去留，江楼几度月当头[1]。来人胆战喧群盗，前渡心悬簸一舟。卷轴搜罗伤历劫，宾朋散去又添愁。荡胸唯有谋之酒，兀对乾坤作赘疣[2]。

[1] 本联原作"万瓦参差倦眼收，江头何处觅闲鸥"，或作"困顿书城作楚囚，行踪未许等闲鸥""乱后乡关不自由，栏干依遍独成酬"。

[2] 兀对，或作"辜负""醉眼""看取"。本联原作"憣然强把肝肠稳，蜃幻楼台几点沤"，上句或作"依然薄酒陪高咏""商量不惜酤清酒"，"商量"或又作"囊钱"。

寄陈叔吟

访旧认东城，悠悠别绪萦。庭空惊易主[1]，燕去识逃兵[2]。丧耦儿俱小，投荒气未平。如何酬历劫，岁月待诗鸣。

[1] 庭空，原作"门庭"。

[2] 燕去，原作"鸿雁"，或作"归燕"；识，原作"怨"，或作"隐"。

昔共依栏槛，晨昏数寺钟。云烟惊过眼[1]，江海惜行踪。泼墨吾能醉，摊书君未慵。阴霾如可拨，茗酒话重逢。

[1] 惊过眼，原作"怀往事"。

第七卷

霜茶閣詩卷三

海門王賢啟之

鄉井

鄉井歸來秋欲闌西風動地覺衣單夢回雞唱霜初冷袖拂花香露未乾黃葉湯天翻蝶翅枯篁鹽拂水點奧年北堂樂事應須記老母扶衰與共餐

霜晨樹杪一梳月茅屋邨邊數縷煙氐雇閒敲實竹去麄低籬碩枕難眠野情畫入倪迂稿秋興詩吟杜老篇却羨鄰翁騎黃犢處處花三尺高犁牽鞭

山隱伯儀稚子諸生治膳恩庭飲恩臺樓

秋士逢秋意若何，一簾夜雨漲愁波。河山章上人争說，歲月樓還硯自磨。狂態依昔即拚蜀酒，素意飲愁仗清歌。座中縱有調羹手，不用羅陳到橐駝。

次韻鎮惡勗

亂離空存意氣自豪，生慚無力挽弓刀。波翻人憶帆檣沒，霧散鵬摶兩翼高。春母路牆謀五斗，濟時韜略若休屠，筆毫湘濱漫，蕭育寬閒地，義難單紅塵遮市囂。

逐雞篇

我家水遠居，水外三面竹，竹密如扣奉。屏老雞手馬伏擬，土爪可奮斷雞足為劇，穴通廊廡多，日多子孫育者

年遣人蒐攜只設罝罨獲蛩地中行徒勞事追逐春
後罷四時出没蟄百數鄉人久爲病我我滋怨讟安得銖
毒矛咱劉見其蹤乃詔會備工舁取土百斛　註時灌
泥淤澤寘而圍覆明晨親往觀孔塞驗新以窠如
是歷月餘彼蠢知煩瀆遁伏蹤影　稀厥害始自肅
不謂我出游蠋儆如着虜逐鑊細故　僨事堪悵觸今
方大敵臨籌策閫全局赴終　豈不難我我意常惕怵猛
士宇四方睽睽殷蔔目

析薪以留

析薪引斤斧作勢乃高舉　目睛与手揮　曾不差一黍

挾技爲人傭傭錢日幾許自言心所安吾分亦作苦常
見作官人正趨蹌數無覬借事只尋常一日三餐能飽食
樂聲色作貨賂充庭戶有益家口楚大身欲及帶能樂
我生得餘錢入市聽清唱一醉樂陶然妻孥共湯圃吁
嗟聆微言斯人允可侶
閒之爲書賦詩代簡
快讀家書比飲醍醐心醉食是長親孫驛聊識思
兒念村諸差安作客身挑之案贈筐中溥玉露醍醐眼
底泛金鱗 遥知狀閣揮蒲翁一快得松食鄉端晨
冥許盟子

三年兵氣惡一夜濤聲長歸思海荊棘窮愁愁裏棲棲
觴引孤雁落竟日萬山蒸蹉蹉盡醉中倦遠津早戒航
閱君何所苦止酒過吾廬一一病拋書卷雙瞞鎖藥鑪腸
枯纏恨久命從逐才殊有母增悽絕朝昏向倚閭
與子年相若心情亦最投論文常反覆竟日故淹留話後
江山暮悲生風雨秋長眠餘一夢是蝶是莊周
見女傷俱稚嬌憨學母啼數聲驚短碎一念懌霜
悽託付方吞咽音塵已阻暌我懷更悲結屋外月如圭
強字既為康康送歸兮湖湘行潛出淚為賦此詩
君應無語對慈親路近鄉園淚暗隨病轉室增青史

靜觀騷騷一棹斗星聚紛陳萬卷俱隨聲淺瀨千艘總
不惟沃是眉邊秋漠漠飛來黃葉剩風飄
鶺鴒賦罷肝腸斷往迹紛紛刺眼來奉母簞瓢艱苦
水涯人門巷長蕭條青燈照讀餘光几好夢依回舊
念灰我亦銜悲未知已忍焚詩句寄泉臺

自嘲

春來懶散去塵疏檢熟詩篇一字無遺砌闌夜招蝶
使拂塵偕竹豢龍雕書業夢穩親無恙海上潮生
客來道叔世杜陵空之想望酒杯君挽兩襟翔

寄康侯

菰蘆東許終肥遯泥塗今原嘗恨踈歸肯三春花影夜暗捫詩一夜角聲催市塵行道知非但風雨楚江感不禁渺渺情懷如有待東山月出尚眠琴

歲暮

不藏用兵能遠胸中久蓄窠梦四三尺雪懷卷一江潮、

雄意羔蹊径愁心長文蕭東〻懷騰鼓浩劫義時消

和太玄

强醉酩元日謀懽亦悵然烽韻天改色孤媚夜寒妍娆

獨（流）看壁隱飛龍皆一錢義時向江海邊我舊時年

山人席上次韵秦康伯來

漫說從鋪緞闌途縱逸情詩腸隨境轉（折）劍氣向懸横

雪壓天無色潮來岸有聲全神消塵埴汀外待春生

答曼伯

隔江才百里音訊久闕疏世亂多離別名微任毀譽請書

寧負樓風雨且揮鋤安得親杯酒春寒一夕祛

春寒

脚底寒〻侵知夜靜吟聲遥斷雪聲稠推隱蹤野望瞻偏注

勢占歲晷功早雜懸紅杏擬拈開出花〻白東風屬翦裁

敢教違朝被學袁安臥辜負春晨法遠游

感舊篇懷三友棠川周琅峯

琅峯傷悲人耳目多芥蒂泥塗可浣我毋寧趨而避

雲言誦陳編負集諦不可廢一朝超清流自潔復誰寬與

余結契深人已言猶在發過勤於讀〻盡回相昇湖泗共

北城屐月吾談續泊夫羨郵原荷鋤〻鋤陽外耘〻莫塵曠

無期默默我心痛驚言慰深期世路何所媚惘黑新新商量
此此意息無素

見遠樓讌集

商略挾秋興樓頭舉一觴雲消星斗近層逼肺肝清
家膳思攜婦漁談欲膾鯨宵宵留客坐硯共儒爭榮

謀醉和龍共隱軒

不信俱零落河山一局枰草枯蟲自蟄浪蹙水終平投
筆知無分埋頭學忘情傾囊且酤酒趁散一身輕

即事

小樓西自引清風抱膝長吟興不窮結習亂書紬一

春閒情性竹篙牽叢裏親儂飯客安枕亂世深居任
轉蓬向晚客來攜斗酒問從何處鬭韻紅
闌箋〻

家園僻處戍孤壘音信中宵到海樓宿鳥幾驚回
隼遠流雲難向疾風收合家奔從他鄉夢群醒很指
大地秋今日肝腸真欲裂當頭況見月如鉤

和鄧萬翹

凍雲黃暮暮地長饑鷺白荻拍風薄鬢蒼居夜靜事滋深
泗攬四三峽氣勢垂〻酒腸把盞無君也盡詩課侑書囊我久
慕年〻郵簡又傳箋不容萬事付稽程

春雪和張雪浪

正嫌冬日行春令，忽見寒寒雲壓海樓。院靜不知飛絮密，簾深似有凍禽啾。四山端待青迴眼，萬木何曾白上頭。商略與君煨榾柮，爐自遣盃引歌喉。

戊寅除夕

何以酬今夕，踟躕爲客情。鄉違攙雜鬢，無清更長

城雪春餘寒在年殘舊夢禁深樓鬢影

懸聽海潮聲

元日

客來都說今晨好，消盡多陰風撫瑞晴。小盞梅開初入画

隔陽酒熟共持觴春回十里眉山光暖無攖三年命之

斡旋轉乾坤非墨任窮斷東野以詩鳴

答唐康

至情流露處詩句見情痕倉卒殘拋綠卷觀芳契手稚

孫入門餘强笑把臂盞更無言曲交江海交期在態波

日夜撥

過酒家懷盛孚

分明謀醉從茲地豈作三年隔死生山居閑尊寄居上

客中齋得句出奇無笑讀却喜乘風句雜亂相逢

勝下弟兄共晴依回如昨日重溫彥雲封口入時更

贈隱軒

詩家作畫家，此道古亦易。融液蔚雲煙，胸氣隨所至。萬象趁毫顛，此後多新意。紛紛藝苑人，形迹動拘泥。雖能點染工，搗木無生氣。大抵臨畫圖，無非是經緯。隱公一窮儒，蕭然忘生計。吟詠得餘閒，作畫遂遊戲。較量非功能，拾取皆精粹。我懇百不能，空空寄深省。仰首看晨星，閃爍落天際。時更漾浮雲，騰遠皆蔽翳。不復論自古

張文敞

題畫

樹頭雲散山爭出，江口帆張風擁來。遙見幽人捲簾幕

好將清景盪深杯

贈翁生樓亭

繁花嬝媚人方競古木扶疏世久瞋考古每輸奧空汗漫
哦詩肝膽夾輪囷鄉關北望身如寄峰文海西近國
袁辰有饑饉嗟哦樓一角有人相對語悲辛
讖咒入首三蘇河中學賦詩識之並示達任
一雨又驚鳥秋殺眼傷時遣命駕載箱籠送兒上學
去一雲樓浦濱黃金臺指硯入門人影稠生眼競相觀学
籍名來者東偏自先具兒年行及冠渾渾安下有素潮
洒我少時背圍薪來處就傳迫行明如中乞源思慮服

御賀一室心事將誰訴張羅遲來門鎖兩袁成數伯
母壽我兄同是艱辛揩迴腸狂不眠吞聲淚如注往事
耐尋思一歲凡幾度今昔差異觀光心感來悟夫我極
影冷孤抱身圉食力向風塵裏章非饑路圍苦應自
知不爾我是懼寬得情易怎很浪事多悻一旦睬本
真槃槃宦海馳驚人海茫茫隨波自駘誤刻勵須
及時兢兢志我語

贈徐一飄

人道狂生卻未狂數時多為古人張冷餘生計拙乏
謝酒後閒情劉阮囊萬封做孤身驢道路歲闌蕭然一棹載

蜃霸相登樓莫話年來事聲聲蕭騷各已蒼

蜃氣

蜃氣翻騰竟如何欄干數尺獨婆娑潮散岸

楸根無力雁被天風字亦斜尚許浮生空抱硯儘健

莊景急挽稜浣愁舉酒

答鍾山隱

知君聯翩離悲擁詩句故拜學杜韓了冷淡生涯驚

幾經離亂人海往彰單圖書四壁術閒譜棒丈千山

買醉肯笑我塵途餘懶散皆皆一夢入邯鄲

茀之東返不數日又將入蜀寄詩索和

書到終傷別　吟成未遣愁　山深驚虎嘯　海闊羨鷗浮
白髮親如老　西風歲又秋　芳人何草草　三宿出温州

張問如招飲

霜前饒蠏饌　樓肆重低回　有酒偏成趣　調羹亦費才
鄉心江上月　世變耳中雷　秋老悲無限　黃花帶雨開

出門吟

我生十六齡　擔簦走異鄉　自此經一歲　幾日侍母旁
蒋惜光景所　顧來日長　母年今七十　行步須扶將　鬢鬢
髮如銀　卻老愁無方　兒歸甫浹旬　又復治行裝　何以慰我
母　兒鬢亦已蒼　母知兒心苦　皇皇衣食忙　入門復出門　叮嚀

諸綦詳從容修閱學毋慮名弗彰翩翩青毛羽周
舍庵摘余寧復業周捐但求免嫌慝身體用載道自葆
莫毀傷光耀顧此義聊慰我中腸堂上聆訓誨門外執風
霜唯唯與餘說趨趄出門臨來忽一回顧知毋違相望東
聲清且從我意益茫茫人生本煩冤世路太倉皇何時
絕塵囂歸去臥稻粱

霆隱懷發見梅嶺道中

隴鼓急深宵江樓日易銷詩隨千盞酒月逐一游遙
雪悲肝腸冷山迴魂夢搖男兒應有事跋涉趁今朝

除夕

筆硯舊生涯　營營送歲華　江雲思~~母老~~故里　客夢逐歸鴉

鬢首短志無成　腸枯韻自磨　窮鄉奈何　將暮~~□~~數點古梅花

元日次調之韻

又值歲朝春　添光笑轉輪　屋樓雲外減　爐短酒邊殘

慈母多依戀　飢軀自樂卑　息心情羨兒輩　野馬未能馴

和吳生長郵元日韻即以志感

一片陰雲鬱不開　空空令節眼中來　男兒羞負乘歸無

耀舍豈能為此勝哉

元宵不見月次韻山隱

渾疑無計遣　今宵車馬潮喧總寂寂寥寥佳節序還深

天道左迴絲撩亂月痕消蒼迴客夢江鄉寂寥落中原
野戍遥且把一尊向三鼓模糊非往與明朝

慰隱軒病

象外觀千刦塵土中遊百憂早衰々來積久々病物無收月
影沈孤雁書聲寂一樓出忘蝶疑手酒春暖續清游

請隱軒詩稿

海角峰巒把研田聊將蝸趣遣長年詩攘霜々蝮
霜中菊氣吐清冷雨後蓮食去醉々鄉宇伏遣時落
落帽周旋酒酬所地乾坤容休笑天先生老一纏

即目

東望蒼茫千萬水燈影樓臺萬點星郊野草根蘸
舊綠何曾雷雨洗膻腥

隱軒病愈賦贈

病寒能為塞塵緣實聲之攢眉般世變接音合時宜
破壁苔痕漲斜居燭影搖搖一言堪諫肯呈莫盡交朋
翌日驚初定無言卻有言披衣澄幻景攬鏡洗瘡痕
一棹家人全重聚客樓還何當卻游屐歸去臥江郊

西垣雜詩八首用東坡韻

孟夏江郊綠處處長蓬蒿樹梢露布穀耕綴及時苗
客子當亂離避地歸如逃世路終局促我東何時音親

衰遲疾病霜雪摧鬢鬚毛何當躋南山路岩天門高山
膝下度朝昏棖棖轉間過常笑憶少時壽中歌舞樂
母令安蔬食全身非敢說山妻服田疇不自甘暇逸兒女喧闐
中真趣滿家室世事縱伏煙一縷連雲風出飯熟未生
塵論安擊可兄
老屋俯西垣橋柳圓屋背薰風撓晴煙幽意信無文
曉起群鳥來下上飛翔會雙蔬綠裸閑衝草綴土壤
掃香清一顆出棟上連戶外池壤橡舞多曾不厭燕識巢
夜月淩池塘俯仰皆自在朗吟投一年酤酒詩興勝
竹陰覓欲流新筍茁無數携兒穿林中竹外聞人語聲

清露重風動葉乃搴瓜蔓棄雜根春絲裕盛澤田首
值鄰翁荒甫杖一拄語我種柳歸招邀一刹那兩發桃三
似此饑鷹搊魯匡吾漢重一古民風醇許許安樂土此此境
更留連天涯餘幾許
東田移新苗東補西田蕪務務吞有事四野擁相望轉
眼大麥熟阡陌车黃蒼拾穗有喜色相告逢年昌
餘力磨鐮刈草飼牛羊羊好景快當前細事寧
能忘
老楊皮日剝青青不忍斷厚葉張搖波安波安珍惜我君心
憩蕭前遐過冬冬斷梗飛何處待春再生萬枝枝腰膪

絶學久棄牧雄牯擾纖纖而今西鄰又雙樟氣象
同阜葉保朶依樹根消澤漠風涯何必負春長松雲
表露頭角
祠堂畫像尊巖巖居此鄉叢柏依稀水新櫨蔭森
墳塋遷徙適茲土我乃之蘇藏時屬俎豆遠適塞門
傳家非富貴短護章章見存我祖迨我父擁書忘眠
蒼寧居古人下聊將道比論用此是勉勉惕惕吾弟昆
我有古瓷佛供養亦數年寺心聊樞宿六字勝萬錢
齋前西北水邊葉閣田田活潑潑適本性廿載青瑤為客
何時已卷快意自賢誰可頡頏異年劉波瀾大千

和楊滄白先生

襟懷海色涵朝明詩句松聲度遠鐘寄傲半湖狎鷗
鷺〻清譚片席忘飧饔擁書寒夜語吾寧自世路崎嶇還
未備却愛東〻先正臨危一闋新雨洽花容

贈嚴天倉山

相望咫尺道路遥邈識之襟情異衆流海上髭髯雖舊德
山中歲月自閒暇偕聞有母同懷療見食爲家輒雜愁
君語今宵過程半納得歸路月高頭

送周生奎孫歸蜀

遊南絕塵春三年共旦昏會之無一語開卷披群書二十林夕

遠鄉風冷情随燈火瞳歸程指山海珍重此風宜

贈沈芝年

綠朧身為客悲懷强自寬知心今日少堪意片、言難

貧屋承客勝敲詩比鍾子遥（來忘）看舊門逢玉樹出雲端

獨飲

客館清酤何處聊憑消渴潤詩韻眼前風雪年將（方）盡心裏酸鹹世正非劇恨歲時推老輩生憎底事斷長街前途安得混谿谷随意霜晨打濕柴

和王巨川

聞、肯作尋常語詩句推敲味最醇亂世倉皇之人師

載滿樓悲情月痕新 生涯笑我餘磨盾 風雅思君

共泳中可集遠人 陽山海北陽江蒼憶前塵

食杞苗有感

東坡賦杞春食菊 大困曾居撼山庵 我家有杞青蒙蒙

高上牆頭下水溝 去年三春守園圃 親摘著芽竟

我庖鬼重重手 說此言曼呼 入冬採紅摘猶 朝來幾個

白頭翁嬰嬰 啄食飛石高 我甘群兇把最嘉 明月

安神驅功餓兇鬼 滿地走 破處到處殺人 窮熬焚燒

強搶日日把為挂目 自曾勝 神自復 呼嗟乎 言近意

有餘我亦辛窮 聊甘受 朝張語周把下新讓 大醉種隊

鏡路朝枕退長覺酒氣濃倍倍氣多不義發煙青一年
瞬息仍為客春風耕肯擬怨潮解解抵當文上於勛低
迴往事心切切

辛巳夏日木道人以示何處堪消暑六律次韻奉和

何處堪消暑無塵日說詩哀哀象未全到到日當頭多多
夕無能汐作縱橫源四隱學閑聊一枕蒲扇書僮樓
海市空車馬歌聲倒忙傾盈雲段常影羅唱評流香
歲月隨今古所勝與世遷暮首騰終似此獨醒亦神傷
我有園三畝濃陰路綠禱風鬆靜語細雲重柳鬱棗
十夢從親穩清酣與婦謀祇今牛馬走生計日綢繆

避暑今雖得平湖泛畫舫荷香清欲滿山影薄神寰鏡

留傳朝暮渙堆忘歲年前游倚何續顧為洗腥羶

客能與鄉閭模糊自往還草此長藏毒憩潮為想鄰鷗

我遊山千尋懸心月一穹躡琉光暈遠與多少人謂

道人無住相木筆穹撐詩比千潮勇神如蠑飛前緣

誰可續證我道謂皆非抑毫與誰遣自量借衲衣

將歸海門

無虛日夜人如醉 海市蜃樓與歌霸 百里江聲帆漾

樂三更月色野鶯 豆棚瓜架消清晝蒲扇藤床

陶好居樂事家園先入夢應門五尺有兒童

歸舟

極目新晴樹色幽 一天清氣擁歸舟 頻移時序蘇雙
眼未請戈（平）起一漚々客 重懷江北路孤帆漸遠海東樓還
看前度生餘暮 漁父田夫自釣鰻
頭 鄧鈍鐵

敲門夜半驚泥醉 須信狂生不受羈 筆冢圖墻如筆如錢
詩餘猶健任霜欺 闌干頻撼青衫急 鬢髮偏蒼君千
日馳身世茫茫何所託 拂絃無夢到鍾期

答荃孫

萬里相思苦書來 訴別腸 江頭潮人自醉 山外日弱偏長

詩與葉園静謀先鬢髮蒼落々今秋月與東坡相望

曹纂公聽詩次韵奉答

萬里湘漓落葉東流極目中瓊鷗夢驚鴛瓦霜將連鬢

白一尊酒盡腸懸傾途歧書劍身俱娛眼倦食塵命

久輕樓角戟詩寧自放漫隨野鶴一長鳴

吾十年自守匡廬捨身巖看雲園索題

十年好游歷萬山山中歲月重留遑猿鳥數聲攪詩

思煙雲一抹秀雲盡禪西脚踏遍無人處山精值之詩

古仙匡廬拔地數千尺捨身巖峻齊斗璧陽明磨影

試追誰俯仰空濛天地寬一杖從容自來右松根乘草葉能

餐東（歸）海遥厭塵土陋（恨）不以築屋凌高飛飛鐘聲泉韻來
朝夕心標遥落煙雲閒圖書往請一宇與之樂讀
須嗟連年

次韻太玄

江頭潮漲漲雲落數交觀雁振雲中翩躚藏菊裏身
攬時雙眼倦尚友一心真其薄閒時遠騁何須筆不展
矍鑠爲依舊青拈鬚古姿寫山思思馬禾黍懸留詩鼓聲
悲壯雲峯勢合離杜門自得許多事擇高枝

和劉振纓

當有登臨處遥情可寄同秋風新漲泪福土舊山河霜雨

花朝從臨明之聞歌客曾慳斗酒佳節等閑過

滄白師將從道南海返粵賦詩叙别

萬里公歸去霜天月色新汎舟辭自從拂袖鶴難劃歲

月高飄詩卷動名付釣綸何須論出處肝膽故輪囷

張琰年來塞欽遲與日深詩吟秋樹色酒醉故園心列屋

青雙眼權重白萬金今夜闌愁殘動往事難追尋

呈君實老師

書來始作樓東海想見倉皇彖日行雨地懸心殷派清

他鄉扶杖囂諸情澳難自昔無存信草木如今認作兵

靈王五峯雲不散謀房石鼎為誰烹

窮鄉且喜無拘束聊復絃歌慰白頭往事夢迴俱杳渺泯
心禪定任沉浮塵途我負十年學亂世擾偏一枕愁聊復把
丹青消俗慮筆端風物篆春秋

將歸里門視調之病

每憶呻吟苦朝昏侍藥爐西風遥千動涼月下帷孤病
圍孫隊隊鈞心竊竊入霜鴉東吐哀書篆度艱苦苦征途

江上春來日秋聲亂碧空字欹微微病久久境老勤勤慈叢見
女隨鄰鬢烽煙碎轉蓬今原端在望助我一帆風

寄沙孟海

西風漠漠摩帆亂落照沉沉一雁依依羈客久久言情冷暖幽

懷無棄君清遠司空大將歸言命仲子長孝濂寄畦
吟興今朝知不淺孫熊廬墨泊天倪
集安廬師遺墨百餘幀假大新畫廳舉行展覽敬賦
兩律
墨瀋飄零處處態情遠來臨乾升堂十年歲月剩餘重衣
冠梅影嫣嫣老松留得漂泊蹤迹無時餘氣與犖相識劇肝
早羞五斗米老作一枝藤海水騰蛟吸天龍借馬乘拈髯
參絕妙磨盾諱無能詩畫通清息維摩讀一燈
贈遠宴池
未儂螺掃百八盤小樓過訪話悲歡竭來盡地身疑贅

琴囊真是天慳寒石硯為田猶可耕儒冠無路不須彈
哦詩生計知誰讓短褐空瓢李倚欄
才名天際憑清磬肯與閒人作等倫落筆枝柯身任強吐
詞肝膽朱輪圍塵中屐跡歸荒經亂後漁舟失舊津
差有孟光共文賞抱琴余從不辭貧

释文

乡井[1]

乡井归来秋欲阑，西风动地觉衣单。梦回鸡唱霜初冷，袖挹花香露未干。黄叶漫天翻蝶翅，枯篁拂水点鱼竿。北堂乐事应须记，老母扶衰唤共餐。

霜晨树杪一梳月，茅屋村边几缕烟。瓦雀啁啾穿竹去，匏瓜庞硕枕篱眠。野情画入倪迂稿，秋兴诗吟杜老篇。却羡邻儿跨黄犊，芦花三尺当犁鞭。

[1] 本诗亦见第六卷，题作《霜晨》，二首次序颠倒，字句有异。

山隐伯俨檵予诸生治膳夜饮思嚏楼[1]

秋士逢秋意若何，一帘夜雨涨愁波。河山掌上人争玩，岁月楼边砚自磨。狂态低昂拚浊酒，素心舒卷仗清歌。座中绰有调羹手，不用罗陈到象驼。

[1] 本诗亦见第六卷，题作《乞山隐伯俨檵予治膳夜饮思嚏楼》，字句有小异。

次韵镇慈勖[1]

离乱空存意气豪，生惭无力挟弓刀。波翻人懔帆樯没，雾散鹏抟羽翼高。奉母疏慵谋五斗，济时艰苦仗群髦。淞滨漫当宽闲地，几辈红尘逐市嚣。

[1] 本诗亦见第六卷，题作《次镇慈勖韵》，字句有小异。

逐獾篇

我家水绕屋，水外三面竹。竹密如翠屏，老獾于焉伏。掘土爪可畚，断鞭齿为劚。穴通廊庑多，日多子孙育。昔年遣人搜，携君设罝罳。狡黠地中行，徒劳事追逐。春后散田畴，出没啮百谷。乡人久为病，我亦滋怨讟。安得炼毒矛，顷刻夷其族。乃诏会佣工，舁取土百斛。并时灌泥潦，深置而固覆。明晨亲往睹，孔塞验新筑。如是历月余，彼蠢知烦渎。道傍踪影稀，厥害始日肃。不谓我出游，猖獗如昔夙。逐獾细故耳，偾事堪怅触。今方大敌临，筹策关全局。克终岂不难，我意常惕怵。猛士守四方，睽睽般万目。

析薪篇

析薪引斤斧，作势乃高举。目瞬与手挥，曾不差一黍。挟技为人佣，俸钱日几许。自言心所安，吾分求作苦。常见作官人，正鹄类无睹。偾事只寻常，一日三失伍。饱食乐声色，货赂充庭户。有齿象焚身，祸及弗能御。我生得余钱，入市酤清醑。一醉乐陶然，妻孥共场圃。吁嗟聆微言，斯人允可侣。

调之寓书赋诗代简[1]

快读家书比饮醇，关心眠食是衰亲。孙归聊减思儿念，村靖差安作客身。挑菜筐中溥玉露，临渊眼底泛金鳞。遥知纸阁挥蒲扇，一枕惺忪夜向晨。

[1] 本诗亦见第六卷，题作《调之寓书赋两律代柬》，此稿仅录次首，字句有异。

哭许盥孚[1]

三年兵气恶，一夜漏声长。归思淹荆棘，穷愁裹糗粮。引觞孤雁落，觅句万山荒。冠盖眸中倦，迷津早戒航。

问君何所苦，止酒过吾庐。一病抛书卷，双眉锁药炉。肠枯缠恨久，命促忌才殊。有母增凄绝，朝昏尚倚闾。

与子年相若，心情亦最投。论文常反复，竟日故淹留。迹冷江山暮，悲生风雨秋。长眠余一梦，是蝶是庄周。

儿女伤俱稚，娇憨学母啼。数声惊胆碎，一念懔霜凄。托付方吞咽，音尘已阻睽。我怀更愁结，帘外月如圭。

[1] 本诗亦见第四卷，字句有异。

盥孚既殁康侯遄归分湖濒行潸然出涕为赋此诗[1]

君应无语对慈颜，路近乡关泪暗弹。病祷空阶香火静，榇归一棹斗星寒。纷陈万卷俱成赘，浇灌千觥总不欢。况是眉边秋漠漠，飞来黄叶刮风干。

鹡鸰赋罢肝肠断，往迹纷纷刺眼来。奉母箪瓢艰菽水，避人门巷长蒿莱。青灯幽淡余光尽，好梦低回旧念灰。我亦衔悲失知己，忍焚诗句寄泉台。

[1] 本诗亦见第四卷，字句有小异，诗题“为”作“乃”。

自嘲[1]

春来懒散走毫疏，检点诗筒一字无。绕砌闲花招蝶使，拂云修竹养龙雏。书丛梦稳亲无恙，海上潮生客未逋。叔世杜陵空想望，酒杯茗碗两模糊。

[1] 本诗亦见第六卷，字句有小异。

寄康侯

菰芦未许终肥遁，况复令原赍恨深。归骨三春花影暗，扪诗一夜角声侵。市廛行道知非偶，风雨横江感不禁。渺渺情怀如有待，东山月出尚眠琴[1]。

[1] 出，原作“上”。

岁暮

不用巨觥浇，胸中久寂寥。梦回三尺雪，幔卷一江潮。雅意荒蹊径，愁心长艾萧。东东催腊鼓，浩劫几时消。

和太玄

强醉酬元日，谋欢亦怅然。烽赮天改色，狐媚夜矜妍。烧烛流双泪[1]，飞觥惜一钱。几时向江海，还我旧时年。

[1] 流，原作“看”。

山人席上次韵秦伯未

漫说徒餔啜，开筵纵逸情。诗肠随境折[1]，剑气向愁横。雪压天无色，潮来岸有声。全神须整顿，门外待春生。

[1] 折，原作“转”。

答曼伯

隔江才百里，音讯久成疏。世乱多离别，名微任毁誉。诗书宁负腹，风雨且挥锄。安得亲杯酒，春寒一夕祛。

春寒

脚底寒侵知夜静，吟声遮断雪声稠。推窗

野望偏生趣[1]，占岁农功早种愁[2]。红杏换妆开尽白，东风厉剪飒成秋。连朝只学袁安卧，辜负春晨怯远游[3]。

[1] 本句原作“推窗庭树偏成趣”。
[2] 功，原作“家”。
[3] 怯，原误作“祛”。

感旧篇怀亡友崇川周琅峰

琅峰伤心人，耳目多芥蒂。泥途可浼我，毋宁趋而避。尝言诵陈编，真谛不可废。一朝赴清流，自洁复谁怼。与余结契深，人亡言犹在。怂恿勤于诗，诗画日相畀。溯洄共北城，风月吾能绘。洎夫葬郊原，荷锸斜阳外。拜墓旷无期，耿耿我心痗。驾言慰深期，世路何所媚。惘默靳商量，此意真无奈。

见远楼宴集

商略扶秋兴，楼头举一觥。云消星斗近，风过肺肝清。家膳思携妇，瀛谈欲脍鲸。宵分留客坐，砚席共峥嵘。

谋醉和龚隐轩

不信俱零落，河山一局枰。草枯虫自蛰，浪歇水终平。投笔知无分，埋头学忘情。倾囊且酤酒，愁散一身轻。

即事

小楼亦自引清风，抱膝长吟兴不穷。结习乱书紬一卷，闲情修竹写千丛。衰亲健饭容安枕，乱世深居任转蓬。向晚客来携斗酒，问从何处斗颜红。

闻警

家园僻处成孤垒，音信中宵到海楼。宿鸟几惊飞隼过，流云难向疾风收。合家奔徙他乡梦，群丑纵横大地秋。今日肝肠真欲裂，当头况见月如钩。

和邓英翘

冻云蓦地长镵歇，白荻招风薄鬓苍。夜静半淞流汩汩，梦回三峡气堂堂。酒场把盏君先尽，诗课倾囊我久荒。卒卒乡关又传警，不容万事付猖狂。

喜雪和孙雪泥

正嫌冬日行春令，忽见寒云压海楼。窗静不知飞絮密，檐深似有冻禽啾。四山端待青迎眼，万木何忧白上头。商略与君煨榾柮，炉边一盏引歌喉。

戊寅除夕

何以酬今夕，踟躇为客情。乡违搔短鬓，兵溃失长城。霁雪余寒在[1]，残年旧梦萦[2]。江楼剩形影，愁听海潮声。

[1] 霁雪，原作“雪霁”。
[2] 残年，原作“年残”。

元日

客来都说今晨好，消尽阴氛换瑞晴。小盎梅开初入画，隔邻酒熟共持觥。春回十里眉先暖，兵扰三年命久轻。旋转乾坤非异任，独惭东野以诗鸣。

答康侯

至情流露处，诗句尽啼痕。弟殇抛残卷，亲劳挈稚孙。入门余强笑，把盏更无言。江海交期在，愁波月夜掀。

过酒家怀盟孚

分明谋醉从兹地，岂信三年隔死生。小店开尊居上客，空斋得句出奇兵。笑谈却喜乘风雨，离乱相逢胜弟兄。往迹低回如昨日，重温旧梦入残更。

赠隐轩

诗家作画家，此道古亦易。胸次蔚云烟，氤氲随所至。万象起毫颠，叱咤多新意。纷纷艺苑人，形迹动拘泥。纵能点染工，槁木无生气。大抵昧书篇，未必见经纬。隐公一穷儒，萧然忌生计。吟咏得余闲，作画恣游戏。较量非功能，拾取皆精粹。我惭百不能，空空寄深嗜。仰首看晨星，闪烁落天际。时更滓浮云，一瞬遂翳蔽。艺事不复论，自古伤文敝。

题画

树头云散山争出，江口帆张风拥来。遥见幽人卷帘幕，好将清景荡深杯。

赠翁生檻予

繁花妩媚人方竞，古木杈丫世久瞋。考古虫鱼空汗漫，哦诗肝胆失轮囷。乡关北望身如赘，烽燧西延国丧唇。慰藉嵯峨楼一角，有人相对话悲辛。

豫儿入省立苏州中学赋诗识之兼示达侄

一雨又惊秋，放眼伤时遽。命驾载箱笼，送儿上学去。一霎抵浦滨，黉舍在指顾。入门人影稠，生眼竞相觑。学籍名未著，束脩自先具。儿年行及冠，浑浑安若素。溯洄我少时，资用靳来处。就傅迫行期，母先滓思虑。服御质一空，心事将谁诉。张罗避朱门，铢两裒成数。伯母畜我兄，同是艰筹措。回肠夜不眠，吞声泪如注。往事耐寻思，一岁凡几度。今昔差异观，儿心或未悟。夫我抚藐躬，夙夜抱贞固。食力向风尘，囊橐非饶裕。困苦应自知，不尔我是惧。宽绰情易恣，纵浪事多忤。一旦昧本真，繁华浸驰骛。人海正茫茫，随波自贻误。刻励须及时，兢兢志我语。

赠徐一瓢[1]

人道狂生却未狂，双眸多为古人张。吟余生计抽毛颖，酒后闲情剩阮囊。万劫孤身驱道路[2]，穷冬一棹载风霜[3]。登楼莫话年来事，鬓发萧骚各已苍。

[1] 本诗亦见第四卷，字句有异。

[2] 万劫，原作“劫后”。

[3] 穷冬，原作“岁阑”。

蜃气

蜃气翻腾竟若何，栏干数尺独婆娑。潮欺岸树根无力，雁被天风字亦讹。尚许浮生空抱砚，尽催短景急抛梭。浇愁举酒[1]

[1] 本诗未录全。

答钟山隐

知君肺腑杂悲欢，诗句杈丫学杜韩。冷淡生涯惊岁短，飘零人海任形单。图书四壁偷闲读，烽火千山买醉看。笑我尘途余懒散，昏昏一梦熟邯郸。

弗之东返不数日又将入蜀寄诗索和

书到终伤别，吟成未遣愁。山深惊虎跳，海阔羡鸥浮。白发亲加老，西风岁又秋[1]。劳人何草草，三宿出温州。

[1] 秋，原误作“愁”。

张闿如招饮

霜前余矍铄，楼畔重低回。有酒偏成趣，调羹亦费才。乡心江上月，世变耳中雷。秋老悲无限，黄花带雨开。

出门吟

我生十六龄，担簦走异乡。自此综一岁，几日侍母傍。荏苒惜光景，所愿来日长。母年今七十，行步须扶将。飘飘发如银，却老愁无方。儿归甫浃旬，又复治行装。何以慰我母，儿鬓亦就苍[1]。母知儿心苦，皇皇衣食忙。入门复出门，叮咛语綦详。从容修问学，毋虑名弗彰。翱翔贵毛羽，用舍区桷桀。宁复叹困顿，但求免嬉荒。身体用载道，自葆莫毁伤。儿能领此义，聊慰我中肠。堂上聆训诲，门外飘风霜。唯唯无余语，趑趄出门墙。未忍一回顾，知母遥相望。车声清且促，我意益茫茫。人生本烦冤，世路太仓皇。何时绝尘鞅，归去艺稻粱[2]。

[1] 就，原作"已"。

[2] 艺，原误作"范"。

雪窗怀豫儿梅溪道中

腊鼓急深宵，江楼日易销。诗随千盏涌，目送一鸿遥。雪照肝肠冷[1]，山回魂梦摇。男儿应有事，跋涉趁今朝。

[1] 照，原作"压"。

除夕

笔砚旧生涯，营营送岁华。江云思故里[1]，客梦逐归鸦。鬓短心无改，肠枯愿自奢。穷冬何所慕，数点古梅花[2]。

[1] 故里，原作"母老"。

[2] 数，原误作"所"。

元日次调之韵

又值岁朝春，流光笑转轮。蜃楼云外灭，蜡炬酒边新。慈母多依恋，饥躯自率真。心情羡儿辈，野马未能驯。

和吴生长邺元日韵即以志勉

一片阴霾郁不开，空空令节眼中来。男儿养气归无惧，舍岂能为必胜哉。

元宵不见月次韵山隐

浑疑无计遣今宵，车马潮喧总寂寥。节序迁流天道在，雨丝撩乱月痕消。萦回客梦江村寂，零落中原野戍遥。且把一尊向三鼓，模糊昨夜与明朝。

慰隐轩病

象外观千劫，尘中送百忧。早衰心未槁，久病物无求。月影沉孤雁，书声寂一楼。未忘携斗酒，春暖续清游。

读隐轩诗稿

海角峥嵘抱砚田，聊将短咏送长年。语搀寒瘦霜中菊，气吐清泠雨后莲。食古醰醰穷变化，违时落落懒周旋。酒酣斫地乾坤窄，休笑先生老一毡。

即目

车声巷涌千篙水，灯影楼呈万点星。郊野草根萌旧绿，可曾雷雨洗膻腥。

隐轩病愈赋赠

病岂能为祟，尘缘实系之。攒眉殷世变，搔首合时宜。破壁苔痕涨，斜风烛影移。一言堪竦骨，旦暮尽交期。

翌日惊初定，无言却有言。披衣澄幻景，揽镜洗啼痕。一棹家人至，重楼客梦温。何当卸游屐，归去卧江村。

西垣杂诗八首用东坡韵

孟夏江村暖，处处长蓬蒿。树梢啼布谷，耕稼及时劳。客子当乱离，避地归如逃。世路终局促，我车何时膏。亲衰缠疢病，霜雪摧鬓毛。何当邻南山，趺宕天门高。

膝下度朝昏，烦襟转闲适。啼笑忆少时，掌中玩梨栗。母今安蔬食，金丹非敢乞。山妻服田畴，不自甘暇逸。儿女喧阓中，真趣满家室。世事渺炊烟，一缕连风出。饭甑未生尘，偷安暂可必。

老屋俯西垣，榆柳围屋背。熏风卷晴烟，幽意信无艾。晓起群鸟来，上下若期会。双燕绕梁间，衔草缀土块。掉舌清籁生，栋上连户外。池塘榛莽多，曾不厌荒荟。夜月浸塘坳，俯仰皆自在。明当投一竿，酤酒待鱼脍。

竹院翠欲流，新笋茁无数。携儿穿林中，竹外闻人语。溥溥清露重，风动叶乃举。瓜蔓牵篱根，卷丝初成缕。回首值邻翁，莞尔杖一拄。语我种棉归，好趁一犁雨。蚕豆似佩觿，采撷盈筐筥。浑噩古民风，欣欣安瘠土。此境重留连，天涯余几许。

东田移新苗，来补西田荒。纷纷各有事，四野欢相望。转眼大麦熟，阡陌半黄苍。拾穗有喜色，相告逢年昌。余力磨腰镰，刈草饲牛羊。好景快当前，细事宁能忘。

老杨皮日剥，亭亭不忍斫。厚荫忆婆娑，珍惜吾心悫。萧飒过三冬，断梗飞如雹。待春再生荑，楚腰犹能学。柔枝杂枯槎，纤纤而岳岳。西邻有双梓，气象同卓荦。偶尔依树根，消受清风渥。何必慕长松，云表露头角。

祠堂重修葺，巍巍居北村。丛柏依短水，新槐荫前垣。迁徙适兹土，我为七世孙。岁时荐俎豆，远迩塞一门。传家非富贵，矩矱幸见存。我祖迄我父，拥书忘眠餐。宁居古人下，聊将道比论。用此足黾勉，惴惴吾弟昆。

我有古瓷佛，供养亦几年。寸心聊栖宿，六字胜万钱。斋前面止水，莲叶开田田。恬淡适本性，廿载旧青毡。为客何时已，卷帙空自贤。谁与领真宰，劫波弥大千。

和杨沧白先生

襟怀海色润朝日[1]，诗句松声度远钟。寄傲半淞狎鸥鹭，清谭片席忘飧饔。楹书零落吾宁负，世路崎岖客未慵。却爱春光正骀荡，一阑新雨洽花容。

[1] 日，原误作“月”。

赠严苍山

相望咫尺过从密，渐识心情异众流[1]。海上悬壶绵旧德，山中采药负闲游[2]。倚闾有母同怀疚，觅食为家辄种愁。茗话今宵过夜半，徜徉归路月当头。

[1] 异，原作“与”。

[2] 采药，原作“岁月”。

送周生荃孙归蜀

爱尔绝尘眷，三年共旦昏。会心无一语，开卷挹群言。梦绕乡关冷，情随灯火暄。归程指山海，珍重北风喧。

赠沈芝平

残腊身为客，愁怀强自宽。知心今日少，惬意片言难。赁屋求容膝，敲诗比炼丹。未忘旧门迳[1]，玉树出云端。

[1] 未忘，原作“还看”。

独饮

客馆清酤何可废，聊凭涓滴润诗骸[1]。眼前风雪年方尽[2]，心里酸咸世已乖。剧恨岁时摧老辈，生憎花事艳长街。前途安得沿溪谷，随意霜晨打湿柴。

[1] 凭，原作“将”。

[2] 方，原作“将”。

和王巨川

期期肯作寻常语，诗句推敲味最醇。乱世仓皇人命贱，满楼悲愤月痕新。生涯笑我余磨盾，风雅思君共漉巾。可奈远人隔山海，比邻门巷忆前尘。

食杞苗有感

东坡赋杞春食苗，大肉曾不抵山肴。我家有杞青蒙蒙，高上墙头下水坳。去年三春守园圃，亲摘芳芽充我庖。儿童争说此蔓草，入冬粒粒红挂梢。朝来几个白头翁，嘤嘤啄食飞不高。我告群儿杞最嘉，明目安神颐功饶。儿言满地走虾夷，到处杀人穷焚烧。纵然日日杞为粮，目自瞢腾神自嚣。吁嗟言近意有余，我亦辞穷甘受嘲。强说用杞下新酿，大醉稳卧错昏朝。枕边长觉酒气浓，俗氛不几散烟霄。一年瞬息仍为客，春风料峭掀怒潮。鲜鲜杞苗又上箸，低回往事心忉忉。

辛巳夏日木道人乩示何处堪消暑六律次韵奉和

何处堪消暑，兵尘日夜浮。哀哀鱼在釜，烈烈日当头。多少虫沙化，纵横涕泗流。得闲聊一快，蒲扇坐层楼。

海市喧车马，熙熙一例忙。倾杯霞带影，罢唱汗流香。岁月随金尽，肝肠与世忘。瞢腾终似此，独醒亦神伤。

我有园三亩，浓阴翳绿畴。风轻蝉语细，露重柳丝柔[1]。午梦依亲稳，清酤与妇谋。只今牛马走，生计日绸缪。

[1] 丝，原作"垂"。

逭暑今难得，平湖泛画船。荷香清欲滴，山影薄能褰。钟磬传朝暮，渔樵忘岁年。前游倘可续，愿为洗腥膻。

客馆与乡关，模糊自往还。草深藏毒虺，潮急起孤鹇。战迹山千迭，愁心月一弯。蹉跎光景速，鱼鸟笑人顽。

道人无住相，木笔写心机。诗比千澜涌，神如一蝶飞。前缘欣可证[1]，我道喟皆非。抑塞凭谁遣，商量借衲衣。

[1] 证，原作"续"。

将归海门[1]

兵尘日夜人如醉，海市栖迟兴欲穷。百里江声帆漠漠，三更月色野蒙蒙。豆棚瓜架消清昼，蒲扇藤床纳好风。乐事家园先入梦，应门五尺有儿童。

[1] 本诗亦见第四卷，字句有异。

归舟[1]

梅雨初晴树色幽，一天凉气拥归舟。频移时序苏双眼，未靖干戈起一沤。久客重怀江北路，孤帆渐远海东楼。遥看前渡生余慕，渔父田夫自钓耰。

[1] 本诗亦见第四卷，字句有异。

赠邓钝铁[1]

敲门夜半惊泥醉，须信狂生不受羁。篆用蟠拏如铁曲[2]，诗余矫健任霜欺。阑干频撼宵风急，须发俱苍午日驰。身世茫茫何所托，拂弦无梦到钟期。

[1] 本诗亦见第六卷，字句有异。

[2] 原稿脱"曲"字，此据别本补全。

答荃孙[1]

万里相思苦，书来诉别肠。江头人自醉，山外日偏长。务学柴关静，谋生鬓发苍。溶溶今夜月，与尔共相望。

[1] 本诗亦见第六卷，题作《周荃孙自西川寓书赋诗答之》。

费范公赠诗次韵奉答[1]

荒荒江海暮潮平，鼓枻中流鸥梦惊[2]。万瓦霜凝连鬓白，一尊酒尽剩愁倾。途歧书剑身余累[3]，眼倦风尘命久轻。楼角哦诗宁自放，漫随野鹤一长鸣。

[1] 本诗亦见第六卷，题作《范师赠诗次韵奉答》，字句有异。

[2] 本联原作"万里相思苦书来，诉枻前头鸥梦惊"。

[3] 累，原作"悔"。

吕十千自写匡庐舍身岩看云图索题[1]

十千好游历万山，山中岁月重留连。猿鸟

数声搅诗思，烟霞一抹参画禅。两脚踏遍无人处，山精值之讶古仙。匡庐拔地数千尺，舍身岩峻齐斗躔。阳明屐影试追访，俯仰空蒙天地宽。一杖从容自来去，松根草果恣饱餐[2]。东归海澨厌尘土，恨不筑屋凌高寒[3]。钟声泉韵永朝夕，心襟遥落烟云间。图写往迹一寄兴，兵气缭绕嗟连年。

[1] 本诗亦见第六卷，题无"索题"两字，字句有异。

[2] 草果恣，原作"采采芝"。

[3] 恨，原作"悔"。

次韵太玄[1]

江头潮滚滚，零落数交亲。雁振云中翮，蟫藏简里身。揽时双眼倦，尚友一心真。薄酒时远醉，何须叹不辰。

矍铄翁依旧，青松郁古姿。关山思立马，禾黍黯留诗。蛙鼓声悲壮，云峰势合离。杜门真得计，多事择高枝。

[1] 本诗亦见第六卷，题作《次韵玄翁》，字句有小异。

和刘振缨[1]

尚有登临处，遥情可奈何。秋风新涕泪，猛士旧山河。霜肃花初绽，窗明鸟间歌。客贫悭斗酒，佳节等闲过。

[1] 本诗亦见第四卷，题作《次刘振缨九日过访寓楼得句索和韵》。

沧白师将绕道南海返蜀赋诗叙别[1]

万里公归去，霜天月色新。泛舟鲲自徙，拂袖鹤难驯。岁月赢诗卷，勋名付钓纶。何须论出处，肝胆故轮囷。

踪迹年来密，钦崇与日深[2]。诗吟秋树色，酒醉故园心。列座青双眼，横云白万岑。夜阑愁欲动，往事黯追寻。

[1] 本诗亦见第四卷，题作《邠师返蜀赋诗叙别》，原为三首，此只录二首，字有小异。

[2] 崇，原作"迟"。

呈君觉师[1]

书来始信栖东海，想见仓皇几日行。两地悬心殷泪渍，他乡扶杖郁诗情。渔樵自昔呼为侣，草木如今认作兵。西望五峰云不散，禅房石鼎为谁烹。

穷乡且爱无拘束，聊复弦歌慰白头。往事梦回俱杳渺，泯心禅定任沉浮。尘途我负十年学，乱世楼扃一夜愁。聊把丹青消俗虑，笔端风物几春秋。

[1] 本诗亦见第四卷，题作《寄曹师君觉》，字句有异。

将归里门视调之病[1]

每忆呻吟苦，昏朝傍药炉。西风过午劲，凉月下帷孤。病困疏渔钓，心寒入虎貙。束装曾几度，艰苦上征途。

江上书来日，秋声乱碧空。字攲微病久，境老叹愁丛。儿女随飘鬓，烽烟碍转蓬。令原端在望，助我一帆风。

[1] 本诗亦见第四卷，题作《将归海门视伯兄病》，字句有异。

寄沙孟海

西风漠漠群帆乱，落照沉沉一雁低。羁客久尝情冷暖，幽怀无奈夜清凄。司空大好归官谷，仲子长萦灌旧畦。吟兴今朝知不浅，只愁尘累汩天倪。

集缶庐师遗墨百余帧假大新画厅举行展览敬赋两律[1]

墨沈飘零处，应怜迹未干。升堂辜岁月，肃像重衣冠。梅影蟠螭老，松声泻瀑寒。并时余几辈，相与说刳肝。

早羞五斗米，老倚一枝藤。海水骑鲸吸，天龙借马乘。拈髭参绝妙，磨盾讳无能。诗画通消息，维摩剩一灯。

[1] 本诗亦见第四卷，题作《观缶师遗墨展览会》，字有小异。

赠凌宴池 [1]

未倦螺梯百八盘，小楼过访话悲欢。朅来画地身疑赘，梦里忧天胆亦寒。石砚为田犹可耨，儒冠无垢不须弹。哦诗生计知疏澹，短褐空瓢奈倚栏。

才名天际喧清磬，肯与闲人作等伦。落笔枝柯争倔强，吐词肝胆失轮囷。尘中屐迹归荒径，乱后渔舟失旧津。差有孟光共文赏，抱琴奔徙不辞贫。

[1] 本诗亦见第四卷，字有小异。

第八卷

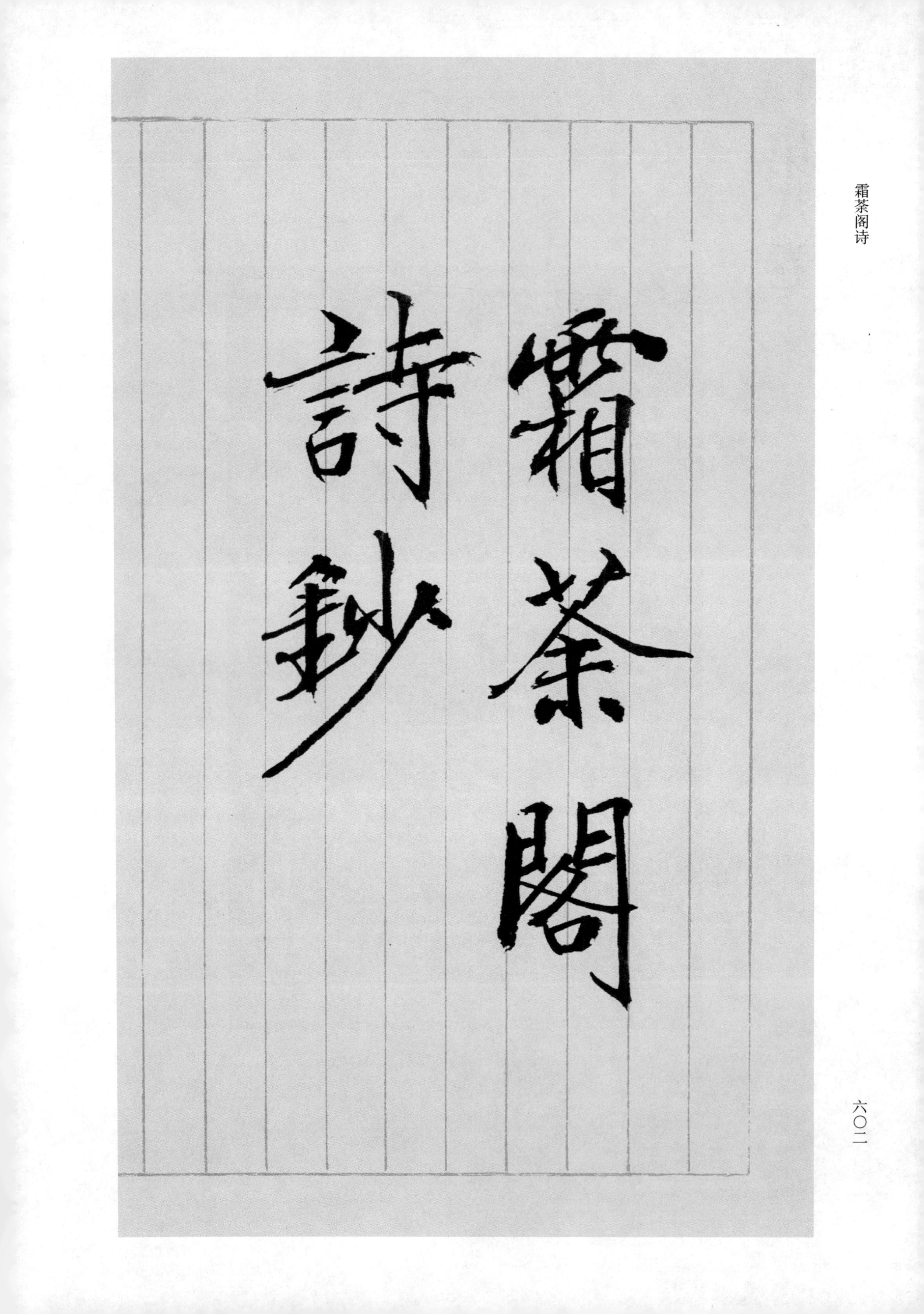

霜茶閣詩鈔

、贈樋于惠正夫歸

知我移居鎮江堅姑蘇覓屋費周旋今逢佳處

𡉏環路大可閒居洞裏天畫據明隱延遠景晨趋

山市買時鮮爾曾雅意順影眼一段因緣豈偶

然

依𡉏一首照

明徐景韓辭借精谷賦謙

依城帶水營精廬綢繆十載先滁地叢花留種舞當門雙柏幻龍眠泉沈短綆烹香苔檻蔚遶山抱翠煙多感主人容小住婆娑歲月錄新篇

次韻答范煙橋

塵氛看亦倦自嘆已遲來覓屋初安竈逢君

且韵墨攤書吾自貴入世懼非識清才靜趣兼鈎致

園花幾處開

○

王師子子病屋加劉驅車視之辭聞懸赤鯉一幀

十二前所遺也

何嘗生氣盡赤鯉畫中騰室壁無情添石盾身存

礙折肱之洞愁世事浪千層吞吐辭無記茲

樓六僊登

移居

移宅吴門非得已歷嘗淹泊客愁深摒擋書擔

笑攜瓢 簋

挾册

鶩馬蟑彗補綴琴囊惜鳳吟得地何嫌鄉井遠

避人吾生髮滿欲入山居

搔頭渾忘雪霜侵閒來扶老還攜幼御艸庭柯

亦賞心

詞之書告家鄉又為匪軍竄擾

難拋一片思鄉念，遙說移家亦斷送，時歌哭于斯廬，

尚在遷流到此，悵觸常隨。田園眼底，爭說警烽火，[illegible]煮至其，烽煙遍地又傳警，要[illegible]之

江北硝煙志遠一望，蕩江夢魂苦參差

人好事安知否，詩情異平日，真須撚斷幾莖

髭。

次韵夢痕

非君誰復肯相尋朋盃酒留連感不禁客路遠
近多面目交期幾許与時深
時危未敢戀家門老幼潛行疾似奔權借一枝
聊定嗚他鄉月色自黃昏

○
登堪星樓題彭若吞彭氏舜華舊注盛与潘氏畕齋名
入境聞清漾望湖河識故家樓存書有種園

廢竹生花聚族君何性難鄉我獨差矣天聊復

爾揮蒲之扇爵罪冬瓜

○

乾李浩然為東壇羽命詩以贈、

閩中朋舊無餘子哉魁梧[redacted]者闊雅小李、君樂恬退

君無絕胸次森嚴巷蔚奇偉秋英會上始訂交

餘事先窺寫山水山川嘽壁付筆陣豈果區

歷名畫史論壇屢聆伎真言語出公非亦公是
文章在我不受賂菲薄影淪泊無所涯舉世
皇皇在衣食君惟一硯自磨砥而今海上益頑冥
蹉跌人叢談足蹝痛哉先生一失閒肯肉為歷
化車軌望中世路風崎嶇班席席安不可保

寄林敬叔潮陽

孩雛失蹤影不相聞濃浮雲暗亘南嶺飄泊比風箏征

颸斷細鏈八載消息通遼長箋訴哀哽顛沛

挈手妻孥風雪歸鄉井六時忍腹捋千里犯兵

警窮戚乞兒身徬徨無人境及家見親顏

欲語齒牙冷嗚呼生不辰一再懸艱攖回紬亂初興

滬上干戈逞天敵兵張鷹瞵捲雲勢何猛一日彈雨

下人叢競馳騁伏地一氣靈閃雷雙眼青須臾
闌窗出負尸如葦餅設令仆互後飛鏑摩其頂
他日辟走益來且吉創左脛陳迹一夢除中心餘
眈眈夫我同丈雛性命之微偉江村連烽烟微行移
小艇蛇蝎矍毒舌話題懸懸看經萬卷累可刪迴腸
波難精滿定君循安抱硯鬪蛙町一任違時宜

歎〻惜光景閒道何殷〻窮搜心自領舊地今頽
買喧闐如飛充囊槖移居向吳門閉戸樂我靜
思君雖合并天外徒延頸忽憶君所貽汲水煎茗
茗

○、游紫蘭山墅贈瘦鶴
常人構園林十九諧世俗雖遥〻王羨肩眼中皆碌〻

庸知一程微位置，圖金扁珠玉尚易求，襟抱誰可鬻。
周子美文翰，採思極清卓，讀畫癖好深，邱壑撐滿腹。
遊跡見奇葩，羅掘窮厓谷，囊藏獲古梅，題詠累
卷軸，移植紫羅蘭，鍾好詛具，屋十畝重經營，四時長
綠蓉刻東園，就荒張畔添帳，鶴館葺懸壺，
冬董匠勤往復，揖盈挪讓開，鉤心而鬥角，蕉竹

泱成林梧桐任孤孤獨憑家鳳來儀儀寤寐翻飛進聽松
柏蒼直幹頭角崢嶸木珠藤結成寶幢雲霞
閒花簇簇亭亭倚石根風致翩翩以樸石墻數級高外
刻苔碑直顛顛高處聆水源汩汩聽飛瀑芙蕖開重重
谿澗來曲曲迤邐七尺欄高低藪秋芊芊竹蔭埋大
雜錦繡耀初旭鳥對來近人時復飲且啄院落

古礎盆裂作紛華碚中植嘉木繁纖纖以江獄獄嶠
好手態各殊髣髴張畫幅几案小景妍安排隨
所欲範水復模山零金與碎玉佳趣一枝新穿牆入
惟怪宛宛傍覺姿低首閑且淑周子復何嫌翫物差
自從呼嗟亂未終世態同轉燭冠冕咲泥塗菀
枯陽信宿我今來卜鄰駕言避涸濁涉園百慮

忘他日渦共漲興至發嘯歌形詠無拘束莫更避人訕

相看鬚有絲无

○ 移桂有感

小園刈蕪織下鋤得巖桂〇與（欣鋤）滕齋矣委艸際移

植向瓦盆嬌（奇）姿異向背羽〃展葉尚青夭夏疑可

三（耐）日顏色移枝頭纖大焙雜黃〃無韻最多

勤澆溉日茲長縣樹冬青夏暢遂令縱橫根
稠疊附土堤形訛神剔全色變態無礙不見階下
艸芟夷復芟刈芟截吁嗟兒[illegible]有所[illegible]遍時日衆
草每葉蹤嘉木易凋萎當成長時斯須不可
害元氣一脈通中傷無由外人生亦如是積培植為
用德

○、公梦痕和移居詩再用元韻酬之

衆鳥南枝喜得音別情繚繞与時深當年

屋雨偕行樂山居杯盤亂醉吟書卷違時畔

子昵戈平多事鬢毛侵江頭宿客憧憧過

舊輩交期慨寸心

○消息

如花眼底攢如蟲身中鄉雍來朱顏居已
是黑頭白五十云姑裊俗歸遲消息我生困
蹭多紛紛哭四鮮壯歲昧躐取朝昏翰
墨客志三十年三十苦饑古食兵興盜惠扎賊滋里巷
擢屋羈帶世望日以繁生理日以蹙天命差自知
愁心時遠滌滌懋懋復明彊勉為憔悴　吁嗟

一身外事累常充塞如何不動中歲序況趨遒
嘗見田舍翁老長者事阡陌閒來牧雞豚樂
萬家無邊逸遊戲話桑麻模糊長時歷今說悔
昨非工情太偶反相不拾真詮耳目無擾惑抱硯
高影聊逢旅欣自得眼世事任其自勝逢突猶
狂席耳青不知老微言耐尋繹

補前

○輓符鐵年

江海逃空名枯腸獨自斟 私離淞士路壁薜之差宸

禪心把卷貧而樂拈髭老易侵何傷返冥漠身

世總浮沈

廿年驚一瞥意氣耐尋思潑墨無傷雅調朱

躍入時山林悲畏足冠蓋倦伸眉風格何須辨

隨人說畫師

詩句微留思寧慊蹤跡疏盟心神自往執手語無餘隱靜聽花落囊空賸石儲前塵今縹渺周蝶咲蘧〻

○贈俞劍華

劍華〻〻獨儒才思何璀璨生長泰山阿挺秀

書畫非有意於填胸有鬼常難晚大山川名冊

山游涉不知倦一從變亂與海角聊把遨一壑遠

高年終藏食破硯臨含出仙雲琴二洛平

沙雁搖思溪聽源開圖窮匕見一朝荷大觀

四壁近清腕半千志所儀非花夢只見巨幅

積黃山壽情雄繡段遙泉洞霄吼長松作

龍纏蒼君蔚拔千峰灑落輕羣彥獨悵
亂來終餘生隨墜憂患讀盡且放懷上下共議論
酣高攜酒錢百杯相酬勸

○

通若門羅氏園〻東有餘屋可借心甚羨之
域隈風色似山家十畝濃芳一望賒蓮葉護魚
環墅幄榴花窠鳥落紅蕖霞雜〻樹頂枇杷

熟蝸蝸捆迸揚柳斜肩署牆東乞餘屋安排

筆硯種匏瓜

星何時習酒課皆緣（煮酒[illegible]詩書觀）

○、題曼文伯第山水軸

讀杞（落之）詩腸爲（被）酒分一盃挾夢入蹊摩畫圖猶是

亟平日三兩人家臥白雲

第三句能改
仍可存

道長溪回碓西臨意夢過健騶早肩雲

有路枯腸空拖酒盈尊廿年同學飄零久

忍更与君仔細論

旅八字〇

贈汪英賓

十年陈迹彈雙淚寇盜逐与思鄰西望重山連

辟壘夜拋一卷對星晨居然得意還如意我却

聞兵不遠自別諸兄後知幾許重逢若槐更

何因

次韵谦斋病起诗

莫更言時會浮生總賤微張髯述海市讀盡

髭柴羸小同隨聲和狂游与韻違客中餘磊落

契結未全非

病起君如舊輕添鬢上斑既囊抽兔筆鄴架

積遥山隱几情何限扃門累漸刪無傷古辛七尺

補前

一笑任疏頑

○雙桂

西鄰雙桂如蓋張金粟盈枝可斗量屋角
一陣飄奇香々風冉々襲衣裳家園北顧三
徑荒手植桂樹高逾墻闃無子人度迴廊
空餘鳥雀棲且翔肺肝搖兀重感傷呼僮

鬱字酌改

入市沽酒娛一醉曹騰撇故鄉再醺酩酊鬱（任）

請狂花香酒香兩俱忘梦醒曉日上扶桑城边

野菊亦無數欲開不開待重陽

登城

清曉登城披艸徑逶迤雞燈樹市聲譁鳥

改存

陡截三三兩斷

乃從由乃句

鳥不擇從棲啼蟲語流藏歷亂花迷眼村

末句仍須改

健
提
娃雙螯重湖河小艇一篙斜春中風亂槳
柳堤 梅邊
四周蘆後掃遍
地塘
豈乡事
興莫東疇問誰家

○ ㄙ

重游滄浪亭

廿載舊登臨回頭走寫心疲驢逢樹繫殘刻剜
茗尋一水容清淵空亭閱古今重來異時會
笑我鬢有毛侵

脩存

九日

真成多事登高否，況復今辰異昔時。尺尺羣山雲自亂，滔滔一世命難知。江鄉有路勞張眼，節序無言教鎖眉。且向城邊看野菊，不辭寒瘦菊花枝。

瘦龍所居之西軒，粉飾甫竣，有老藤蘿一枝破壁而入

多態搖曳生神之甚艷之逐戲此篇

一枝藤自静中生，几葉攀扶若有情。無力嬌姿纖弱女，有緣精舍伴孤鶯。東花光照勝詩對酒，還須問姓名。嘉許滿園應見妒，不平欲倩為鳴。

曉望霜丘

古塔鐘霞外、僧歸拾澗薪、峰前蹲虎石〻坐千人劍冢留王迹、鐘聲落梵塵、舊游猶在眼、風色屬三春、

〇

野行

落葉紛〻見西風陣〻催打頭今指事搜句向舊無才紅蓼岸鴉戲青蕪一犢來家〻晴稻穫

轉眼熟新醅

○

可園圖書樓前西偏植蕉數十本小蔚然

綠天乃賦此篇一律

一徑蕉林在亭亭古秋葉斜將舞袖心

卷未舒愁寂寞暗書聲蔥龍霧石頭

擺出誰似我蕉雁鼓聲秋

嗣母杜孺人忌辰

一載從過寧痛定，屬廬營奠忽四思。夢中墓草萋萋漲，客裏香花媚媚移。執手下寧鐘下淚，搔頭惆悵鏡中絲。從知兒女徒成贅，報答云何自我疑。

靈巖山頂瞻謁印師舍利龕別室頌陳常道之

物妙具生前墖於賦此

師去知幾去師來乘願來　拈花肯色說法佛

無胎物在思顏色恩留撥火灰　丁寧果成懺萬

刮雨中苔

「聞徽墨須設學藝於家

鼠崇堂前實不壞當門蔓草欲齊眉　時最多

事與絃誦心孔無言閒陌阡 七卅廬空餘舊
澤百年人瘦誤陳編自今無用傳消息身世安
排只聽天

○

秋思

秋林敲秋風秋露藏秋草 相應作秋聲 秋眼看
秋光老閒步入中庭 點點愁心攬此顧戰雲橫

[redacted]

諫奪無時了分明戰算甚煎國力無多少目

各書落計移由來國在在能服謀猷

[redacted]秋月自成圓秋星自密羅返照入山河河

亦已山卓然一枝斂收復招秋色

○

水部即目

栽一回所雇

附郭田園一分水山舟行行鴨鵝群曹耗穗畫樓

黄雀聲聲菜根肥，展綠垂垂色蝶雙飛，蝶底苦滿

茹苦不覺歲時勤，姓江南今灘頭過赤足低

身去采芹

寓齋書懷

借無出贈送盤桓，誰識身寬心事寬，見長根

鄉非故土寄情水，作狂湖却建城郭，願人呼緣

運去稽祇自繹 為問陳書叢誰義許硯中擔

也可以眾某時無錫 欲何似 硯田不療一生饑

難駁

○

晚歲古吳相王二朝宗祀辭城為春秋桑湛辟所遮

築城有殊績封相王以其築城有殊績也

紀功廟祀垂千載碩信崇家話是後身百變

兵鋒北府舊日衛民何物更翻新

懷舊吳建吳闓荃孫林敬叔梁節庵與之晉不離隻

字再為韻語寄之

宙合著識与人久識發乎中迴非偶親親迨及師

若友璠紉以道情弥厚同仕路逢迎但外耳

同襟鍚節惹塵緇强冠我從安吉叟自請小照
羞寫變何園諸子從而後昔共江頭今國石台焉
周西去林南走萬里潮陽泊仁壽里無處歸
攜跡隨濤墨四頭珍敝帚書書來各瓦
路情絲纏綣如斷藕新詩綿綿忽掛君書
當前報瓊玖一封堅誤洪喬手望斷鬼來鴻頓

搔首朝臨對隅山阜頭生欄邊今鳥[illegible]黄

蜂燈漫

邑未刊端侍前嚴重九秋來病臥東樓居有朱戴自晦

花滿眼我[illegible]剝啄門前誰知

○

題蘿蔔梅花

枝分鄧尉春根泛太湖水潮泊對不受塵埃情有

如此

鄭程小青范烟樵君博蔣吟秋趙眠雲鄭陳角

蒼張星階俞彤甫柳君瀧集江聲閣

亦知雅集違時宜秋士逢秋强爲之載言載笑

且即事無主無賓來及時援毫磅礴憑酒

力哉菊蹊踏謀花期歸路一以印發鋟詠盤硬

昌鑒黎寧能幾

陳叔吟表子

天心著意催君老付個佳兒又遣回消息如如絹
絹署詠霖明鏡憂塵埃
搔兀肝腸訖未終無人身世不飄蓬張騫拖得書
來讀千古生機一綫縣

贈蔣吟秋

回首隨公語同心數蔣來前塵天既醉近況物

鷺秋栽鞠吟三絕擬書靜一樓太湖三萬頃鷗

鷺左前頭

煙梅將葺舊居賦題一律

舊居修葺添新債義意中逢後石儲勝日復

謀邀墨落無者隨意塘閣疏傷時

更俗改編雅影有疏提我[redacted]怕吟詩句

意吾廬

○贈董每洞叟

髯髮婆娑遨海諸，局白蟠春足壁樓蔭。

花滿地栽雲錦，劍影中逢伴君麾郵望。

經營詩境出人寰，繚繞圖腸覓文胡未曉人之

令指我的殘擾說履石上浮

○

鄞鄉鶴巖為一真文所夢轉振相結今昔黃園
十四年自題三首其三與此絕有作

梓園老鄉今遠去相見緣逢似意時天不

烽煙消息墨梅邊遠望同讀半安無襄

倦眼看蓬轉右邊心間往像推我欲賦題試瞻指

惆悵曾聽自家身世亦事難

○

題畫

参天石壁危如削，浮出渝涟绿阴中，越一棹游客

游洞口，缘梯遇武陵人

题薛鲸

○

十载经离乱，重逢恨岁深。今霜凋菊径，

戍鼓撼诗心。过目皆军马，磨砚张胖一古。

今宵绝无过，此间户向山林

題五峯石圖

片石雖堅貞此心不可轉填海與補天寧辭譴

枯菀莊嚴之說非頑一人間世哉慧眼知之清之契寄

徽時雅韻大都劉士言真本哈峯內蘊五峯

小春葉轉青到孫館隨不紅梅花先冷冷

自成佳構書畫鄉風相對情何限

觀葛竹谿畫展賦贈一首

昔年豪華求師友紫瓊山腴逢竹叟儼然
遺象澂博覽犀言絕塵垢時遙墨瀋
飲一升紙上晴聲語飛去古梅飛落花
寡能壽石雁山畀天門陵雪園青藤白前生
卻與時人後寰白年逾七旬興猶翻騰追
神何抑撥琳瑯一室三吳多點畫渾厚重

不高新中更有自壽圖挑賞千年大北斗

讀畫醉醉欲流涎書賞任言今世有

和施扶九聯鵬游東天目詩

天目蒼蒼盤萬萬級君登踏腳獨攀躋來

晴煙杖策泉聲外解路回頭山影低詩向問

題身石後畫圖寫掛与重盛祥樓墨

竟誰來遣老衲空言自羅睺
旅懷收韻雖石
獨留肝膽畀人知擾擾塵途閱三千劫窮
莫發新聲倩自賞無能借作詩江鄉
老屋借餘懷霜雪殘冬老菊枝桂絕
錯沈今已還長此無奈翻無應

懷游光

遠德殊難游光久隔下天斯皆異年異我深

舊遊遠信無海舶(船)信需不捨百戰雲懸身老不存

金友埋骨蒼陵講樓殘月暗松楸光性濡以庵

應訝眼花雖會計稍潛心饒了不為耳病焉語

文慕破語聲耳光陰[illegible]

嘆我國頭罪孽重重下翔恨識大義一

雄歌南來孰奉尋常日月先陶冶斯道爲先斷

東土僅綫一例微太息幾時可以盡人間老者

烏龍橋

寒鴉孔噪烏龍橋萬木撑空風怒濤落紅飄

鐘聲遥此情此景動心悯倪值中原萬劫跳烽煙

滚滚人如潮兵馬鳴窠寇寇之結日染身需江旌接休
言不鶴之飛飛上氣氣類同一遭 太平有象望來朝
日請之蒼倉閣與飽

與襄如結婚三十年矣情愛彌篤賦兩律
贈之以示吾儕情愛老而彌篤也
結褵三十載真足慰平生婦道備親闈

師承堤衆評避兵家尚在食苦世無爭松
柏凌冰雪移來證我卿
珍重此因緣雲開月正圓室暄孫可弄
釜沸呈方熾色喜孫鐙煌心危款硯田
躊躇看世變白髮任盈顛

錄天台山農遺詠

搖筆無虞聲名動海瀛豪情出肝
膽逸興借風雲壇騁心將臨池腕有神　十
年組字卅圖畫告成新

輓養母曹石林

髫齡親炙記分明面命耳提敢忘情獨抱肝腸
慈似母晚歸吠晦醅爲眠天催換景撚鬢鬚白我任

隨緣拔宅輕鬬艷僂浮懷往跡慧遺一再聽

江聲

〇贈李三墨子光榮

連朝觀勝劇身目作清新節奏純無間威

儀盡入神十齡傳衆口一藝自前身負

須全秀所佇有向派宗遺

贈彭文郁

疇昔聞名今識面比鄰門巷接依城戎衣乍卸
揮鋤影寶笈常陳落磬聲磨麦撑腸瓜
一飽禮依醫眼遠餘生芸〻世態縱誰閱翻騰
冬太上如何學忘情

王季遠文過話

詩翁八十彊其骨策杖婆娑逸興饒下訪汴
梁文采學偕談風雅著金滴千家歲歎殊天
閱萬里民勞季刻 跳交結青松我顛足追陪
若酒歡今朝
天部兮夏麴林居來會再見君歌兮相屬
中餘屋

僑居他鄉同一慨斷斷千年曾同星囊中

一笑當新句塵外相逢見慰腸秘藏(寧倒)吝儉

越(難畫)類聚疏相何地學時擬文郁風雅擅能

暮采菰園菰蹤未懂

僑居鶴園張伯儀所居僅距咫尺聯語係之白

戲賦一律

垂垂楊柳綠如油，清絕樓邊鳥雀啾。翰墨
緣深鄰楚卜，米鹽了瑣先謀。能修世業翔心祁
定實堂課儒通來訪集勝，一笑由人休自傲且留
晴戶去烟梁

題壺廬師鐵園山館印存　方去疾

師印爲因游夏贊，鐵園一卷光璀璨。試取師言

學無倦癖庭得聞即就案叅刀圭圭過若干纖識

一任言方人訕上窺周秦下逮漢少日致致勤撫家所印流傳

非云罕茲卷嘯日囊卻來見貺壽福昌春中延友人

貽我重務銜安得師印援之編編年別輯寫正

變吁嗟一世參同心日月其邁發浩歎

壽調之六十

能周衣食須知足漸定居彼莫掛懸毫筆半
生蕭颯白鬢首伸眉萬里起蒼頭冰霜苦勵能
肝膽家室難拋任馬牛且喜弟兄俱老健從
容歲月看新猷
晨覽近作淂詩一首
書生積習消難盡聊藉毛錐寫性情濃抹頓

韻柑酒淡秋墨色想行樂真久負年華盛
食還慈意來年休笑圍爐思易來客中只有
硯田耕
何處
何處是生涯撲捆眼已花筆墨隨鬢眉禿心緒
引愁驗宿道知非世忘情尚有家林田一畝業

悔不蓺桑麻

輓吳衍秋

卅載緣深翰墨場相逢娓娓話家常誰知惠
與門初識忽許歸真覲正蕉早曉梵名游汗
漫晚陪函重室染天倉黃等身畫卷餘光燭流水
青山無久長

嚴祀

古廟具文星聚五表阡屬意賸殘碑泯滅

世態寧須問只有心心香託孝思

錄先墨蹟　賦詩識之

落落詩腸被酒分入紹棟夢不踪醺
畫圖獨是遯年日六四人也歌
臥白雲　題畫贈伯山水隆孚
辛卯嘉平　介堪書於春門

小游息霞

吴君小游字曰公休生年二十雖和之之秋

卒于己丑寒此非深之飄(風)搖之懸其胡能已

民國六十八年〇月　虞稚老人題

释文

赠槛予惠正夫妇

知我移居志已坚[1]，姑苏觅屋费周旋。今逢佳处城隈路，大可闲居洞里天。昼据明窗延远景，晨趋小市买时鲜。尔曹雅意深潭水[2]，一段因缘岂偶然。

[1] 志，原作“愿”。

[2] 深潭水，原作“须珍重”。

依城一首赠徐景韩[1]

依城带水营精舍，户牖绸缪十载先[2]。隙地丛花留蝶舞，当门双柏幻龙眠。泉沉短绠烹香茗，槛对遥山挹翠烟。多感主人容小住，婆娑岁月录新篇。

[1] 诗题原作《徐景韩许借精舍赋谢》。

[2] 户牖，原作“牖户”。

次韵答范烟桥

尘氛看亦倦，自笑已迟来。觅屋初安灶[1]，逢君且酌罍[2]。拥书吾自贵，入世惧非才[3]。静趣帘钩外，园花几处开。

[1] 安灶，原作“营窟”。

[2] 且，原作“比”。

[3] 吾，或作“诚”。本联原作“群编留本色，一世贱清才”。

王师子病风加剧驱车视之壁间悬赤鲤一帧十年前所绘也

何尝生气尽，赤鲤画中腾。室罄怜磨盾，身孱碍折肱。闲愁云万叠[1]，世事浪千层。吞吐辞无讫[2]，兹楼亦倦登。

[1] 本句原作“人生愁一片”。

[2] 讫，原误作“迄”。

移居

移宅吴门非得已[1]，尘嚣淹汩客愁深。笑携书箧惊蟫梦[2]，快挟囊琴遏凤吟[3]。得地何嫌乡井远，搔头浑忘雪霜侵[4]。闲来扶老还携幼，砌草庭柯亦赏心。

[1] 移，原作“拔”。

[2] 笑携，原作“摒挡”，或作“乱搬”；书箧，原作“书担”，或作“挟册”。

[3] 本句原作“补缀琴囊惜凤吟”。

[4] 本联或作“避人吾岂敢，端欲入山深”，似拟改此诗作五言。

调之书告家乡又为匪军窜扰

难抛一片思乡念，总说移家亦暂时。歌哭于斯庐尚在，迁流到此砚常随[1]。田园眼倦争鸡鹜，烽火心摧煮豆萁[2]。北顾风光遥一叹，隔江魂梦苦参差[3]。

[1] 砚，原作“月”，或作“卷”。

[2] 心摧，或作“神伤”。本联原作“烽烟掠地又传警，鬼祟迎人好弄姿”。

[3] 本联原作“知否诗情异平日，直须捻断几茎髭”。

次韵梦痕

非君谁复肯相寻（用句），杯酒留连感不禁。客路逢迎多面目，交期几许与时深。

时危未敢恋家门，老幼潜行疾似奔。栖借一枝聊定喘，他乡月色自黄昏。

登拱星楼赠彭若谷[1]

入境闻清望，濒河识故家。楼存书有种，园废竹生花。聚族君何憾，离乡我独嗟。炎天聊复尔，挥扇嚼寒瓜[2]。

[1] 诗题原作《访彭若谷，彭氏科第极盛，与潘氏齐名》。

[2] 挥，原作“蒲”。

李浩然为车撞殒命诗以挽之[1]

关中朋旧无余几[2]，魁梧者阎短小李[3]。李君恬退若无能[4]，胸次森严郁奇伟。秋英会上始订交，余事先窥写山水。山川弹压付笔阵，岂果区区名画史。论坛褒贬仗直言，语出公非亦公是。文章在我不受赂，菲躬淡泊无所滓。举世皇皇在衣食，君惟一砚自砺砥。而今海上益烦嚣，蹉跌人丛误尺咫。痛哉先生一闪失[5]，骨肉为尘化车轨。望中世路见崎岖，衽席之安不可俟。

[1] 诗题原作《挽李浩然》。

[2] 几，原作“子”。

[3] 者阎，原作“要推”。

[4] 君，原作“侯”。

[5] 闪失，原作“失闪”。

寄林敬叔潮阳

睽离不相闻，浮云亘南岭[1]。八载消息通，长笺诉哀哽。颠沛挈妻孥，风雪归乡井。六时忍腹枵，千里犯兵警。穷蹙乞儿身，徬徨无人境。及家见亲颜，欲语齿牙冷。呜呼生不辰，一再历艰梗。回缅乱初兴，海上干戈逞。敌兵张鹰瞵[2]，横空势何猛。一日弹雨下，人丛竞驰骋。伏地一气窒，闻雷双眼眚。须臾匍匐出，负尸如叠饼。设令仆在后，飞镝摩其顶。他日躄躠来，具告创左胫。陈迹一梦赊，中心余耿耿。夫我同支离[3]，性命亦侥幸。江村连烽烟，微行移小艇。蛇蝎惧毒沾，魑魅愁肩并。万卷累可删，回肠波难靖。喘定君偷安，抱砚辟畦町。未必违时宜[4]，款款惜光景。问道何殷殷，穷搜心自领。旧地今喧阗，如虱充裳绸。移居向吴门，闭户乐我静。思君难合并，天外徒延颈。忽忆君所贻，汲水煎苦茗。

[1] 二句原作“睽离失踪影，浓云翳南岭”。句后原有“飘没比风筝，狂飙断细绠”。

[2] 敌，原作“天”。

[3] 同，原作“亦”。

[4] 未必，原作“一任”。

游紫兰小筑赠瘦鹃

常人构园林，十九谐世俗。杂遝主若宾，眼中皆碌碌。庸知一径微，位置关全局[1]。珠玉尚易求，襟抱谁可鬻。周子弄文翰，揉思极清卓。读画癖好深，邱壑撑满腹。游陟见奇葩，罗掘穷崖谷。曩岁获古梅，题咏累卷轴。移植紫罗兰，钟好颜其屋。十亩重经营，四时长绿荫。劫来园就荒，张眸添枨触。修葺历春冬，董匠勤往复[2]。损益挪让间，钩心而斗角。蕉竹沃成林，梧桐任孤独。想象凤来仪，寤寐动遥瞩[3]。松柏养直干，头角穿群木。珠藤结宝幢，云霞闪花簇。茅亭倚石根，风致简以朴。石蟠数仞外，剜苔碑矗矗。高处贮水源，汩汩悬飞瀑。芙蕖开重重，溪涧来曲曲。迤逦七尺栏，高低艺芋菽。竹荫埋大瓮，锦鳞耀初旭。鸟驯来近人，时复饮且啄。院落古瓷盆，制作纷荦确。中植嘉木繁，纤纤以岳岳[4]。蟠拏态各殊，仿佛张画幅。几案小景妍，安排随所欲。范水复模山，零金与碎玉。佳趣一枝新，穿墙入帷幄。宛宛侍儿姿，低首闲且淑。周子复何嫌，玩物差自足。吁嗟乱未终，世态同转烛。冠冕笑泥涂，菀枯隔信宿。我今来卜邻，驾言避溷浊。涉园百虑忘，他日酒共漉。兴至发啸歌，形骸无拘束。莫更避人讪，相看鬓丝秃。

[1] 位置，原作“筹措”。
[2] 往复，原作“吐握”。
[3] 动，原作“辄”。
[4] 以，原作“而”。

移桂 [1]

小园刈荒秽，下锸得丹桂[2]。厥干与膝齐[3]，久矣委草际。移植向瓦盆，奇姿异向背[4]。翌晨叶尚青，炎夏疑可耐。三日颜色移，枝头俨火焙。稚儿若无睹，晨夕勤浇溉。日兹长绿树，冬青夏畅遂。今纵戕厥根，犹然附土块。形讹神则全，色变应无碍。不见阶下草，芟荑复蓊蔚。吁嗟儿所云[5]，如明适成昧[6]。众草每华滋，嘉木易凋萎。当其成长时，斯须不可害。元气一脉通，中伤无内外。人生亦如是[7]，培植焉用惫。

[1] 诗题原作《移桂有感》。
[2] 丹，原作“岩”。
[3] 厥干，原作“岩桂”。
[4] 奇，原作“娇”。
[5] 所云，原作“何知”，或作“尚稚”。
[6] 本句原作“所知适昧昧”。
[7] 是，原作“之”。

梦痕和移居诗再用元韵酬之

众鸟南枝弄好音，别情缭绕与时深。当年风雨供行乐，小店杯盘乱醉吟。书卷违时眸子眊[1]，干戈多事鬓毛侵。江头宾客幢幢过，几辈交期惬寸心。

[1] 眊，原作“瞭”。

消息

如花眼底攒，如虫耳中唧。虽未朱颜苍，已是黑头白。五十云始衰，依稀递消息。我生困踬多，幼孤空四壁。壮岁昧钻求，朝昏弄翰墨。客走三十年，辛苦谋衣食[1]。兵兴患乱滋[2]，里巷烟尘幂。世变日以繁，生理日以瘠。天命差自知，愁心时还涤。涤愁愁复萌，强勉为欢怿。吁嗟一身外，羁累常充塞[3]。如何不动中，岁序况趋逼。尝见田舍翁[4]，耄耋事阡陌。闲来牧鸡豚，万象无违逆[5]。游戏话桑麻，模糊忘时历。今我悔昨非，心情太逼仄[6]。胡不拾真诠，耳目无摇惑。抱砚当躬耕，逆旅欣自得。世事任瞢腾，涂炭犹衽席。丹青不知老，微言耐寻绎。

[1] 谋衣食，原作“衣与食”。
[2] 患乱，原作“盗贼”。
[3] 羁，原作“万”，或作“牵”。
[4] 尝，原作“常”。
[5] 万象，原作“耳目”，或作“心襟”。
[6] 太，原作“何”。

挽荇铁年 [1]

江海逃空久，枯肠独自斟[2]。乱离淤士路，躄躠养禅心。把卷贫而乐，拈髭老易侵。何伤返冥漠，身世总浮沉。

[1] 诗题上有眉批“补前”二字。
[2] 自，原作“浅”。

廿年惊一瞥，意气耐寻思。泼墨无伤雅，调朱惧入时。山林悲裹足，冠盖倦伸眉。风格何须辨，随人说画师。

诗句征留恋，宁慊踪迹疏。盟心神自往，执手语无余。窗静听花落，囊空剩石储。前尘今缥缈，周蝶笑蘧蘧。

赠俞剑华

剑华一腐儒，才思何璀璨。生长泰山阿，挹秀当童丱[1]。有书纷填胸，有鬼常系腕。大川与名山，游陟不知倦。一从变乱兴，海角聊肥遁。一椽远高车，终岁食破砚[2]。窗含出岫云，琴落平沙雁。揉思浚厥源，开图穷其变。一朝蔚大观，四壁足清玩。半千心所仪，北苑梦亦见。巨幅绘黄山，寄情惟绣段。遥泉闻虎吼，长松作龙缠。苍郁拔千峰，洒落轶群彦。

独恨乱未终，余生堕忧患。读画且放怀，上下共议论。明当携酒钱，百杯相酬劝。

[1] 当，原作“在”。

[2] 破，原作“古”。

过吴门罗氏园园东有余屋可赁心甚羡之[1]

城隈风色似山家，十亩浓芳一望赊。莲叶护鱼环翠幄，榴花穿鸟落红霞。离离树顶枇杷熟[2]，袅袅栏边柳杨斜。商略墙东乞余屋，安排笔砚种匏瓜。

[1] 羡，原作“艳”。

[2] 离离，原作“累累”。

题曼伯弟山水轴

落落诗肠被酒分[1]，一杯扶梦入鸥群。画图犹是承平日，三两人家卧白云。

[1] 落落，原作“惯把”；被，原作“为”。

残诗[1]

……道良缘误，四顾西窗旧梦温。健翮早看云有路，枯肠空抱酒盈尊。廿年同学飘零久，忍更与君仔细论。

[1] 本诗因纸残，前部及诗题缺失。

赠汪英宾

十年陈迹挥双泪[1]，寇去难忘与鬼邻[2]。西望重山连壁垒，夜抛一卷数星辰。君能得意还如旧，我却闲居不患贫。别绪天涯知几许，重逢茗碗更何因。

[1] 挥，原作“弹”。

[2] 去，原作“盗”；难忘，原作“纷纷”，或作“还将”。

次韵谦斋病起诗[1]

莫更言时会，浮生总贱微。张眸迷海市，读画艳柴扉。小句随声和，狂游与愿违。客中余磊落，契结未全非。

病起君如旧，轻添鬓上斑。阮囊抽秃笔，邺架积遥山。隐几情何限，扃门累渐删。无伤辜七尺，一笑任疏顽。

[1] 本诗稿录两首，第一首被钩除，次首末有眉批“补前”，当指自《挽苻铁年》至此首均系补录前作。

双桂

西邻双桂如盖张，金粟盈枝可斗量。屋角一阵飘奇香，香风冉冉袭衣裳。家园北顾三径荒，手植桂树高逾墙。阒其无人度回廊[1]，空余鸟雀噪且翔。肺肝摇兀重感伤，呼僮入市沽酒浆。一醉瞢腾撇故乡，再醉酩酊任清狂[2]。花香酒香两俱忘，梦醒晓日生扶桑。城边野菊亦无数，欲开不开待重阳。

[1] 其，或作“兮”；阒其无人，原作“阒无子人”。

[2] 任，原作“郁”。眉批云：“‘郁’字酌改。”

登城[1]

清晓登城披草径，迷离烟树市声哗。鸟飞不择纵横路，虫语深藏历乱花。巷口村娃双担健[2]，桥边小艇一篙斜[3]。回头宁复怜逋客，多事踌躇问有家[4]。

[1] 诗上有眉批“改存”，另有眉批云：“截二三两联为绝句，如何？”

[2] 巷口，原作“满眼”；健，原作“重”，或作“捷”。

[3] 桥边，原作“濒河”，或作“柳阴”。

[4] 本联原作“客中风色扶秋兴，莫更踌躇问有家”，“色扶”或作“物增”。眉批云：“末句仍须改。”

重游沧浪亭

廿载旧登临[1]，回头足写心。疲驴逢树系，残刻剜苔寻。一水容清浊，空亭阅古今。重来异时会，坐我鬓毛侵。

[1] 旧，原作“重”。

九日[1]

真成多事登高去[2]，况复今辰异昔时[3]。兀兀群山云自乱，滔滔一世命难知。江乡有路劳张眼，节序无言教锁眉[4]。且向城边看野菊，不辞寒瘦茁花枝。

[1] 诗题上有眉批“拟存”二字。

[2] 真成，原作“久谙”。

[3] 辰，原作“晨”。

[4] 言，原作“心”。

瘦鹃所居西轩粉饰甫竣有藤萝一枝破壁而入亭亭多姿遂赋此篇[1]

一枝藤自壁中生，几案攀扶若有情[2]。无力娇姿怜弱女[3]，有缘精舍伴孤檠。未花宜可先题句[4]，对酒还须更问名[5]。嘉卉满园应见妒，不平欲倩鸟同鸣[6]。

[1] 诗题原作《瘦鹃所居之西轩粉饰甫竣，有藤萝一枝翩翩多态，摇曳生神，心甚艳之，遂赋此篇》。

[2] 有，原作“种”，或作“挂”。

[3] 怜，原作“徵”。

[4] 本句原作“未花先已賸诗句”。

[5] 更问，原作“问姓”。

[6] 同，或作“来”。

晚望虎丘

古塔余霞外[1]，僧归拾涧薪。峰奇蹲一虎[2]，石广坐千人。剑气留王迹，钟声落梵尘。旧游犹在眼，风色属三春。

[1] 余霞外，原作“秋空远”。

[2] 奇，原作“回”；蹲，原作“来”，或作“腾”。

野行

落叶纷纷见，西风阵阵催。打头今怕事，搜句旧无才[1]。红蓼群鹅戏，青芜一犊来。家家香稻获，转眼熟新醅。

[1] 搜，原作“拾”。

可园图书楼西偏植蕉数十本蔚然绿天乃赋一律

一径蕉林在[1]，亭亭郁古秋[2]。叶斜将舞袖，心卷未舒愁。掩映侵书帙[3]，葱茏覆石头。探幽谁似我，黄雀数声啾。

[1] 一径，原作“绚美”。

[2] 郁古，原作“一径”。

[3] 本句原作“寂寞陪书卷”。

嗣母杜孺人忌辰

一载经过宁痛定，寓庐营奠忍回思。梦中墓草萋萋涨，客里香花袅袅移。执手丁宁灯下泪，搔头惆怅镜中丝。从知儿女俱成赘，报答云何自我疑。

灵岩山顶瞻谒印师舍利龛别室纷陈遗物如其生前怆然赋此

师去知几去，师来乘愿来。拈花山有色，说法佛无胎。物在思颜色，恩留拨火灰。丁宁果成忏，万劫雨中苔。

闻儆虞弟设学塾于家

鼠祟堂前突不烟，当门蔓草欲齐肩。时衰多事兴弦诵，心乱无言问陌阡。七世庐空余旧泽，百年人瘦误陈编。自今奚用传消息[1]，身世安排早听天[2]。

[1] 传，原作“闻”。

[2] 早，原作“只”，或作“久”。

秋思[1]

秋树摇秋风[2]，秋虫藏秋草。相应作秋声，眼看秋光老。闲步入中庭，黯黯愁心搅[3]。北顾战云横，争夺无时了[4]。分明萁豆煎，国力余多少[5]。秋月自成圆，秋星自窈窕。返照入山河，山河亦已小[6]。

[1] 诗题原作《秋声》。

[2] 摇，原作“簸”，或作“散”。

[3] 黯黯，原作“撩乱”。

[4] 争，原作“诛”。

[5] 余，原作“知”。本句后原有“前路合踌躇，计拙由弄巧。东国茫茫然，以暇谋欢饱”。

[6] 本句后原有“掉头一放歌，聊复拓秋抱”，或作“我生更微茫，如虱亦如蚤”。

水村即目[1]

附郭田园一水分，小舟泛泛鸭鹅群[2]。村娃红蓼滩头过，赤足低身去采芹。

[1] 本诗原为七律，中两联被删去，眉批云：“截一、四联亦佳。”

[2] 本句后原有“香粳穗重栖黄雀，青菜根肥覆绿云。喜色恐添筐筥满，苦心不负岁时勤”，“青”或作“寒”；“喜色”联或作“如愿双眸筐筥满，无惭四体岁时勤”。

寓斋书意

赁庐幽旷足盘桓[1]，谁识身宽心未宽。难到忘情慊异地，终成失意懔狂澜[2]。村无盗贼香粳熟，笔点蔬蔬淡墨干[3]。客里张眸欲何似[4]，砚田不疗一生酸。

[1] 庐，原作“庑”。

[2] 懔，或作“泛”“见”。本联原作“长恨他乡非故土，奇情止水作狂澜”。

[3] 本联原作“村连城郭看人守，泪透衣襟只自弹”。

[4] 欲何似，或作“人自诮”。本句原作“为问阮囊余几许”。

古吴相王庙崇祀春秋桑湛壁以其筑城有殊绩也[1]

纪功庙祀垂千载，须信蒙恬是后身。百变兵锋非旧日，卫民何物更翻新。

[1] 诗题原作《晚步相王庙，相传苏城为春秋桑湛壁所造，筑城有殊绩，封为相王》。

怀冯建吴周荃孙林敬叔再为韵语寄之[1]

宙合著诚与人久，诚发乎中迥非偶。亲亲迨及师若友[2]，弱冠我从安吉叟。小器自谙羞寡受，何图诸子从而后。昔共江头今也否[3]，冯周西去林南走。万里潮阳泊仁寿[4]，情丝缱绻如切藕[5]。望断来鸿频搔首[6]，烽烟漠漠隔山阜[7]。

[1] 诗题原作《冯建吴、周荃孙、林敬叔久无音，不获只字，再为韵语寄之》，“久”或改作“累数月”。

[2] 本句后原有“接纳以道情弥厚，仕路逢迎但升斗，心襟矫饰惹尘垢”。

[3] 也，原作“或”。

[4] 本句后原有“避兵急归掩疏牖，濡墨回头珍敝帚，眷眷书来各无咎”，“避兵急归”或改作“闻笳遁迹”。

[5] 切，原作“断”。本句后原有“新诗纷纷忽挂口，木李当前报琼玖，一封坐误洪乔手”。

[6] 望断，原作“不见”。

[7] 烽烟漠漠，原作“契结茫茫”。本句后原有“并坐栏边今乌有，黄花满眼我未栽，剥啄门前烦谁扣”，其“黄花”句或增改作“黄花满眼苞未剖，端待霜严过重九，我未栽花自疑丑”，末句又改作“我甫移居花未栽”。

题萝卜梅花

枝分邓尉春，根浥太湖水[1]。淡泊不受尘[2]，物情有如此。

[1] 浥，原作“汲”。

[2] 淡泊，原作“相对”；尘，或作“侵”。

程小青范烟樵君博蒋吟秋周瘦鹃赵眠云陈负苍张星阶余彤甫柳君然集江声阁

亦知雅集违时宜，秋士逢秋强为之。载言载笑且即事，无主无宾来及时。援毫磅礴凭酒力，栽菊蹉跎误花期。归路一筇发短咏，盘硬昌黎宁能儿。

陈叔吟丧子

天心著意催君老，付个佳儿又遣回。消息如如须领略，管渠明镜受尘埃[1]。

[1] 管渠，原作“休言”。

摇兀肝肠乱未终，无人身世不飘蓬。张眸抱得书来读，千古生机一蠹虫。

赠蒋吟秋

回首隐公语，同心数蒋侯。前尘天就醉，近况物惊秋。栽菊吟三径，摊书静一楼。太湖三万顷，鸥鹭在前头。

烟桥将葺旧居赋赠一律

旧居修葺添新债，差喜中庭儋石储[1]。胜日预谋招墨客[2]，无肴随意摘园蔬[3]。伤时吟罢肩余耸[4]，更俗编成鬓渐疏[5]。愧我江南久随寓[6]，怕吟诗句爱吾庐。

[1] 差喜，原作“美意”，或作“却羡”“不碍”。

[2] 招，原作“邀”。

[3] 摘，原作“撷”。

[4] 肩余，或作“容肩”。本句原作“伤时得句嫌山丑”。

[5] 鬓渐，或作“叹鬓”。本句原作“更俗成编任鬓疏”。

[6] 江南，原作“逋逃”，或作“移家”；久，原作“多”，或作“余”；随寓，原作“枨触”，或作“怅惘”。

赠黄叟[1]

须发婆娑遁海端，扃门掩卷足盘桓。莳花满地裁云锦，饲鹤中庭伴岁寒。邱壑经营诗境曲，风烟缭绕酒肠宽。交期未晚从今始，我欲援琴石上弹。

[1] 诗题原作《赠黄岳渊》。

赠鹤（鹤故为一亭丈所豢，转辗相贻，今归黄园，十余年间已三易其主矣，慨然有作）

梓园老鹤今还在，相见翩跹似旧时。天外烽烟消意气，梅边岁月剩丰姿。兴衰眼倦看蓬转，去就心闲任俸推。我欲题诗增怅惘[1]，自家身世亦支离[2]。

[1] 本句原作“我欲吟诗作投赠”。

[2] 亦，原作“叹”。

题画

参天石壁危如削[1]，潭水沦涟绿涨春。一棹从容移洞口，依稀得见武陵人[2]。

[1] 危，原作“奇”。

[2] 得见，原作“见得”。

赠薛敏农

十载经离乱，重逢恨转深。风霜开菊径，笳鼓搅诗心。过耳余车马，张眸一古今。宁须言避世，闭户即山林。

题五峰石图

片石弥坚贞，此心不可转。填海与补天，宁复计枯菀。岩岩貌非顽，人间几慧眼[1]。扣之清有声，宫徵时能辨。大扣则大鸣，豪情举内蕴。五峰小泰华，移来列孤馆。窗下红梅花，岁寒自成伴。摊书夜向晨，相对情何限。

[1] 人间，原作“一世”。

观葛竹溪画展赋赠一首

昔年橐笔求师友，紫琅山畔逢竹叟。竹叟俨然道气凝，博览群言绝尘垢。时还墨沈饮一升，纸上畴惊龙蛇走。古梅寒瘦元气胎，奇石崔嵬天门陡。雪个青藤是前生，却与时人殊窠臼。年逾七旬兴犹酣，腕底精神何抖擞。琳琅一室品汇多，点画谨严曾不苟。就中更有自寿图，桃实千年大如斗。读画醰醰欲流涎，真赏休言今无有。

和施扶九（翀鹏）游东天目诗

天目荒荒盘万仞，君矜腰脚独攀跻。来时拄杖泉声壮，归路回头山影低。诗句闲题争石瘦，画图高挂与云齐。禅机毕竟谁参透，老衲无言自灌畦。

旅怀次维石韵[1]

独叹肝胆罕人知，扰扰尘途阅岁时。家为儿丧新举债，身当兵乱倦吟诗。江乡老屋伤余烬，霜雪残冬秃万枝。狂态销沉今止酒，真成无奈对空卮。

[1] 诗题原作《旅怀次韵维石》。

哀游儿[1]

远侄死疆场，游儿死牖下。夭折皆英年，累我泪如泻。送僮登海船，依依两不舍。百战宁顾身，志不为全瓦。埋骨卢沟桥，残月暗松槚。儿性懦以庸，应对耽风雅。会计独潜心[2]，余事不苟且。病笃惜父囊，欲语声先哑[3]。翻恨识大义[4]，日月空陶冶。逝者如斯夫，尘缘一例假。太息我弟昆，垂垂成老者。

[1] 诗题原作《远游篇》。

[2] 潜，原作“尽”。

[3] 本句后原有“才孝心难抛，不才情亦惹。此辈若

冥顽，单恋于焉寡”。

[4] 本句后原有“驰骋非野马，孝友本寻常”。

乌鹊桥[1]

寒鸦乱噪乌鹊桥，万木撑空风怒号。落日红断钟声遥，此情此景我心忉。况值中原万劫逃，烽烟滚滚人如潮。兵马奔突民亦劳[2]，目染耳濡心旌摇[3]。凡在气类同一遭，太平有象望来朝[4]。

[1] 诗题原作《乌鹊桥晚步》。

[2] 奔，原作“骤”。

[3] 本句后原有“休言不复擒二毛”。

[4] 本句后原有“乞请上苍悯与胞”。

与襄如结婚三十年矣赋两律赠之以示吾侪情爱老而弥笃也

结缡三十载，真足慰平生。妇道偿亲愿，师承愧众评。避兵家尚在，食苦世无争。松柏凌冰雪，移来证我卿。

珍重此因缘，云开月正圆。室暄孙可弄，釜沸豆方燃。色喜添灯炷，心危歉砚田。踌躇看世变，白发任盈颠。

题天台山农遗像

接纳空群彦，声名动海滨。豪情出肝胆，逸兴倦风尘。颂橘心将母，临池腕有神。十年余宿草，图画尚如新。

挽黄母舅石林

髫龄亲炙记分明，面命耳提敢忘情。独抱肝肠慈似母，晚归畎亩愿为氓。天催换景掀髯白，我任随缘拔宅轻。闻耗凄凉怀往迹，愁边一夜听江声。

赠李童子光荣

连朝观胜剧，耳目乍清新。节奏能无间，威仪尽入神。十龄传众口，一艺自前身。头角须全露，伫看向沪滨。

赠彭又村

畴昔闻名今识面，比邻门巷快依城。戎衣久卸挥锄影，宝笈常陈落磬声。磨麦撑肠求一饱，种瓜熨眼遣余生。芸芸世态翻腾久，太上如何学忘情。

王季达丈过访

诗翁八十强其骨，策杖婆娑逸兴饶。下访汗流文未学，倾谈风过暑全消。千家岁歉休天问，万里民劳奈劫逃。交结青松我愿足，追陪茗酒趁今朝。

又村公夏鞠农来会分租寓中余屋

赁屋他乡同一慨，断断升斗费商量。囊中一笑留新句，尘外相逢见热肠。潦倒吾侪羞类聚[1]，疏顽何地学时妆。又村风格增余慕，果蓏园蔬助米粮。

[1] 潦倒，原作“褦襶”；羞，原作“疑”，或作“应”。

赁屋鹤园距伯俨所居仅咫尺移居之日戏赋一律

垂垂槐荫绿如油，清绝楼边鸟雀啾。翰墨缘深邻暂卜，米盐事琐妇先谋。饱经世变心初定[1]，坐误儒迂愿未酬[2]。腾笑由人休自馁，且将牖户去绸缪。

[1] 心初定，原作“余心冷”。

[2] 愿未酬，原作“任气柔”，“任”或作“学”。

题缶庐师铁函山馆印存为方去疾

师印焉用游夏赞，铁函一卷光璀璨。记取师言学无倦，寤寐得闲即就案。奏刀砉砉过夜半，褦襶一任旁人讪。上窥周秦下逮汉，少日孜孜勤抚玩。师印流传非云罕[1]，兹卷畴曩却未见。既寿福昌卷中冠，友人贻我重矜炫。安得师印搜之遍，编年别类穷正变。吁嗟一世儿同心[2]，日月其迈发浩叹。

[1] 云，原作“亦”。

[2] 心，原作“人”。

寿调之六十

能周衣食须知足，渐定风波莫挂愁。橐笔半生赢白鬓，伸眉万里起苍头。冰霜共励余肝胆，家室难抛任马牛。且喜弟兄俱老健，从容岁月看新猷。

展览近作得诗一首

书生积习消难尽，聊藉毛锥写性情。浓抹赪颜拼酒醉，淡妆墨色想云行。采真久负年方盛[1]，食古还愁气未平。休笑图成思易米，客中只有砚田耕。

[1] 方，原作“华”。

何处

何处是生涯，模糊眼已花。笔头随鬓秃，心绪引愁赊。宿道知非世，忘情尚有家。梦回一长叹，悔不艺桑麻。

挽吴待秋

卅载缘深翰墨场，相逢娓娓话家常。谁知乘兴门初款，忽讶归真砚已荒。早跻麓台游汗漫，晚陪西室染苍黄。等身画本余光烂，流水青山共久长。

废祀

告庙具文空五鼎，表阡寓意剩残碑。浇漓世态宁须问，只有心香托孝思。

豫儿娶妇赋诗诫之[1]

[1] 原稿仅存诗题。

题曼伯山水障子[1]

落落诗肠被酒分，一杯扶梦入鸥群。画图犹是承平日，三两人家卧白云。

[1] 本诗已见本册，题作《题曼伯弟山水轴》，此殆系利用册尾余纸再录，有款作“辛卯嘉平，个簃岁客吴门”，此“辛卯”疑系“辛巳”之误。

三子王游葬铭[1]

[1] 此亦利用册尾余纸录之，题系编者所拟。

小游息处

儿名小游，字曰公休。生年二十，离乱之秋。岁在己丑，宁汝于此。赢博之悲，其胡能已。民国三十八年□月，个簃老人题

第九卷

祈寿堂席上和云翁丽自寿作

斯翁意气犹年皓，酒墨诗锋讵让人。

蜗角一楼天地阔，胸罗万卷肺肠新。

大年积健真如鹤，寿世长贫不受尘今

日开之登乐无[illegible]，既富骄[illegible]作寿觞（拟不修　书丛　我）

盤庚屬題香雪園悼詹其郎詩湘
蓮女士張女士之殉二十五年來余即知盤庚
者爲賦一絕
具之詩贈陳氏親只許香雪園嫁之矣三
尺幅平幽思能達武畫屬作樓臺情月稿

翠袖吹笛影，露浥缃冠唱有声声绕
输红还见散故鞯春色想娟眉

题画

剥莲之莲情苦，剥开嚼苦肠，肠断却长
看尽辉沁肝肺，好风放重阁，润远天

頼有麻姑爪纖〻搔我背

壽岳嵒兄

情聊歌去相思無為應緣尋遥料

得雌雄伴侶〻張睛未〻雨辨雌雄

我有先來戀愛計君喜無河家在嫁縱談與人

诗并梓白居易三昏已足叹题阑

休更持能啸寒暮身边明日便归来

醋看宋语遗前林万野梅花许我开

酬吴某 答友一首

绳晖意语[illegible]新[illegible]揽首间情拾古踪在

道君遠近遠請無論退亭畔何退擱

吳儂治寄示吳子詩二十首擬編呈賦

一律廣之

人生無復原野患風發述蹤時所真道

路有緣見兄弟應舊見緣遠雖過難

錢雞行字韻亦初覺見未敷情與最東頭低
遣興懷詩亦復頻君瀟灑賦春晨

元和雞場江邊

扶老復携幼何妨去看雞紅冠衣霓几
素羽鶴群棲漫游時還翔高低不停

惟望弟今日暖花紅，保重萬萬

敬白

床頭堆積詩詞誦，金剛經放眼春光

眼聽蘆魚東聞

雅仿

移竹得頎損一鋤踈來劚斷過牆鞭青ゝ

瘦絕無多葉不減瀟湘植萬竿

霜紅

大甾荒龍吳空野一丈飛乞來壓雙ゝ尾援

旋響高畫今改聲星寫圖芳工聽著難紅箭力

中年猶有用世情，故我聊求棲棲，我詩不惜多

慈若豪家居梅花書屋研

龍太云

莫問我何時當遠引，賦詩真豪快灑墨

皆出閒閒竟不能運筆盡之心緒壯時危無不癈

只今有偉業無此好威儀

贈吳鍾英

看客猜（見）析（嶂）懷諱言窮事難無緒維經

入詩傍酒杯偶得間三更靜話古一樵楷

我魁搔白首書劍兩無成

羅自歸萬遇昆季女許借閱東餘居二
楊世擇乾静移居也居賦聯屢
賦詩紀勝迄三年。卻羨園東屋數椽。風
頭竟借出醉醺。高情何限不論錢。定勝
蔬果盈匋腴。饗眼風光迥洞天。與學圃
城母迓

今來曉從知出處老隨緣

題毛澤東昂頭照片

你是前驅者高擎革命旗一心除敝政

萬里奠新基正氣吞山能擬奇光電忽馳

昂頭西天外收拾一盤棋

春晴偶書

晤對春無今朝硯豈醉只新醜舊我

春酒豈無愁煙蝸搖搖任君摸捫蝴蝶幻

圍詩情問何似龍蛇亦個秋

何學愚屬題春窗四閑圖

山林城市寄客別總是書畫累此身
把酒肩鷃來遣日哦詩料木寄春老休
鬢髩一世銷新樣絹作雪霜總被世塵磨
追夢回頭少壯花前路自知處
訪梁谷貞譚次韻贈高鶴年居士

游訪社歸　賦兩律

○巍々古殿對松姿　長背婆娑閱歲時

時鎬顯影毫完來頑處心存積祠

觀蘭閩談思華業隨蓮葉書短

詩

春馳十臨開々消世處擁蘇何異劇靈芝

隐轩与我识荆州十载交游一转眸君

独多情非世故断篇残句语续天麻两苏

两霜(蔓)州常当天风新枯楼任斧斫却蒙

鸟篱山路遍程持偈嫌谈

与茶(故人)谊论

堂課儒冠感不禁叢叢歲月付吟呻眼穿
春快龍蛇動氣勢乾坤堀墨深衙
語隨人妖媚態狂言坐戰詫遲心知音案
落增惆悵瑞待清標豁寸襟
鄭婦辭歸書所見

佳人被酒瞢無力脂粉飄零睡不起獨

倚芳心知是恨頻揉蘂月漫辰錢片

言驚座傾珠羅黄蕣鳶年纖手蘇

今夕老夫敲百斛　一齋清出求譜請

平

答蓮儂才素生觀公眺詠篇邀韻

長齋偶託園林勝，短褐當時近宦游。

嬉把毫和風屬綴，飢投筆轉趣勞。

攀遍華嶽莊嚴處，笑安暄閲皇。

臨頒生硯硯面磨人出，佇誰同思愈合宜。

和又新

數畝園林水一泓，日攜孫子聽鳥聲。
齋罷同倦熱擁戶，後觀無倦情世變。
擁披雲囊同夢田園深，柳迎舊書。
生祿識君常為三五叩錢之奉太平。

贈鈕毅夫

何傷蟾兔并虛窟仰與人同種種朝諧

婦煎茶畫課課堂天心應自閒吾

適意終窮聯詩句清風許想際了征

今

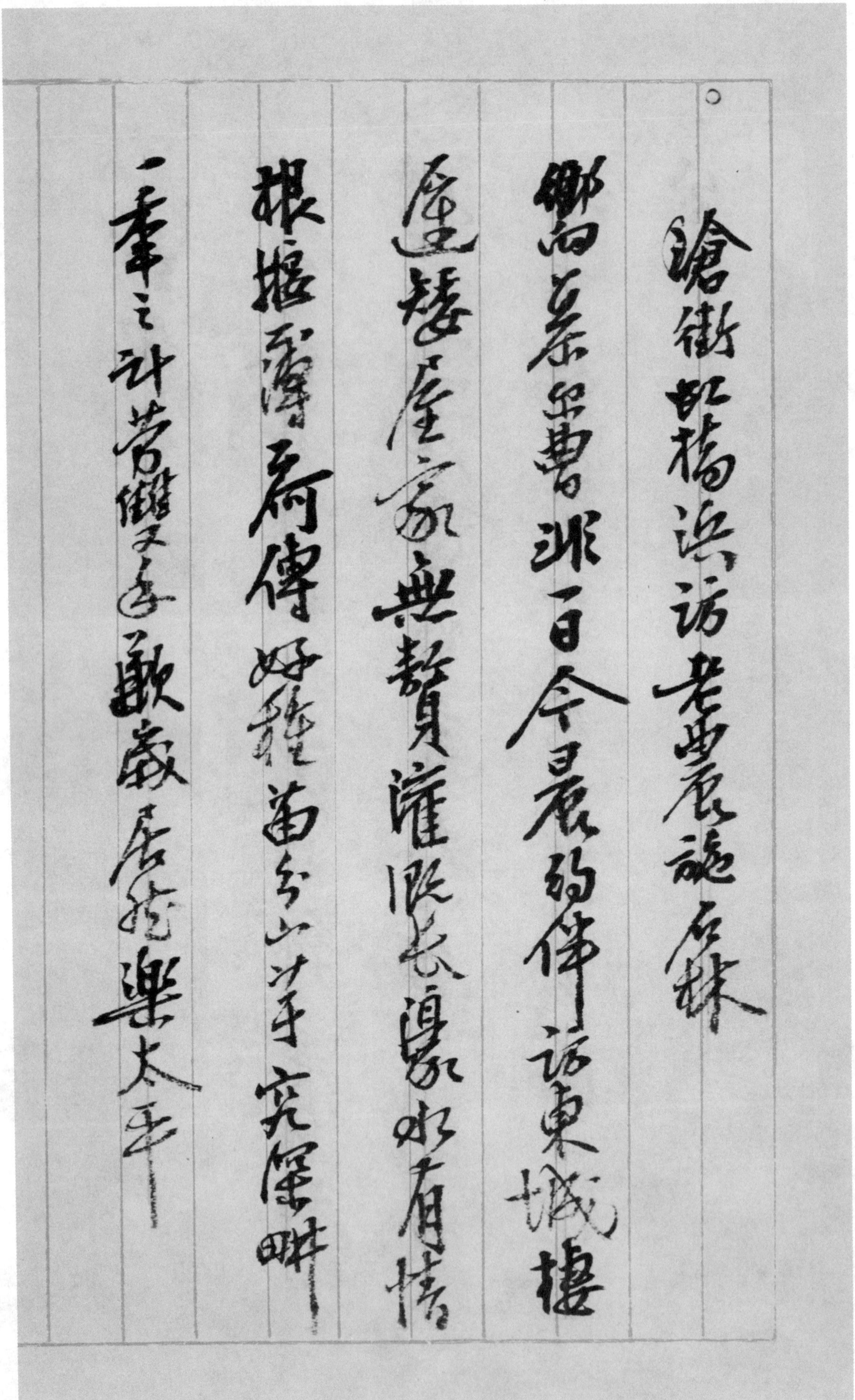

梅雨寄龜五郎

梅雨連宵作苦遊避一院蕭疏暑時行有庭

雙眼澗當聽水漲遙生綿。尾多細鳥

路綠。色應識詩之意。待春去雁鈴。

寄調之

盛世休驚老近前學少年新知雖廣

瀛寰覽日真詮講學心臨摹勞工志

正堅指之光今身樂奉為中撤雙肩

借屋緣偶騰風光看自修圓無載難

蒼磨陵闊飛騰楚鏡離鄉久眺黃見

地瘠（窮）民貧（無）若干帶陶澍故嵯峨

寄昌文伯

吾儕猶憶傷時泪，忽地逢辰一感情。
空洞徹圓迷霧處，深疑眉目近前程。
欲尚有家致安寧，吾懷吾三任江湖

擷蔬種菜多餘暇地脚培泥補地鏟

園丁老飲

實從花圃兼耳都蔬蔬桑桑擾來

息還理賞心悅目猶餘事餬口充腸正

要圖栗果栽芭蒲壤鄰之處種雜栽占竹

陵育新雖端陽嘆嘆經閏丁生一兩盞
和酒一壺
訪唐子畏墓橫塘王家村
橫塘名勝餘慕鄉名賢碑拓唐寅
先生與雲山之居載酒同尋遺跡請接前

軒居環自自醒壇無已。蛙良何苦釋文宣。

聞説桃花塢（庵）尚在，採山遠（何處）蹤認題垣。

雜詠四首

峰起峰隱雲看繞（總），潮來潮去海無心（作圓）。

中莫説無真理，言言靈處是開寶靈尋。

歸鳥嚶嚶鳴不肯休無人細細問來由三更路
一例觀之覩生計全憑自己求
臨雨連宵不放晴新苗舊艸賴蘭天心
着意爲年以等安遣鋤頭認識清
蝴蝶升堂日幾回畫中花樹費疑猜以

知深色生香裏有呂人應特地來

羅園雅集

羅園隙地課栽花學稼真慚愧乏田忽見

蓮塘開爛熳且邀墨客共流連占石携上

傑因湛諸嫦輒飲千觥惜此錢

○和秀蓮

七十精神如少壯，沈酣筆硯自嬉嬉。詩心所吸譚言中，客雁逢歡識面遲。雨大綠蕉喧午枕，時難紅葉離晨煙。小園旱藕香殘片，著屐投蹤此景宜。

寄何敘甫柬二句指吳石同難

離情娓娓話家常，默契深深關閱綱，見
世分途勞辯析，政日工一例戒惕惕萬尋書。
蘇醒醒，如度屢屢閱境，天涯處處戰場。
遺恨東南失知己，瑪鑲鑄石觸鮮光。

書箚倩如夫人來園黃菊忽就綠
貴府東鄰沿肩婦喜同行腳臨晨昏
健文辭歲月爭論交餘豎墨盛了付
鍵擇來了黃梅節陰晴日幾更
寓友

置身十畮遠塵囂，一徑婆娑逸興饒。陽藻象落閑[illegible][illegible]蹁躚[illegible][illegible]亭。蛺蝶黃鸝啼柳綫，拋梭急[illegible][illegible][illegible]。分晴揚花逸[illegible]四閭，忙忙燕接[illegible]。詩語正合以情描。

今夕

樹頂雷鞭同雁影階前雨腳見蟻

蹤詩情比毛迷廊廡又若鯨大睡

眠處

八〇

次韵維石

天涯遥遥跋信難攄(?)，我生長此望(?)甚托(?)

草頭風物存孫(?)抱，井底花意福如天(?)

迎客不除南路艸。煮茶空懷(?)董(?)山(?)風。

詩囊無句(?)留在(?)澆，人仁(?)要無一寸田

頤(?)維石

不遺在遠辱讀手書三復言意豪邁祗佩祗佩
說還總廿年吟髮結鼓難一字誰問緣
理頭縣中文門常擾把盡灌頓月正圓
鬱索東綠哭傳自饑顧看空閑擲長衰錄

即事

舊園佳興自扶持日抱枯槎熟晚棲居
秦池邊健鼓意老龍揉抄月輪邊
蛛絲陽隱張天網雀羣遙嬉卷酒旂
如許閑情懷付與收詩中足畫濃雲疑
寄調之渠示吳男伯

憶舊傳言話故鄉家園風色太淒涼
潮汕始祖開基日本是盧洲一片荒
古耆基義降近來論後起子孫羅宗禮先人
德澤萬心膽埋土雖雖絕幻塵

高敏書

清淺谿無一寸魚。谿頭停立笑迎疏。而今不作投竿想。得失紛紛只聽渠。

羅園風色堪留戀。舊日朋從新唱醻。是夜涼欄檻靜月鈎（輪如鏡斑）斜掛釣人愁

次韻三果肯堂詩韻

玻璃射影張圓畫一盞荷分分畫隱龕蝕

古書端石篆縁喚別院譜新腔閒情

無夢金鐘敲敲意意懷酒百缸詩句中思思

飛落葉來鴻去雁翻踐雙又

荻孫先生正

山妻報道路枝茁早有中天處月開
慶協參斯治舊說倩流見如璆乾
畫故園一爐熱雜綴破硯呼雲老行咍萬
事事看來身外前邊謹護護藝詩藏

雜詠

也同來蛺蝶豈意常得花叢一陣香。
不管人間風雨改。依然長袖舞郎璫。。
裡如美屋子書堆裏，歡趣居然貓與鼠爭
君不見增僧臥榻鼻鼾聲正好答吹聲
金猴把機關並了雄歌長唱出自然鼓吹

縱知天籟合，不須仔細問從傳。

臨頭屋角蜘蛛網。風雨經過補葺（織）忙。

覓食微蟲懷一技，人生七尺太堂堂。

調出示哭子詩賦長古一首慰之

讀云生家中後之母客從西來時贈菱五言絕句

歲走江南生理支持唯赤手圖極、親恩報

未遑清暇擱心浮負之交游百非年一之氣尚

馳驅之餘暇逢歲月之久生男生女來聲號

不習覆才無揣醜之論酬報答益渺茫

吾老自顧引大智之舊禮趨隨宜之世故衆生

既擁告國眉眉後不足克門楣忘情貴用
雜根蒹葭終身之慕古雜能女大有婿男
有婦婦烏鳥反哺醜臣倉雁有自力足餬
廿百年七萬二千飯自奉何嘗期優厚
親知頭青陽山河不及鄰里婚左右趨長

得失須臾知明鏡由來纖塵垢新

詩哭子慧不伸却怪心肝作虐恆我懷

直欲飛光轉眼中一例看雞狗

與蒼遺論詩

亦嘗讀律法絲禁斷由才高老運斤

情懷渾忘交態結言深不減酒初醲而

駭屋甌清詩背錢高戲遵懷活水從

一主一賓是嘉會平生車馬厭紛上

題百納齋印存

獨鍾癖好彰金石屋琥餘酒鼓鐵錐心

繆籀斯存古意。傳承漢魏擅奇姿。程東

下筆風雷動懷石括髮歲月移多少傖

夫譏小技。庸知芥子納須彌。

鄧黃完山青熱貫秦老圓三間吳爲印材底

帝有韓增驗攀勢竹難多若絕不居塵多來

布白通之睐游丹藏鋒見別裁眼底虚空

饒義筆為君懷抱鬱於閒

香蓮為余以安青見遺贈識王思陵巾

叟上詩稿搜嘱題琴曾於香蓮見

詹吟研劉為同調頃過西遊著雪湖

贈屋園旅兆史某屬請正候

勞君最屬屋居青眼藉此遊歲月擾

并年此鄰值吏千神交思經詠默契

擬將信凡靜涯所地隱還尚待

二

茶園屋孫

閒話家常坐盡光不辭遠逞酒子危胸
饑腸江山阻韜墨無聲瘖瘵恩更多
數行詩畫播揚眼中幾難叢渲途岐生
涯循何取諸已華硯及秋莫嘆遲暮
紫滄詞老人賜教 吳屠書 章懸倫 水園

園近來賊窩此間老人扁道山諸絶

張此

常經今南宋恨不見諸人書劉趙羅

借晴窗竟先生遍名園飽看一水一護

千春遐思尋端錦多明奥峰觀

陳兆五既歿之明年胡君寄贈見
總遺象觸時感賦詩寄悵

神交十載外今見古髯眉雅歌雲山畫
烽煙歲月移多情懷往迹餘緒付佳
兒華之出蘭蓀思將酒一卮

瑩翁先生屬正月寫華嚴壽品

我家屋在湖河日。風前直上樓，屋無人。生意之氣歷如此。草木蔥蘢凌霄上，林梢端。

龍野先生考證遺詩口占一截

二老默窺周壽作明門前松柏共嵯峨

晚香猶挾秋興，只欠當壚酒一升

○次韻維石

雨洗雲遮石筍層巒，夢回午枕聽澗雷

喧天無奈瀾倒，喧天外望鷗盟靜

水隈報閣屢言，君看膽總緊一窒我哉

才调过时羞通谱宫数金粟飘香忽到闻

○题啸莲阁

所存唯解君子花风标真个侣巢蝦诗画

老年情如许儿女多缘累眉底生久风尾

生雨眼恩深藕与洞子也敢殷勤细柳

丝丝缕舞袖修遮日影斜

輓韓太君

太君彊壽天酬厚歷數平生苦備嘗

食苦持家錫福德推誠惠爲孝仁慈孫

枝茁秀兮重明眼峰桂飛遥懷一解頤之快

通禪無墨術雲軒安穩返瑤池

○

聽王雖對鼓將絃琤々

三絃鳴南雨多聲古調清聲々新聲々任流隨

緣了澈心与日生朝雲詩有德鶴棲畫

含情眼倦尋常了得々雖殘字之筆

○院中有墙自覆锦亭兜舆屡度题诗

為生平僅見戲戲一語

閒裏雙蝴蝶巡度日華回翔風迴小歇

當拂花上歌台詩緣嬌無力花開折此中

寡人非學道相對醉深盃

入廠口占

西向勞工去，生涯在箇中。——实點燈裊裊，機聲隆隆，張引電交通，利燒磁運，設港一朝清積習，甘苦與人同。

上方山香期

峰山南去势蜿蜒上方古寺藏山眉寺
外鸟语落云端俯瞰石湖浩渺边寺
中传说祀神仙四方膜拜祷诚虔善男
信女看联翩舟车络绎累百千多
永观眠鹭长堤唱鸟翎斓斑金银

寶鏡擲年年猶乞請福祿星眼前新

心共病病劉何憐憐神力渺渺常望上天應寫

諦聽踈來源鹽會豔覩快事先睨

舊年秋月娟娟星光燈影遠來

有人呼嘯出洞艇速看看重相照應

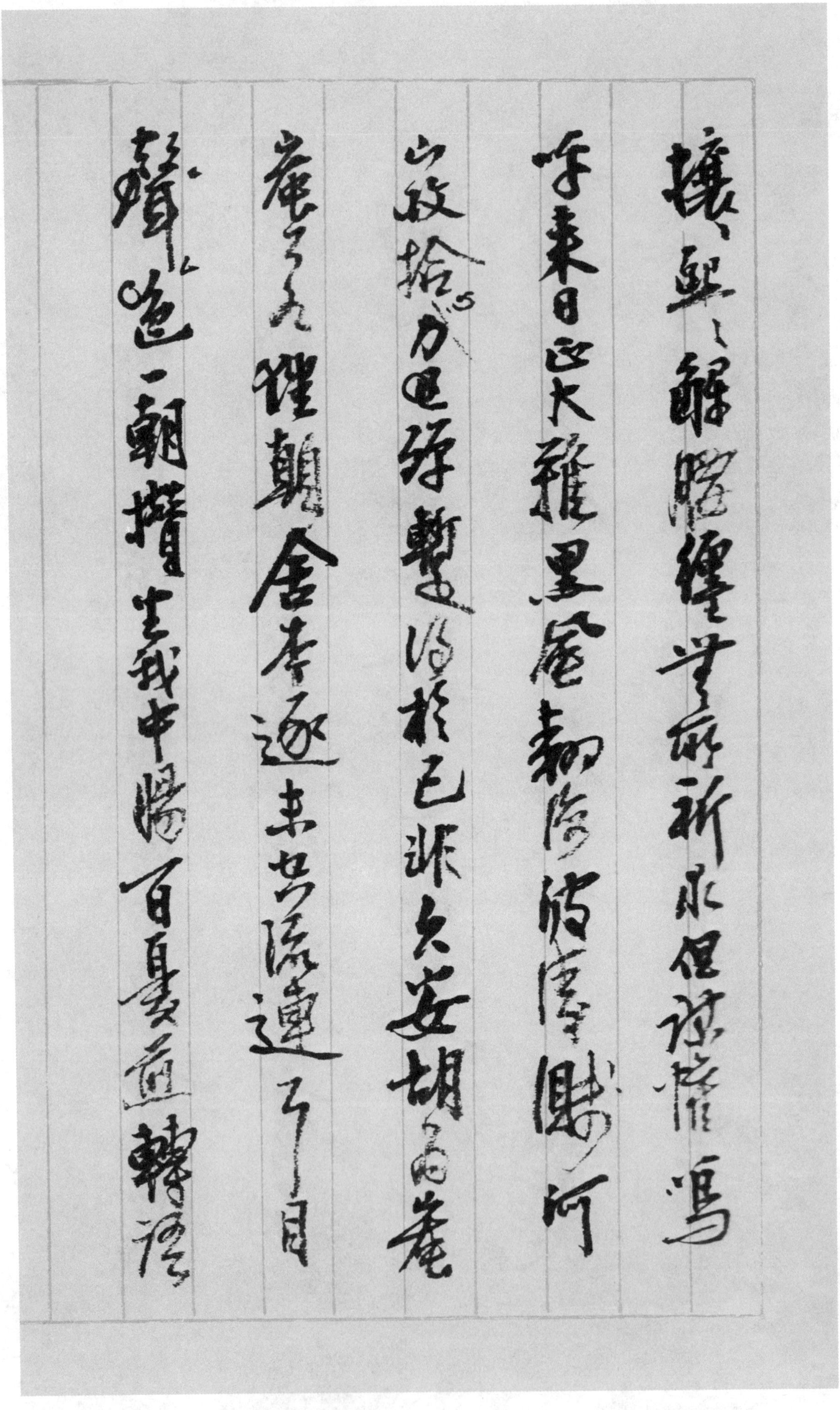

日如賀隨緣念不同，妙面天高真寫一西道。
緣衣枕上屢屢晨雞喧。

敝居雜詠

輪轉機聲（旁注：遺聒）苦十年，吞在封大焰醒雙眸，
遠離些些澤無事。翻覺閒中不自由。

案上朱金拋筆硯，胸中已綠染蒼黃。而今急務知何似，論左營工擅勝場。

部居今別無倫情，却勝尋常共晏安。數拚鐘聲聽作息，積徒直趣耐人看。

附郭依山闢一境，如筆舟馳馬展長途眼

中懸有丹青手。盡把苦人入畫圖。

石橋如帶束橫塘。陽岸都傳舊姓王。萬
頃近聯香稻熟。權從客路作家鄉。

舉居四海皆兄弟。有事同心負一肩。比鄰
門牆樹桃李。馳、春氣溢眉邊。

新基卻自舊中開。舊懷當年闢艸萊。
心力不知拋幾許。前頭初見曙光來。
功成博士玉無瑕來畫無窮用電聯啟
輔新邦宏建設電流交錯遍天涯

释文

祈寿堂席上和玄翁自寿篇[1]

斯翁意气犹平昔，酒垒诗锋讵让人。蜗负一楼天地阔，蟫穿万卷肺肠新。大年积健真如鹤，季世长贫不受尘。今日开尊无挂碍[2]，书丛容我作嘉宾[3]。

[1] 和玄翁，原作“玄翁示”。
[2] 无挂碍，原作“乐无极”。
[3] 书丛容我，原作“况容贱子”。

敏农属绘香芷图悼念其配马湘芷[1]

亭亭弱质殊凡类，只许香兰媲美名。三尺栏干幽怨态，几番风信郁离情。月移翠袖空留影，露浥缃冠咽有声。骇绿纷红何足数，故矜本色想余清。

[1]“湘芷”后原有“女士，距女士之殁二十又五年矣，余深知敏农者，并赋一律”。

题画

剥莲迸清香，剖瓜嚼甘脆。扇摇却炎暑，书摊沁肝肺。安得牧童笛，闲闲逞天籁。安得麻姑爪，纤纤搔我背。

寄吴岂凡

情殷两地各相思，每为尘缘再误期。料得鸡雏活泼泼，张眸尽可辨雄雌。

我方乞米惭无计，君喜当门米作堆。纵说为人忙杵臼[1]，得看已惹笑颜开。

[1] 纵，原作“总”。

休更持觥嫌寂寞，再迟旬日便归来。愿君寄语庭前树，万点梅花待我开。

答友一首[1]

张眸急务翻新样，搔首闲情拾古欢。不道君还足诗兴，沧浪亭畔独凭栏。

[1] 诗题原作《酬吴大》。

吴伟治寄示哭子诗赋一律赠之[1]

人生无后原何患，风教迂疏昧所真。道路有缘兄弟旧，儿孙违愿寇仇新。能离幻象心初觉，未斩情丝事尽瞋。欲遣愁怀诗亦得，愿君潇洒赋春晨。

[1]“哭子诗”后原有“二十首，惋痛已甚”；“赠”原作“广”。

元和鸡场口占

扶老复携幼，河边去看鸡。红冠花兀立[1]，素羽鹤群栖。活泼时还斗，高低不住啼。况当风日暖，花乱草萋萋。

[1] 兀立，原作“突兀”。

题画

床头煨榾柮，诗句诵金罍。放眼春无限，寒葩忽尽开。

种竹

种竹何须损一钱，晓来劚断过墙鞭。青青瘦干无多叶，不减潇湘植万千。

雪后

大宙荒寒空四野，一家盐米压双肩。授徒鬻画今成赘，学圃劳工晚着鞭。筋力中年犹可用，心情故我耻求怜。哦诗不惯为愁苦，爱看梅花雪后妍。

挽太玄

茗酒几何时，当筵即赋诗。豪情非异昔，凶问竟如斯。运蹇心弥壮，时危兴不疲。只今看侪辈，无此好威仪。

赠吴钟英

眉宇见峥嵘[1]，谈言万事轻。画从樵径入，诗傍酒杯倾。得闲三更静，矜奇一树横。我惭搔白首，书剑两无成。

[1] 见峥嵘，原作“情何限”。

罗肖谛万迪昆季许借园东余屋三楹赋赠一律[1]

赋诗纪胜已三年，却羡园东屋数椽。夙愿竟偿如醉醴，高情何限不论钱。

充肠蔬果盈南亩，熨眼风光匝洞天。学圃城边今未晚，从知出处本随缘。

[1]“三楹”后原有“共谋耘耔，移居先三日”。

题毛泽东昂头照片

你是前驱者，高擎革命旗。一心除败政，万里奠新基。正气山能撼，奇光电忽驰。昂头向天外，收拾一盘棋。

喜晤杨昌年

晤对苦无由，今朝愿竟酬。丘轲耽旧义，茗酒荡新愁。灿烂楼依蜃，模糊蝶幻周。诗情问何似，笼鸟亦啁啾。

何学愚索题苍回阁图[1]

山林城市宁容别，总是书丛置此身。把酒宾朋来送日，哦诗草木看当春。休惊一世翻新样，须信吾庐绝俗尘。鬓色梦回犹少壮，茫茫前路自知津。

[1] 索，原作“属”。

访吴谷宜谈次披览高鹤年名山游访记归赋两律

巍巍古貌郁松姿，须发婆娑阅岁时。锡类悬壶完本愿，斋心奉佛悟同规。蒲团诗思花丛坠，蕉叶书声肘底驰。十亩闲闲消世虑，撷蔬何异劚灵芝。

隐轩介我识荆州，十载交游一转眸。茗碗多情非世故，灯花无语待天庥。雨萌蔓草常当户[1]，风折枯槎任打头。却羡高翁山踏遍，独持一偈慑貔貅。

[1] 蔓，原作“宿”。

与友人论诗[1]

坐误儒冠感不禁，堂堂岁月付呻吟。眼穿卷帙龙蛇动，气郁乾坤块垒深。绮语随人扶媚态，狂言在我托遐心。知音寥落增惆怅，端待清标豁寸襟。

[1] 友人，原作“谷宜”。

邻妇醉归书所见

佳人被酒娇无力，脂粉飘零睡不成。独捧芳心知有恨，频摇美目漫含情。片言惊座明珠跃，万舞当年纤手擎。今夕老夫愁百斛，一齐消尽谱清平。

耆莲俊才素生执冰联袂过谈

长斋偶托园林胜，短褐来迎宾客嬉。把卷和风禽语乱，投竿静趣藕花迟。牛羊茁壮趋荒草，儿女喧阗望晚炊。生计砚田磨不出，从谁商略合时宜。

和又村

数亩园林水一泓，日携妇子去躬耕。望衡两地同佳趣，掩户终朝无俗情。世变模糊云里月，梦回潇洒柳边莺。书生褦襶寻常事，若叩我心本太平。

赠钮执冰

何伤蜷斗室，俯仰与人同。种菜朝携妇，煎茶昼课童。天心焉用问，吾道岂终穷。诗句清如许，凭添一径风。

仓街虹桥浜访老农施石林

向慕尔曹非一日，今晨约伴访东城。栖迟矮屋家无赘，灌溉长濠水有情。根握薄荷传好种，苗分山芋究深耕。一年之计劳双手，歉岁居然乐太平。

梅雨次韵又村

梅雨连宵作，遂苏一院蔬。四时行有定，双眼洵无余。水涨莲茎缩，风翻鸟路徐。芭蕉识诗意，能卷亦能舒。

寄调之

盛世休惊老，迎前学少年。新知离旧法，实践得真诠。讲学心匪懈，劳工志已坚。怡怡兄弟乐，有事担双肩。

赁屋缘俱胜，风光各自矜。圆盆栽短藕，废院辟新塍。梦稳离乡久，形劳见地增。病贫无芥蒂[1]，胸次故崚嶒。

[1] 无，原作“曾”。

寄曼伯

吾侪弹惯伤时泪，忽地逢辰一慰情。空洞撇开求实际，鬓丝虽白有前程。

汝尚有家我岂无，吾庐吾爱任江湖。撷蔬种豆多余暇，池脚捞泥补地炉。

园丁共饮

实绽花开美且都，菰蔬黍稷尽边隅。赏心悦目犹馀事，糊口充肠正要图。鱼鳖蒲塘繁旧种，鸡鹅竹院育新雏。端阳笑并园丁坐，两盏平分酒一壶[1]。

[1] 两，原作“一”。

访唐子畏墓横塘王家村

横塘名胜余荒冢，磊落碑扪唐解元。画里山容裁一角，吟边燕语掠前村。风标自有骚坛重，姓氏何劳稗史喧。闻说桃花庵尚在[1]，探幽何处认颓垣[2]。

[1] 庵，原作“坞”。

[2] 何处，原作“还欲”。

杂咏四首

峰起峰颓云有态[1]，潮来潮去海无心。个中莫说无真理，空处丢开实处寻。

[1] 态，原作“路”。

众鸟蜚鸣不肯休，无人仔细问来由。若将一例观人类，生计全凭自己求。

梅雨连宵不放晴，新苗旧草一时萌。天心着意为平等，要遣锄头认识清。

蝴蝶升堂日几回，画中花树费疑猜。从知活色生香里，有目人应特地来。

罗园雅集

罗园隙地谋栽种，学稼真惭砚有田。忽见莲塘开烂漫，且邀墨客共流连[1]。

[1] 本句后原有“各携一碟谋诸妇，载饮千觥惜此钱”。

和耆莲

七十精神如少壮，沉酣笔砚自嬉嬉。诗心芥吸谈言中，客馆蓬飘识面迟。雨大绿蕉喧午枕，时艰红粟办晨炊。小园早藕香成片，若欲投踪此最宜。

寄何叙甫（末二句指吴石殉难）

离情娓娓话家常，默契深深阐国纲。儿女分途劳辨析，政工一例戒嬉荒。得书苏沪如交臂，闻捷天涯尽战场。遗恨东南失知己，娲炉炼石剩余光。

耆翁来园赏荷急就一律[1]

赏荷来践约，有妇喜同行。腰脚晨昏健，文辞岁月争。论交余点墨，感事付双枰。未了黄梅节，阴晴日几更。

[1]“翁”后原有“偕如夫人”。

寄友

置身十亩远尘嚣，一径婆娑逸兴饶。隔藻鱼浮闻唼喋，映波莲绽看妖娆。鹂鸣柳线抛梭急，蝶舞瓜畴拂扇迢。风色四围忙应接，踌躇只合以诗描。

今夕

树顶雷鞭闻雀噪，阶前雨脚见蟾嬉。叱咤诗情绕廊庑，又劳灯火照眠迟。

次韵维石

又复蓬飘赁数椽，我生长此岂其然。笔头风物存孤抱，井底光芒漏小天。迎客不除当路草，烹茶空忆在山泉。诗囊而外贫如洗，八口曾无一寸田。

赠维石

不遗在远擘诗笺，意气拳拳讵偶然。还往廿年深契结，敲推一字证因缘。埋头点史门常掩，把盏吟梅月正圆。梨枣能灾休自馁，愿君贾勇掷囊钱。

即事

荒园佳兴自扶持，日抱枯槎熟晚炊。声奏池边蛙鼓急，光移树杪月轮迟。蛛丝隔院张天网，蕉叶过墙卷酒旗。如许闲情齐付与，诗中有画复奚疑。

寄调之兼示曼伯

忙里传书话故乡，家园风色太凄凉。溯洄始祖开基日，本是芦洲一片荒。

古墓新阡迹未沦，纷飞子姓罢宗禋。先人德泽留心胆，坯土离离总幻尘。

答敏农

清浅溪无一寸鱼，溪头伫立笑迂疏。而今不作投竿想，得失纷纷只听渠。

罗园风色堪留恋，旧日朋从靳唱酬。最是夜凉栏槛静，月轮如镜照人愁[1]。

[1] 本句原作“月钩斜挂钓人愁”。

次调之果育堂诗韵

玻璃射影张图画，一盎荷分三面窗。蠹蚀奇书蟠古篆，蝉吟别院谱新腔。闲情无梦金千镒，放意有怀酒百缸。诗句咿唔非落寞，来鸿去雁顿成双。

葵孙诞生

山妻报道孙枝茁，昂首中天霁月开。庆协螽斯沿旧说，债添儿女筑新台。故园一炬愁难拨，破砚无灵老可哈。万事看来身外尔，悲欢扰扰郁诗裁。

杂咏

飞来蛱蝶盛霓裳，带得花丛一阵香。不管人间风尚改，依然长袖舞瑯珰。

狸奴产子书堆里，风趣居然与蠹争[1]。曾不生憎傍卧榻，鼾声正好答吟声。

金蝉抱树闲无事，短啸长吟出自然。鼓吹从知天籁合，不须仔细问流传。

墙头屋角牵蛛网，风雨经过补织忙[2]。觅食微虫怀一技，人生七尺太堂堂。

[1] 风趣，原作“安宅”。
[2] 织，原作“葺”。

调之示哭子诗赋长古一首慰之[1]

谚云家中依父母[2]，客路逢迎是朋友[3]。吾侪弱岁走江南，生理支撑唯赤手。罔极亲恩报未遑，清夜扪心呼负负。交游百辈一气融，慰藉尘途岁月久。生男生女本赘疣，不贵有才无嫌丑。若论报答益渺茫[4]，吾生自顾引大咎。旧礼规随空世故，众生熙攘皆国有。有后不足光门楣，忘情奚用辨良莠。终身之慕古难能，女大有婿男有妇。乌鸟反哺愿已奢，唯有自力足糊口。百年七万二千饭，自奉何尝期优厚。亲知显贵隔山川，不及邻儿嬉左右。短长得失须熟知，明镜由来绝纤垢[5]。新诗哭子郁不伸，却怪心肝作虚呕。我怀直欲轻儿曹，眼中一例看鸡狗。

[1] 慰，原作“广”。
[2] 家中，原作“在家”。
[3] 逢迎，或作“凭借”。本句原作“客走四方恃朋友”。
[4] 报，原作“酬”。
[5] 纤，原作“尘”。

与耆莲论诗

亦尝读律治丝棼，斫句才高老运斤。情惬浑忘交暂结，言深不减酒初醺。雨敲屋瓦清诗骨，鹅戏莲塘活水纹。一主一宾足嘉会，平生车马厌纷纷。

题百纨斋印存

独钟癖好穷金石，吟讽余闲鼓铁锥。小变籀斯存古意，傍求皖浙挹奇姿。狂来下笔风雷动，惯为拈髭岁月移。多少伧夫嗤小技，庸知芥子纳须弥。

凿完山骨愁无奈，老圃商量得印材。瓜蒂有棱增体势，竹鞭多节绝尘埃。分朱布白通三昧，游刃藏锋见别裁。眼底素心余几辈，为君怀抱豁然开。

耆莲为余小女觅屋西城王叟院中叟工诗能操独弦琴曾于耆莲许见余吟草引为同调顷乃避暑西子湖赁屋周旋非叟莫属诗以俟之

劳君求屋舍，青眼落城边。岁月权升斗，比邻值万千。神交凭短咏，默契拨清弦。几静窗明地，栖迟尚待缘。

答周荃孙

闲话家常生有儿，不殊远送酒千卮。心胸余恨江山阻，翰墨无声寤寐思。天外数行惊物换，眼中几辈泣途歧。生涯须信求诸己，笔砚有秋莫叹迟。

柴湾许老人频数寓书索题绿水园图迄未赋答比闻老人已归道山怆然作此

柴湾今尚在，恨不见诗人。书到频缠俗，时移竟失津。名园余好句，一水护千春。遐思无端动，分明臭味亲。

陈兆五既殁之明年嗣君寄赠遗像赋诗寄慨[1]

神交十载外，今见古须眉。雁影云山叠，

烽烟岁月移。多情怀往迹，余绪付佳儿。案上幽兰发，凭将荐一卮。

[1] 遗像，原作“先德遗像”，后有“瞻对移时”。

葵孙生甫匝月写葵寄兴

我爱葵花开向日，风前直立捧金盘。人生意气应如此，莫羡凌霄上树端[1]。

[1] 上树端，原作“树杪看”。

粈墅耆莲过诗口占一截

二老窥园寿作朋，门前松柏共崚嶒。晚荷不折扶秋兴，只欠留宾酒一升。

次韵维石

雨洗空庭不着埃，梦回千枕厌闻雷。愁牵澜倒喧天外，望断鸥盟静水隈。

校阅群言君有胆，绸缪一室我无才。相逢时节通诗窍，金粟飘香忽尽开。

题耆莲图

所好唯余君子花，风标真个侣鱼虾。诗书在手情如许，儿女分缘累有涯。坐久风清生两腋，思深霖雨润千家。殷勤细柳丝丝绿，舞袖低遮日影斜。

挽曹太君

太君强寿天酬渥，历数平生著令仪。食苦持家绵福德，推诚惠物本仁慈。孙枝茁秀重明眼，鸠杖承欢一解颐。心地通时无挂碍，云辩安稳返瑶池。

听王粈墅鼓独弦琴

一弦鸣万籁，古调郁新声。仕治随缘了，游心与日生。朝云诗有态，独树画含情。眼倦寻常事，纷纷鸡鹜争。

院中有蝶白质锦章曳尾数寸许为生平仅见戏赋一诗

洵美双蝴蝶，巡檐日几回。临风回舞带，拂石上歌台。诗咏娇无力，花开护此才。寡人非好色，相对酹深杯。

入厂口占

面向劳工去，生涯在个中。突黔烟袅袅，机活耳隆隆。引电交通利，烧瓷建设洪。一朝消积习，甘苦与人同。

上方山香期

群山南去势蜿蜒，上方古寺藏山肩。寺外高塔耸云端，俯瞰石湖浩无边。寺中传说祀神仙，四方膜拜竭诚虔。善男信女看联翩，舟车络绎累百千[1]。金银宝锭掷万缗，乞请福禄呈眼前。痴心荒荒剧可怜，神力渺渺常无言。旧事谛听昧来源，盛会熟睹快争先。况当中秋月娟娟，星光灯影连水天。有人呼啸坐酒船，迭为宾主相盘桓。攘攘熙熙解腰缠，无所祈求但谋欢。呜呼来日正大难，黑风翻海波涛溅。河山收拾心力殚[2]，暂得于己非久安。胡为蚩蚩若狂颠，舍本逐末空流连。耳目声色一朝攒，坐我中肠百忧煎。转语何如且随缘，人心不同如面焉。高歌一曲送残夜，枕上喔喔晨鸡喧。

[1] 本句后原有“永夕永朝忘眠餐，长堤顷刻纷斓斑”。

[2] 心力，原作“力已”。

厂居杂咏

轮转机声劳十手[1]，窑封火焰醒双眸。连朝坐立浑无事，翻觉闲中不自由。

案上未全抛笔砚，胸中已倦染仓黄。而今急务知何似，端在劳工擅胜场。

部居分别无偷惰，却剩寻常共晏安。几杵钟声齐作息，秩然真趣耐人看。

附郭依山开一境，桡舟驰马展长途。眼中

应有丹青手，尽把劳人入画图。

石桥如带束横塘，隔岸村传旧姓王。万顷迎眸香稻熟，权从客路作家乡。

群居四海皆兄弟，有事同心负一肩。比得门墙树桃李，融融春气溢眉边。

新基却自旧中开，曾忆当年辟草莱。心力不知抛几许，前头初见曙光来。

功成抟土玉无瑕，来处无穷用处赊。欲辅新邦宏建设，电流交错遍天涯。

[1] 机声，或作“瓷胎”。

附：稿外补遗

抵罗店

乡间镇上尽繁荣，一片风光照眼明。
毕竟人民公社好，春寒天气热腾腾。

金星大队三级干部会议

金星队里闪金光，榜上农民姓字香。
男女壮青团结紧，共同生产共商量。

访问潘家宅先进生产者[1]

一村六户尽贫农[2]，闪烁红旗插此中[3]。
笑看连年尽丰产，丹心一片创新风。

[1] 排印本题作《访问潘家宅》。
[2] 农，排印本作“穷”。
[3] 烁，排印本作“灿”。

选种忙

选种一回重要事，东街西巷静中忙。
婆婆戴着老花镜，小辈俨然上课堂。

耕牛孪生

耕牛清早孪生子，我杂棚前贺客群。
艳说老农重生产，连宵伴宿致殷勤。

东中街小队会议

小队纷纷开盛会，热情如沸坐团团。
找深差距攻关键，闯将门前没困难。

晓望

绿裳围绕黄绸带，麦浪翻腾夹菜花。
清晓风光看不厌，一轮红日万人家。

访问清洁所与老工人朱道生闲谈[1]

终朝仆仆为人忙，清洁心肠不怕脏。
七十老人最典范，一言一动尽文章。

[1] 排印本题作《访问清洁所》。

翻土

排成一字长蛇阵，挥舞银锄意气豪。
拚与天公鏖一战，热情如浪拍天高。

茶馆讲革命故事

不弹古调说新人，茗碗今朝味更醇[1]。合座老农增快意[2]，心头来个大翻身。

[1] 碗，排印本作“宛”，偏旁缺失。
[2] 排印本“合”字下空缺六字。

巷门口生产队油菜丰收[1]

油菜指标直向上，要同全国比高低[2]。
菜田正在雄姿发，花额人肩一样齐。

[1] 排印本题作《油菜丰收》。

[2] 同，排印本此字空缺。

温州江心屿

联翩览胜江心屿，双塔嵯峨迸曙光。
俯仰诗情揉画意，闲中有味迫人忙。

雁荡道中

兹游偿夙愿，大地正回春。
四面山争秀，千家农可亲[1]。
林梢藏水库，岭下牧牛津[2]。
时复歌声起，风光一片新[3]。

[1] 农可亲，油印本作“野不素”，于韵不协，此据排印本。

[2] 本句，油印本作“岭背散牛群”，于韵不协，此据排印本。

[3] 本句，排印本缺失，此据油印本补足。

灵峰合掌双笋两峰遥遥对峙峰畔有招待所疗养院[1]

一径盘旋入，奇情扑面开。
层楼嵌石腹，双笋透云台。
旧事僧禅涌，新居客往来。
灵峰亭畔路，一步一低徊。

[1] 排印本题作《灵峰》。

雁荡烈士墓

墓在人如在，丹心照碧空。
纪功千兔秃[1]，遗爱万方同。
往事山能记，前津路未穷。
高山余仰止，翘首沐清风。

[1] 兔秃，排印本作“传壮”。

灵岩展旗峰天柱峰参天耸翠

灵岩盘万怪，四顾障云屏。
旗展山疑舞，柱撑天不倾。
高松凝壁黛，细瀑散云蒸。
何以酬名胜，朝昏笔未停。

西石梁瀑布

路转峰稠叠，山童指上前。
遥泉纡九曲，大壑缩重天。
潭涌疑鱼跃，藤搴碍鸟眠。
静观欣自得，诗思正绵绵[1]。

[1] 绵绵，油印本作“缠绵”，此据排印本。

别温州

为客随时忘客地，他乡到处是家乡。
只因风景山山好，更有人情脉脉长。

野望

连朝时雨苏阡陌，山野人家尽插秧。
知否田间挥汗滴，为谁辛苦为谁忙！

丽水道中

万壑争流千道瀑，群峰冲破几重天。
奇情开合心旌舞，看到那边又这边。

丽水三岩洞

山麓浓阴遮不住，隆隆树杪响泉声。
入门万斛珠玑泻，剔藓千春笔画明。
远岫几重花竞艳，空亭一角鸟和鸣。
归途缓缓频回首，半日留连已种情。

南明山石梁

悬泉百折迂回泻，路欲穷时境更宽。

雄跨石梁山骨硬，狂搜古刻宝光攒。
龙湫却吝飞流彩[1]，趵突徒惊泛激湍。
唯有这边风景好，鸿蒙凿破蔚奇观[2]。

[1] 吝，排印本误作“各”。
[2] 鸿，排印本误作“鸣”。

宁波大坝

一坝分开淡水河，良田万倾旺嘉禾。
胜天须信凭人力，赢得千家踏踏歌。

浙江江山县杀虎英雄刘振喜

为村除害心如炽，大胆冲前觅虎虫[1]。
杀虎精神须学习，凡夫有志尽英雄。

[1] 虫，油印本作“踪”，于韵不协，此据排印本。

丽水公共汽车一司机安全行车四十万公里

车驶安全卌万里，山崖水涘稳盘旋。
风流人物衷心慕，何幸今朝涌眼前。

访问大场杂咏两首

青蔬一片绿如油，四望斓斑品类稠[1]。
正值新秋风景好，农民欢笑上田头。

[1] 斓，油印本作“烂”，乃繁体字形近致误，此为改正。

猪大如牛牛似象，圈中陌上闪风光。
推行四化信心足，人与天公较短长。

重访罗店金星大队[1]

农村三月春如海，蹲点联翩忆去年。
风雨串门求好友，锄犁结队战公田。
豪情处处肠头热，新样纷纷画境妍。
未信丰收便到顶，劲头越鼓越冲天。

[1] 排印本题作《重访罗店》。

烟台杂诗六首[1]

[1] 本六首诗油印本无。

晓望

潮退山陲增垒块，日升海面尽文章。
渔舟朝发排成阵，好与龙王战一场。

游扁担岛

回眼关山环万屋[1]，扣舷碧海卷银涛。
前头仙岛茫无际，缥缈风帆一羽毛。

[1] 关，原本误作“辟”，此为改正。

幸福公社苹果园

斓煸硕果压枝香[1]，颗颗盈筐叠叠箱。
来往行人多喜色，大家幸福大家忙。

[1] 斓煸，原本误作“烂蝙”，此为改正。

参观烟台文物

朴素民间有胆识，搜来文物护山村。
当年豺虎蹂躏处，败垛俨同鲁壁尊[1]。

[1] 壁，原本误作“辟”，此为改正。

蓬莱阁

仙山楼阁饶风韵，旷代英雄万众倾。
海畔巍峨新建塔，灯光熠熠照航程。

车经皮家店

摇窗一片绿葱茏，庄稼迎人展笑容。
山下停车访农户，满场玉米缚黄龙。

水沟

水沟横直如刀切，雨后纷纷涌急流。
管好良田千万亩，齐心动手早绸缪[1]。

[1] 绸缪，排印本误作“调缪”。

拔茅

拔茅看到连茹拔，抛入河中荡尽之。
我辈回思多积习，今朝对景发深思。

欢迎参加四清工作同志们回院

工作思想双丰收，个个精神同饱满。
幸福日子展双眉，艰巨过程成一贯。
快来学习向你们，踏踏实实天天干。
大好风光入画图，前担回头带后担。

青岛归途

兆民攸赖勤双手[1]，壮志雄心战胜天。
齐鲁风光画不尽，丰收果实拥眉边。

[1] 攸，油印本与排印本均误作“悠”，此为改正。

泰山下视青未了，一片欢腾满地歌。
大好风光来不易，天时地利重人和。

大家事在担当起[1]，展望前程喜欲狂。
愿共艺林照肝胆，载歌载舞庆繁昌[2]。

[1] 家，油印本作“有”，平仄不协，此据排印本。
[2] 舞，油印本作“画”，此据排印本。

车过霞口

果林花白杨枝绿，片片遥天衬彩霞[1]。
醒眼长渠流一划，东西直贯万人家。

[1] 霞，排印本误作“霉”。

上北京

结合工农崇实践，发抒情感要虚怀。
自家打扫胸中垢，步入天门跌荡开[1]。

[1] 本句油印本作“轻装健步入重门”，于韵不协，此据排印本。

名一艺者无不用，今朝彻底为人民。
最是怀仁堂下立，亲承雨露仰深情。

学习焦裕禄事迹

坚持斗争为人民，艰苦一生对自己。
走遍全县作调查，痛痒相关在心里。
拼命支撑硬骨头，除掉三害鼓勇气。
力量无穷哪里来，主席教导牢牢记。
我要好好学习他，对照自己永不疲。

与工农交朋友

利用星期日，交结工农兵。
丢开旧习惯，培养新感情。
一天一回顾，心头热腾腾。
立志干革命，永远向前奔。

与参加农村社教工作同志座谈

真情回顾三同日，朴素言词耐细思。
只要一心求上进，穿肩走过有良师。

粪车

为人清洁不辞脏，起早挨门战一场。
劳动行行都可贵，粪车推挽要亲尝。

菜车

晚归惯值菜车来，一瞥心情震几回。
知否汗珠抛几许，一从种子手亲栽。

三轮车

眼底标兵随处有，争先恐后为人民。
三轮万转回肠热，人物今朝步步新。

电车

上下车争扶老弱，殷勤让座已成风。
这番教化归功党，尽在潜移默化中。

柯老逝世写诗悼念

多年惯聆殷勤语，回顾音容如在前。
嘱咐心头怀六亿，分清棋子看全盘。
心长时引家常话，语重频挥促进鞭。
最忆栽培现代剧，叮咛大写十三年。

赞大庆

大庆油田大庆人，顶天立地立功勋。
年年跃进天天好，遍地开花遍地春。

看世界地图有感

朋友纷纷遍天下，亚非拉美日相亲。
新兴力量强无敌，相互支持正义伸。

有感两首

一望钢花红如锦，满田稻穗密成桥。
风流人物知多少，看到今朝足自豪。

今天过了有明天，莫待明天赶上前。
迟进已惊向后退，寻思百计再加鞭。

题画

玲珑岩底花争放，红紫围成锦绣堆。
更有山禽添美意，霎时飞去又飞来。

南翔镇观光

步入街头双眼豁，市容楚楚着新妆。
分明黑白煤球店，绝妙丹青书画墙。
旅舍终朝尘不染，蚊蝇隔岁害先防。
倾心协力争光彩，招展红旗引鹤翔。

参观嘉定县业余美展[1]

美不胜收观美展，发挥潜力正蓬蓬。
吴衣曹带存天趣[2]，刻纸堆花见技红[3]。
近采乡风饶特色，兼罗众艺亦同工。
休言草创规模小，绰有精神占上风。

[1] 排印本题作《嘉定县业余美展观后》。

[2] 吴衣曹带，油印本作“灶头衣带”，与下句对仗欠工，此据排印本。

[3] 技红，油印本作“笔锋”，此据排印本。

城隍山

山巅指顾搜奇景，南面临江北面湖。
广厦万间今异昔，好将旧地展新图。

富阳道中

车窗四顾频呼绝，折叠群山应接忙。
迎面万千乌柏树，红橙青紫换新装。
前路迂回入佳境，好山环水水连山。
渔民结队生涯足，舟自摇摇心自闲。

丽水道中

鸡栖花下鸭游溪[1]，一片生机看不疲[2]。
齐熟稻棉千万顷[3]，金银堆里插红旗。

[1] 溪，排印本作“池”。

[2] 看不疲，排印本作“景色奇”。

[3] 稻，排印本作“秋”。

桐君山（传说桐君采药山中，江心有放马洲）

登临水合山环抱，山有仙人马有洲。
今日依山筑高阁，供人休养与遨游。

桐庐渡口

阴雨连朝忙唤渡，村人喧笑话年丰。

鸡鹅茁壮田园熟，人面霜花相映红。

七里泷拦洪坝[1]

万人动手山争劈，一坝横江水就驯。
如此规模如此景，山河越变越精神。

[1] 泷，油印本误作“垅”，此据排印本改正。

新安江水库观光

乾坤旋转古无能，梦想桃源洞里行。
今日人间真换了，穷山恶水总生情。
自力更生呈巨变，荒山几户闪奇光。
一江锁断凭双手，万炬腾空照八方。

铜官山夜坐

连岸灯光争月色，沿崖虫语引诗声。
此来小住刚三日，心与江流一样清。

路过白沙

物阜穷乡添广厦，人稠阔水架双桥。
一回经过停车久，四面云山分外娇。

北山渠道头遥眺八水库

遥山迤逦青龙卧，近阜丰腴彩锦铺[1]。
多少英雄献身手，堂堂八库展鸿图。

[1] 腴，排印本误作“腹”。

冰壶洞

怪哉石洞深千尺，高下盘回一径通。
地底忽闻飞瀑响，明珠万斛撒壶中[1]。

[1] 撒，油印本、排印本均误作“撤”，此为改正。

紫阳山瑞石古洞前与村童合影

攀岩穿洞快平生，扶持犹念小朋友。
团团围坐问答忙，红领巾伴白发叟。

返杭途中

稻田一望糁黄金，多少农家喜不禁。
黑瓦粉墙风调里，平添夏屋透霜林。

放眼车窗喜欲狂，宛如银幕闪风光。
好山好水藏阡陌，一片新妆卸旧妆[1]。

[1] 卸，排印本作“换”。

车过钱塘天欲暮，湖山忽地万家灯。
兹游还往兼旬日，大好江山朝气升[1]。

[1] 朝气升，油印本作“作送迎”，于韵不协，此据排印本。

烟台晓望

潮连山陲增块垒，日升海面尽文章。
轻舟朝发排渔阵，拚与龙王战一场。

蓬莱三岛观戚继光遗迹（今有航标塔）

仙山楼阁饶风韵，旷代英雄天下称[1]。
重染丹铅留古迹，长明不是旧禅灯。

[1] 天下称，油印本作“树典型”，于韵不协，此据排印本。

题打靶归来图

斗志昂扬兵画兵，海洋练武托深情。
从知笔杆同枪杆，过硬功夫要力争。

越南竹箭战

千竿万竿削成箭，根根竹箭能助战。
满腔愁恨在箭头，消灭敌人如电霰。

观奇袭白虎团

浑身是胆劲头足，锐利尖兵插敌营。
白虎团终成纸虎，中朝东海筑长城。

参观天一阁

浩劫几经天一阁，图书万卷剩创痕。
辉煌修缮谈何易，更集新编补旧存。

参加游行口占

今日更加腰脚健，游行队里走前头。
人民力量强无敌，正义呼声绕地球。

看灭钉螺

集中兵力战钉螺，岸脚浜梢不放过。
东段搞完西段起，南村得胜北村歌。
深仇牢记心无懈，众志提防计自多。
偏把小虫当大敌，人民挥手胜华佗。

看施肥

共知大粪农家宝，关键如何利用之。
策划集中专职管，及时储备及时施。

麦熟

麦穗密密麦粒粗，南社北社黄金铺。
田角副产美且都，似此风光旧时无。
喜地欢天合作好，声声齐唱丰收歌。

沁园春·毛主席在文艺座谈会上的讲话永放光芒

大好风光，凯歌阵阵，红旗飘飘。
抓三大革命，搭起天桥。
卫星乐奏，响彻云霄。
雄文讲话，指明方向，光辉样板塑英豪。
起宏图，正波澜壮阔，激荡心潮。
环球新貌看今朝，毛泽东思想光芒照。
斥美帝苏修，都是纸虎，砸烂黑线，修根挖掉。
放眼世界，继续革命，下定决心不动摇。
齐踊跃，紧跟毛主席，永向前跑。

忆秦娥·工人阶级创先进

观众厅，关键攻下大屋顶。
大屋顶。高举万钧，电钮一揿。
思想领先齐抓紧，工人阶级创先进。
创先进。树立雄心，继续革命。

新风四首

堂堂文艺方针在，面向工农服务来。
旧习破除放大胆，新风培养脱凡胎。
繁荣生活心情旺，大好风光画境开。
生在福中多乐事，千年传统出新裁[1]。

[1] 裁，油印本误作“栽”，此为改正。

百花齐放沐东风，亿万颗心一片红。
竞选题材多样化，每逢关键大家攻。
争鸣旨趣求真理，切用文章重内容。
务实务虚常结合，崭新道路自沟通。

什么藤结什么瓜，要向心头细细查。
身值明时须不负，眼看前路正无涯。
盈盈雨露深情托，叠叠峰峦阔步爬。
毕竟丹青不知老，再来学习向人家。

笑逐颜开爱祖国，祥云四面八方连。
笔端争得分光彩[1]，肠角浑如拨火燃。
正气巍巍天有柱，群情沸沸马加鞭。
无边好景新图画，灿烂光芒照万年。

[1] 分，油印本误作“公”，此为改正。

歌唱战三夏

下乡来，喜洋洋，一片丰收好景象。
铁臂摇，银锄落，战天斗地打胜仗。
是田头，是学校，接受教育最难忘。

忆去年，看今日，贫下中农永远是榜样。
毛主席，指方向，结合工农道路广。
要改造，要劳动，滚着泥巴向前闯。
从头学，学到老，决心做个小学生。
是动力，是对象，干革命要靠毛泽东思想。

革命船

万丈光芒南湖革命船，船上点燃燎原火。
四海翻腾看今朝，全靠毛主席从容掌舵。

韶山

毛主席诞生巍巍韶山，山色葱茏开新宇。
万物生长靠太阳，红太阳就从这里升起。

延安

喜看红军浩荡起宏图，长征两万五千里。
源远流长延河水，子孙万代永世记心底。

生日示诸生

诸生个个年方盛，各有豪情争上游。
雨露同沾吾未老，还应追赶向前头。

后来须信能居上，智慧都从实践来。
时刻谦虚知不足，多思教导展长才[1]。

[1] 展长才，油印本作“记胸怀”，于韵不协，此据排印本。

各携一菜来团聚，删去繁文旧作风。
唯有真诚共勉励，此中深意乐无穷。

重访罗店

秋高气爽去罗店[1]，旧地重临喜可知。
蔬菜满田棉稻熟，丰收来处耐深思。

[1] 去，排印本作“访”。

下车回顾添新貌，熟路低徊好景多。
今日串门逾六载，这番会面乐如何。

问长问短尽情真[1]，看这看那慰我频[2]。
回顾多年常接触，纷纷旧事记犹新。

[1] 情真，油印本作“真情”，于韵不协，此据排印本。
[2] 频，油印本作“心”，于韵不协，此据排印本。

殷勤留饭话家常，亲切偕行看现场。
相送叮咛约后会，留连竟日永难忘。

休因老病时停步，珍惜光阴学少年。
接受工农再教育[1]，征途踏上要加鞭。

[1] 本句，排印本作“满眼风光看不足”。

赴嘉定参观马陆徐行公社

秧田一片含清露，柳岸成行引晓风。
过了大忙闲不住，移棉松土兴冲冲。

繁花路畔黄金撒[1]，叶底垂垂正结瓜。
蔬果满田先后熟，千车万篓供家家。

[1] 撒，排印本误作“撒”。

全社规模有缩影，电光指点看纷陈[1]。
群情奋发天天好，前路宽宏日日新。

[1] 纷陈，油印本作“纷纷”，于韵不协，此据排印本。

公社经营新副产，巧栽银耳与灵芝[1]。
浜梢繁殖珍珠蚌[2]，美景当前耐细思。

[1] 芝，排印本误作“兰”。
[2] 浜，排印本误作“滨”。

休嫌小艇停浜岸[1]，应念渔轮逐海源[2]。
不再飘蓬旧棚户，家家欢呼住新村。

[1] 浜，排印本误作“滨”。
[2] 源，油印本作“滨”，于韵不协，此据排印本。

画芦花荡

沙家浜朝霞万丈，多少英雄斗志昂。
机动灵活弱胜强，千古流芳芦花荡。

干革命

休嫌老大鬓丝丝，党的恩情难报答。
担子肩挑未敢辞，好拼肝胆趁良机。
革命要从头脑起，口头空喊总徒然。
光辉路线如明镜，立定脚跟干上前。

一大会址

中国共产党开天辟地，领导工农干革命，
一大会址万年红，毛泽东思想威力无穷。

创新

如何刻苦开新路，急务先将蔓草除。
莫去流连旧门户，只争朝夕下功夫。

画院赠笔

新笔拿来鼓干劲，一年几度太殷勤。
思量改造从心底，秃笔也能闹革新。

谦恭[1]

唯有忠诚跟党走，一言一动合时宜。
谦恭过分成虚伪，分寸如何掌握之。

[1] 本诗改动颇多，正文据排印本，而将油印本录此：“谦恭过分成虚伪，唯有忠诚跟党走，分寸如何掌握之，一言一动合时宜。”

直言

直道而行要直言，心头想到我能喧[1]。
栽培习惯天天学，人在徘徊我已蹲[2]。

[1] 我能喧，油印本作“莫遮瞒”，于韵不协，此据排印本。

[2] 我已蹲，油印本作“我尽先”，于韵不协，此据排印本，然“我”字又犯重复，似修改时未曾注意。

访问彭浦公社

大寨红旗队队擎，彭浦一片丰收景。
种菜关心吃菜人，全心全意为人民。
工农热情暖我心，讲话指引方向明。
满头白发力未衰，趁着东风鼓干劲。

学习会上

形势大好学理论，全国飞腾齐快上。
画院上下一条心，打个不停翻身仗。
思想领先记牢牢，推陈出新最重要。
深入生活汲源泉，画出时代新风貌。
晨昏缅想党恩情，内疚在心贡献少。
自觉改造要认真，前进一步总是好。

人造卫星返回地面

人造卫星去复回，科技革命好又快。
自创路子天下稀，自力更生不称霸。

题庆丰收图

广阔天地作为大，大寨红旗占上游。
满树石榴开笑口，争随人意庆丰收。

随笔

大胆提问题，共同来探讨。
自我解剖严，努力学到老。

党的生日献诗三首

毛主席革命路线万年红，工农建设成就趁东风。万丈怒火熊熊冲天烧，坚持斗争战鼓声隆隆。

三十万瓩电机快马上阵，浦江大桥通车巨龙蜿蜒。自力更生凯歌高奏，向党献礼全国工人心相连。

歌颂“文化大革命”十周年，丰硕成果在斗争中涌现。齐踊跃，下决心，继续革命，党指方向我们走，勇往直前。

新生事物赞

新生事物续续来，朝气洋溢暖胸怀。
社会主义就是好，百花园里百花开。

五七指示放光辉，干校争先炼思想。
热爱劳动破常规，精神面貌大变样。

上层建筑换新天，领导崭新工宣队。
言教身教路线明，纲举目张听教诲。

欢呼革命样板戏，树立标兵百花放。
古为今用日日新，路子越来越宽广。

无数青年听号召，奔赴山村热情高。
广阔天地作为大，一改千年旧面貌。

大学面向工农兵，一代新人受培育。
全面发展德智体，开门办学朝气足。

八亿人民八亿兵，风口浪尖闹革命。
忠于人民忠于党，招之即来无不胜。

赤脚医生奋热情，采药治病为人民。
越是跋涉劲越足，风来雨去献丹心。

向阳院放向阳花，千家万户同心干。
一代更比一代强，喜看红心光闪闪。

万里河山无限好，凌云壮志冲九天。
东风浩荡心潮涌，白发都成老少年。

方增先为我画像题诗自勉

生命不息永战斗，老年迈步上征尘[1]。
毕生听从党分配[2]，补瓦添砖献此身。

[1] 尘，油印本作“程”，于韵不协，此据排印本。
[2] 分配，油印本作“安排”，不合格律，此据排印本。

助儿移家八大家[1]

安家着重要心安，刻苦耐劳岂等闲。
革命前程铺锦绣，齐心老小向前看。

[1] 本诗改动颇大，正文据排印本，而将油印本录此：“安家着重要心安，刻苦耐劳鼓干劲。革命路线万年红，老小齐心向前进。”

观书法展览即席赠钱茂生[1]

青老结合求实际，交心习惯已多年。
未来展望雄心壮，此日挥毫意志坚。
作画作书为革命，一绢一纸映明时[2]。
齐心勠力争朝夕，快马前程奋着鞭。

[1] 本诗修改处颇多，正文据排印本，而将油印本录此：“青老结合求实际，交心习惯已多年。展望未来忆往昔，小楼谈笑意缠绵。作书作画为革命，誓肯登攀不怕难。从此齐心鼓干劲，加鞭快马再加鞭。”
[2] 本句“时”字仍未协韵。

公园看青年工人陈杏金打拳作诗三首兼赠董志林[1]

少林太极显工夫，同异揣摩不放过。
动静弛张新变化，旁观片刻会心多。

[1] 排印本诗题作《公园》，诗改并成一首。

白头步上青年队，顷刻同欢引话头[1]。
拳术忽联书与画，此中道理耐追求[2]。

[1] 引话头，排印本作“共切磋”。
[2] 耐追求，排印本作“足研磨”。

拳不离手天天练，我愧无恒笔惯闲[1]。

人老还应染朝气[2]，心头跃跃再加鞭[3]。

[1] 闲，排印本作“何”。

[2] 染，排印本作“添”。

[3] 本句排印本作“抖擞精神唱大罗”。

苗重安来寓告别

片刻交谈皆实话，多年离别岂忘情。
尔今大步吾非老，各有长程去力行。

赠杭友[1]

老友重逢增快意，几番迎送脚头轻。
相期共仗东风力，不做先生赶后生。

[1] 本诗油印本二、三两句次序颠倒，不合格律，此据排印本。

赠萧龙士

却喜画兰参妙谛，无驰不控见精英。
老年永把青春葆，相约同心步锦程[1]。

[1] 步锦程，油印本作“马不停”，于韵不协，此据排印本。

阅旬日再写一诗赠拳友[1]

打拳作画理全通，青老相逢意气融。
喜借公园结朋友，共同前进趁东风。

[1] 本诗油印本二、三两句次序颠倒，不合格律，此据排印本。

公园看小学生拔河游戏[1]

闲步园中看拔河，儿童队队劲头粗[2]。
心潮激荡浑忘老，端想绳头去共扶[3]。

[1] 排印本将本诗改并成一首。

[2] 劲头粗，排印本作“倍精神”。

[3] 去共扶，排印本作“力一钧”。

想到我师当晚岁，河边削水见童心[1]。
从知细事存真趣，愧煞迂疏卖老人[2]。

[1] 见童心，排印本作“忆犹新”。

[2] 卖，油印本、排印本均误作“买”，此为改正。

杏金志林都有诗答赠迟未脱稿诗以促之

所贵写诗在达意，不须过细作推敲。
旧时规律须冲破，斗志昂扬站得高。

分明不是老朋友，巧遇拳场识性情。
从此直言无束缚，新知好比旧相亲。

赠陈杏金

试探拳场入此村，分明我是有心人。
今朝易地唯情在，一笑迎来陈杏金。

赠志林

草创诗篇兴趣高，找寻知己共推敲。
检点补充几翻覆，直言争论足自豪。
新知旧好在一起，不作寒暄话滔滔[1]。
小董昨天值夜班，今日登楼佳兴饶。
围绕新年十首诗，从容谈笑鼓新潮。
青老结合趁东风，来日方长乐陶陶。

[1] 暄，油印本误作“喧”，此为改正。

约陈杏金来寓敲诗

却喜杏金第一斧，正衡父子共吟骚[1]。
更多旧友提新意，初稿经营足自豪。

[1] 吟骚，油印本作“推敲”，于韵不协，此据排印本。

赠徐茂法[1]

当年干劲还能记，学习而今不放松。
儿女成群看好样，共同步调陟高峰[2]。

[1] 本诗排印本并作一首。

[2] 陟，排印本作“向”。

两人意气恰相投，一年几度逢太久。
交换照片非等闲，知己时刻在座右。

赠董志林

青年木匠径登楼，不作寻常迎与送。
一推一刨意缠绵，惯忆拳场呼小董。

春节前后赠杏金诗

多少殷勤劳送米，天寒岁暮急匆匆。
热情敬老知何似，相印心心在个中。

春节联翩集拳友，登楼合坐热腾腾。
一时喧笑无拘束，青老交融见盛情。

两旬未晤心难稳[1]，忙里偷闲问起居。
难得新知如旧好，真诚一片耐深思。

[1] 旬，油印本误作“句”，此为改正。本首用韵未协。

赠陈杏金

昔日敲诗今敲堵，亦文亦武来相助。
得一知己我心欢，乐事心头记清楚。

又一首

不要唯心托因缘，挫折前头迈大步。
坏事可能变好事，立定脚跟行我素。

与戚叔玉敲诗

敲诗务必求认真，好就该赞坏就批。
怎许以辞来害旨，字句斟酌合时宜。
记得懂得用得上，学无止境求真理[1]。
新年树立新风尚，一扫昏黄旧东西。

[1]“理”字不协韵，疑是“知”之误。

自勉

要使机能衰退慢，必须思想炼成新。
老年听党安排我，那肯从容度此身。

曹建初插队崇明

半夜深更站好岗，禾苗饥渴管周详[1]。
此情此景浑相似，哺育婴儿做阿娘。

[1] 周，排印本误作“用”。

水闸工程进一步，宛然重担在双肩。
天天磨炼劲头足，意志从今分外坚。

晓晴分配重型机器厂赠诗勉之

亲身体验暖胸怀，战胜艰难已几回。
成绩说明过去事，再看现在与将来。

赠小明[1]

放下书包家务干，哥哥姊姊乐无涯。
尽人赞美青年好，我赶你追志足嘉。

[1] 本诗修改颇多，正文据排印本，而将油印本录此：“丢下书包干家务，姊姊哥哥都好样。尽人赞美小当家，你追我赶乐无涯。”

志林送青豆

青豆新鲜照眼明，农村风物正繁荣。
最难老父携筐至，美意缠绵感盛情。

翁平出示近作急就一诗勉之

阿平学画够认真，先炼思想再作画。
图中景色闪朝霞，不作寻常一挥洒。
反复观看我心欢，后来居上好又快。
永不自满向前闯，誓肯登攀难不怕。

观汪振华写梅竹赋赠

老汪自道老大粗，不法常规爱作画。
工拙随人作品评，独立思考辨真假。
革命豪情永不衰，偶借笔墨一挥洒。
冲风斗雪岁寒姿，磨炼意志最痛快。

接待日本书法代表团 [1]

旧友新知聚一堂，今朝盛会异寻常。
吟诗祝酒心潮涌，友谊花开岁月长。

东风浩荡春如海，书法交流乐事多。
前进迈开新步伐，同声高唱睦邻歌。

[1] 本诗排印本误并成一首。

欢迎班达奈总理电影

一场电影迎宾曲，激动心弦几万根。
物阜年丰花烂漫，近来远悦路宽宏。
欢情处处留真趣，友谊绵绵出至诚。
主席笑言关大局，森森邺架亦精神。

畅谈艺事赠青工和诸生

大治年头喜洋洋，心潮澎湃谈艺事。
怕这怕那成过去，直言直行干到底。
批判继承须记牢，推陈出新是至理。
老年珍重大可为，时代精神重朝气。
抓纲治国看今朝，继续革命有深意。
争论时时要保持，推敲处处求过细。
思想面貌齐振奋，高峰攀登何所惧。
讲话精神永铭心，学习步步从头起。

纪念在延安文艺座谈会上讲话三十五周年

大治年头热腾腾，心潮澎湃谈文艺。
批判继承须记牢，推陈出新是至理。
思想面貌大解放，高峰登攀何所惧。
抓纲治国看今朝，时代精神奋朝气。
讲话教导永铭心，学习步步从头起。
满头白发大可为，继续革命干到底。

苦菜图

苦菜苦菜味虽苦，蕴藏着政治营养。
回顾井冈五十年，克服困难打胜仗。
莺歌燕舞大治年，革命传统永不忘。

三湾红枫图

巍巍红枫何挺拔，三湾改编色更鲜。
遥望一片红彤彤，革命火炬耀九天。
井冈山上放异彩，怀念老辈斗志坚。
五十周年一回顾，毛泽东思想传万年。

大快人心

毛主席开创革命业，后继有人华主席。
八亿人民齐放心，锣鼓喧天奔腾急。
满腔仇恨四人帮，篡党夺权谋祸国。
一举扫除害人虫，军民同心全无敌。
振臂竞写红喜报，字字坚强胜钢铁。
红旗满地万人潮，胜利歌声动心魄。

歌颂华主席

后继堂堂华主席，担当重任起宏图。
扫清妖雾群情激，加劲东风喜事多。
思想敞开摇铁臂，风雷激荡落银锄。
人民八亿同心干，白发苍苍劲亦粗。

揭批“四人帮”大会

多画多错，少画少错，不画也错。
“四人帮”扼煞前进步，往事历历难罄诉。
而今狠狠揭批它，华主席迈开新路。
文艺思想大解放，创作新花开千朵。

赠用平兼示诸生

用平手植长春藤，登楼持赠祝我寿。
休言微物不值钱，脉脉交情重师友。

工余拔步来敲诗，字字句句权轻重。
直言争论要保持，不法常规见行动。

读论十大关系

十大关系重新读，远瞩高瞻理万端。
马列精神深展望，风云变幻肯登攀。
名言亲切皆金玉，细意缠绵重泰山。
旋转乾坤挥巨掌，五洲四海换新天[1]。

[1]“天”字出韵，疑是“颜”之误。

元旦献诗

乘胜前进再加鞭，却喜迎来七七年。
砸烂黑帮除大患，光辉红日耀中天。
当年诗史心潮壮，今日宏图斗志坚。
大振人心天地阔，神州八亿献歌篇[1]。

[1]献歌篇，油印本作“尽欢颜”，于韵不协，此据排印本。

怀念台胞

一定要解放台湾，台湾同胞春节好。
八亿人民气象新，满天飞雪春回早。
河山壮丽看前途，旗帜鲜明最重要。
努力革命齐向前，朝霞红映台湾岛。

悼念朱德委员长

巍巍老将高标在，对党忠诚献一生。
战绩纵横山万叠[1]，心潮澎湃浪千鸣[2]。
丰功历历英雄史，晚节昭昭翠柏贞[3]。
悲痛齐心化力量，永怀遗教向前程[4]。

[1]绩，油印本作“迹”，此据排印本。
[2]鸣，油印本作“层”，于韵不协，此据排印本。
[3]翠柏贞，油印本作“岁月新”，于韵不协，此据排印本。
[4]程，油印本作“奔”，于韵不协，此据排印本。

悼念周恩来总理（一九七六年一月十二日挥泪赋诗[1]，逝世后一周年，《解放日报》一九七七年一月十六日刊出）

鞠躬尽瘁为人民，重任分担五十年。
万端建设忠于党，对敌斗争意志坚。
久病远怀心戚戚，长辞沉痛泪潸潸。
谆谆教导铭心里[2]，不嫌老大永向前[3]。

[1]挥泪赋诗，排印本误作“挥旧赋此”。
[2]心里，油印本作“肺腑”，此据排印本。
[3]不嫌老大，油印本作“继续革命”，此据排印本。

哀悼周总理逝世一周年

对党忠诚周总理，鞠躬尽瘁为人民。
去年伤感同声哭，一载萦回正气伸[1]。
几个蚍蜉撼大树，千秋肝胆耀星辰[2]。
难忘反复叮咛语，改造心坚老此身[3]。

[1]正气伸，油印本作“泪未停”，于韵未协，此据排印本。
[2]星辰，油印本作“晨星”，于韵未协，此据排印本。
[3]本句油印本作“改造到老梦有声”，不合格律，此据排印本。

再赋一律[1]

怀仁堂上初回见，教诲年年本赤诚[2]。
佐国一生当重任，宏言万绪识群情。
会开敬老同加勉[3]，身是典型世共尊[4]。
怎许妖魔施诡计，天高地厚忆深恩。

[1]本诗，排印本误作两首绝句，此据油印本合并之。
[2]诚，油印本作“心”，于韵未协，此据排印本。
[3]加勉，油印本作“勉励”，平仄未调，此据排印本。
[4]身是典型，油印本作“以身作则”，平仄未调，此据排印本。

万代记深恩

继承毛主席遗志，高举红旗迎风飘。
子孙万代记恩情，迈步前进通天桥。
后继堂堂华主席，党中央地厚天高。
乌云驱散阳光照，全党全国乐陶陶。

满头白发学少年，笔歌墨舞涌心潮。
学一点来用一点，看今朝还看明朝。

歌颂建军五十周年写山花烂漫花篮图

井冈烽火换新天，人民江山铁打成。
抓纲治国看今朝，万朵山花万代春。

周总理逝世一周年纪录片观后

一生忠悬为人民，阅历艰辛忘自身。
旷代相才谋百利 [1]，振兴重任转洪钧 [2]。
哭声动地皆真挚，遗爱连心见体仁 [3]。
似此高标似此景，古今中外仰完人。

[1] 旷，油印本作“一”，此据排印本。

[2] 本句，油印本作“千重大业策长鞭”，于韵未协，此据排印本。

[3] 见体仁，油印本作“尽至诚”，于韵未协，此据排印本。

重读朱德委员长和毛主席词两首 [1]

人老心红经百战，巍巍开国树元勋。
诗篇字字肝肠断，教诲年年诱导勤 [2]。
鬼蜮阴谋欺老将 [3]，军民遗恨讨狐群 [4]。
千秋恩怨持公论，闪烁明星散黑云 [5]。

[1] 读，排印本误作“谈”。

[2] 诱导勤，油印本作“日日新”，于韵未协，此据排印本。

[3] 欺，油印本作“犯”，于声未调，此据排印本。

[4] 狐群，油印本作“痴心”，于韵未协，此据排印本。

[5] 本句，油印本作“驱散乌云闪众星”，于韵未协，此据排印本。

悼念陈毅同志逝世五周年

陈毅是个好同志，一语褒扬重九鼎。
光明磊落听直言，谦虚谨慎担重任。
革命路线善秉承，文武全才尽驰骋。
数年会面见殷勤，回顾威仪永崇敬。

南昌起义五十周年悼念贺龙同志 [1]

光辉事业为人民，赤胆忠心献一生。
穿破草鞋先士卒，举来刀斧斩鲵鲸。
黑帮毒计跳梁丑，老帅巍然建国英。
起义南昌光史乘，悲歌遍地颂干城。

[1] 本诗修改处颇多，正文据排印本，而将油印本录此：“光辉事业为人民，赤胆忠心献一生。穿破草鞋先士卒，举起菜刀闹革命。忽地黑帮施毒计，巍然老帅筑长城。南昌起义惊天地，北斗长明拱众星。”颈联“帅”字误作“师”。

胜利召开十一大献诗一首

华主席领导英明，抓纲治国向前进。
胜利召开十一大，八亿人民齐欢欣。
红旗如海阳光灿，好景当前天地新。
白发苍苍跟党走，前程浩荡花如锦。

抓革命促创作会上

大治年头促大干，贵在鼓劲向前冲。
老当益壮同勉励，好趁东风不放松。
雄文五卷精心读，处处时时求上进。
学到一点做一点，继续革命休安定。

纪念毛主席逝世一周年献诗一首

毛主席恩深如海，全党全民齐拥戴。
继承马列开新天，树立功勋驰中外。
后继有人承遗志，力挽狂澜除四害。
高举大旗永向前，万朵山花红万代。

忠魂舞（怀念杨开慧、毛岸英烈士）

英雄肝胆拱星辰，万丈光辉护太阳。
母子同心为革命，青山埋骨在他乡。
精神不死泰山重，遗爱无穷岁月长。
烈士而今亦含笑，忠魂舞罢咏吴刚。

刻印自述

负笈南通嗜刻印，拉杂探求萃古今。
无师先后得师承，三十来沪志竟成。
缶师门下追随日，指点评骘话言亲。
四卷印稿仔细看，优劣批注迹犹存。
题签撰诗勤黾勉，反复叮咛见真诚。
阵齐突出有创造，不似之似造诣深。
自知奏刀嫌平钝，年来腕弱未挺劲。
推陈出新谈何易，心余力绌难精进。
名言一句永铭记，不薄今人爱古人。
唯唯诺诺旧风尚，批判继承日日新。
时代精神保持好，不法常规葆青春。
一举粉碎“四人帮”，前路宽宏慰深情。
休言年老体未衰，思想解放永不停。
学习到老干到老，誓理旧课竞中青。

“十年浩劫”中六位工人对我关怀往事历历因而有句[1]

一路推车到院时，满身汗雨力难支。
忆君对我低声语，悖理劳人世共知。
（裱工祝学春）[2]

[1] 自本首以下均录自排印本。
[2] 裱，原本误作“表”，此为改正。

远地奇花新购回，连朝辛苦事栽培。
每逢我过园前路，不惜停工慰藉来。
（花司杨华青）

语似雷鸣出挚诚，挨过黑夜即天明。
漫将文件时翻看，省却批评看太平。
（勤杂工孙敬祥）

高声喝阻出门行，为是外间况不明。
造反成群到处是，不如安稳坐牛棚。
（门卫贾俊杰）

蒙冤悯我感情深，遭际悲凉暖寸心。
还约登堂闲共话，十年浩劫汝知音。
（炊事员朱新铭）

祸患无端百念空，三餐举箸似中风。
频频劝说回家去，不少高龄请假中。
（食堂于庚梅）

赴闽途中六首（一九八二年五月作）

车过钱塘天欲暝[1]，一宵山路自多情。
时眠时醒牵窗幕，野色朦胧看不清。

[1] 暝，原本误作“瞑”，此为改正。

清晨一望山容好，好到前人无此图。
近处峭岩多气概，个中细径入云无。

四山环绕连天涌，颜色青黄入大荒。
多少丛林云一片，须臾变幻任翱翔。

近处峰峦留枕底，遥山折叠与天通。
这边风景果然好，不在寻常体势中。

蕉叶新篁处处春，层楼古迹与时新。
前瞻后顾心胸阔，如此风光别有神。

沿途建设新风景，老树杈丫旧画图。
想见此中深意在，皇皇一片好规模。

抵福州两首[1]

四围环绕成山景，华屋崔嵬南国中。
初到心胸天地阔，同侪一路沐清风。
亭阁高低处处逢，何时创造杳人踪。
一番想象心头热，旧事真情路未穷。

[1] 原本误排作一首，此为分之。

登鼓山

层层曲径攀山顶，风景俨然旧佛堂。
静听禅师齐诵佛，香花一片闪梵光。

鼓山涌泉寺见郭沫若诗即次原韵

鼓山不见鼓，盘桓在涌泉。
古物看瓷塔，青山挂白川。
秋声泻翠柏，含苞想杜鹃。
老年壮志在，谈笑尽天然。

参观脱胎漆器厂

传说规模溯古代，苦心探索事推陈。
同心钦佩流传久，历代工人最苦辛。

参观玉石雕刻厂

应物象形传绝技，精雕细琢出蓝青。
推移万象在群力，顾盼多姿耀众星。

温泉沐浴两首

多年不浴温泉水，今日欣然洗一通。
客里安排多作画，眼尘心垢霎时空。

林区细步频相探，想见殷勤念老人。
服务毋须重架势，偏从小事显精神。

题合作画三首

苍松翠柏千年寿，烂漫花开万象新。
如画闽江风物好，挥毫合作乐长春。

笔歌墨舞风光好，万紫千红景色雄。
闽地初游佳兴足，联翩斗彩乐融融。

今朝巧度清明节，一派春风映海天。
共赏闽南好风景，一番佳兴异从前。

怀念台胞

亲切台胞皆熟友，多年阔别正关怀。
而今形势天天好，端想联翩举一杯。

春日抒怀

年登耄耋不知老，兴到挥毫写性情。
抱着砚田宜奋发，进军百岁谱新声。

怀张大千

曾老门前第一人，腾蛟起凤见精神。
老当益壮多怀想，痛饮千杯万象新。

检点书囊多墨迹，笑谈娓娓记无穷。
共同留影情何限，篆刻还曾凿大风。

怀郎静山

摄影当年是大师，琳琅佳作出新奇。
而今九十年方盛，遥望长空树大旗。

小住厦门大学

上海厦门皆胜地，互相学习不寻常。
今朝一见明朝熟，论学挥毫日月长。

形势喜人看向前，今朝新貌胜当年。
凌峰楼外多师友，文质彬彬共着鞭。

学风崇尚争三好，喜看联翩上战场。
爱友尊师重自己，一年更比一年强。

莆田小憩赠村农

汽车小憩莆田县，路畔村农亦暂停。

言语不通难问答，嫣然一笑自生情。

途中[1]

[1] 本诗即此前《抵福州两首》之次首，除末句“路”字此作“话”外，余均同，因不再录。

开元寺双石塔观后

寺外辉煌双石塔，精心创造仰前贤。
低徊巧遇石工在，走向身边话一篇。

初到武夷

武夷名胜从头越，三三六六与九九。
看这看那看不完，万怪千奇无不有。

游九曲

并筏欣欣游九曲，一篙上下见精神。
筏师到处殷勤说，古语浮夸亦出新。

回旋水是有声诗，复叠成山奇画出[1]。
曲曲缠绵意无穷，法度不在古人下。

[1] 奇画出，与韵不协，疑应为“出奇画”。

朱熹讲学十年事，余子题词数百篇。
一具长棺垂久远，商周以上想当年。

赠记者两首

老当益壮心胸阔，结伴同心作远游。
献身四化非口说，全仗雄心自己求。

记者奔忙非别事，个中深意为人民。
寻常道理同相识，奋发图强仰率真。

游水帘洞

洞前洒遍毛毛雨，洞外来源看不清。
老屋数间鸡犬在，兰花满室尚馨荣。

天游峰一览台遥眺

天游下视群峰呈，浓黑雄姿斧劈成。
远径模糊通九曲，高山细水尽深情。
崔嵬登上最高峰，光怪离奇迥不同。
今日欢欣堪自寿，助儿生日恰相逢。

游桃源洞

小径盘旋行一路，问津题壁细搜寻。
原是南唐修道院，自耕自足更清心。

花开依旧是桃林，沿路声声听鸟鸣。
曲折流泉供洗涤，心头整日画沉清。

别桃源洞

依依不尽随人出，一径迂回锁洞门。
门外风光无限好，崇山峻岭遍乾坤。

武夷山一线天

这一线天非一线，原来宽阔一长空。
山头风物康庄道，两片高岩一路通。
仰看杭州线数尺[1]，飞来峰顶仰弥高。
当年师友攀扶上，舁石归来兴倍豪。

[1] 线，疑为“才”之误，因繁体字形相近而致。

鼓浪屿

阳光照耀东南海，鼓浪屿看万象新。
今日豪情初接触，他年重到尽亲人。
不必关心风浪大，海天一片耐深思。
台胞但愿同心胆，携手言欢共骋驰。
海上嶙峋多建设，山沉浪起似神仙。
遥知大陆与深海，脉络牵连已万年。

别崇安四首

珍重勾留十数天，人情山色耐流连。
他年重到多朋友，轿手篙师未息肩。

层峦丛翠永鲜鲜，须信此行非偶然。
新秀天天勤学习，砚田重课欲承肩。

风景引来中外客，频年游览与时多。
眼中日日添新象，划线填基上下坡。

胜景必须传统重，深谋还得出新姿。
安排一切勤思考[1]，前路宽宏为武夷。

[1] 排，原本误作“挑”，此为改正。

乘飞机回沪

闽江游览兼旬乐，今日言旋谢送行。
夜半凌空天地阔，御风归路尽峥嵘。

赴宁汇报展出诗稿杂存

青松夹道来相送，窗外丰收麦浪翻。
毕竟江南风景好，千家万户尽欢颜。

车过苏州逢旧友，全区胜迹涌心头。
座中游客纷纷说，到此风光洗百愁。

惠山遍地多朝气，我独踌躇忆旧行（忆汀鹭诸友）。
今朝新秀天天茁，老眼无缘识后生。

未到南京先有诗，江山壮丽耐人思。
而今艺苑增光彩，无数新人继老师。

一路农村种好田，年丰物阜异从前。
无数高楼争建设，中青活泼似神仙。

一条龙服务

旅游一片缠绵意，看遍风情只为人。
盛世眼中生智慧，心头来个大翻身。

个展记盛

这番汇报知何似，车马盈门见盛情。
观众满场多喜色，长评短论共峥嵘。

隆重授奖

摒挡作品来捐赠，尽我微忱畅一言。
领导殷勤还郑重，说成创举意犹温。

谢南京乐队

有色有声，异曲同工。
生逢盛世，其乐无穷。

赠厨师沈斌

烹调称好手，艺术有同行。
干劲随时练，功夫色味香。

李华华拜师

新秀为君我老兵，一朝会面见深情。
剑坛独占英雄手，举国腾欢一片声。

游灵谷寺

一路丛林藏远景，高峰耸立见崚嶒。
人工创造留千古，虎踞龙盘占上层。

瞻仰中山陵

中山遗像巍巍立，到此虔诚静霎时。
我有寸心符万众，千秋大业永深思。
大众同心上此陵，葱葱郁郁万年青。

当年史料还能记，艰险忘身实足馨。

太平天国博物馆游览赋诗

古像巍然余肃穆，后园点缀亦新型。
今朝重话从前事，烈士横眉剩血腥。

雨花台

不是寻常游览处，登攀健步想当年。
回旋片刻默无语，未忍留连看这边。

瞻仰梅园新村旧画榴花遗影

榴花如火庭前立，却忆当年来往人。
今朝瞻仰多惆怅，万古高标尽一身。

雨花纹石原迹并余画幅同时见到感赋一诗

拾石今朝生启示，与余画里有参差。
当年细事真情在，一念唯余为国家。

美术馆同人招饮

招饮同来夫子庙，欢言健步伴群英。
黄桥烧饼多滋味，古迹缠绵念旧情。

南艺讲学即兴挥毫

新花烂漫年年放，雨露殷勤日日深。
谈笑满场无约束，兴酣落笔快人心。

赠丁羲元

早年刻苦下文场，余事诗词亦擅长。
今日南来共探索，个中欢乐不寻常。

题张明曹墨竹

平日辛勤怀往事，数竿修竹亦峥嵘。
当年交谊频回顾，谈笑生风念旧情。

海粟返旧寓写诗一首

今朝重聚存天阁，新样铺陈在眼前。
老来高兴天天学，再往楼头二十年。

沈柔坚画展

四十五年勤创作，当时艰苦笔端寻。
而今尽力书与画，艺术生涯与日深。

吟罢前诗意犹未尽忆及诸友再赋三绝句

古今中外闪奇光，万丈波澜岁月长。
九上黄山豪气在，高山云海任翱翔。
（怀刘海粟）

长年艰苦当年事，兀傲高标书画坛。
展览风光犹在目，笔情潇洒任登攀。
（赠赖少其）

中年变法工书画，尽力挥毫作骋驰。
花果缤纷大写意，不求形似耐深思。
（赠朱屺瞻）

亚运会获得金牌第一赋诗两首

亚运金牌第一名，健儿个个有前程。
中华日日增光彩，拼搏疆场盛世荣。

今朝又获连连胜，树立高标气象新。
毕竟女排好身手，频传捷报振精神。

挽王雪涛

重怀旧谊增惆怅，忽听讣音涌百愁。
妙笔生花人共仰，遗风浩渺水长流。

修订新宪法喜赋四首

新修宪法异常情，知识群英郑重评。
从今挑起坚强担，越是老来越愿宏。

振兴经济当居重，口号高呼翻两番。
做事追求先实践，共同着力不艰难。

国步中兴功计划，弟兄各族共担当。
心头树立新风尚，万马奔腾自富强。

领导核心先设想，迈开步子去安排。
将来反复权轻重，振奋前程计满怀。

慰陈秋草病托望秋侄女转致一诗

海老曾经三次病，今朝还是寿而康。
劝君振顿全神起，好与妖魔战一场。

赠薇孙

十全十美最相宜，不得已而求其次。
品德才华第一桩，一句忠言寓深意。

海粟七十年艺术生活有句

回忆当年同执教，一堂济济卅余年。
师生蓬勃多朝气，对答那边又这边。

又曾住校一时期，不是寻常作老师。
关系更加增密切，这番往事耐寻思。

当年共事今无几，未忍相思忆旧游。
我与群公都熟悉，此情此景共楼头。

茫茫旧景翻新景，多少殷勤抱砚田。
新秀斑斑成骨干，光辉业绩乐长年。

会后又赋四首

生当盛世标新意，共奋精神历岁寒。
古柏苍松无媚态，天天学习坐文坛。

豪言壮语无夸耀，往日今朝一个心。
战斗年年多奋发，从来不受一尘侵。

不讲出生唯好学，久经艰苦见雄才。
而今成就人争说，美景还应看未来。

盛况空前非奉承，尚将往事记寒灯。
要知事业空前代，革命长程步永恒。

画诀

画看想不可偏废，老中青致力全同。
从今起大家奋发，游于艺其乐无穷。

谈画有兴得诗一首

谈画总说好好好，这是寻常旧一套。
现在万事要出新，谈话贵有新风貌。
怕这怕那走不前，想到就说期深造。
生当盛世共当先，中青力量知多少。
老当益壮莫空谈，拿出观点共商讨。
我鼓干劲共黾勉，下定决心学到老。

偶成

绰有豪情慰老年，友朋闲话致缠绵。
事情要搞搞完善，不愿踌躇落后边。

题画

笔歌墨舞心花放，万紫千红意态新。
明日相逢多盛况，豪情一片共迎春。

好问

勤学好问二难并，问字中间要细精。
尔我同情心胆阔，共同艺苑壮前程。

豪言

心头涌出诗千首，笔底挥成画万张。
不负忠言心耿耿，偶成豪语气堂堂。

小登山

一天两度小登山，上下扶梯不厌烦。
习惯自成心胆壮，脚头轻健不知难。

看电视

电视常看过二更，白天诸事已屏营。
枕头靠上心无滓，一梦惺忪天已明。

随缘

许多旧爱与新事，终日纷纭到眼前。
管得周详无用处[1]，随缘一了自年年。

[1] 周详，原本误作“用洋”，此为改正。

伍蠡甫画展有赠

理论画图并二难，穷年累月勇登攀。
今朝展出高标在，光彩盈盈闪艺坛。

屠传法画题诗一绝

早年努力工传统，近岁辛勤变化多。
戏水鸳鸯生意足，莲塘清趣属新罗。

赠新加坡学生范昌乾

一炉冶合诗书画，往日今朝大不同。
异地风光红艳艳，花开春暖乐无穷。

文艺座谈会讲话四十周年赋诗自警

讲话流传四十年，此中要领植心田。
年来检点自家事，还得辛勤着一鞭。

顾炳鑫画展

老手今成新闯将，友情脉脉廿余年。
同观画展开生面，展望长程再向前。

虚谷墓地重建（墓在邓尉石壁山）

梅花深处余香在，邓尉超山一例同。
笔墨流传千古事，高标缅想意无穷。

复旦大学上海铁路局举行业余画展与两处中青年现场讲话有感

业余搞文艺，求知心更切。
扶植中青年，此情如火热。

忆丰子恺谈话

作画前头想一想，再来动笔有东西。
我今回顾丰君语，认识津梁不着迷。

慰曹简楼弟病口占一绝

乐观放在第一位，不要拘拘小事情。
精神为主药为辅，快把妖魔一扫清。

元旦诗一首

翰墨飞腾气象新，一年之计在于春。
生逢盛世齐欢唱，地厚天高十亿人。

电视台塔顶登高

忽地同攀电视台，闲谈阵阵畅胸怀。
今朝下视家家小，似此登高第一回。

课徒碎稿

艺事艰难下苦功，一张画费一分工。
我今独自随佳兴，不与旁人设想同。

偶成

年龄越大精神旺，想到前程干一番。
旧俗新风有比较，同心老少不知难。

应野平嘱题山水小卷

万般传统勤师古，满地源泉敢创新。
早已成家人共赏，笔歌墨舞祝长春。

展开小卷风光好，墨色含情斗彩鲜。
百读心头如火热，这边看尽看那边。

兴国饭店赠厨师

烹调处处夸能手，艺术行行是大师。
不断更新添花样，好为风味竖红旗。

清明节题桃柳图

桃红柳绿花如锦，春暖风和万象新。
晨起清明野外望，年丰物阜祝长春。

清奇古怪画成题句

清奇古怪高标在，好景流传二千年。
凤举龙腾天地阔，兴酣落笔亦神仙。

言志

古人传诵诗言志，文艺行行事尽然。
至理分明须探索，不能浮面看云烟。

临石鼓文八张末幅题诗补课

四十年前勤学习，后来忙乱感空虚。
近年人老身心健，补课天天足自娱。

中青年画友

敦品力学并二难，大家齐步勇登攀。
首先踏实天天学，未许模糊站画坛。

忽闻大千噩耗回忆往事萦怀

曾门相识如兄弟，笔底周旋尽古今。
回顾当年留影事，深谈夜半共推心。

后来下笔龙蛇舞，中外辉煌造就深。
雅集挥毫传妙品，东游大盏托痴心。

淞滨展出多珍品，书画诗文一气熔。
翰墨因缘天地阔，行云流水任从容。

葵孙荣获历史专业证书喜作得瓜图并赋

自家学历损多年，立志勤修不荒怠。
这样种瓜竟得瓜，纷披老眼生光彩。

挽包赞伦老友

当年一段因缘在，小住城西地步湾。
笔砚安排联友谊，笑谈娓娓共盘餐。

寡言相见多余味，亲见儿曹争上游。
传说临终无一语，心情安稳上层楼。

悼念旧友

斯人髫岁成知己，西北奔驰见大材。
不料中年伤感重，如何一蹶亦冤哉！
（石鲁）

嶙峋瘦骨风华茂，交谊缠绵话夜深。
寿短铸成无限恨，回思往事最寒心。
（谢玉岑）
一片清光留纸面，数年厚意绕淞滨。
无端天地多惆怅，不纵长才共出新。
（郑曼青）
丁氏真传还博采，医才诗律共奇芬。
可怜早逝留方案，未尽长程突异军。
（程门雪）

昌硕老人流派合作画题诗一首

腾波云海生新意，吐艳群芳占上游。
今日艺坛传盛况，一门画笔水长流。

绘声图两绝句

芙蓉满院歌声起，清脆缠绵太自由。
翻滚舌端多节奏，挥毫描写试从头。

天然歌唱自成调，难问由来羡慕深。
从此天天双耳静，花言巧语不关心。

悼念廖承志逝世[1]

大团结与大统一，精诚忧国立奇勋。
忠言耿耿人争诵，一片丹忱壮入云。

[1] 廖，原本误作“寥”，此为改正。

朱建华凯旋回沪

当年拼搏声名在，近日荣归意兴豪。
答谢欣欣倾壮志，一年更比一年高。

少年宫六一前夕为儿童把笔作书

八岁刘菁新小友，我逾八十大椿寿。
艺坛老腕扶新苗，翰墨因缘齐额手。

赠李华华兼怀疆场诸运动员

传闻汗血勤拼搏，想见忠诚一片心。
以此关怀诸健将，一天更比一天深。

挽郭深同志

连年会晤余钦仰，两地相思倍感伤。
艰苦一生传典范，五山耸翠水流长。

女排练兵赛

新兵老将齐临阵，协力同心不让人。
当众欢呼今更好，随机应变操筹新。

沙耆画展

多年怀念旧同学，油画经营墨画通。
今日欢场余味在，主宾谈笑自生风。

天天学

心头牢记天天学，珍惜韶华赶上前。
老少同心齐奋发，方长来日再加鞭。

飞赴昆明

欢欣结队向昆明，水色山光无限情。
今日自豪老更健，笑谈万里御风行。

昆明政协茶话会上联合作画赋诗纪盛

昆明上海喜相逢，艺事交流意气雄。
顷刻新人成老友，花枝满眼创新风。

黑龙潭游览

唐梅宋柏巍然立，还有明朝茶树开。
一片光辉团好景，万千人去又重来。

洱海放舟

彝白而今两族亲，相逢更胜一家人。
船头摄影情何似，清脆歌声别有神。

感谢司机

首先应向机师谢，遥远云天直抵昆。
好使游人消顾虑，为民服务献殷勤。

雅意

主人雅意我能识，偏在繁华觅静居。
只为老人清老眼[1]，诗情画意乐无余。

[1] 清，原本误作“请”，此为改正。

答昆友

今日欢聚画新知，重逢都是老朋友。
天时地利又人和，无际风光胜美酒。

西山

西山高耸入云外，半路盘旋站石根。
上去还须鼓壮志，弯弯曲曲上龙门。

我侪暂息凭栏眺，侧面儿童结队行。
最爱莘莘新一代，后生竞秀步前程。

楚雄小息作画

一路安全到楚雄[1]，千红万紫乐融融。
这边风景随时好，落笔争先兴趣浓。

[1] 全，原本误作“林”，此为改正。

看云南风光电影

风景昆明随处好，千姿万态见精神。
涌现眉边天地阔，龙飞凤舞一番新。

大观楼

百闻不如见为先，风景而今却尽然。
画意诗情随处有，不须思索涌眉边。

大理

初来大理心花放，看遍风光点染新。
今日挥毫怀壮志，兴酣越画越精神。

归途经温泉

满眼昆明多好景，层峦耸翠长精神。
这边还有清空境，小坐闲行一片新。

洱海

洱海光芒太率真，去来白族带歌唇。
老杨率领诸高手，大好歌声一片新。

大理石厂观后[1]

行云流水石文好，大理山中产有名。
今日参观堆万片，欢欣好比画中行。

[1] 观，原本误作“砚”，此为改正。

观音阁

阁上如闻鸡犬声，人烟四顾尽欣荣。
此中正好搜奇景，渔父闲居似隐名。

远望

眼中断续云千叠，好景迂回山万重。
不去追求多少事，迢迢千里看峦峰。

赠杨建英

白族姑娘杨建英，殷勤上岸送临行。
欢声一片相呼应，到处新知见友情。

赠表侄魏超

亲人要讲知心语，不比寻常浮面人。
一日闲谈知语重，还应珍惜这精神。

抵杭途中

下车先见西泠终[1]，湖色山光引兴长。
万里东归老更健，艺坛商讨到刘庄。

[1]“终”字不合格律，疑为“路”之误。

西泠印社八十周年合作画题句

继往何尝仅师古，开来一味要推陈。
今朝踊跃游于艺，大好乾坤八十春。

孟海乐三重逢感赋

同学相逢非偶然，豪谈戏谑忘高年。
病魔只是区区物，不足吾人放眼边[1]。

[1]足，原本误作“是”，此为改正。

刘庄闲步

穿亭隔径看碑刻，仔细推敲阅古今。
随想当年多翰墨，这番留恋见深心。

刘庄即咏

竹林曲径通幽处，宾馆经营一片新。
多少工人豪气在，不留名姓见情真。

画云南山茶

一树山茶万朵花，云南风物闪光华。
兴酣落笔无拘束，地阔天宽自一家。

毛主席九十周年诞辰画像题字

光辉思想传万代，伟大丰功耀碧空。
志使中华迈大步，齐心四化乐无穷。

癸亥腊月喜赋

一年之计在于春，海阔天宽亿万人。
锣鼓喧天传宇内，心情洋溢振精神。

挽能慎弟

共羡儿孙同擢秀，忽闻鬼魅太无情。
邮程往返回音杳，热泪盈眶隔死生。

刘伯年举行画展赠诗四首

一亭东迈树高风[1]，创办昌明念缶翁。
师友一堂纪盛事，诗书画印一炉中。

[1]东，原本误作“在”，此为改正。

刘生孤露来求学，一味坚持探索深。
此境此情我记得，自家一片托诚心。

多研多问多求索，画境纷纷道可思。
苦尽甘来人共赏，自家门巷自家知[1]。

[1]巷，原本误作“卷”，此为改正。

不怕辛劳翻旧稿，再挥老腕出新天。
这回展览皆欣喜，还没从头着一鞭。

篆书歌诀

握管要紧，笔头开通。
运腕牢记，笔笔藏锋。
回旋转折，灵活生风。
先工后放，奋笔如龙。
自成节奏，下笔轻松。
能疏能密，气贯长虹。

用平患病赠诗勉之

养病首先听医言，每日来个勤检点。
过急过热非所宜，奋发图强在后面。

病根挖掉岁月长，好趁工余理笔砚。
目光放远天地宽，理想所及能实现。

入党赋诗自勉

生命不息永战斗，老年迈步上征程。
添砖补瓦献余热，听党安排在毕生。

编后述怀

我爱作画也爱诗，诗画融和情趣好。
早年声律喜钻研，嗣寻师友期深造。
兢兢检点创风标，时刻字句穷探讨。
后期通俗话言长，一览无余忘年老。
而今先得拉杂看[1]，各有情怀展所抱。
毁誉随人不复论，我心一惯乐思考。
编余末后缀小诗，自我解嘲付梨枣。
自己编校意气豪，红日一轮照拙稿[2]。

[1] 杂，原本误作“离”，此为改正。
[2] 稿，原本误作“槁”，此为改正。

分卷目录

第一卷

观鱼
书感
怀丁似庵军中
先君忌日感赋
缶师出视近著命和
题同舍徐希曾梅花册
赠汪止园
缶师写册页自寿旋即失之为赋长句
桐儿殇赋此排闷
思亲
杨无逸出示黄稼承遗墨感赋
偶成
和贞长师
侍缶师九日登华安层楼
哭宜丰刘玉盦
元夕
闲眺
闻北兵乱随缶师避居西摩路李氏瀛在庐
梦玉盦
从缶师避兵超山途中得句
又和缶师
大善寺
海云洞晚眺和缶师
舟经武林渡
山行
鄞溪客次得里中兵扰信兼程抵申觅舟北渡而连日港汊杜塞趦趄不进遥睇江天百感丛集
到家明日醉罢疾书
和伯氏调之
湖上和缶师
和周梦坡
灵隐
韬光
答桥本关雪言别
呈缶师
题缶师竹里行看子
九日随缶师暨贞壮梦坡两先生酬合集五十人
和诸橘仙西溪道中之作
缶师殁前十日写梅赠曼弟曼弟赋诗寄慨怆然和之
飞白归自东京因曼弟过访是时方遭缶师之丧
既送缶师灵輀至吴兴南郭宁绍会馆阅三日复携酒往奠

第二卷

第三卷

感事用老杜秋兴韵
饮破禅楼玄翁同赋
和盥堂韵
建吴函促入蜀赋诗答之
读美总统罗斯福演讲词
寄曼弟
伯俨丧子绘卷索题感赋
和太玄送伯俨入蜀韵
移居藏经会
藏经会与潘效安姚泽人论诗
伯俨席上和太玄用杜韵
谢景元团长师八百人死守闸北
酒边和太玄
太玄诗来爽持螯之约
别一老
题缶师墨梅
汤临泽索题宋拓礼器碑
盥堂丧幼子曼诗以慰之
九国公约开会前夕答调哥
海粟得黄石斋画松长卷一旦为好事者攫去乃出其临本索题
归舟
金陵沦陷
霜晨
书感用山谷韵
岁晚
答友
寄怀许康侯盥孚昆季
答调哥
赠彭龙骧
抵沪示范九敦安笙伯铁年都良通叔诸公
和刘庸熙六十述怀
赠郑生晞虔
盥堂抵沪示近著即席次韵
偕吴茀之游复兴公园
一亭翁约游香港不果赋此却寄
曹师拙巢殉难江阴赋长句哭之
记梦（癸酉二月二十四日）
简姚泽人
游师山公园
季祠看梅

第四卷

第五卷

徐州沦陷慨然有作

赠岫青

次韵邱镜吾

冯明权约续山人集

枇杷

屠门

怀人诗三十首

迟调兄

远侄避兵滁洲音信中梗书此慰调兄

赠刘斯

赠玄翁

诸将和教翁

第六卷

第八卷

赠檵予惠正夫妇
依城一首赠徐景韩
次韵答范烟桥
王师子病风加剧驱车视之壁间悬赤鲤一帧十年前所绘也
移居
调之书告家乡又为匪军窜扰
次韵梦痕
登拱星楼赠彭若谷
李浩然为车撞殒命诗以挽之
寄林敬叔潮阳
游紫兰小筑赠瘦鹃
移桂
梦痕和移居诗再用元韵酬之
消息
挽苻铁年
赠俞剑华
过吴门罗氏园园东有余屋可赁心甚羡之
题曼伯弟山水轴
残诗
赠汪英宾
次韵谦斋病起诗
双桂
登城
重游沧浪亭
九日
瘦鹃所居西轩粉饰甫竣有藤萝一枝破壁而入亭亭多姿遂赋此篇
晚望虎丘
野行
可园图书楼西偏植蕉数十本蔚然绿天乃赋一律
嗣母杜孺人忌辰
灵岩山顶瞻谒印师舍利龛别室纷陈遗物如其生前怆然赋此
闻徵虞弟设学塾于家
秋思
水村即目
寓斋书意
古吴相王庙崇祀春秋桑湛壁以其筑城有殊绩也
怀冯建吴周荃孙林敬叔再为韵语寄之
题萝卜梅花
程小青范烟樵君博蒋吟秋周瘦鹃赵眠云陈负苍张星阶余彤甫柳君然集江声阁

第九卷

后记

王个簃先生以精于书画篆刻而为世人所知，其实，他在诗歌创作方面花费的心力并不下于书画篆刻，并且其造诣也同样非同寻常。只可惜文学之名被艺术所掩，套用过去人们通常的感慨，这就属于有幸有不幸了。

据个簃先生自述，他在十四五岁就读于海门长兴镇的国文专修学校时，受一位秦姓老师影响，学会了作诗，只不过那时还仅仅是粗通格律而已。及至此后他就学和执教南通，才为其诗学奠下坚实的基础。那时的南通，因了张謇对外打开的门户，文坛艺苑也呈现着蓬勃之气，如其时最为活跃的诗社『大镛社』中的张峡亭、峰石兄弟，以及徐益修、曹文麟、徐贯恂等，个簃先生都以师礼往来；而客居于此的陈师曾、诸完元乃至韩侨金沧江等，个簃先生也曾向之请益；此外如客居于南通的陈邦怀、丁治磐等，以及本地的费范九、陈叔吟、周琅峰、陈曙亭等人，都是他时常切磋交流的诗友。正是这个文化氛围的浸淫，个簃先生对诗歌的兴趣才真正被唤起，所以他在晚年为自己诗集写的序言中，一开头就说：『余之于诗早有所好，虽不能工，而志乐于斯。忆昔自南通市江苏省立七中毕业，执教于城北高小时期，即开始写诗。』这就把在南通的那个阶段看成自己诗歌写作的正式开端。

个簃先生作诗激情大增是他在沪投拜于吴昌硕门下以后的事。个簃先生对老师吴昌硕的书画艺术固然拳拳服膺，而对其诗作诗才也同样表现出由衷的折服，并且这还不是由艺术而引发的及乌之爱。他曾满怀崇仰地记述：『昌硕先生的诗才极高。他思路敏捷，落手不还，一写到底，写完了看需要再作修改。有时晚上我陪昌硕先生去参加文人骚客举办的书画诗会，诗目一出，昌硕先生琢磨片刻，就落笔诗笺了。其运笔时往往势如河决下流而东注，交卷时又常常是头一个，而且句出新意，常屈座人，有几位老前辈也及不过他。』在南通时培养出的诗歌审美，很容易与吴昌硕古艳奇奥的诗风相契合，由是他的诗由追随进而唱和，甚至还受命成为老师的枪手。在吴昌硕师门下的这段历程其实并不长，但诗的境界无疑有了极大的提升。

在沪期间，先后还有两位诗学上的老师给个簃先生很大的帮助，他们便是同客于沪的江阴人曹拙巢和四川巴县人杨沧白。个簃先生接受曹拙巢的指点，是在吴昌硕还在世时就开始的，而与杨沧白的缔交则在以后。对于这两位，他曾在诗集的自序里讲：『缶师逝后，有曹拙巢、杨沧白二师为我之诗稿逐句批阅，拙巢师推敲深入细微之处，而沧白师更重整篇之体韵气势，对我教益尤多。』这种教益一直延续到抗战爆发、上海沦陷前夕。

在抗战爆发前夕至共和国建立这段时间里，个簃先生留下了大量的诗作。或许家国的残破之痛、亲故的存殁之念，艺术的表达远不及文学的直接，个簃先生在此倾注了大量的心力，而这个阶段的诗作，无论数量之丰、题材之广或用情之深、文辞之精，都足以成为他诗作的一个高峰。

新中国成立以后，新时代、新风尚明显地影响了个簃先生的诗歌风格，使得他前后诗作因此形成一个鲜明的分界。原本那诗境的高古、文辞的锤炼，代之以诗意的直接明了、词句的脱口而成，这应是个簃先生的自觉改变，是他主动地适应了国家面向工农的文艺方针。于是，原本论诗所期冀的『眼穿卷帙龙蛇动，气郁乾坤块垒深。绮语随人扶媚态，狂言在我托遐心』，一变而成为『所贵写诗在达意，不须过细作推敲。旧时规律须冲破，斗志昂扬站得高』。只要读其诗作，不难感觉到他原本推崇的老杜、东坡已渐行渐远，而杜甫那句『晚节渐于诗律细』，其『细』字却一改而成为『粗』。不仅如此，在题材上，也出现了不少应景应时的作品，这种出现并不偶然，它正是那个环境里的必然产物。个簃先生晚年总结自己的诗歌说：『早年声律喜钻研，嗣寻师友期深造。兢兢检点创风标，时刻字句穷探讨。后期通俗话言长，一览无余忘年老。』可见他很明白自己的这个转变，以致说出『毁誉随人不复论』这样的话。这种改变，既是出自我的选择，所谓『求仁而得仁』，而作为读者，对此最好还是要予以更多的尊重。

个簃先生很珍惜自己的诗作，早在学诗之初的南通时，他就曾将诗作自编成集，还请前辈张峰石作过序，可惜这个诗集早已散佚。此后他的诗作，或原稿本，或选抄本，或弟子抄本，虽也有些散佚，但大部分还能保留着。只不过将诗作出版问世，却是个簃先生晚年的事。

一九七七年年底，个簃先生曾选编新中国成立后的诗作，油印成《霜茶阁诗稿》一册。可能编得仓促，有些诗未能作字句上的细致推敲，甚至还有一些出韵的状况，估计此事个簃先生也有觉察，故这个集子外间极少流传。

一九八四年春，在友人及弟子的支持下，个簃先生始决定正式出版自己的诗集，为此他还亲自校阅取舍，编定其集并自为序言。关于此集的出版，参与其事的丁羲元在其后为此写的『小引』里，有一段记述说：『个老一生写诗不下千首，他手抄的《霜茶阁诗》稿即有好几种，其中还有曹拙巢、杨沧白二先生的批点本。他的画案上总是杂陈着涂涂改改的诗稿，以及密密斜斜写满诗句的小册子。年臻耄耋，仍咏吟不衰。后来他终于同意了大家的建议，将历年诗稿整理编集。于是在一九八四年春日，由个老之长子公助，以及曹用平和我主其事，其间杜门不出，一应接待由王公助把关，如此连续一月有余，斟酌整理，以时代先后为序，编次为五卷，凡八百余首，其中卷首为《缶师唱酬集》，收集了个老与吴昌硕彼此唱和的二十首诗，历经沧桑，情味弥多。后来个老定名为《王个簃霜茶阁诗》，并请沙孟海先生题签。翌年，将诗集交福建美术出版社去出版，岂料诗集之出版面世已是五年之后，而个老逝世已逾周年，人去楼空，徒增唏嘘之叹。当然，个老如见其一生心血《霜茶阁诗》的出版发行，真不知会如何欢愉鼓舞呢。』

个簃先生未能看到《王个簃霜茶阁诗》的出版固然遗憾，其实这部诗集的编印本身，也有一些令人遗憾之处。比如编次，整体都以时间先后为序，却硬生将与吴昌硕的唱和之作抽出置于起首。这看似突出了师生的情谊，但却破坏了体例，不足为取。再如，此集的文字校对也失之粗疏，尤其是用了繁体字编排，在繁简转换中出现了不少不该出的硬伤。二〇〇六年南通市文联印行《江海文库》第三辑，以这个印本改为简体字排印，取名为《霜茶阁集》。我们曾将那些一望而知的错字作了改正，但终究没有原本作校，仍是有憾难弥。

正因为如上的缘故，当我们看到个簃艺术馆所藏的《霜茶阁诗集》稿本时，立刻就萌发了以此稿本为据，重新编印诗集的想法。令人庆幸的是，这个想法得到了文化主管部门的赞同和支持，这使我们的工作有序地开展得到坚实的保障。

个簃艺术馆藏《霜茶阁诗集》稿本共计十册，所用开本大小厚薄并不统一，也未标编次顺序。首先，我们对这十册稿本进行了研读和分析，并按各册所收诗的创作时间作了排列，给出序号，并决定这次诗集的编排就以各册的先后为序。必须注明的是，第一册的末页所录《过荻港》诗并未录全，而不全的部分却见于第二册的首页，由此可见这一、二两册原来应是一个整体，可能是后来装订时硬拆成两册的，所以我们这次编排，仍将一、二册看作一个整体，作为一卷，其余各册独自为卷。各卷的大致情况如下：

第一卷：两册封面均有个簃先生署『霜茶阁诗』，并各自注『第一卷』和『第二卷』。第一卷扉页篆题『霜茶阁诗』，边有个簃先生书『空、腐、庸、乱均删』，当为后来编选时所写。第一册首页更有个簃先生注『诗稿两卷，冯生建吴所抄』，可知此稿为吴建吴抄本。但根据笔迹，到第二册《癸酉六月与一翁避暑青岛舟行三日得七律四章》诗开始，向后的部分则全是个簃先生的手笔。这两册所收诗，自一九二六年至一九三三年，诗中除有个簃先生的删改外，还有曹拙巢的修改和眉批。

第二卷：个簃先生自抄本，抄于荣宝斋制十行簿本上，录诗自一九三四年至一九三七年。

第三卷：个簃先生自抄本，抄于荣宝斋制十行簿本上，录诗为一九三七年和一九三八年两年内之作，少数几首系补录前作。

第四卷：个簃先生原稿本，书于荣宝斋制十行簿本上，收诗为一九三九年之作，上有杨沧白的朱笔修改及批语。

第五卷：个簃先生自抄本，抄于荣宝斋制十行簿本上，录诗为一九三九年五月徐州沦陷后至一九四〇年之作。

第六卷：个簃先生原稿本，书于荣宝斋制六行簿本上，录诗自一九四〇年秋至一九四一年。

第七卷：个簃先生誊抄本，抄于荣宝斋制十行簿本上，封面篆书自题『霜茶阁诗』，款署：『辛卯端阳节个簃王贤书端』，辛卯为一九五一年。首页题作『霜茶阁诗卷三』，但此分卷与一、二册之分卷明显非一事。本册录诗自一九三七年至一九四一年，所录诗，部分与第四卷和第六卷有重复。

第八卷：个簃先生原稿本，书于荣宝斋制六行簿本上，录诗自一九四七年秋至一九四九年九月。封面自题『霜茶阁诗』，并注明『丁亥年起』，丁亥为一九四七年。扉页题行楷书『霜茶阁诗钞』。

第九卷：个簃先生原稿本，书于荣宝斋制十行簿本上，录诗自一九四九年秋至一九五八年。封面自己篆题『霜茶阁诗集』，并『己丑岁十月署于鹤园』款，己丑为一九四九年。

从上所列各卷看，现存个簃艺术馆的十册，显然非个簃先生诗作的全部。然而就这些诗集看，无论是原稿还是抄稿，上面都有他的修改痕迹，有的甚至因反复修改而无从辨认。即使是重复的作品，只要一加比对，也能看出其字句的不同。这种修改，正反映了个簃先生对于诗歌创作遣词用意的认真不苟，也可以让我们看到他创作过程中的思路变化，这对深入了解个簃先生其人其艺，无疑是极有价值的。所以这次整理，对于他的修改痕迹，我们都尽可能地作了保留，少数实在无法辨认的字，我们加以『□』号代替，希望读者谅解。对于两位老师的批改和评语，我们也悉数保留，对照定稿也可以看出，个簃先生对老师的批改，也非全盘采纳，可见他还是有所坚持的。

由于诗稿录诗最末只到一九五七年，此后的作品，我们把油印本《霜茶阁诗稿》和福建美术出版社本《王个簃霜茶阁诗》所收稿本以外的诗，以附录的形式刊印于后。对这两个版本里重复的诗作，我们也作了校刊。至于个簃先生当年为诗集所写的序言，我们现在也取置于诗集之前，特此说明。

个簃先生去世至今已约二十七年，已然成为一个『故人』。本来写作此文，对他应与其他历史人物一样，不必特别加上『先生』之称。但我们还是加了，这是因为与他有一些亲近的因缘，也表示我们对于他一点特殊的敬意。这也是需要向读者说明的。

在此书的整理过程中，个簃艺术馆刘兴华、钱山花二位同志也协助做了大量工作，在此特表谢忱。

二〇一五年三月　编者